위쳐

4 제비의 탑 상

This publication has been supported by the ©POLAND Translation Program
이 책은 폴란드 북 인스티튜트의 지원을 받아 제작하였습니다.

초판 1쇄 | 2019년 9월 25일
초판 5쇄 | 2023년 3월 20일

지은이 | 안제이 사프콥스키
옮긴이 | 이지원

펴낸이 | 서인석
펴낸곳 | 제우미디어
출판등록 | 제 3-429호
등록일자 | 1992년 8월 17일
주소 | 서울시 마포구 독막로 76-1 한주빌딩 5층
전화 | 02-3142-6845
팩스 | 02-3142-0075
홈페이지 | www.jeumedia.com

ISBN | 978-89-5952-817-2
         978-89-5952-511-9(set)
• 파본은 구입하신 서점에서 교환해드립니다.

제우미디어 네이버 포스트 | post.naver.com/jeumediablog
제우미디어 페이스북 | facebook.com/jeumedia
제우미디어 트위터 | twitter.com/Jeumedia

만든 사람들
출판사업부 총괄 손대현 | **편집장** 전태준 | **책임 편집** 성건우 | **기획** 홍지영, 장윤선, 박건우, 안재욱, 조병준, 서민성, 오사랑
디자인 총괄 디자인수 | **영업** 김금남, 권혁진 | **도움주신 분** 강신후, 이민수, 임예원, 최광민

위쳐

4 | 제비의 탑

상

안제이 사프콥스키 지음 · 이지원 옮김

THE WITCHER

제우미디어

그들은 위쳐 아가씨를 쫓아

한밤중에 던 다레를 찾아왔지

마을 전체를 꽁꽁 둘러싸고 포위해

위쳐 아가씨는 도망칠 수도 없었다네

그들은 그녀를 배신하고 잡으려 했지만

그 계획은 모두 헛것이 되고 말았지

창백한 태양이 얼어붙은 길 위로 떠오르자

서른여 구의 시체만 남았다네

〈삼하인 밤, 던 다레에서 일어난 끔찍한 학살에 대한 민요〉

"네가 원하는 것은 무엇이든 주마. 부와 권력, 명예와 길고도 행복한 삶. 어디 골라보거라." 마녀
가 말했다.
　　"전 명예도 부도 권력도 필요 없어요. 그저 한밤중의 회오리바람처럼 잡을 수 없는 검은 말과 달
빛보다 빛나고 날카로운 칼을 가지고 싶어요. 칠흑처럼 검은 말을 타고 어두운 밤을 달려, 빛나는
칼로 악과 어둠을 물리치고 싶어요. 그게 제가 원하는 거예요." 여자 위쳐가 대답했다.
　　"좋아. 너에게 밤보다도 검고 한밤중의 회오리바람보다 더 빠른 말과 달빛보다 밝고 날카로운 칼
을 주겠다. 하지만 어린 위쳐여. 너의 소원은 너무나도 커서 나에게 비싼 값을 치러야겠구나." 마녀
는 약속하며 말했다.
　　"어떻게요? 난 아무것도 없는걸요."
　　"너의 피로."

플루오렌즈 델라노이, 〈민담과 설화〉

제 1 장

다들 알고 있듯, 이 우주는 인생과 마찬가지로 원형을 그리며 돈다. 그 원의 끝에 여덟 개의 마법의 점을 찍고 한 바퀴 돌리면 한 해의 순환이 된다. 그 점들은 각각 만물이 싹트는 시기인 임바엘크와 자라나는 시기인 람마스, 여물어가는 시기인 벨테인과 시들어가는 시기인 세오바인이라고 부른다. 또한 봄과 가을의 정점인 춘분과 추분을 나타내는 비르케와 벨렌, 여름과 겨울이 절정에 이르는 동지와 하지를 뜻하는 미데테와 미덴베르네도 포함되어 있다. 이 점들을 기준으로 원을 여덟 개로 나누는데, 이것이 바로 엘프들의 달력이다.

인간들이 처음 야루가와 폰타르 강어귀에 상륙했을 때, 그들은 자신들만의 달력을 가지고 왔다. 하늘에 떠 있는 달의 모양에 따라 한 해를 열두 개로 나누고, 1월의 첫 작업부터 추위가 땅을 단단한 돌덩이처럼 얼릴 때까지의 연간 작업 주기를 부여하는 형식이었다. 인간들은 한 해를 나누는 법도, 날짜를 계산하는 법도 다르지만 엘프들의 원형 달력과 여덟 개의 점을 받아들였다. 엘프 달력에서 가져온 임바엘크와 람마스, 세오바인과 벨테인, 동지와 하지, 춘분과 추분은 인간들 사이에서도 중요한 기념일이자 신성한 날이 되었다. 이 날짜들은 마치 들판에 홀로 솟은 나무들처럼 다른 날들 사이에서 두드러졌다.

왜냐하면 이 날에는 마법이 일어났기 때문이었다.

이 여덟 날짜들의 낮과 밤에 마법의 아우라가 강력해진다는 건 비밀도 아니었다. 이 날들에 일어나는 수수께끼 같은 징조들이나 마법 현상들, 특히 춘분과 추분이나 동지, 하지에 일어나는 일들에 대해 누구도 더 이상 놀라워하지 않았다. 이미 모든 이들이 그런 현상에 익숙해져 있어 큰 놀라움은 불러일으키지 않았던 것이다.

하지만 그해는 달랐다.

그해 사람들은 언제나 그래왔듯이 가족들이 모두 모여 저녁 식사를 하는 것으로 추분을 기념했다. 이 식탁에는 한 해 동안 수확한 모든 작물을 조금씩이라도 올려놓아야 하는 게 전통이었다. 저녁을 함께 먹고, 멜리텔레 여신께 수확에 대한 감사를 표하고, 사람들은 휴식을 취하는 것이었다. 바로 그때 악몽이 시작됐다.

자정이 되기 직전, 무서운 회오리바람이 몰아치기 시작하더니 나무들이 쓰러질 정도의 지옥 같은 돌풍이 몰아쳤다. 서까래가 삐걱거리고 창틀이 무시무시한 소리를 내는 것과 동시에 끔찍한 울부짖음과 비명, 절규가 들려왔다. 하늘의 구름들은 기괴한 형태를 띠었는데, 그중 전속력으로 달리는 말과 유니콘처럼 생긴 구름이 유독 많았다. 이런 현상은 한 시간 동안 계속되다가 갑자기 조용해졌다. 곧이어 침묵을 깨고 수백 마리나 되는 쏙독새들의 트릴 같은 노랫소리와 날갯소리로 가득 찼다. 민간 신앙에 따르면 이 새들은 죽어가는 사람 위에 모여 악마의 장송곡을 부른다고 했다. 쏙독새들의 노랫소리가 어찌나 크고 시끄러웠는지, 마치 이 세상이 죽어가는 것만 같았다.

쏙독새들이 떠들썩하게 장송곡을 부르고, 지평선에는 구름이 덮여 남은 달빛을 모두 가렸을 때였다. 갑자기 누군가의 끔찍한 죽음을 예고하는 밴시의 비명 소리가 울려 퍼졌다. 어두운 하늘에서는 이글이글 불타는 눈으로 뼈대만 앙상한 말을 타고 낡아빠진 외투와 다 찢어진 깃발을 휘날리며 질주하는 와일드 헌트의 행렬이 이어졌다. 몇 년마다 한 번씩 벌어지는 와일드 헌트의 행렬은 늘 누군가를 데려갔지만, 최근 십 년 사이에 이토록 끔찍했던 적은 없었다. 노비그라드에서만 스물 몇 명이 아무런 자취도 없이 사라졌던 것이다.

유령의 행렬이 말을 달려 지나가고 구름이 흩어지자, 사람들은 여느 추분 때와 마찬가지로 달이 줄어드는 것을 보았다. 하지만 이날 밤, 달은 핏빛이었다.

사람들은 춘분과 추분의 현상들에 대해 여러 가지 이야기를 만들었다. 이런 이야기들은 대부분 각 지역에서 전해져 내려오는 악마에 따라 내용이 달랐다. 천문학자, 드루이드들과 마법사들 역시 자기들만의 가설이 있었으나 대부분은 잘못되고 과장된 것이었다. 이 현상들을 실제 사실과 연결시킬 수 있는 사람은 극소수에 불과했다.

예를 들어 스켈리게 섬에서는 미신을 신봉하는 몇몇 사람들이 이 기이한 현상에서 빛과 어둠의 마지막 전투인 라그 나 루그를 앞두고 나타나는 테드 데이리드, 곧 세상의 종말에 대한 전조로 보았다. 추분에 섬을 강타한 엄청난 폭풍에 대해서는 죽은 자들의 손톱으로 만들어져 카오스의 악마들과 유령 군대를 싣고 오는 뫼르호그의 나글파 호가 밀어 보낸 파도라고 믿었다.

좀 더 현명하거나 좀 더 많은 정보를 가진 사람들은 하늘과 바다의 광기를 사악한 마녀인 예니퍼와 그녀의 끔찍한 죽음에 연결시켰다. 그보다 더 많은 정보를 가진 또 다른 이들은 스켈리게와 신트라 왕가의 혈통을 가진 누군가가 죽어가고 있다는 징조를 거친 바다에서 읽어냈다.

　세상 모든 곳에서 그 추분의 밤은 땀에 흠뻑 젖어 엉망이 된 침대 시트 사이에서 숨 막힐 듯한 공포에 잠을 깬 밤이자 귀신과 악몽, 환영의 밤이었다. 환영을 보고 잠을 설치는 증상은 아주 유명한 이들도 피해갈 수 없었다. 닐프가드의 황금 탑에서는 에미르 바 엠레이스 황제가 비명을 지르며 잠에서 깨어났다. 북쪽의 란 엑세터에서는 에스테라드 티센 왕이 침대에서 벌떡 일어나 줄레이카 여왕을 깨웠다. 트레토고르에서는 정보국장 딕스트라가 벌떡 일어나 단검을 찾으며 옆에 잠들어 있던 경제부 장관의 부인을 깨웠다. 몬테칼보의 거대한 성에서는 비단으로 된 시트에서 필리파 에일하트가 드 노아이 백작 부인을 깨우지 않고 일어났다. 갑작스럽게 깼는지 자연스럽게 일어났는지는 각자 차이가 있지만, 잠에서 깬 이들 중에는 마하캄의 야르펜 지그린, 케어 모헨 산중 요새의 늙은 위쳐 베스미어, 고스 벨렌 시의 견습 은행원 파비오 작스, 링혼 호를 타고 있던 크래치 안 크라이트 등도 있었다. 보끌레흐 성에서는 여자 마법사인 프린질라 비고가 잠에서 깼고, 힌다스피얄 섬에 있는 프레야 여신 신전의 신녀 시그르드리파도 잠에서 깼다. 가라몬의 백작 다니엘 에체베리는 포위된 마리보의 요새에서 잠을 깼다. 붉은 깃발의 십장 지빅은 반 글레안 요새에서 일어났고, 클레어몬트의 상인 도미니크 봄바스투스 후베나겔 역시 잠에서 깼다. 그리고 수많은 이들이 잠에서 깨어났다.

　하지만 이 모든 현상들을 현실적이고 구체적인 사실이나 특정 인물과 연결시킬 수 있는 사람은 거의 없었다. 그렇기에 그러한 연결이 가능한 이들 중 세 명이 추분에 한 지붕 아래에서 같은 밤을 보내고 있었다는 건 뜻밖의 행운이었다. 그들은 엘란더에 있는 멜리텔레 신전에 있었다.

"쏙독새가…… 천 마리는 넘는 것 같아요. 쏙독새들이…… 누군가의 죽음을 외치고 있어요. 그 아이의 죽음을…… 그 애가 죽어요."

쟝은 신전 안뜰을 가득 메운 어둠을 바라보며 신음 소리를 냈다.

"바보 같은 소리하지 마! 멍청한 미신을 믿는 거야? 9월이 다 지나갔고, 쏙독새들이 날아가기 전에 모이는 거야! 이건 아주 자연스러운 현상이라고!"

트리스 메리골드는 몸을 획 돌리며 꽉 쥔 주먹을 들었다. 잠깐이지만 그 주먹으로 소년의 가슴을 정말 때릴 것 같았다.

"아무도 죽지 않아! 그 누구도! 알았어? 헛소리는 그만둬!"

트리스는 화가 난 얼굴로 하얗게 질린 채 소리쳤다.

도서관의 복도에는 한밤중의 소란 때문에 잠을 깬 수련 소녀들이 모여 있었다. 모두 심각하고 창백한 안색이었다.

"쟝, 넌 이 신전에서 하나밖에 없는 남자야. 모두 너를 바라보고, 너에게 의지하며 도움을 받으려고 해. 그러니 넌 두려워해서도, 공포에 사로잡혀서도 안 돼. 정신 차려. 우리를 실망시키지 말고."

트리스는 마음을 가라앉히며 소년의 어깨에 손을 얹고 꼭 감싸 쥐었다.

쟝은 깊은 숨을 내쉬고는 떨리는 손과 입술을 진정시키려고 애썼다.

"이건 공포가 아니에요. 전 겁을 먹은 게 아니라, 그저 그 아이가 걱정될 뿐이라고요. 꿈속에서 그 애를 봤어요."

쟝은 트리스의 눈길을 피하며 속삭였다.

"나도 봤어. 우린 똑같은 꿈을 꾼 거야. 너, 나, 네네케. 하지만 그 꿈에 대해선 아무 말도 하지 마."

트리스가 입술을 깨물었다.

"그 애 얼굴에 피가…… 엄청나게 많은 피가……."

"조용히 해, 제발. 네네케가 오고 있어."

대사제 네네케가 다가왔다. 지친 얼굴이었다. 트리스의 말없는 질문에 고개를 저어 대답했다. 쟝이 입을 열려는 것을 눈치챈 네네케는 쟝과 아이들을 보며 먼저 이야기를 꺼냈다.

"슬프게도, 아무것도 아니란다. 와일드 헌트의 행렬이 신전 위를 지나갈 때 거의 모두가 잠에서 깼지만 그 누구도 환영을 보지는 못했어. 우리가 본 흐릿한 환영조차도. 어서들 가서 자렴. 여기 있을 필요 없어. 애들아, 모두 침실로 돌아가거라!"

네네케는 양손으로 얼굴과 눈을 비비며 트리스를 바라봤다.

"아…… 추분이라니! 저주받은 밤이야. 트리스, 가서 주무시게. 이곳에서 할 수 있는 건 없어."

"이렇게 아무것도 할 수 없다니, 미쳐버릴 것만 같아요. 어디선가, 그 애가 고통스러워하며 피를 흘린 채 위험에 처해 있는데…… 젠장, 뭘 해야 하는지 알 수만 있다면!"

트리스는 주먹을 꼭 쥐었다.

멜리텔레 신전의 대사제 네네케는 돌아서며 말했다.

"기도는 해봤나?"

아멜 산맥 너머, 엘란더의 멜리텔레 신전에서 까마귀가 날아가는 길로

800마일이나 떨어진 에빙의 페레플럿이라는 지역은 벨다, 레테, 아레테 강이 만나 광활한 습지를 이루고 있었다. 늦은 새벽, 습지에 살고 있는 늙은 은둔자 비소고타는 끔찍한 악몽 때문에 잠에서 깼다. 침대에서 일어났을 땐 꿈의 내용을 전혀 기억할 수 없었지만, 이상한 불안감 때문에 다시 잠들 수가 없었다.

"으, 춥다, 추워."

비소고타는 갈대숲 사이의 작은 길을 걸으며 혼잣말을 했다.

"정말 지독하게 춥군, 으으……."

다음 덫도 비어 있었다. 사향쥐 한 마리도 걸려들지 않았다. 이렇게 아무것도 잡히지 않은 것도 희한한 일이었다. 비소고타는 덫에서 진흙과 나뭇가지를 떼어내다가 코를 훌쩍이며 욕설을 중얼거렸다.

"추워 죽겠네, 흐으…… 아직 9월이 끝나지도 않았고 추분이 지난 지 나흘밖에 안 됐잖아! 9월 말에 이런 추위는 내 평생 처음이군. 나도 살 만큼 살았는데 말이야."

비소고타는 늪의 끝 쪽으로 향하며 혼잣말을 했다.

이제 마지막 덫까지는 하나밖에 안 남았는데 이번 덫도 비어 있었다. 비소고타는 욕할 기력도 없었다.

"분명 해를 거듭할수록 날씨가 더 추워지고 있어. 어쩌면 한파가 점점 더 심해질지도 모르지. 하, 엘프들이 옛날부터 그런 이야기를 했다지만 누가 엘프의 예언 따위를 믿었겠어?"

비소고타는 걸음을 옮기며 계속 중얼거렸다.

늙은 비소고타의 머리 위로 다시 한 번 작은 날개가 요란한 소리를 내며 엄청나게 빠른 속도로 지나갔다. 늪지에 잔뜩 깔린 안개 속에서 째지는 듯한 쏙독새들의 지저귐과 빠르게 날갯짓하는 소리가 들려왔다. 비소고타는 쏙독새 따위 상관하지 않았다. 미신을 믿는 편도 아니었고, 늪지에는 언제나 쏙독새가 많았기 때문이었다. 특히 새벽에는 어찌나 빽빽이 무리 지어 나는지 서로 머리를 부딪히는 건 아닐까 생각했다. 물론 오늘처럼 많은 건 조금 특이한 경우였고, 이렇게 끔찍한 소리를 내지도 않았지만…… 뭐, 요즘엔 온갖 희한한 일이 다 일어나니까. 그리고 점점 더 이상한 일들이 계속해서 일어나고 있었다.

이런저런 생각에 잠겨 있던 비소고타가 물에서 마지막 빈 덫을 꺼낼 때, 말의 울음소리가 들려왔다. 누군가가 명령이라도 내린 듯 쏙독새들이 순식간에 조용해졌다.

페레플럿의 습지에는 다른 곳보다 약간 높이 솟아 있는 마른 언덕이 있었다. 검은 자작나무와 오리나무, 산딸나무와 흰말채나무, 야생 자두나무 등이 자라는 곳이었다. 언덕은 이런 덤불들로 빈틈없이 둘러싸여 있는 터라 길을 모르는 사람이 말을 끌고 들어가는 건 불가능했다. 하지만 비소고타는 그 언덕에서 들려오는 말 울음소리를 다시 한 번 들었다.

호기심이 그의 조심성을 이겼다. 비소고타는 말이나 말의 품종에 대해서는 잘 몰랐지만, 미(美)를 좋아하는 사람으로서 아름다운 걸 보면 알아볼 줄도, 평가할 줄도 알았다. 그리고 지금 자작나무 둥치를 배경으로 서 있는, 석탄처럼 빛나는 갈기의 저 검은 말은 정말 아름다웠다. 그야말로 아름다움의 정수 같았다. 너무나 아름다운 나머지 실제로 존재한다는 게 믿어지지 않을 지경이었다.

하지만 말은 진짜였다. 실제로 고삐와 굴레가 엉켜, 피처럼 붉은 흰말채

나무 가지에 마치 덫에 걸린 듯 잡혀 있었다. 비소고타가 가까이 다가가자 말은 귀를 내리고, 땅이 울릴 정도로 발굽을 구르더니 날렵한 머리를 흐트러뜨리며 몸을 돌렸다. 그제야 이 말이 암말이라는 것을 알아보았다. 그리고 또 다른 것도 눈에 들어왔다. 그 광경은 비소고타의 심장을 미친 듯 뛰게 하고, 아드레날린이 목구멍을 움켜잡는 것처럼 느껴지게 했다.

말 뒤의 얕은 구덩이에 시체가 널브러져 있었던 것이다.

비소고타는 들고 있던 주머니를 땅에 떨어트렸다. 그리고 가장 처음 떠올린 생각에 부끄러움을 느꼈다. 곧장 뒤돌아 도망치려 했던 것이다. 비소고타는 시체를 향해 조심스럽게 다가갔다. 검은 말이 연신 발을 구르며 귀를 접고 이빨을 드러낸 모양새가 당장이라도 그를 물어뜯거나 발로 찰 기회만 엿보는 것 같았기 때문이었다.

시체는 열댓 살쯤 되어 보이는 소년이었다. 얼굴을 땅에 처박은 채 쓰러져 있었는데, 한쪽 팔은 몸에 깔려 있었고 옆으로 뻗은 다른 팔의 손가락은 모래를 파고든 상태였다. 소년은 가죽으로 된 짧은 재킷과 꼭 붙는 바지를 입고, 죔쇠가 달린 무릎까지 올라오는 부드러운 엘프식 부츠를 신고 있었다.

비소고타는 몸을 기울였다. 바로 그 순간 시체가 커다랗게 신음 소리를 내뱉었다. 검은 말이 거칠게 부르짖으며 발굽으로 땅을 찼다.

비소고타는 무릎을 굽혀 조심스럽게 소년의 몸을 바로 눕혔다. 그러고는 소년의 얼굴이 흙과 말라붙은 피로 범벅이 된 것을 보고 반사적으로 고개를 돌렸다. 비소고타는 침과 점액질로 말라붙은 이끼와 이파리, 모래를 닦아내고는 피와 머리카락이 엉겨붙어 굳어버린 덩어리를 뺨에서 떼어내려고 했다. 소년은 먹먹한 신음 소리를 내더니 몸에 힘을 주며 숨을 헐떡였다. 비소고타는 피와 함께 엉켜 있는 머리카락을 소년의 얼굴에서 떼어냈다.

"여자애잖아!"

비소고타는 눈앞의 광경을 믿지 못하겠다는 듯 큰 소리로 말했다.

"여자아이야."

그날 해가 질 무렵, 누군가 늪지대 한가운데 이끼가 잔뜩 자란 외딴 오두막으로 숨어들었다면 창틀에 놓인 작은 초의 불빛 속에서 열댓 살의 여자아이가 머리에 두꺼운 붕대를 감은 채 털가죽이 덮인 나무 침대 위에 시체처럼 누워 있는 것을 발견했을 것이다. 또한 쐐기 모양의 허연 수염과 휑한 정수리의 가장자리부터 시작된 긴 백발을 어깨와 등까지 늘어뜨린 노인도 보았을 것이다. 그리고 노인이 탁자 위에 양초와 모래시계를 놓고는 몸을 숙여 양피지 위에서 깃펜을 깎는 모습과 생각에 빠진 채 무언가를 중얼거리면서도 침대 위의 여자아이에게서 눈을 떼지 않는 모습도 보았을 것이다.

하지만 그건 불가능한 일이었다. 아무도 이 광경을 볼 수 없었다. 은둔자 비소고타의 오두막은 늪지 깊은 곳에 숨겨져 있었으며, 그 누구도 감히 들어올 엄두를 내지 못하는 짙은 안개로 둘러싸인 버려진 땅이었기 때문이다.

"다음과 같이 적어둔다."

비소고타는 깃펜을 잉크에 적셨다.

"나의 처치가 있은 후 세 시간이 지났다. 진단은 불누스 인시시붐*, 창상이다. 알 수 없는 날카로운 물체로 힘을 주어 가한 상처이며, 아마도 날 끝이 휘어 있는 칼로 짐작된다. 상처는 왼쪽 얼굴의 일부인, 눈 아래에서부터

---

* 불누스 인시시붐(Vulnus incisivum): 라틴어로 '예리한 상처'라는 의미이다.

뺨을 가로질러 귀 아래와 턱 부근까지 이어져 있다. 특히 눈 바로 아래에 있는 광대뼈 쪽의 상처는 뼈까지 닿을 정도로 깊으며, 상처를 입은 시점에서 처음 치료한 시점까지 경과한 시간은 약 열 시간 정도로 짐작된다."

깃펜은 양피지에 긁히는 소리를 냈지만, 그 소리는 몇 초에 지나지 않았다. 쓴 것도 몇 줄밖에 되지 않았다. 비소고타는 자기 자신에게 중얼거린 모든 말들을 전부 기록해야 한다고는 생각하지 않았다.

"상처의 처치 부분으로 돌아가서, 다시 기록하자면……."

비소고타는 연기가 올라오는 흐릿한 촛불의 불빛을 바라보며 다시 시작했다.

"상처의 끝 부분은 잘라내지 않았다. 오로지 죽은 조직과 피가 굳은 부분만을 제거했다. 그리고 버드나무 껍질에서 나온 진액으로 상처를 씻고 흙과 이물질을 제거했다. 상처는 대마로 엮은 실을 사용해 봉합했다. 이 실 말고는 쓸 만한 실이 없었다. 마지막으로 투구꽃으로 고약을 만들어 바르고 모슬린 붕대로 상처를 감았다."

쥐 한 마리가 방 한가운데를 가로지르며 달려갔다. 비소고타는 쥐에게 빵 조각을 던졌다. 판자 침대에 누운 여자아이는 불안정하게 숨을 쉬며 잠결에 신음 소리를 흘리고 있었다.

"처치 이후 여덟 시간이 지났다. 환자의 상태는 변함이 없다. 의사의 상태…… 그러니까 나의 상태는 조금 나아졌다. 잠깐이었지만 잘 수 있었으니까…… 아직 기록을 계속할 수 있다. 내 환자의 상태에 대해 조금이라도 더 기록할 수 있어 다행이다. 모든 것이 녹슬고 먼지로 돌아가기 전, 이 늪지대에 오게 될 후대의 누군가를 위해서."

비소고타는 무거운 한숨을 내쉬고는 펜을 적시고 잉크병 가장자리에 남은 잉크를 닦았다.

"그러므로 환자의 상태에 대해 앞으로 일어나는 일들을 기록하고자 한다. 나이는 어림짐작으로 열여섯. 큰 키에 약간 마른 체형이지만 몸이 약하거나 영양이 부족했던 흔적은 전혀 없다. 근육이나 체형은 전형적인 젊은 여성 엘프의 모습이지만 혼혈의 특징은 전혀 보이지 않는다. 1/8 혼혈도 아니다. 엘프의 피가 그보다 더 적게 섞였기 때문에 그 흔적이 전혀 보이지 않을 수도 있다."

중얼거리던 비소고타는 마치 지금에서야 양피지 위에 단 하나의 룬어도 쓰지 않은 것을 알아챈 것 같았다. 종이 위에 펜을 놓았지만, 잉크는 이미 말라 있었다. 하지만 비소고타는 상관하지 않았다.

"이것도 적어둬야겠다. 출산의 흔적은 없어 보인다. 그리고 오래된 흉터나 상처 등 고된 노동이나 사고, 위험한 생활이 남긴 어떠한 흔적도 없다. 내가 강조하고 싶은 것은 오래된 상처나 흔적이 없다는 것이지, 최근에 새로 생긴 흔적은 많다. 이 여자아이는 아버지에게 여러 가지 방법으로 구타와 채찍질을 당한 것처럼 보이며, 여러 차례 발로 차인 것으로 추정된다."

비소고타는 다시 말을 이었다.

"또한 이 소녀의 몸에는 상당히 구체적인 이상한 표시가 있는데…… 흠, 학술적인 목적으로 기록해두자…… 사타구니, 성기 바로 위쪽에 붉은 장미 문신이 있다."

비소고타는 집중해서 뾰족한 펜 끝을 바라보더니, 다시 펜을 잉크에 적셨다. 이번에는 자신이 왜 펜을 잉크에 적셨는지 그 목적을 잊지 않았다. 그는 옆으로 기울어진 규칙적인 글씨로 양피지 위를 서둘러 채우기 시작했다.

비소고타는 잉크가 마를 때까지 썼다.

"반쯤 정신이 돌아와 말도 하고 비명을 지르기도 했다. 무뢰배들 특유의 지저분한 말씨를 제외하더라도, 억양이나 단어를 발음하는 방식은 무척이나 혼란스럽고 출신지를 짐작하기 힘들지만 아마도 남부보다는 북부 출신으로 추정된다. 어떤 단어들은……."

또다시 펜이 양피지 위에서 긁히는 소리를 냈다. 꽤 긴 시간 끄적거렸지만, 좀 전에 말한 모든 것을 쓰기에는 너무 짧은 시간이었다. 그런 후에 비소고타는 혼잣말을 멈춘 지점부터 다시 중얼거리기 시작했다.

"어떤 단어들, 특히 이 소녀가 무의식중에 내뱉은 성과 이름들은 기억해뒀다가 연구해볼 만하다. 이 모든 것이 늙은 비소고타의 오두막에 찾아온 이 인물이 보통 사람은 아니라는 것을 가리키고 있으며……."

비소고타는 자신의 목소리에 귀를 기울이다가 잠시 멈추었다.

"단지 늙은 비소고타의 오두막이, 이 여자아이의 종착지가 아니길 바랄 뿐이다."

비소고타는 양피지 위에 몸을 숙이고 그 위에 깃펜을 가져갔지만 단 한 글자도, 아무것도 쓰지 않은 채 펜을 식탁 위에 던져버렸다. 잠시 숨을 헐떡이며 화가 난 듯 중얼거리더니 코를 풀었다. 그리고 나무판자 침대를 바라보고는 그쪽에서 나는 소리를 들었다.

"이건 꼭 적어야만 한다. 상태가 아주 좋지 않다. 나의 모든 노력과 처치가 결국 역부족이었으며, 헛수고였을지도 모른다. 걱정했던 일이 발생했다. 상처가 감염되었다. 환자는 심하게 열이 나고 있다. 염증의 대표적인 증상인 홍조와 열, 종양이 모두 나타났으며 곧 네 번째 증상인 통증이 나타날

것이다. 내가 의술을 익힌 지 반 세기나 지났다는 걸 기억해야 한다. 그 세월이 내 기억과 손가락의 민첩함을 짓누르고 있다는 걸 느낀다. 내가 할 줄 아는 것은 많지 않으며, 내가 할 수 있는 일은 더 적다. 처치 방법과 약은 거의 없다고 봐야 한다. 이제 젊은 신체가 가지고 있는 면역력에 희망을 가져볼 수밖에 없다……."

비소고타는 지친 목소리로 중얼거렸다.

"처치 후 열두 시간이 지났다. 예상한 바와 같이, 감염의 네 번째 증상인 통증이 나타났다. 환자는 고통에 비명을 지르고 있으며, 온몸에 열이 오르고 세차게 떨고 있다. 나는 환자에게 줄 만한 것이 아무것도 없다. 독말풀 즙이 조금 있긴 하지만, 독말풀의 작용을 이겨내기에는 환자의 몸이 너무 약해져 있다. 투구꽃도 조금 있지만, 아마 투구꽃을 썼다가는 숨이 끊어지고 말 것이다."

"처치 후 열다섯 시간이 지났다. 새벽이다. 환자는 의식을 잃었다. 열은 무섭게 올라가고, 몸의 떨림도 더 심해진다. 또한 얼굴 근육이 심하게 수축되고 있다. 이것이 파상풍이라면, 가망이 없다. 하지만 그저 얼굴 신경의 문제라고 생각하며 희망을 가져보자. 아니면 삼차 신경 문제일지도 모른다. 아니면 양쪽 다…… 만약 그렇다면 얼굴이 망가질 것이다. 하지만 살 수는 있을 것이다."

비소고타는 단 한 글자도, 단 한 단어도 쓰지 않은 양피지를 내려다보았다. 그러고는 먹먹한 목소리로 덧붙였다.

"만약 감염을 이겨낼 수만 있다면……."

"처치 후 스무 시간이 지났다. 열은 점점 심해진다. 홍조와 열, 종양, 통증 등 모든 것이 더 이상 심해질 수 없을 정도로 끝까지 온 것 같다. 그러나 환자에게서 그 끝을 이겨낼 가능성은 보이지 않는다. 그러므로 나는 적는다. 나, 코르보의 비소고타는 신의 존재를 믿지 않는다. 하지만 혹시라도 신이 존재한다면 이 여자아이를 보살펴주기를. 그리고 내가 한 짓을 용서해주기를…… 만약 나의 처방이 잘못된 것이라면……."

비소고타는 펜을 내려놓고, 부어오른 눈꺼풀을 비비며 주먹을 관자놀이에 가져다 대었다.

"나는 독말풀과 투구꽃을 섞은 약을 환자에게 주었다. 그 결과는 곧 알게 될 것이다."

비소고타의 목소리는 잠겨 있었다.

비소고타는 자지 않았다. 잠깐 졸았지만 쿵 하는 소리와 툭툭거리는 소리, 신음 소리에 깨어났다. 소리는 고통의 신음이라기보다는 분노의 외침이었다.

날이 밝아오고 있었다. 창틈으로 희미한 햇살이 들어왔다. 모래시계는 이미 한참 전에 모든 모래가 다 떨어진 상태였다. 비소고타는 모래시계를 뒤집어놓는 걸 항상 잊어버리곤 했다. 촛불은 간신히 불꽃을 깜빡거리고 있었고, 화톳불의 빨간 불빛이 방구석을 흐릿하게 밝히고 있었다. 비소고타는 자리에서 일어나 환자의 안정을 위해 나무판자 침대를 방과 격리하고자 임시로 만들어놓은 커튼을 치웠다.

환자는 방금 전까지 쓰러져 있던 바닥에서 일어나, 침대 끝에 구부정하게 앉아서는 붕대 아래의 얼굴을 긁으려고 했다. 비소고타는 헛기침을 했다.

"일어나지 말라고 했잖니. 넌 너무 약해져 있어. 만약 뭔가 원하는 게 있다면 날 불러라. 항상 옆에 있으니."

"당신이 항상 내 옆에 있진 않았으면 좋겠는데요. 오줌을 싸고 싶어요."

여자아이는 작은 목소리로 입을 반쯤만 벌리고 말했지만, 말소리는 무척 또렷했다.

요강을 다시 가져오려고 비소고타가 돌아왔을 때, 여자아이는 나무판자 침대 위에 대자로 누워 뺨에 고정된 채 이마와 목을 감은 붕대를 만지작거리고 있었다. 잠시 후 비소고타가 다시 왔을 때에도 같은 자세였다.

"나흘이었나요?"

여자아이는 천장을 바라보며 물었다.

"닷새지. 우리가 마지막으로 대화를 나눈 지도 하루가 지났으니까. 넌 하루 종일 잤어. 잘했다. 지금은 잠이 필요한 때야."

"이제 괜찮아진 것 같아요."

"그 말을 들으니 기쁘구나. 어디 붕대를 벗겨보자. 앉도록 도와주마. 내 손을 붙잡거라."

상처는 깔끔하게 잘 아물어서 이번엔 달라붙은 붕대를 떼는 고통도 거의 없었다. 여자아이는 조심스럽게 뺨을 만져보았다. 얼굴을 찡그리는 걸 보며 비소고타는 그것이 아파서만은 아니라는 것을 알았다. 상처를 만져볼 때마다 상처가 얼마나 깊은지 새삼 깨닫는 모양이었다. 그리고 그때마다 자신이 만지고 있는 상처가 신열로 인한 악몽이 아니라 실제로 일어났던 끔찍한 현실이라는 것을 새삼 깨닫는 것 같았다.

"여기 거울 같은 건 없어요?"

"없다."

비소고타는 거짓말을 했다.

여자아이는 처음으로 온전히 제정신이 돌아온 눈빛을 반짝이며 그를 응시했다.

"그 말은, 그 정도로 끔찍하다는 건가요?"

여자아이는 꿰맨 자리를 조심스럽게 손으로 만지며 물었다.

"상처 범위가 꽤 넓지. 얼굴은 아직도 부어 있는 상태고. 며칠 후면 실밥을 뽑을 거다. 그때까지는 투구꽃과 버드나무 진액을 바를 거야. 이제는 머리 전체를 붕대로 감지 않아도 되겠구나. 상처가 잘 낫고 있어. 정말로 잘 낫고 있다."

비소고타는 이 코흘리개 앞에서 변명이나 하고 있다는 사실에 성을 내며 대꾸했다.

여자아이는 대답하지 않았다. 입과 턱을 움직이더니 얼굴을 찡그리며 안면 근육이 얼마나 움직일 수 있는지 시험해보는 것 같았다.

"비둘기로 수프를 끓였다. 먹을래?"

"먹을래요. 하지만 이번엔 나 혼자 먹을 거예요. 옴짝달싹 못하는 사람처럼 떠먹여주는 건 굴욕적이거든요."

수프를 먹는 데는 오랜 시간이 걸렸다. 여자아이는 마치 나무 수저가 천근만근이나 되는 것처럼 온 힘을 다해 조심스럽게 입에 가져갔다. 하지만 자신을 흥미롭게 바라보고 있는 비소고타의 도움 없이 잘해냈다. 비소고타는 원래도 호기심이 많았지만, 지금은 호기심에 불타오를 지경이었다. 여자아이가 건강을 회복하면, 그 모든 비밀스러운 사건을 밝혀줄 만한 대화가 오갈 것이다. 분명 그리될 터였지만 궁금해서 도저히 기다릴 수가 없었다. 비소고타는 너무나 오랫동안 늪지에서 홀로 살아왔던 것이다.

여자아이는 수프를 다 먹고는 베개 위로 쓰러졌다. 잠시 동안 꼼짝 않고 천장을 바라보더니 고개를 돌렸다. 유별나게 큰 초록색 눈동자. 비소고타는 그 눈동자가 여자아이를 순진한 인상으로 보이게끔 만든다고 생각했다. 이제 그 순진함은 뺨에 난 끔찍한 상처와 강렬한 부조화를 이루고 있었다. 비소고타는 이런 종류의 얼굴을 알고 있었다. 눈이 커다랗고 본능적으로 호감을 불러일으키는 늘 아이 같은 얼굴. 이런 얼굴은 스무 살, 아니 서른 살 생일이 기억나지 않을 만큼 세월이 흐른 후에도 아이 같은 모습이 그대로 남는다. 비소고타는 이런 종류의 얼굴을 알고 있었다. 자신의 두 번째 부인과 딸이 꼭 이랬다.

"난 여기서 도망쳐야 해요, 반드시. 쫓기고 있거든요. 당신은 이미 알고 있겠지만."

갑자기 여자아이가 입을 열었다.

"알고 있다. 그게 네가 처음으로 한 말이었지. 아파서 헛소리를 하는 줄 알았는데 아니더군. 정확히 말하면, 네가 처음으로 했던 질문 중 하나였지. 제일 먼저 너의 말과 칼에 대해 물어봤으니까. 내가 말과 칼은 잘 있다고 하니까 너는 날 의심했지. 내가 무슨 본하트라는 자와 짜고 널 치료하는 게 아니라 희망 고문을 한다고 말이야. 겨우 그 의심에서 벗어났을 때 비로소 자신을 팔카라고 소개하며 나에게 구해줘서 고맙다고 인사를 했지."

비소고타는 고개를 끄덕였다.

"감사 인사를 잊지 않았다니 다행이네요. 기억이 안개처럼 뿌옇거든요. 어떤 게 꿈이었고 어떤 게 현실이었는지 모르겠어요. 고맙다는 인사를 하지 않았을까봐 걱정했거든요. 그리고 내 이름은 팔카가 아니에요."

여자아이는 누운 채로 머리를 돌렸다. 마치 비소고타와 눈이 마주치는 걸 피하고 싶다는 듯.

"그것 역시 알고 있다. 네가 고열에 시달리며 말하는 걸 우연히 들었으니까."

"난 도망자예요. 나에게 쉴 곳을 제공하면 당신도 위험해져요. 내 진짜 이름을 아는 것도 위험한 일이고요. 그들이 날 추적해오기 전에 지금이라도 말을 끌고 떠나야만 해요."

여자아이는 여전히 돌아누운 채 말했다.

"넌 조금 전까지 요강에 앉는 것도 힘들어했다. 네가 말을 타는 모습은 상상도 못하겠구나. 하지만 이곳에서의 안전은 보장할 수 있다. 그 누구도 여기까지 널 쫓아오진 못해."

비소고타는 부드럽게 말했다.

"분명히 쫓아올 거예요. 그들은 내 자취를 따라 주변을 샅샅이 뒤지고……."

"걱정 마라. 이곳은 매일 같이 비가 내리고, 아무도 너의 흔적을 찾지 못할 거야. 넌 그 누구도 찾지 않는 외진 늪지대에 있단다. 그것도 세상과 단절된 은둔자의 집에. 세상이 찾지 못하는 장소지. 하지만 네가 원한다면, 네 소식을 너와 가까운 이들이나 친구들에게 전할 방법은 찾아보도록 하마."

"당신은 내가 누구인지도 모르면서……."

"넌 상처 입은 아이다. 그리고 여자아이를 해치는 것을 조금도 주저하지 않는 이로부터 도망치고 있고. 자, 내가 어떤 소식을 전해주길 원하니?"

비소고타가 여자아이의 말을 끊으며 물었다.

"아무도 없어요. 나랑 가까운 사람들은 다 죽었어요. 전부 살해당했거든요."

여자아이는 잠시 후 대답했다. 비소고타는 여자아이의 목소리가 변한 것을 느꼈다.

비소고타는 아무 말도 하지 않았다.

"난 죽음을 데리고 다녀요. 나와 만나는 사람은 모두 죽어요."

여자아이는 떨리는 목소리로 말했다.

"모두 그런 건 아니다. 네가 열에 시달릴 때 비명이라도 지르듯 이름을 불렀던 그 본하트, 네가 벗어나려고 하는 그자는 죽지 않았지. 그를 만나서 오히려 네가 죽을 뻔한 것 같구나. 그 사람이…… 얼굴에 상처를 낸 거냐?"

비소고타는 여자아이를 조심스럽게 바라보며 물었다.

"아니에요. 내 얼굴에 상처를 낸 건 올빼미, 스테판 스켈렌이에요. 본하트는…… 본하트는 훨씬 더 심각하고 깊은 상처를 냈어요. 내가 고열에 시달리면서 그런 얘기도 했나요?"

여자아이는 신음 소리인지 혹은 욕설인지 모를 그 무언가를 자제하기 위해 이를 악물었다.

"진정하렴. 넌 지금 몹시 허약한 상태라 극심한 감정의 동요는 피해야 한다."

"내 이름은 시리에요."

"투구꽃 고약을 바르고 붕대를 감아주마, 시리."

"잠깐만요, 그 전에 거울 좀 주세요."

"내가 없다고……."

"제발 부탁이에요!"

비소고타는 시리가 원하는 걸 더 이상 미룰 수 없다고 결론 내린 후 그녀의 뜻대로 했다. 얼굴이 어떻게 되었는지 잘 보이도록 등잔까지 가져다주었다.

"그렇지, 그래. 이럴 것 같았어요. 내가 생각한 그대로야."

시리가 떨리는 목소리로 말했다.

비소고타는 임시로 만든 커튼을 질질 끌며 밖으로 나갔다.

시리는 소리가 들리지 않도록 숨죽여 흐느끼려고 노력했다. 최선을 다해서 노력했다.

다음 날 비소고타는 실밥의 반을 풀었다. 시리는 뺨을 어루만지더니 독사처럼 쉭쉭거리며 귀와 턱 근처의 다치지 않은 목 부분까지 아프다고 불평했다. 그러면서도 일어나 옷을 입고 밖으로 나가려고 했다. 비소고타는 반대하지 않았다. 그 대신 시리를 따라나섰다. 도와주거나 부축을 해줄 필요도 없었다. 여자아이는 건강했고, 생각보다 훨씬 강했다.

시리는 밖으로 나가자마자 약간 비틀거리더니 문틀을 잡았다.

"아니…… 엄청 춥잖아! 웬 추위죠? 벌써 겨울인가? 내가 여기 얼마나 누워 있던 거예요? 몇 주나 된 거죠?"

시리는 크게 숨을 들이마시며 물었다.

"정확히 엿새지. 지금은 10월의 다섯 번째 날이야. 하지만 아주 추운 10월이 될 것 같구나."

"10월 5일이요? 어떻게 이럴 수가 있지? 2주가…….''

시리는 얼굴을 찡그리며 고통으로 씩씩거렸다.

"뭐? 무슨 2주?"

"아무것도 아니에요. 아마 내가 뭔가 착각한 것일지도…… 아마 아닐 거예요. 그런데 이 지독한 냄새는 뭐예요?"

시리는 어깨를 으쓱했다.

"가죽. 사향쥐와 비버, 뉴트리아, 수달을 잡아서 가죽을 벗기지. 은둔자도 먹고는 살아야 하니까."

"내 말은 어디 있어요?"

"외양간에."

검은 말은 커다랗게 히힝 소리를 내며 시리를 반겼고, 비소고타의 염소도 매매 하며 울었다. 염소의 울음에는 자신의 보금자리를 새로운 세입자와 나눠야 하는 것에 대한 불만이 담겨 있었다. 시리는 말의 목을 껴안고 두드리며 갈기를 쓰다듬었다. 말은 킁킁 소리를 내며 발굽으로 건초를 뒤졌다.

"내 안장이랑 안장 덮개, 재갈은요?"

"여기."

비소고타는 아무런 반대도 하지 않았고, 자기 의견을 내비치지도 않았다. 그저 아무 말 없이 지팡이에 기대어 있을 뿐이었다. 시리가 안장을 들어 올리려다 멈추었을 때도, 안장 무게를 못 이겨 결국 비명 소리와 함께 건초가 깔린 바닥에 주저앉았을 때도 꿈쩍하지 않았다. 다가가서 일어나는 걸 도와주지도 않았다. 그저 주의 깊게 바라볼 뿐이었다.

"그래, 알았어요. 잘 알았다고요. 하지만 난 여기서 떠나야 해요, 젠장! 그래야만 한다고요!"

시리는 이를 악물고는 자기 옷깃에 코를 묻으려고 하는 암말을 밀어내며 말했다.

"어디로 갈 거냐?"

비소고타가 차갑게 물었다.

시리는 내팽개쳐진 안장 옆, 건초 위에 앉아 얼굴을 문질렀다.

"최대한 멀리."

비소고타는 마치 이 대답에 만족한 듯, 이 대답이 모든 것을 확실하게 해주고 더 이상 생각할 여지를 남기지 않는다는 듯 고개를 끄덕였다. 시리는 힘겹게 일어났다. 안장과 재갈은 다시 집으려고 하지도 않았다. 단지 암말의 여물통에 건초와 귀리가 있는지 확인하고는 건초 다발을 묶어 말의 갈기와 몸통을 빗어줄 뿐이었다. 비소고타는 아무 말 없이 그 순간을 기다렸다. 시리는 곧 백지장처럼 창백해진 얼굴로 헛간을 지탱하는 기둥에 기대어 비틀거렸다. 비소고타는 아무 말 없이 지팡이를 내밀었다.

"아무렇지도 않아요. 그냥……."

"그냥 좀 어지러운 것뿐이겠지. 왜냐하면 넌 지금 아프고, 갓난아기처럼 약해져 있으니까. 돌아가자. 이제 누워야 한다."

몇 시간을 내리 자고 해질녘이 되자, 시리는 다시 밖으로 나갔다. 비소고타는 강에서 돌아오는 길에 복분자나무 울타리 앞에서 시리를 만났다.

"집에서 너무 멀리 가지 마라. 첫째로 넌 몸이 너무 약해져 있고……."

비소고타는 쌀쌀한 목소리로 말했다.

"지금은 괜찮아졌어요."

"둘째는 위험해서다. 이 주변에는 거대한 늪지들이 있고, 갈대밭이 끝없이 펼쳐져 있지. 제대로 된 길을 모르면 헤매다 늪에 빠져 죽는다."

"하지만 당신은 길을 잘 알겠죠. 그리고 멀리까지 돌아다니지 않는 걸 보니, 늪지대라는 것도 그리 크지는 않은 것 같고요. 먹고 살기 위해 가죽을 벗겨서 파는 것도 알겠어요. 내 말 켈피한테 귀리를 주었는데, 근처에 밭은 보이지 않아요. 거기다 우린 닭과 그루트*도 먹었어요. 빵도 먹었죠. 화

---

* 그루트(Groats): 껍질을 벗긴 귀리, 보리 등의 곡식을 거칠게 빻은 것. 시리얼이나 죽으로 먹는다.

덕에서 대충 구운 빵이 아니라 진짜 빵이요. 가죽 상인이 빵을 준 건 아니겠죠. 그러니 분명 이 근처 어딘가에 마을이 있다는 거겠죠."

시리는 비소고타가 들고 있는 주머니를 가리키며 말했다.

"제대로 된 추론이야. 식량은 가장 가까운 마을에서 가져오지. 물론 가장 가까운 마을이라고 해도 전혀 가깝지 않아. 늪지대 맨 끝에 있지. 이 늪은 강으로 이어진단다. 한 번씩 배로 식량을 가져오면 내가 가진 가죽과 교환하지. 빵이나 잡곡, 밀가루, 소금, 치즈, 가끔은 토끼나 닭도 받는다. 때때로 소식도 듣고."

비소고타는 평온하게 말했다.

시리가 아무 말도 하지 않았기 때문에 비소고타는 이야기를 계속했다.

"말을 탄 무리가 두 번이나 마을에 왔었다고 하더군. 처음 왔을 때는 너를 발견하면 숨겨주지 말라며, 만약 마을에서 널 찾게 된다면 칼과 불로 다스리겠다고 농부들을 위협했다더군. 두 번째로 왔을 때는 네 시체를 발견하는 이에게 포상금을 주겠다고 약속했어. 널 쫓아오던 자들은 네가 숲이나 협곡에서 죽었을 거라고 생각하고 있다."

"그리고 시체를 찾기 전까지는 멈추지 않을 거예요. 당신도 그건 알고 있겠죠. 그들은 내가 죽었다는 증거가 있어야만 해요. 그 증거 없이는 수색을 그만두지 않을 거예요. 이곳저곳 샅샅이 뒤지겠죠. 그러다 이곳까지 와서……."

시리는 중얼거리다 말고 말끝을 흐렸다.

"그들에겐 아주 중요한 문제인가 보군. 반드시 찾아야만 하는……."

비소고타의 말에 시리는 입술을 깨물었다.

"걱정 마요. 그들이 날 찾아 여기까지 오기 전에 떠날 테니까. 당신을 위험에 빠트리지는 않겠어요. 그러니 겁먹지 마세요."

"무슨 근거로 내가 겁을 먹었다고 생각하는 거냐? 무서워해야 할 이유가 뭐지? 여긴 아무도 못 와. 그 누구도 널 쫓아 여기까지 오지는 못하지. 하지만 네가 갈대숲 밖으로 코빼기라도 내밀었다간 곧바로 널 추적하는 자들의 손에 잡힐 거다."

비소고타는 어깨를 으쓱해 보였다.

"다시 말해, 내가 여기 있어야만 한다는 건가요? 그 말이 하고 싶은 거예요?"

시리는 고개를 홱 돌렸다.

"여긴 감옥이 아니야. 원한다면 떠나도 돼. 네가 떠날 수 있다면 말이다. 하지만 이곳에 머물면서 때를 기다려도 된다. 추적자들은 언젠가 단념할 거야. 빠르든 늦든 언젠가는 반드시 포기하겠지. 항상 그래왔다. 이 말은 믿어도 돼. 이런 일은 내가 잘 아니까."

시리의 초록빛 눈이 비소고타를 바라보며 반짝였다.

"어찌 되었든 너 하고 싶은 대로 하렴. 다시 말하지만, 널 여기 가둬놓은 건 아니니까."

비소고타는 시리의 눈길을 피하며 또다시 어깨를 으쓱했다.

"오늘은 아무래도 떠나지 못할 것 같네요. 난 아직 힘이 없어요. 그리고 곧 해도 지고…… 또 제대로 된 길도 모르니까요. 그러니까 집으로 돌아가요. 추워요."

시리가 말했다.

"내가 이 집에 엿새 동안 누워 있었다고 했죠, 그게 정말인가요?"

"내가 뭐하러 거짓말을 하겠니?"

"말이 안 돼요. 날짜를 계산해보려고 해도…… 내가 도망쳐 나온 게…… 그러니까, 상처를 입은 게…… 추분 날이었어요. 9월 23일이죠. 엘프식 달력으로 치면 라마스의 마지막 날이에요."

"그건 불가능해."

"내가 뭐하러 거짓말을 하겠어요!"

시리는 소리를 지르다가 비명을 지르며 얼굴을 움켜잡았다. 비소고타는 덤덤한 시선으로 시리를 바라보았다.

"나도 왜 그런지는 모르겠다. 하지만 난 한때 의사였단다, 시리. 아주 옛날에 말이지. 하지만 지금도 열 시간 전에 난 상처와 나흘 전에 난 상처 정도는 구분할 줄 알아. 내가 널 발견한 건 9월 27일이었지. 그러니까 네가 상처를 입은 것은 26일이야. 엘프식 달력으로 말하면 벨렌 사흘째지. 추분이 지나고 사흘째."

비소고타는 냉정하게 말했다.

"난 추분 당일에 상처를 입었어요."

"그건 불가능해, 시리. 네가 날짜를 착각한 게 틀림없어."

"절대 아니에요. 여긴 뭐 이상한 은둔자의 달력이라도 쓰나 봐요."

"네 마음대로 생각하렴. 하지만 그게 무슨 큰 의미라도 있는 거냐?"

"아뇨, 전혀 없어요."

사흘이 지난 후, 비소고타는 마지막 실밥을 풀었다. 그리고 자기가 해낸 결과물을 살펴보며 충분히 만족하고 자랑스러워할 만하다고 생각했다. 꿰맨 자국은 반듯하고 깨끗했으며, 상처 안에 들어간 이물질 때문에 흉터가 더해진 곳도 없었다. 그러나 수술로 인한 뿌듯함은 곧 사라지고 말았다. 여러 각도로 세워놓고 우울한 침묵 속에서 머리카락을 이리저리 드리우며 어떻게든 상처를 가려보려고 애쓰는 시리의 모습을 지켜봐야 했던 것이다. 상처가 시리의 얼굴을 끔찍하게 망쳐놓은 건 사실이었다. 다른 방법이 없었다. 애써 그렇지 않다고 위로해도 아무 소용이 없었다. 바늘이 지나간 자리에 구멍이 나 있고, 실로 꿰맨 흔적이 그대로 보이는 상처는 굵은 밧줄처럼 붉게 부어올라 그야말로 끔찍했다. 이 상태는 어쩌면 생각보다 더 빨리 나아질 수도 있었다. 그러나 비소고타는 흉터가 완전히 사라지고 얼굴이 예전처럼 회복될 가능성이 전혀 없다는 걸 알고 있었다.

시리의 몸은 전보다 훨씬 나아졌지만, 이상하게도 떠나겠다는 말을 꺼내지 않아 비소고타는 내심 안도하고 있었다. 시리는 외양간에서 검은 암말 켈피를 끌고 나왔다. 비소고타는 '켈피'라는 단어가 북쪽 지방에서는 초록빛 덩어리처럼 생겼지만 아름다운 흑마나 돌고래, 여인으로 변신하기도 하며, 미신에 따라 물의 신이나 끔찍한 바다 괴물에게서 태어난다고도 알려진 물의 정령을 가리키는 것임을 알고 있었다. 시리는 말에 안장을 채우고 마당과 집 주위를 몇 번 돌더니, 켈피를 다시 외양간의 염소 친구에게 돌려보낸 후 시리 역시 친구인 비소고타에게 돌아왔다. 아마도 지루해서였겠지만, 시리는 종종 비소고타의 가죽 손질 작업을 돕기도 했다. 비소고타가 뉴트리아를 크기와 색깔에 따라 분류할 때 시리는 사향쥐를 앞뒤로 분류해 조각에 맞춰 칼을 집어넣고는 가죽을 분리하기도 했다. 시리의 손은 말할 수 없을 정도로 민첩했다.

그렇게 함께 일을 하다가 둘 사이에 기이한 대화가 오가게 되었다.

"당신은 내가 누구인지 몰라요. 내가 누군지 상상도 못할 거예요."

시리는 이 진부한 대사를 되풀이하며 비소고타를 살짝 약 올렸다. 물론 비소고타는 약이 올랐다는 걸 드러내지 않았다. 이런 코흘리개 앞에서 자신의 감정을 내비칠 수는 없었으니까. 그건 절대 안 될 일이었다. 그리고 자신을 괴롭히는 불타는 호기심 역시 드러낼 수 없었다.

사실 그의 호기심에는 별다른 이유도 없었다. 이 여자아이가 누구인지는 어렵지 않게 짐작할 수 있었다. 비소고타가 젊었던 시절에도 청소년들로 이루어진 산적 무리는 드물지 않았다. 시간이 흘렀지만 모험을 향한 굶주림이나 설렘같은, 젊은이들을 매혹시키는 힘이 사라진 것도 아니었다. 이들에게 죽음은 흔한 일이었다. 얼굴에 상처를 입고 돌아다니는 코흘리개는 차라리 운이 좋은 편이라고 할 수 있었다. 재수가 없으면 고문을 당하거나 교수형 또는 갈고리, 꼬챙이 등에 꽂혀 죽는 죽음이 기다리고 있었다.

비소고타가 젊었을 때와 달라진 건 단 한가지였다. 여성들도 자유로워지기 시작했다는 점이다. 소년들만 산적 떼에 가담하는 것이 아니라, 중매쟁이를 기다리는 대신 뜨개바늘과 실패를 내던지고 말에 뛰어올라 칼을 잡고 모험에 나서는 무모한 소녀들이 생겨난 것이다.

비소고타는 이런 이야기를 시리에게 직접적으로 말하지는 않았다. 그저 에둘러 말했을 뿐이었다. 다만 시리에게 자신이 이런 사실쯤은 알고 있다는 걸 눈치챌 수 있게 말했다. 기적적으로 사냥꾼을 피해 달아난 어설픈 산적 출신의 코흘리개 소녀가 딱히 수수께끼의 인물은 아니라는 것을. 얼굴에 상처가 난 십 대 소녀가 자신을 신비주의로 꾸미려 하다니…….

"당신은 내가 누군지 몰라요. 하지만 걱정 말아요. 난 곧 떠날 테니까요. 당신을 위험에 처하도록 만들진 않겠어요."

비소고타도 참을 만큼 참았다.

"난 어떠한 위험에도 처해 있지 않다. 위험할 게 뭐 있겠니? 그럴 일은 없 겠지만, 만약 이곳에 추적자들이 나타난다고 해도 나한테 무슨 나쁜 일이 생길까? 도망친 범죄자를 도왔다고 벌을 받을 수도 있겠지만, 그건 나 같은 은둔자에게는 해당되지 않는 일이지. 은둔자는 밖에서 무슨 일이 일어나는 지 모르니까. 이 황량한 늪지에 들어온 모든 사람을 마음대로 대접할 수 있 는 건 나의 특권이다. 은둔자인 내가 너의 정체를 무슨 수로 알겠니? 네가 무슨 짓을 했는지, 왜 법의 추적을 받고 있는지 어떻게 알겠어? 그리고 그 법은 대체 어디의 법이란 말이냐? 난 이 늪지에 어떤 법이 적용되는지, 여 기가 누구의 사법권 아래 속한지도 몰라. 어차피 아무 상관도 없고. 난 은둔 자니까."

비소고타는 건조한 음성으로 말했다.

은둔자의 삶에 대해 너무 많이 언급한 것 같기는 했다. 하지만 이야기를 중 단하지 않았다. 화가 난 시리의 초록빛 눈이 박차처럼 그를 찌르고 있었다.

"난 가난한 은둔자란다. 이 세상에서는 죽은 것과 다름없는, 세상과는 동 떨어진 몸이지. 난 그저 단순하고 무지한 외톨이에 불과해. 세상 돌아가는 일에 대해선 아무것도……."

이번엔 과장이 심했다.

"아, 그러시군요! 지금 날 바보로 생각하는 거예요? 난 바보가 아니니까 멋대로 생각하지 말라고요, 은둔자님. 가난한 은둔자라고요? 당신이 없을 때 이 주변을 다 둘러봤어요. 저기, 그러니까 저 구석에 지저분한 커튼 뒤도 요. 도대체 왜 저기에 그런 어려운 책들이 있을까요, 단순하고 무지하신 은 둔자님?"

시리는 가죽과 칼을 바닥에 내던지며 소리쳤다.

비소고타는 가죽 더미 위에 뉴트리아 가죽을 툭 던지며 맞받아쳤다.

"옛날에 이 집에 세금 징수원이 살았다. 저건 토지 대장과 회계 장부야."

비소고타는 아무렇지도 않게 말했다.

"거짓말. 대낮부터 거짓말만 하는 거예요?"

시리는 얼굴을 찡그리며 상처를 어루만졌다.

비소고타는 다음 가죽을 집어 들고 색깔을 살피는 척하며 대답하지 않았다.

"당신은 수염이 하얗게 나고 얼굴에 주름이 생기고 나이가 백 살쯤 되면 순진한 애송이 따위는 쉽게 속일 수 있다고 생각하나 보죠? 내가 확실하게 말해줄게요. 순진한 애들은 속아 넘어갈 수도 있었겠죠. 하지만 난 아니라고요."

비소고타는 아무 말도 하지 않았지만, 화를 돋우려는 듯 눈썹을 치켜세웠다. 시리는 비소고타의 눈을 똑바로 바라봤다.

"오, 물론 은둔자님. 지저분한 거지나 어딘가에서 굴러떨어진 고아, 아니면 엉망이 된 얼굴로 덤불에서 발견된 도둑 혹은 산적이 분명한 꼬마가 로드릭 드 노벰브레의 역사서를 읽었다면 이상한 거겠죠. 난 '마테리아 메디카'도 여러 번 읽었어요. 당신 책장에 있는 것과 똑같은 식물학 사전이라는 것도 알아요. 그리고 책장에 놓인 책들 중 빨간 바탕의 책등에 담비 십자 문장이 새겨진 게 무얼 뜻하는지도 알고요. 그건 옥센푸르트의 대학에서 발간한 책이라는 표시죠."

시리는 비소고타를 주의 깊게 관찰하며 말을 중단했다. 비소고타는 아무런 티도 내지 않으려고 노력하며 침묵하고 있었다.

"그래서 난, 당신이 그저 무지한 사람이나 가난뱅이 은둔자는 아니라고 생각해요. 당신은 세상에서 죽은 사람이 아니라, 세상을 피하고 있는 사람이에요. 그래서 아무것도 없는 이 늪지대와 끝없이 펼쳐진 듯한 갈대밭 속에 숨어 있는 거죠."

시리는 특유의 잘난 척하는 태도로 머리를 꼿꼿이 들며 말했다.

"만약 그렇다면 우리의 운명이 참으로 기묘하군, 유식하신 아가씨. 정말 기묘한 방법으로 이 운명이 우리를 만나게 했어. 결국 너도 이곳에 숨어 있으니까. 시리, 너야말로 다른 사람인 척 스스로를 잘 숨기고 있지. 하지만 나는 의심과 지독한 불신으로 가득 찬 늙은이란다."

비소고타가 웃음을 지었다.

"나에 대한 불신인가요?"

"이 세상에 대한 불신이다, 시리. 다른 진실들을 속이기 위해 비뚤어진 겉모습이 진짜인 척 가면을 쓰는, 그러나 사실 그 진실들조차 누군가를 속이기 위한 그런 세상, 옥센푸르트 대학의 문장을 유곽의 문에 그려놓는 그런 세상, 상처 입은 산적 꼬맹이가 세상 물정에 밝고 학식이 있으며, 로드릭드 노벰브레를 읽은 잘 배운 고귀한 태생의 아가씨인 척하는 그런 세상. 사타구니에 장미 무늬 같은 도적들의 문신을 새긴 것과는 다르게 말이야."

"당신 말이 맞군요. 당신은 못된 늙은이요. 게다가 참견쟁이 노인네고."

시리는 입술을 깨물었다. 얼굴은 붉게 달아올라 상처 자국이 검게 보일 지경이었다.

"저 커튼 뒤 내 책장에는 아엔 노'그 맘 타에드'모르츠, 엘프 동화집과 시로 쓰인 민담집이 있다. 거기에 우리의 대화와 걸맞은 이야기도 있다. 늙은 까마귀와 어린 제비에 대한 이야기지. 너와 마찬가지로 나 역시 배운 사람이니, 그 부분을 한번 인용해보마. 너도 분명 기억하겠지만, 늙은 까마귀는 어린 제비에게 성급함과 경망스러움을 탓하지."

비소고타는 고갯짓을 했다.

헨 세르빈 딕'스 아엔 노'그 지라엘
아크, 아크, 카엠 포일레, 테 벨로에, 엘?
지라엘…….

비소고타는 인용을 멈추고 식탁 위에 팔꿈치를 올리고는 손으로 턱을 괴었다. 시리는 신경질적으로 머리를 흩트리더니 몸을 꼿꼿이 세우고는 비소고타를 도전적인 눈빛으로 응시했다. 그리고 나머지 부분을 암송했다.

……지라엘 벨로에 크베'스 아엔 엔'산 이르흐
맘 오그, 헨 체르빈, 베안 니, 퀴르크, 퀴르크!

"못되고 불신에 사로잡힌 늙은이가 젊은 지식인 아가씨에게 사과하지. 어디서나 항상 기만과 속임수를 느끼는 늙은 까마귀가 제비의 용서를 구해야겠구나. 제비의 잘못은 젊고 아름다우며, 생기가 가득한 것밖에 없으니."

비소고타는 자세를 바꾸지 않은 채 낮은 음성으로 말했다.

"관둬요, 그런 칭찬은 필요 없어요. 그런다고 당신이 삐뚤빼뚤 꿰매놓은 내 얼굴이 바뀌는 것도 아니니까. 그리고 사과 한마디에 내가 당신을 믿을 거라고 착각하지도 말아요. 난 당신이 정말 누구인지, 왜 나에게 날짜에 대해 거짓말을 했는지 모르겠으니까요. 무엇보다 상처는 얼굴에 났는데 무슨 목적으로 내 다리 사이를 본 건지, 그리고 그저 보는 걸로 끝났는지도 모르겠거든요.”

시리는 화를 내며 반사적으로 뺨에 난 상처를 가렸다.

이번에는 비소고타의 냉정을 무너뜨리는 데 성공했다.

“지금 무슨 소리를 하고 있는 거야, 이 꼬맹아? 난 네 아버지 나이라고!”

비소고타는 언성을 높였다.

“할아버지겠죠. 아니면 증조할아버지. 하지만 그런 건 중요한 게 아니잖아요. 난 당신이 누군지 몰라요. 분명한 건, 당신이 보여주고자 하는 그 인물이 아니라는 것쯤은 알겠어요.”

시리는 냉정하게 받아쳤다.

“난 네가 지저분하고 끔직한 상태로 얼굴에 묻은 이끼까지 얼어붙어 있는 걸 늪에서 발견한 사람이야. 그리고 네가 누군지 몰랐지만, 최악의 경우를 예상했는데도 널 집에 데려왔고. 너에게 붕대를 감아주고 침대에 눕혔으며, 고열에 시달리며 죽어갈 때 치료하고 간호해줬지. 뿐만 아니라 널 꼼꼼하게 씻겨주기까지 했어. 심지어 네 문신 주변까지도.”

시리는 다시 얼굴을 붉혔지만, 눈에 어린 반항적인 감정까지 숨길 생각은 없었다.

“당신이 말한 대로 비뚤어진 겉모습이 진실인 척할 때도 있죠. 나 역시 이 세상을 조금은 알아요. 당신은 날 구해주고 치료해주고, 또 간호해줬죠. 난 정말…… 정말 당신의 친절함을 고맙게 생각하고 있어요. 하지만 이 세상엔 아무 대가도 없는 선의는 없다는 것도…….”

“계산도 없고, 이득이 되리라는 희망도 없지. 그래그래, 안다. 나 역시 세상 경험이 많은 사람이다. 너와 마찬가지로 세상을 잘 알고 있어. 물론 상처 입은 여자아이들은 소중한 것들을 빼앗기기도 하지. 만약 정신이 아직 돌아오지 않았거나 스스로를 지키기엔 몸이 너무 약해져 있다면 부도덕한 방법으로 자신의 욕망에 굴할 수도 있을 게다. 그렇지 않니?"

비소고타는 미소를 띤 채, 으르렁거리듯 말하는 시리의 말을 잘랐다.

"모든 건 겉보기와는 다른 법이에요."

시리는 다시 시뻘게진 얼굴로 대꾸했다.

"그게 정답이겠지. 그 논리를 우리에게 대입하자면, 우리는 서로에 대해 아무것도 모른다는 결론에 이른다. 우리가 아는 것은 겉모습뿐이고, 겉모습은 우리를 속일 뿐이니까."

비소고타는 또 다른 가죽 한 장을 더미 위에 올려놓으며 대답을 기다렸지만, 시리는 서두르지 않았다.

"우리 둘 다 서로를 알아보기 위해 떠봤지만, 여전히 우린 서로에 대해 아무것도 몰라. 난 네가 누군지 모르고, 넌 내가 누군지 모르지."

비소고타는 가죽 값을 계산하며 기다렸다. 시리는 그를 바라보았고, 그 눈에는 비소고타가 원했던 질문이 담겨 있었다. 그 질문을 던질 때 시리의 눈에서 묘한 광채가 돌았다.

"누가 먼저 시작할까요?"

만약 누군가 어둠이 내린 늪지대 깊은 곳, 이끼가 잔뜩 자란 오두막으로 몰래 숨어들어 그 안을 들여다보았다면 화톳불로 밝혀진 집 안 한구석, 허연 수염의 노인이 가죽 더미 위에 몸을 웅크리고 있는 모습을 보았을 것이다. 또한 어린아이 같은 커다란 초록빛 눈망울과 발그레한 볼, 그리고 그 볼과 전혀 어울리지 않는 끔찍한 상처가 있는 잿빛 머리의 여자아이를 보았을 것이다.

그러나 그 모습은 아무도 볼 수 없었다. 오두막은 그 누구도 들어올 엄두를 내지 못하는 깊은 늪지대의 갈대밭 속에 자리하고 있었기 때문이다.

"내 이름은 코르보의 비소고타다. 외과 의사였지. 동시에 연금술사이자 역사와 철학, 윤리학을 연구하는 학자이기도 했다. 나는 옥센푸르트 대학의 교수였단다. 하지만 신성 모독이라고 여겨진 어떤 작품을 내고 난 후, 그곳에서 도망쳐야만 했어. 50년 전, 당시에만 해도 사형 선고를 받을 만한 일이었지. 난 망명을 해야만 했다. 아내는 다른 나라로 쫓기듯 떠나고 싶지 않다며 나를 버렸지. 그렇게 나는 홀로 남쪽으로 내려와 닐프가드 제국에 자리를 잡았단다. 이후 카스텔 그라우피안의 황립 대학에서 강의를 했지, 그신분으로 10년 정도 살았다. 하지만 그곳에서도 어떤 논문을 출간한 후 또 도망쳐야 했어. 그 논문은 전제 권력과 식민지 전쟁이 내포한 범죄적 성격을 다룬 논문이었는데, 공식적으로는 형이상학적인 신비주의와 종파의 분열을 시도했다는 죄목이 씌어졌어. 내가 북부인들을 다스리는 수정주의파 사제 집단의 확산을 돕고 있다더구나. 20년 전에 무신론자라고 공격받았던 것을 생각해보면, 그 사형 선고는 상당히 우스웠지! 게다가 북부 왕국들에서 팽창주의 사제들은 이미 자취를 감추었지만 닐프가드에서는 그런 사실을 받아들이려 하지 않았다. 신비주의와 미신을 정치와 결합하는 건 불법으로써 엄격하게 다루고 있었으니까.

세월이 지난 지금 돌이켜보니, 내가 그저 납작 엎드려 회개하는 모습을 보였다면 사건도 잠잠해지고 황제 역시 탐탁지 않게 생각하는 정도에서 그쳤을지도 모르겠구나, 하는 생각이 든다. 하지만 나는 이미 이 세상에 염증을 느끼고 있었다. 내 이론이야말로 시대를 초월하고, 이 세상의 모든 정치와 권력보다 더 위에 있노라 확신했지. 그래서 나는 불공평하게 박해를 받고 있다고 생각했어. 결국 폭군에게 저항하는 비밀 결사대 무리와 활발하게 접촉을 했단다. 그리고 내가 정신을 차리기도 전에, 나는 이미 그 결사대와 함께 감옥에 앉아 있더구나. 그 무리 중 몇몇은 고문 도구를 보자마자 나를 결사대의 정신적 지도자로 지목했고. 그럼에도 황제는 나를 사면해주었어. 그 대신 곧바로 제국에서 쫓겨났지. 제국의 땅에 발을 디디는 순간, 사형에 처해진다는 조건으로.

　나는 이 세상 전체에, 모든 왕국들과 제국, 대학, 결사대, 관리, 법관들 그 모든 것에 분노했어. 친구이자 지인이었던 이들이 마치 마법의 지팡이라도 닿은 것처럼, 한순간에 모르는 사람으로 변한 것에도 말이지…… 두 번째 아내도 첫 번째 아내와 마찬가지로 남편에게 문제가 생기면 이혼이 답이라고 생각하는 사람이었다. 나를 버린 자식들에게도 화가 났어. 그래서 난 여기, 에빙의 페레플럿 늪지대의 은둔자가 되었단다. 오래전 우연히 만나게 된 은자에게 이 오두막을 물려받았거든. 그런데 재수가 없었는지, 닐프가드가 에빙을 합병하는 바람에 결국 나는 또다시 닐프가드의 영토에 들어온 셈이 되었어. 이제는 더 이상 떠돌아다닐 힘도, 그럴 마음도 없어서 이곳에 숨어 있단다. 황제의 선고는 세월이 흘러도 없어지는 게 아니니까. 그 선고를 내린 황제가 죽고, 지금의 황제가 그 선고에 찬성하지 않는다 해도 말이다. 국가를 배신한 죄는 시효가 없고, 새 황제가 즉위할 때마다 뿌려대는 사면도 불가하지. 새로운 황제가 황위에 오르면 이전에 죄를 선고받은 모든 이들이 사면되지만, 국가를 배신한 자들은 제외된단다. 그러니 이제는 누가 닐프가드를 다스리든 상관없다. 만약 내가 추방 명령을 어기고 제국의 영토인 이곳에서 산다는 게 알려진다면 내 머리는 곧장 교수대에 매달릴 테니까. 그러니…… 시리, 우린 비슷한 처지다."

"윤리학이 뭐예요? 전에는 그게 뭔지 알았는데, 잊어버렸어요."

"도덕에 대한 학문이란다. 규범에 맞춘 행동, 고귀하고 정직하게 행동하는 것. 인간의 영혼에 정직함과 도덕성을 심어주는 선(善)이라는 고귀함에 관한 학문이지. 그리고 비도덕적인 악의 구렁텅이에 대한 학문이기도 하고……."

"선의 고귀함이라고요? 정직함? 도덕성? 나 좀 웃기지 말아요. 상처가 터질지도 모르니까. 당신은 운이 좋았어요. 당신에게 본하트 같은 현상금 사냥꾼을 보내진 않았으니까요. 그를 보면 악의 구렁텅이가 뭔지 바로 알게 될 거예요. 윤리학? 그런 학문이 무슨 쓸모가 있어요, 코르보의 비소고타 씨? 사악하고 정직하지 못한 놈들이 구렁텅이에서 도사리고 있는 게 아니에요. 그 사악한 놈들이 작정하고 구렁텅이에 도덕적이고 정직하고 고귀하며, 양심 때문에 망설이는 바보 같은 놈들을 처넣는 거라고요!"

시리는 콧방귀를 뀌며 쏘아붙였다.

"가르쳐줘서 고맙구나. 세상에, 역시 아무리 나이를 먹어도 배울 건 항상 있다니까. 특히 성숙하고 뭐든 잘 알며, 경험이 많은 사람들의 말은 언제나 들을 필요가 있지."

비소고타가 비아냥거렸다.

"마음대로 비꼬시라고요, 마음껏요. 할 수 있을 때 마음껏 비꼬셔야죠. 이제 내 차례니까요. 이제 내 이야기로 재미있게 해드릴게요. 무슨 일이 있었는지 모두 말해드리죠. 그리고 내 이야기가 다 끝났을 때, 그때도 비꼬고 싶은 마음이 생기는지 어디 보자고요."

시리는 고개를 저었다.

만약 누군가 어둠이 내린 늪지대 깊은 곳, 이끼가 잔뜩 자란 오두막으로 몰래 숨어들어 그 안을 들여다보았다면, 허연 수염의 노인이 벽난로 앞 나무둥치에 걸터앉은 잿빛 머리 소녀의 이야기를 집중해서 듣고 있는 모습을 보았을 것이다. 또한 여자아이가 적당한 단어를 찾기 힘든 듯 천천히 이야기하고 있는 것을, 신경질적으로 뺨에 난 끔찍한 상처를 만지며 자신의 운명에 대해 이야기하고 있는 모습을 보았을 것이다.

하나같이 거짓으로 밝혀진 자신이 배웠던 학문들에 대해서, 단 하나도 지켜지지 않은 다른 이들의 약속에 대해서, 믿으라던 운명이 자신을 어떻게 배신하고, 어떤 식으로 자신의 어린 시절을 빼앗아갔는지에 대해서, 믿음을 가지려고 할 때마다 단 한 번의 예외도 없이 자신에게 쏟아졌던 적의와 고통, 상처와 치욕에 대해서, 사랑하고 믿었던 이들이 자신을 배신하고, 치욕과 고문 속에서 고통받으며 죽음 앞에 놓여 있을 때 그 누구도 도와주러 오지 않은 것에 대해서, 충실히 따르라고 배워왔던 이상들이 어떻게 절망을 안기고 배신했는지, 가장 필요로 할 때는 정작 아무 쓸모도 없었다는 걸 어떻게 증명했는지에 대해서, 겉으로 보기에는 도움도, 우정도, 사랑도 전혀 주지 않을 것 같았던 이들에게서 오히려 그것들을 발견할 수 있었던 것에 대해서 이야기했다. 비록 사랑에 대해서는 말하지 않았지만 말이다.

그러나 그 모습은 아무도 볼 수 없었고, 듣는 건 더더욱 불가능했다. 지붕에 이끼가 잔뜩 자란 오두막은 안개 속, 그 누구도 들어올 엄두를 내지 못하는 깊은 늪지대의 갈대밭 속에 자리하고 있었기 때문이다.

어린 소녀는 어른이 되는 나이에 접어들면서 지금까지 자신에게 허락되지 않았던 분야로 나아
가기 시작하는데, 동화 속에서 비밀의 탑에 들어가거나 그 안에 숨겨져 있는 방을 찾아내는 것들이
바로 이를 상징한다. 소녀는 탑 꼭대기로 이어지는 나선형 계단을 타고 올라간다. 꿈에서 등장하는
계단은 성적인 경험의 상징이다. 금지된 방, 곧 열쇠로 잠겨 있는 방은 여성의 질을 상징하고, 열쇠
를 돌려 방문을 여는 것은 성행위의 상징이기도 하다.

브루노 베텔하임, 〈옛 이야기의 매력. 동화의 중요성과 의미〉

제 2 장

서쪽에서 불어온 바람이 밤의 폭풍우를 몰고 왔다.

어두운 보랏빛 하늘이 번갯불을 따라 갈라졌고, 계속되는 우르릉 쾅 소리에 폭발이라도 일어난 것 같았다. 길의 흙먼지 위로 기름방울 같은 빗줄기가 무겁게 내리며, 지붕을 두드리고 창문의 먼지를 쓸어내렸다. 하지만 곧 강한 바람이 소낙비를 몰아내고 어딘가 멀리, 번갯불로 불타는 지평선 너머에서 폭풍우를 몰고 왔다.

바로 그때 개들이 마구 짖기 시작했다. 말발굽 소리와 함께 무기들이 철컹거리는 소리가 들려왔다. 개들이 울부짖는 소리와 휘파람 소리에 잠에서 깨어난 시골 사람들은 머리가 쭈뼛 섰다. 그들은 겁에 질린 채 침대에서 일어나 문과 창에 막대를 걸쳐놓았다. 그러고는 땀에 젖은 손으로 곡괭이와 쇠스랑의 손잡이를 꽉 움켜잡고 있었지만, 의미 없는 노력이었다.

공포, 마을을 집어삼킨 건 공포였다. 무언가에 쫓기는 이들일까, 반대로 쫓는 이들일까? 그저 미친놈들일까, 아니면 공포나 분노로 가득 찬 잔인한 이들일까? 말을 세우지 않고 그냥 지나갈까, 아니면 곧 마을이 불타면서 이 밤이 대낮처럼 환해질까?

조용히 해, 조용히, 얘들아……!

엄마, 악마일까요? 이게 와일드 헌트들의 행렬이에요? 아니면 지옥에서 온 유령들일까요? 엄마, 엄마!

조용히 해, 얘들아. 이건 악마도 아니고, 유령도 아니란다. 더 무서운…… 사람들이야.

개들은 난리를 쳤다. 돌개바람이 불었다. 말들이 히힝 울어대고 발굽들이 거칠게 부딪쳤다.

밤이 깊은 시골 마을에 산적 떼가 지나간 것이었다.

핫스펀은 언덕에 올라 말고삐를 잡아 돌렸다. 그는 신중하고 조심성이 많은 편이라 위험을 감수하는 걸 좋아하지 않았다. 특히나 조심해서 나쁠 게 없을 때라면 더더욱 그랬다. 그래서 언덕 아래, 강둑에 있는 우편국으로 서둘러 말을 달리지 않았다. 그보다는 먼저 유심히 살펴보는 편을 택했다.

우편국 앞에는 말도, 마구도 보이지 않았고 그저 노새 몇 마리가 연결된 마차 한 대만 보였다. 마차의 포장에는 어떤 문구가 적혀 있었는데, 멀어서 보이지 않았다. 하지만 위험해 보이지는 않았다. 핫스펀은 위험이라면 귀신같이 감지할 수 있었다. 프로였기 때문이다.

핫스펀은 나무 덤불과 버드나무로 가득한 강둑까지 말을 달려 내려가 과감하게 강으로 몰아넣고는, 말안장 위까지 부글거리며 닿는 물을 빠르게 건넜다. 강변에 고요히 떠 있던 오리들이 요란스레 꽥꽥 소리를 내며 도망쳤다.

핫스펀은 말에 속도를 더해, 울타리가 쳐진 우편국 뜰로 들어갔다. 이제는 마차에 적힌 문구를 읽을 수 있었다. '알마베라 장인. 문신 전문가' 글씨는 모두 다른 색깔로 적혀 있었으며, 단어마다 첫 글자는 과장스러울 만큼 화려하게 장식되어 있었다. 마차 옆의 앞바퀴 위쪽으로는 보랏빛 물감으로 갈라진 화살 그림이 작게 그려져 있었다.

"말에서 내려와! 당장! 손은 칼집에서 멀리하고!"

뒤에서 들려온 소리였다.

한 무리가 그에게 다가와 소리 없이 에워쌌다. 오른쪽은 은색 실로 수가 놓인 검은 가죽 재킷을 입은 아세, 왼쪽은 짧은 초록색 재킷을 걸치고 깃털이 꽂힌 베레모를 쓴 팔카였다. 핫스펀은 두건을 내려 얼굴을 드러냈다.

"하! 뭐야, 핫스펀 씨잖아. 알아볼 수 있었는데, 검은 말 때문에 헷갈렸네!"

아세가 칼을 내려놓았다.

"정말 멋진 말이잖아. 털 한 오라기도 연한 색 없이 석탄처럼 까맣고 빛나는 말이야. 게다가 잘 빠진 것 좀 봐! 진짜 멋지다!"

팔카는 베레모를 귀까지 눌러쓰며 완전히 매혹당한 듯 말했다.

"뭐, 이런 녀석은 100플로렌이면 얼마든지 구할 수 있지. 기젤러는 어디 있나, 안에?"

핫스펀이 아무렇지도 않은 듯 웃어 보였다.

아세는 고개를 끄덕였다. 팔카는 홀린 듯 검은 말을 바라보며 말의 목을 두드리고 있었다.

"아까 강을 건너올 때 정말 켈피 같았어! 만약 바다에서 떠올랐다면 난 정말 켈피라고 믿었을지도 몰라."

커다란 초록빛 눈동자가 핫스펀을 바라보고 있었다.

"팔카 아가씨는 진짜 켈피를 본 적이 있나?"

"그림에서요. 그 이야기를 하자면 길어요. 들어가세요. 기젤러가 기다리고 있어요."

갑자기 우울한 표정으로 팔카가 말했다.

옅은 빛이 들어오는 창가에 테이블이 놓여 있었다. 테이블 위에는 미슬이 팔꿈치로 몸을 지탱하고서 허리 아래로는 검은 스타킹만 걸친 채 완전히 발가벗고 누워 있었다. 도도하게 벌린 다리 사이로 갈색 작업복을 입은 장발의 마른 남자가 무릎을 꿇고 앉아 있었다. 문신 전문가인 알마베라 장인이 미슬의 허벅지에 색색의 타투를 새기는 중이었다.

"이리 와, 핫스펀."

기젤러는 이스크라와 카일레이, 리프가 앉아 있는 테이블에서 의자를 끌어당기며 말했다. 카일레이와 리프는 아세와 마찬가지로 검은 송아지 가죽에 은으로 된 죔쇠와 징, 고리 등이 요란하게 달린 옷을 입고 있었다. 저 옷을 만든 사람은 이들 덕분에 돈깨나 벌었겠구나, 핫스펀은 생각했다. 시궁쥐들은 차려입고 싶은 생각이 들 때면, 재단사와 구두장이, 가죽 장인 등에게 그야말로 왕족처럼 돈을 썼다. 물론, 습격한 이들의 옷이나 보석이 마음에 들 때는 곧장 빼앗기도 했다.

"오래된 우편국 폐허에 우리가 남긴 메시지를 발견했나봐? 하, 당연한 걸 물었네. 그렇지 않았으면 여기 있지도 않았을 테니까. 하지만 정말 빨리 온 건 인정할게."

기젤러가 기지개를 펴며 말했다.

"왜냐하면 진짜 끝내주는 말이 있거든. 빠르기도 엄청 빠를 거야, 내기를 해도 좋아!"

팔카가 끼어들었다.

"당신들의 메시지는 발견했지. 내가 보낸 전갈은? 도착했나?"

핫스펀은 기젤러에게서 눈을 떼지 않았다.

"도착했지. 하지만 간단히 말하자면…… 그때는 시간이 없었어. 게다가 술을 좀 마신 터라 쉬어야 했고. 그런 다음엔 길에서 다른 일이 생겨……."

시궁쥐의 우두머리 기젤러가 말을 하다 말고 신음 소리를 냈다.

아무 짝에도 쓸모없는 놈들, 핫스펀은 생각했다.

"간단히 말해서, 아무것도 못했다는 건가?"

"못했어. 미안, 핫스펀. 어쩔 수가 없었어. 하지만 다음엔 꼭! 틀림없이 해줄게!"

"틀림없이!"

시키지도 않았는데 카일레이가 기젤러의 말을 되풀이하며 강조했다.

젠장맞을, 무책임한 놈들 같으니. 술에 취해서 다른 길로 간 거야. 분명 옷 따위나 사려고 재단사에게 갔겠지.

"마시겠어?"

"고맙지만 괜찮네."

"아니면 이거라도?"

기젤러가 술병과 컵들 사이에 놓인, 옻칠 장식이 되어 있는 상자를 가리켰다. 핫스펀은 그제야 시궁쥐들의 눈이 왜 저리도 이상하게 빛나는지, 그들의 움직임이 왜 그렇게까지 신경질적이고 민첩한지 알 수 있었다.

"최고급 가루야. 한 판 할래?"

기젤러가 거들먹거리며 약을 권했다.

"사양하지."

핫스펀은 방에 흩뿌려진 혈흔과 어디로 시체를 끌고 갔는지 보여주는 톱

밥 위의 자국을 의미심장한 눈빛으로 바라보았다. 기젤러가 그 눈길을 알아채고는 입을 열었다.

"어떤 애송이가 영웅 놀이를 하려는 바람에 이스크라가 혼내줄 수밖에 없었거든."

기젤러가 콧방귀를 뀌자 이스크라는 목을 울리며 웃었다. 약 때문에 흥분했다는 건 누가 봐도 분명했다.

"내가 혼내줬더니 피를 쿨럭쿨럭 내뱉더라고. 다른 놈들은 바로 잠잠해졌지. 이런 걸 공포라고 하는 거야!"

이스크라가 자랑스러운 듯 목소리를 높였다.

이스크라는 언제나처럼 보석을 주렁주렁 걸치고 있었는데, 코에도 다이아몬드로 피어싱을 하고 있었다. 가죽 옷을 입고 있진 않았지만, 지금 걸치고 있는 양단 장식의 체리색 조끼는 투른의 젊은 귀족들 사이에서도 최신 유행이었다. 기젤러가 머리를 싸맨 비단 스카프 역시 유행 품목이었다. 핫스펀은 여자아이들이 미슬처럼 머리를 자른다는 얘기도 들은 적이 있었다.

'공포라고 하는 거지.'

핫스펀은 바닥의 핏자국을 바라보며 생각했다.

"우편국장은 어떻게 됐지? 그 부인과 아들은?"

"아니, 잠시만. 지금 우리가 죄다 죽였다고 생각하는 거야? 당연히 아니지. 잠시 곡식 창고에 넣어놨어. 지금 이 우편국은 우리 거야."

기젤러가 얼굴을 찡그렸다.

카일레이는 포도주로 요란하게 입을 헹구더니 바닥에 뱉었다. 그러고는 아주 작은 숟가락으로 상자에서 가루를 조금 떠내더니, 침 묻은 검지손가락 위에 소중히 가루를 올린 후 잇몸에 발랐다. 카일레이는 상자를 팔카에게 건네주었고, 팔카 또한 이 의식을 똑같이 하고는 리프에게 넘겼다. 색색의 문신 카탈로그에 정신이 팔려 있던 리프는 약을 거절하고 이스크라에게 상자를 넘겼다. 엘프 이스크라도 약을 하지 않고 그대로 기젤러에게 상자를 건넸다. 이스크라는 빛나는 눈을 깜빡거리더니 코를 들이마시며 버럭 소리를 질렀다.

"공포! 우리는 이 우편국을 장악했다! 에미르 황제는 세상을 장악했지만, 우리는 고작 이 건물 하나만 장악했을 뿐이지. 하지만 원칙은 같아!"

"아야, 젠장! 찌를 때 조심하라고! 또 한 번만 그렇게 했다간, 내가 당신을 찔러버리고 말 거야! 통째로!"

미슬이 테이블 위에서 비명을 질러대자 팔카와 기젤러를 제외한 시궁쥐들이 웃음을 터뜨렸다.

"아름다워지고 싶다면 좀 참아야지!"

이스크라가 외쳤다.

"찔러요, 전문가 양반, 쿡쿡 찌르라고. 쟨 다리 사이가 딱딱하거든!"

카일레이의 말에 팔카는 사납게 욕설을 퍼붓고는 카일레이를 향해 컵을 던졌다. 카일레이는 몸을 굽혀 피하고, 시궁쥐들은 또다시 웃음을 터뜨렸다.

"그러니까 우편국을 공포로 장악하고 있으시군. 그런데 뭐하러? 공포심을 불러일으킨다는 만족감을 빼면 이런 짓을 하는 다른 이유가 있나?"

핫스펀은 즐거워하는 그들의 기분을 좀 중단시키고 싶었다.

"우린 여기서 대기하고 있는 거야. 누군가 말을 바꾸거나 쉬려고 이곳에 들르면 터는 거지. 교차로나 길가의 덤불보단 훨씬 편하거든. 하지만 좀 전에 이스크라가 말한 것처럼, 원칙은 같지."

기젤러는 잇몸에 가루를 바르며 대답했다.

"하지만 오늘 이곳에 온 건 이 사람뿐이야. 장인들이 뭐 다 그렇지만 역시나 가진 게 아무것도 없더라고. 그 대신 이 양반 기술이 쓸 만해. 여기 이 문신도 굉장하고 말이야."

리프가 미슬의 벌린 허벅지 사이에 머리를 파묻고 있는 문신 기술자 알마베라를 가리키며 팔을 걷더니 문신을 보여주었다. 주먹을 꽉 쥐자 나체 여인이 엉덩이를 흔들었다. 카일레이도 문신을 자랑했다. 삐쭉삐쭉 징이 박힌 팔찌 위, 벌린 아가리 사이로 갈라진 붉은 혀를 날름거리는 초록색 뱀이 꿈틀거렸다.

"그것참 고급스러운 취향이군. 시체를 구분할 때도 도움이 되겠어. 하지만 시궁쥐 친구들, 장인을 터는 건 말도 안 되지. 예술가에게는 값을 치러줘야 해. 일주일 전인 9월 1일부터 표식이 갈라진 보랏빛 화살로 바뀌었다는 걸 미리 알려주지 못했군. 이 사람의 마차에도 그 표식이 그려져 있지."

핫스펀이 차분한 목소리로 말했다.

리프는 중얼거리며 욕을 하고 카일레이는 웃었다. 기젤러는 무심하게 손을 저었다.

"할 수 없군. 필요하다면 바늘과 염료 값을 내지. 보랏빛 화살이라고? 기억해두겠어. 만약 내일 이곳으로 그 화살 표식이 있는 자가 온다면 아무 일도 생기지 않을 거야."

"내일까지 이곳에서 머물 거라고? 그건 현명하지 못해, 시궁쥐 친구들. 위험한 짓이야!"

핫스펀이 약간 과장되게 당황한 척을 했다.

"뭐라고?"

"너무 위험한 짓이라고."

핫스펀의 대꾸에 기젤러는 어깨를 으쓱해 보이고 이스크라는 웃음을 터뜨리며 바닥에 코를 풀었다. 리프, 카일레이, 팔카는 마치 상인 핫스펀이 좀 전에 태양이 강에 빠졌으니, 게들이 공격해오기 전에 빨리 꺼내야 한다고 말하기라도 한 것처럼 그를 쳐다보고 있었다. 핫스펀은 자신이 정신 나간 십 대들에게 정신 차리라고 말했다는 것을 깨달았다. 미친 영광과 팡파르로 가득한 위험을 경고하다니, 위험에 대한 개념 자체가 다른 놈들이었다.

"그들이 너희를 쫓고 있어, 시궁쥐들."

"그게 뭐 어쨌다는 거지?"

핫스펀은 한숨을 쉬었다.

대화를 중단시킨 것은, 딱히 옷을 갖춰 입는 수고스러움을 생략한 채 그들 앞에 다가온 미슬이었다. 다리를 긴 의자에 올려놓고는 허벅지를 돌려가며 알마베라 장인의 작품을 자랑했다. 초록빛 가지에 두 개의 이파리가 붙어 있는 붉은 장미가 사타구니 바로 옆, 허벅지에 새겨져 있었다.

"자, 어때?"

미슬은 허리에 손을 얹고 물었다. 팔꿈치까지 올라오는 팔찌의 다이아몬드가 빛났다.

"근사한데!"

카일레이가 머리카락을 쓸어 올리며 코웃음을 쳤다. 핫스펀은 카일레이가 귓바퀴에 구멍을 뚫어 귀걸이를 한 것을 보았다. 분명 저런 귀걸이도 이제 곧 투른과 게소의 젊은이들 사이에서 유행하게 될 것이다.

"네 차례야, 팔카. 뭘 새겨달라고 할 거야?"

미슬의 물음에 팔카는 미슬의 허벅지를 만지며 몸을 굽혀 문신을 살펴보았다. 아주 가까이에서. 미슬은 다정하게 팔카의 잿빛 머리카락을 헝클었다. 팔카는 깔깔거리며 웃더니 조금의 망설임도 없이 옷을 벗기 시작했다.

"나도 이거랑 똑같은 장미로 할래. 너랑 똑같은 자리에, 미슬."

팔카가 말했다.

"도대체 여긴 쥐가 얼마나 많은 거예요, 비소고타 아저씨! 고양이 한 마리가 필요해요. 아니, 두 마리는 있어야겠네."

시리는 바닥을 보고 이야기를 멈추었다. 등잔불의 동그란 빛 아래로 쥐들이 마구 돌아다니는 게 보였다. 불빛이 비추지 않는 곳에는 얼마나 많을지 짐작만 할 수 있을 뿐이었다.

"겨울이 길어지니 설치류들이 집으로 들어오는 거란다. 고양이는 오래전에 있었지. 하지만 불쌍하게도 어디론가 혼자 나가더니 없어져버렸어."

비소고타는 헛기침을 했다.

"여우나 담비가 잡아먹었을 거예요."

"그 고양이를 네가 못 봐서 그런다, 시리. 녀석을 잡아먹을 수 있는 건 용밖에 없을 거야. 용보다 더 작은 놈들은 못 잡아먹을 게다."

"그렇게 컸다고요? 하, 안타깝네. 그 고양이가 있었다면 쥐가 내 침대 위를 돌아다니진 못했을 텐데. 아쉽네요."

"아쉽지. 하지만 난 언젠가 녀석이 돌아올 거라 믿어. 고양이들은 항상 집으로 돌아오니까."

"장작을 좀 더 넣을게요. 좀 춥네요."

"그러게 말이다. 요즘 들어 밤이 이상하게 춥구나. 아직 10월 중순도 되지 않았는데…… 이야기를 마저 해보렴, 시리."

시리는 잠시 동안 가만히 앉아 물끄러미 불을 바라보고 있었다. 추가로

넣은 장작 때문인지, 불은 다시 살아나 탁탁 소리를 내며 상처 난 시리의 얼굴에 황금빛과 움직이는 그림자를 그려 넣었다.

"계속 얘기해봐라."

알마베라 장인은 바늘로 찌르는 작업을 계속했고 시리는 눈가에 눈물이 맺히는 걸 느꼈다. 포도주와 흰 가루를 미리 먹어두었지만, 고통은 참을 수 없을 정도였다. 시리는 비명을 지르지 않기 위해 이를 악물었다. 하지만 신음 소리를 내지는 않았다. 바늘 따위 전혀 상관없는 척, 통증 따위 아무렇지 않은 척했다. 자신을 상인으로 봐주길 원하지만, 사실 상인들을 이용해 먹고 사는 것 외에는 별 관련이 없는 핫스펀과 시궁쥐들이 나누는 대화를 시리는 아무렇지 않은 척 지켜보고 있었다.

"너희 머리 위로 먹구름이 몰려오고 있다고. 아마릴로의 영주가 너희를 쫓고 있을 뿐만 아니라, 반하겐과 카사데이 남작도……."

핫스펀이 검은 눈으로 시궁쥐들을 둘러보며 말했다.

"그자가? 영주와 반하겐은 왜 그러는지 알겠는데, 그 카사데이인지 뭔지 하는 작자는 왜?"

기젤러가 얼굴을 찡그리며 물었다.

"양의 탈을 쓴 늑대가 매매 울며 말하네. 아무도 날 안 좋아해, 아무도 날 이해하지 못해, 내가 가는 곳마다 돌을 던지네, '이봐' 하고 소리치는데, 대체 왜 이러는 걸까, 이런 불공평하고 못된 일이 어디 있을까? 시궁쥐 친구들, 카사데이 남작의 딸이 할미새 강에서의 사건 이후 지금까지 시름시름 앓으며 헛소리를 한다던데……."

핫스펀이 피식 웃으며 말끝을 흐렸다.

"아, 점박이 말이 끌던 그 마차! 그 여자애?"

기억이 났는지 기젤러가 소리치며 물었다.

"바로 그 아가씨지. 시름시름 앓는 중에 밤마다 카일레이 씨 악몽을 꾸고 깨어난다더군. 아니 정확하게는 팔카 아가씨 꿈을 꾸는 거겠지. 죽은 엄마에게서 물려받은 브로취를 팔카 아가씨가 원피스에서 잡아 뜯었다던데. 이 이야기에 대한 소문은 여러 가지야."

"그런 게 아니라고요! 우리가 그 여자애를 곱게 보내주면서 무시하고 경멸했던 것 때문이겠죠! 그 여자애를 어떻게든 처리했어야 했는데!"

테이블에 앉아 있던 시리가 드디어 고통의 비명을 마음껏 지를 수 있는 기회를 잡고는 버럭 소리쳤다.

"바로 그건가 보군. 아무 일도 생기지 않아서 수치스러웠나. 여하튼 화가 난 카사데이 남작이 제대로 무장한 부대를 만들고 상금을 걸었어. 그리고 공개적으로 여러분 모두를 자신의 성 까치발 아치에 거꾸로 목을 매달겠노라 맹세했고. 또한 자기 딸의 원피스에서 브로취를 잡아 뜯은 팔카 아가씨는 자신이 손수 껍질을 벗기겠다고 했지. 산 채로."

시리는 훤히 드러난 자신의 허벅지에 닿는 핫스펀의 눈길을 느꼈다.

시리가 욕설을 내뱉자 시궁쥐들은 미친 듯이 웃어댔고, 이스크라는 재채기를 하다가 콧물을 왕창 흘렸다. 약이 점막에 걸린 모양이었다.

"그런 추격대 따위 아무 문제없어. 영주에 남작에, 반하겐이라고! 우리를 잡으려 하겠지, 하지만 절대 잡을 수 없을걸! 우린 시궁쥐니까! 벨다를 지나서 세 번이나 지그재그를 그리며 돌아왔고, 지금은 분명 오래된 발자국이나 쫓고 있겠지. 잘못 왔다고 생각한 순간, 이미 너무 멀리 와서 돌아가기도 늦었을 거야."

이스크라는 이렇게 말하며 스카프로 코와 입, 턱과 식탁을 닦았다.

"그렇게 돌아가든지 말든지! 다 죽여버릴 거야!"

아세가 열광적으로 외쳤다. 아세는 조금 전까지 망을 보다 돌아왔는데, 교대할 사람이 누구인지는 몰라도 아무도 나가지 않았고 애초에 그럴 생각도 없는 듯했다.

"당연하지!"

바로 어젯밤 벨다 강의 시골 마을에서 도망칠 때 얼마나 무서웠는지 까맣게 잊은 시리가 소리쳤다.

"좋아. 계속 이야기해봐, 핫스펀. 아무래도 영주와 반하겐, 카사데이 남작이나 신경질적인 그 딸내미에 대한 것 말고도 할 얘기가 더 있는 것 같은데."

기젤러가 손바닥으로 식탁을 치며 시끄러운 소리들을 중단시켰다.

"본하트가 당신들을 뒤쫓고 있어."

흔치 않게 긴 침묵이 이어졌다. 알마베라 장인마저도 잠시 문신 작업을 중단했다.

"본하트, 그 늙은 흰머리 미치광이가…… 우리가 누군가를 엄청나게 거슬리게 했나…… 보네."

기젤러가 길게 말을 끌었다.

"그것도 굉장한 부자를 말이야. 아무나 본하트를 고용할 수는 없으니까."

미슬이 덧붙였다.

시리가 도대체 그 '본하트'가 누군지 물어보려는 순간, 아세와 리프가 거의 동시에 질문을 앞질러 답했다.

"현상금 사냥꾼이야. 예전에는 군인이었다는 것 같은데, 행상을 하다가 돈을 받고 사람을 죽이는 일을 하게 됐다더군. 보기 드문 개자식이야."

기젤러가 우울하게 말했다.

"들리는 말로는 본하트가 죽인 사람을 모두 묻으려면, 땅이 반 모르그*는 있어야 한다던데."

카일레이가 농담처럼 말했다.

미슬은 상자 바닥에 남은 흰 가루를 엄지와 검지로 집어 들어 코 안에 넣고는 세게 문지르며 말했다.

"본하트가 로타르와 그 패거리도 무너트렸지. 덩치 로타르랑 독버섯이라고 불리던 동생까지 모두 죽었다던데."

"등 뒤에서 찔러 죽였대."

카일레이가 덧붙였다.

"발데즈도 본하트가 죽었어. 발데즈가 죽자 발데즈의 부하들도 흩어지고 말았지. 실력이 좋은 녀석들이었는데. 제대로 훈련된, 잘 싸우는 놈들이었어. 사람도 좋았고. 나도 그 무리에 끼려고 생각했었거든. 우리가 만나기 전에 말이야."

기젤러도 꽤나 안타깝다는 듯 말했다.

"전부 사실이야. 발데즈 패거리 정도 되는 녀석들은 전에도 없었고 앞으로도 없을 거야. 그들이 사르다의 추격을 어떻게 피했는지는 노래로도 만들어졌으니까. 용감하고 저돌적인 면에서 그들과 비교할 만한 무리는 없지. 청년들의 꿈과도 같아."

핫스펀의 말에 시궁쥐들이 일순 조용해지더니, 잔뜩 화가 난 눈빛으로 핫스펀을 노려봤다.

---

* 모르그(Morgi): 옛 도량형. 지역에 따라 차이가 있으나 보통 1모르그는 약 0.5헥타르 정도이다.

잠깐 동안의 침묵을 깨고 카일레이가 목소리를 높였다.

"우리 여섯이 언젠가 닐프가드 기마대를 깨부술 거라고!"

"우린 니시르 놈들에게서 카일레이도 빼왔어!"

아세가 외쳤다.

"우리와 비교할 만한 상대는 없다고!"

리프가 씩씩거렸다.

"그렇다는군, 핫스펀. 우리 시궁쥐들은 다른 어떤 녀석들과 비교해도 빠지는 게 없어. 발데즈 패거리와 비교해도 마찬가지야. 청년들의 꿈이라고 했나? 그럼 이제 처녀들의 꿈에 대해서도 이야기해주지. 여기 이스크라와 미슬, 팔카, 이 세 명은 말이야, 반하겐 일당이 주점에 있는 걸 알면서도 대낮에 드루이그 마을을 가로질러 갔다고! 말을 끌고 아무렇지도 않게 가로질러서 말이야! 주점 앞으로 들어가 마당으로 나갔지. 반하겐 놈들은 들고 있던 잔이 깨져 맥주가 흐르는 것도 모르고 입을 벌린 채 서 있었어. 이건 뭐라고 할 건가?"

기젤러가 가슴을 쭉 폈다.

"아무 말 못하겠지. 아무 말도 안 할 거야. 왜냐하면 핫스펀은 시궁쥐가 누군지 아니까. 그리고 핫스펀의 상인들도 알고 있지."

미슬이 짓궂게 웃으며 대답을 가로챘다.

알마베라 장인이 문신 작업을 마쳤다. 시리는 자랑스러운 얼굴로 감사 인사를 하고는 옷을 입고 무리에 합류했다. 시리는 자신을 바라보며 평가하는 듯한 핫스펀의 묘한 눈길을 느끼며 코웃음을 쳤다. 그러고는 핫스펀을 무섭게 노려보며 보란 듯이 미슬의 어깨를 껴안았다. 마음이 들뜬 남자들 앞에서 이런 행동을 해 보이면 그 열기가 바로 식는다는 걸 알고 있었다. 그러나 이번엔 조금 과하게 반응하긴 했다. 사실 이 상인인지 뭔지 하는 핫스펀은 대놓고 시리에게 들이댄 건 아니었기 때문이다.

시리에게 핫스펀은 수수께끼였다. 전에도 단 한 번밖에 본 적이 없었고, 그에 대해서는 미슬에게 들은 이야기가 전부였다. 핫스펀과 기젤러는 예전부터 친하게 지내던 사이라 자기들끼리의 신호와 암호, 만나는 장소가 있다고 했다. 그렇게 해서 만나게 되면 핫스펀이 정보를 주고, 그 정보를 토대로 지정된 상인이나 대상, 마차가 오면 터는 방식이었다. 가끔은 특정한 누군가를 죽이기도 했다. 그리고 어떤 표시가 그려져 있는 상인은 손대지 않는 것으로 약속되어 있었다.

시리는 처음에 의아해하면서 약간 실망했다. 기젤러의 후광을 바라보며 시궁쥐들을 자유와 독립의 상징으로 생각했던 것이다. 또한 모든 이와 모든 것을 경멸할 수 있는 그 자유를 사랑했다. 하지만 자유로운 시궁쥐들이 마치 명령을 따르는 폭력배처럼 누군가의 청부를 수행하는 입장이 된 것이다. 뿐만 아니라 특정 인물을 손보라는 지시가 하달되면, 시궁쥐들은 순종적으로 그 명을 따랐다.

그런 일도 있는 거지, 미슬은 시리의 말에 어깨를 으쓱하며 대답했었다. 핫스펀이 우리에게 지시를 내리긴 하지만, 이런저런 정보를 알려줘서 살아남을 수 있는 거야. 자유롭게 살고 모든 걸 경멸하는 것에도 한계가 있어. 결국 언제나 우린 누군가의 도구일 뿐이야. 사는 게 그런 거지, 사랑스러운 작은 매야.

시리의 의아함과 실망감은 곧 사라졌다. 중요한 무언가를 배운 것이었다. 너무 이상해하지도 말고, 너무 많이 기대하지도 말고. 그래야 실망할 때 덜 고통스러우니까.

"시궁쥐 친구들. 내가 말이지, 모든 문제의 해결책을 가지고 있어. 니시르며 남작이며, 영주와 본하트까지 모두 말이야. 그래, 맞아. 교수대 밧줄이 목을 조여와도 그 매듭을 풀어줄 방법이 있다고."

핫스펀의 말에 이스크라는 코웃음을 쳤고 리프는 낄낄거렸다. 하지만 기젤러가 조용히 하라는 손짓을 보내며 핫스펀이 말을 계속하도록 고갯짓을 했다.

"들리는 소문으로는 곧 대대적인 사면이 있을 거라더군. 이미 형을 선고받았더라도, 아니 곧 교수형에 처해질 몸이라도 자수하고 죄를 고백하기만 하면 된다는 거야. 중요한 건 너희들도 해당된다는 사실이지."

"말도 안 돼! 닐프가드의 책략이겠지! 우리를 감히 그런 헛소리로 속여 넘기려 하다니!"

카일레이가 흰 가루를 코에 털어 넣고는 눈물이 어린 채로 소리쳤다.

"진정해. 열 올리지 마, 카일레이. 우리가 아는 핫스펀은 괜한 말을 지껄이거나 없는 이야기를 하진 않아. 무슨 말을 할 때는 다 이유가 있었지. 이번에도 무슨 이유로 닐프가드에서 사면 이야기가 나도는지 알고 있을 거야."

기젤러가 카일레이를 진정시켰다.

"에미르 황제가 곧 결혼을 한다네. 닐프가드 제국에 황후가 생기는 거야. 그래서 대대적인 사면을 시행하기로 한 것이고. 황제가 무척이나 만족스러워하면서 다른 이들도 행복해지기를 바라는 것이지."

핫스펀이 무덤덤한 목소리로 말했다.

"황제가 행복하건 말건 내가 무슨 상관이야. 그리고 사면 특권인지 뭔지는 쓰지 않겠어. 닐프가드의 그 은혜로운 사면은 수상한 냄새가 나거든. 마치 누군가 꼬챙이를 달구고 있는 듯한 냄새 말이야, 하!"

미슬이 도도한 말투로 말했다.

"그렇진 않은 것 같은데. 이건 함정이 아니야. 정치적인 문제니까. 범위도 상당히 크고. 너희 시궁쥐들이나 이 동네 모든 산적들보다 훨씬 더 중요한 문제라고. 이건 정치적인 거야."

핫스펀이 어깨를 으쓱했다.

"그게 뭔데? 무슨 말인지 전혀 모르겠는데."

기젤러가 미간을 찡그렸다.

"에미르 황제의 혼인은 정략결혼이고, 정치적인 문제를 해결하기 위한 혼인이지. 이 결혼을 통해 연맹을 결성하고, 제국을 좀 더 견고하게 통일시키려는 거야. 또한 국경 지방의 소요를 잠재우고 평화를 이루려는 것이지. 에미르 황제가 누구와 결혼하는지 알아? 신트라의 왕위 후계자인 시릴라와 결혼하는 거야."

"거짓말! 그건 죄다 헛소리야!"

느닷없이 시리가 부르짖었다.

"무슨 근거로 나에게 거짓말을 한다고 하는 건가, 팔카 아가씨? 뭐 더 나은 정보라도 있으신지?"

핫스펀이 날카롭게 시리를 쏘아보았다.

"당연하지!"

"목소리 낮춰, 팔카. 아까 식탁에서 엉덩이에 바늘을 꽂을 때는 조용하더니, 왜 지금 와서 소리를 질러? 신트라는 뭔데, 핫스펀? 시릴라는 또 누구고? 그게 왜 그렇게 중요한 건데?"

기젤러가 얼굴을 찡그리며 물었다.

"신트라는 북쪽에 있는 콩알만 한 나라인데, 제국이 신트라와 전쟁을 했지. 한 3, 4년 전인가 그럴 거야."

리프가 손가락 위로 가루를 뿌리며 끼어들었다.

"맞아. 제국이 전쟁에서 승리하고 야라 강까지 넘어갔지만 나중엔 후퇴를 해야 했지."

핫스펀이 말했다.

"왜냐하면 소든 언덕에서 참패했으니까! 속옷도 못 챙기고 도망갔다고!"

시리가 소리를 질렀다.

"팔카 아가씨가 현대사에 꽤나 조예가 깊으시군. 이렇게 어린 나이치고는 상당하신데. 우리 팔카 아가씨, 어디서 학교를 다니셨는지 좀 물어봐도 될까?"

"안 돼요!"

"그만! 그 신트라 얘기 좀 더 해봐. 그리고 사면에 대해서도."

기젤러가 시리를 진정시키자 핫스펀이 말을 이었다.

"에미르 황제는 신트라를 기생 국가로……."

"무슨 국가?"

"기생 국가. 마치 기생 식물처럼 타고 올라갈 큰 나무가 없으면 살아남을 수 없는 국가지. 그런 나라들이 있어. 메틴나, 매흐트, 투생 같은…… 그런 나라들을 지배하는 건 그 지역의 권력자들이지. 뭐 그걸 지배라고 말할 수 있다면 말이야."

"그건 욕심 많은 지배야, 난 그렇게 들었어."

리프가 자기도 다 안다는 듯 우쭐대며 말했다.

"그렇지 않아도 마침 신트라는 왕가의 혈통이 모두 사라졌다는 문제가 있어서……."

"사라졌다고? 사라지긴 뭐가 사라져! 닐프가드 놈들이 칼란테 여왕을 죽였다고! 그들이 전부 죽었어!"

시리의 눈에서 마치 초록빛 불꽃이 튀는 것 같았다.

"고백하건데, 팔카 아가씨의 지식이 정말 빛나는군. 신트라의 여왕은 사실 전쟁 중에 죽었지. 그리고 신트라의 마지막 혈통이자 여왕의 손녀인 시릴라도 전쟁 통에 죽었다고 알려졌어. 그러니까 아까 리프 씨가 말한 것처럼 어떻게든 지배할 만한 여지가 없었지. 그런데 갑자기 그 시릴라 공주가 어디에선가 나타난 거야."

핫스펀은 시리를 조용히 시키려는 기젤러를 손짓으로 말리며 말했다.

"동화 같은 얘기군."

이스크라가 기젤러의 어깨에 기대며 코웃음을 쳤다.

"물론 조금은 동화 같은 면이 있지. 들리는 말로는 사악한 여자 마법사가 시릴라 공주를 북부 어딘가에 있는 마법의 탑에 가둬놨었다고 하더군. 하지만 시릴라 공주가 운 좋게 그 탑에서 탈출한 후 닐프가드에 보호를 요청한 거지."

핫스펀이 고개를 끄덕이며 대꾸했다.

"그건 말도 안 되는 소리야, 동화도 아닌 꾸며낸 헛소리라고!"

시리는 가루가 들어 있는 상자를 향해 떨리는 손을 뻗으며 소리를 질러댔다.

"그런데 소문에 따르면 에미르 황제가 시릴라 공주를 보자마자 미친 듯이 사랑에 빠져 황후로 맞이하겠다고 했다더군."

핫스펀이 걱정스러운 목소리로 이야기를 계속했다.

"어린 매의 말이 맞아. 그건 그냥 헛소리야! 도대체 그게 무슨 이야기인지 듣고도 도저히 모르겠다고. 확실한 건 하나야. 이런 헛소리를 믿고 닐프 가드의 사면에 기대는 건 정말이지 헛짓이라는 거지!"

미슬이 주먹으로 식탁을 쾅 내리치며 강조했다.

"맞는 말이야! 황제가 누구와 결혼하건 우리랑 무슨 상관이야. 어차피 우리를 기다리는 건 교수대의 밧줄뿐이야!"

리프가 미슬의 말에 찬성하며 소리쳤다.

"이 문제는 너희들 목에만 걸린 문제가 아니야, 시궁쥐들. 이건 정치라고. 북부 국경선에는 반란과 소요, 온갖 말썽이 끊이지 않는데 특히 신트라와 그 주변 지역이 심하지. 만약 황제가 신트라의 후계자를 황후로 맞아들인다면 신트라는 잠잠해질 거야. 거기다 성대하게 사면을 공표하면 반란자들도 산에서 내려올 테고, 황제를 건드리거나 말썽을 일으키는 것도 그만두겠지. 아니, 그 정도가 아니라 만약 신트라의 공주가 황제의 옥좌에 오른다면 반란군이 황제의 군대로 들어갈지도 몰라. 알고 있겠지만 북쪽, 야루가 강 너머에서는 아직도 전쟁이 계속되고 있고 군인 한 명이 아쉬운 때니까."

핫스펀이 다시 상기시켰다.

"아하! 이제야 알겠어! 그게 바로 사면이군! 두 가지 중 하나를 선택하는 거야. 한쪽엔 날카로운 꼬챙이가, 다른 한쪽에는 황제의 깃발이 있어. 꼬챙이를 엉덩이에 꽂든지 황제의 깃발을 등에 메든지 선택하라고 하겠지. 그리고 전쟁터로 보내는 거야, 제국을 위해 죽으라고!"

카일레이가 얼굴을 잔뜩 찡그렸다.

"전쟁터에서는 별일이 다 일어나지, 마치 노래처럼 말이야. 누구나 다 나가 싸워야 하는 건 아니야, 시궁쥐들. 사면의 조건만 충족시키면, 그러니까 자수하고 죄를 인정하기만 하면 군역을 대체할 다른…… 방법도 있겠지."

핫스펀은 차분히 말했다.

"어떤 다른 방법?"

"뭔지 알 것 같군. 너희 상인 조합이 우리를 끌어안을 수 있겠지. 끌어안고 받아들이는 거야, 엄마처럼."

기젤러의 치아가 파랗게 면도가 된 턱 위에서 잠시 빛났다.

"젠장."

이스크라가 낮게 중얼거렸지만 핫스펀은 못 들은 척했다.

"마음대로 하게, 기젤러. 상인 조합은 너희들이 원한다면 너희를 고용할 거야. 지금과는 다르게, 공식적으로 말이지. 그리고 너희를 끌어안고 보호해주겠다. 그것 역시 공식적으로 말이야. 이 또한 달라지는 점이지."

핫스펀이 냉정하게 말했다.

카일레이와 미슬이 무언가 말하려 했지만 기젤러의 눈짓에 입을 닫았다.

"조합에 전해줘, 핫스펀. 제안은 감사하다고. 일단 우리도 생각 좀 해보고 이야기하겠다고 말이야. 어떻게 할지 의논도 하고."

시궁쥐 무리의 두목, 기젤러의 말을 끝으로 핫스펀은 자리에서 일어났다.

"난 가겠네."

"이 밤중에?"

"마을에서 자고 갈 거야. 여긴 뭔가 불편하거든. 그럼 내일은 바로 메틴나 국경까지 갈 수 있고, 주도로를 통해 포르게함까지 가서 추분을 지내려고. 뭐, 좀 더 머물 수도 있고. 그곳에서 생각을 정리하고 우리의 보호와 황제의 사면을 받고자 하는 이들이 나타날지 기다려볼 예정이네. 고민하느라 너무 오래 끌지는 말게. 본하트는 사면보다 더 빨리 행동할 준비가 되어 있으니까."

"그 본하트 얘기로 계속 겁주는데, 누가 들으면 그 자식이 바로 문 앞에 와 있는지 알겠어. 분명 저 산과 숲 너머, 한참 멀리 있을 텐데……."

기젤러 역시 자리에서 일어나며 천천히 말했다.

"산과 숲 너머 젤러시*에 있지. '키메라의 머리'라는 여관에 머물고 있어. 여기서 30마일 정도 떨어진 곳이네. 만약 벨다 쪽에서 지그재그로 오지 않았더라면 어제쯤 그를 만났을 거야. 하지만 지금 보니 그에 대해선 별 걱정하지 않는 것 같군. 잘 있게, 기젤러. 잘들 계시게, 시궁쥐 친구들. 그리고 알마베라 선생, 지금 메틴나로 갈 예정인데 누구랑 같이 가는 게 더 나을지 생각해봤소? 뭐라고요, 선생? 같이 가시겠다고? 그렇지, 그렇게 생각했소. 그럼 어서 짐을 챙기시오. 시궁쥐 친구들, 선생의 예술적 노고에 대가를 지불하게."

핫스펀이 차분한 목소리로 말했다.

우편국은 볶은 양파와 감자 수프 냄새로 가득 찼다. 잠시 곡식 창고에서 풀려난 우편 국장의 아내가 만든 것이었다. 식탁 위의 촛불은 불꽃을 흔들며 일렁이고 있었다. 시궁쥐들은 촛불이 따뜻하게 해주기라도 하는 듯 식탁 위에 머리를 맞대고 있었다.

"젤러시에 있대, 키메라 머리 여관에. 여기서 하루 거리야. 어떻게 생각해?"

기젤러가 낮은 목소리로 말했다.

"너랑 똑같은 생각이지. 가서 그 개자식을 죽여버리자고!"

---

* 젤러시(Jealousy): 영어로 '질투'라는 뜻이다.

카일레이가 목소리를 높였다.

"발데즈의 복수를 해야지. 독버섯도." 리프가 말했다.

"그럼 핫스펀도 다른 패거리들을 들먹이면서 뭐라고 하진 못할 거야. 본하트, 그 쓰레기 같은 늑대인간을 죽여버리자고. 여관 이름에 걸맞게 놈의 머리를 문 앞에 걸어놓으면 잘 어울릴 거야! 그러면 다른 사람들도 그놈이 별거 아니었다는 사실과 다른 이들처럼 더 강한 녀석들에게 당했다는 사실을 알게 되겠지. 코라스에서 페레플럿까지, 이 지역 최고가 누군지 보여주자고!"

이스크라가 씩씩거렸다.

"시장에서 우리 이야기를 노래로 만들어 부르게 될 거야! 아니, 성채들에서 노래가 나올지도 모르지!"

카일레이가 열성적으로 외쳤다.

"가자. 가서 그놈을 죽이자."

아세가 손바닥으로 식탁을 치며 말했다.

"그 사면에 대해서는 나중에 생각해보자. 상인 조합도…… 왜 얼굴을 찡그리는 거지, 카일레이, 벌레라도 씹었나? 우린 발뒤꿈치까지 추적당했고, 곧 겨울이야. 내 생각은 말이야, 꼬마 시궁쥐들. 감옥에서 엉덩이를 벽난로에 덥히고 맥주를 데워 마시면서 추위를 피하자고. 사면을 기다리면서 겨울을 보내는 거야. 그리고 사면이 되면 얌전히 받아들이는 거지. 그렇게 봄이 되면…… 풀들이 눈 밑에서 솟아 나오면……."

기젤러가 곰곰이 생각하며 천천히 말을 이어가자 시궁쥐들은 일제히 작고 불길한 웃음소리를 냈다. 그들의 눈은 마치 어두운 밤, 구석진 골목에 쓰러져 있는 사람을 향해 다가가는 진짜 시궁쥐처럼 빛나고 있었다.

"자, 마셔! 본하트에게 대혼란을! 이 수프만 먹고 이제 자자고. 푹 쉬도록 해. 내일은 움직여야 하니까!"

기젤러가 외쳤다.

"맞아, 미슬과 팔카를 본받으라고. 침대에 들어간 지 벌써 한 시간이나 지났잖아."

이스크라가 코웃음 소리를 냈다.

우편국장의 부인은 작고 끔찍한 웃음소리에 또다시 식탁 위, 찻주전자 옆에서 몸을 떨었다.

시리는 오랫동안 아무 말도 하지 않은 채 간신히 불을 밝히고 있는 등잔의 불빛을 바라보았다. 등잔의 기름은 이미 바닥난 상태였다.

"그때 난 우편국에서 도둑처럼 도망쳤어요. 아직 어두운 새벽이었죠. 하지만 아무도 모르게 도망칠 수는 없었어요. 내가 침대에서 일어났을 때 미슬이 깬 게 분명했거든요. 내가 말에 안장을 얹을 때 마구간에서 미슬이 날 보고 있더라고요. 하지만 그다지 놀란 것 같지는 않았어요. 날 잡으려고도 하지 않았죠. 그리고 어느새 해가 다시 떠오르고 있었어요."

시리는 이야기를 계속했다.

"지금도 날이 밝을 때까지 얼마 남지 않았구나. 잘 시간이다, 시리. 내일 이야기를 마저 해주렴."

비소고타가 하품을 했다.

"그게 낫겠네요. 저도 눈꺼풀이 무거워서요. 하지만 이런 속도로 이야기를 하다간 절대 끝나지 않을 거예요. 벌써 며칠 째죠? 열흘도 더 지났어요. 모든 이야기를 빠짐없이 하다가는 천 일도 더 걸릴까봐 걱정이네요."

시리는 하품을 하고 자리에서 일어나 기지개를 켰다.

"걱정 마라, 시리, 우린 시간이 많으니까."

"누구에게서 도망치려는 거니, 작은 매야? 나한테서? 아니면 네 자신에 게서?"

"이제 그만 도망치려고. 난 다시 쫓아가야만 해. 그러려면 그곳으로 돌아 가야 하고…… 모든 것이 시작된 곳. 난 가야 해. 이해해줘, 미슬."

"그래서…… 그래서 오늘 나에게 친절했던 거구나. 며칠 만에 처음으 로…… 작별을 위해서였니? 이제 그만 잊으려고?"

"난 널 절대로 잊지 않을 거야, 미슬."

"잊어버리겠지."

"절대로 잊지 않아. 맹세할게. 이게 마지막은 아니야. 내가 널 찾아낼 거 야. 반드시 널 찾으러 올게. 여섯 마리 말이 끄는 황금 마차를 타고 오겠어. 왕실의 신하들과 함께. 정말이야. 난 곧…… 그렇게 할 수 있을 거야, 정말 많은 것들을 할 수 있게 되겠지. 그때 너의 운명도 바꿔줄 거야. 두고 봐, 너 도 곧 알게 될 테니까. 내가 얼마나 많은 일을 할 수 있는지, 그리고 얼마나 많은 것들이 바뀔 수 있는지."

"그러려면 엄청난 힘이 필요하겠지. 그리고 엄청난 마법도."

미슬이 한숨을 쉬었다.

"그것도 가능해. 마법도…… 마법도 되찾을 수 있어. 내가 잃어버렸던 모 든 게 다시 되돌아올 거야. 그리고 다시 내 것이 되겠지. 약속할게, 날 다시 만나면 깜짝 놀라게 될 거야."

시리는 말라가는 입술을 핥았다.

미슬은 이미 푸른빛과 분홍빛으로 변하고 있는 동쪽 하늘을 바라보며 짧게 자른 머리를 돌렸다.

"그야말로 놀라게 되겠지. 우리가 다시 만난다면 난 정말 놀랄 거야. 정말로 널 다시 볼 수 있다면 말이야, 작은 매야. 이제 가렴. 오래 끌지 말자."

미슬은 작은 목소리로 말했다.

"날 기다려줘, 그리고 죽지 마. 핫스펀이 말한 사면도 생각해봐. 기젤러나 다른 애들이 원치 않는다고 해도…… 미슬, 너라도 생각해봤으면 좋겠어. 살아남을 수 있는 방편이 될지도 몰라. 왜냐하면 내가 데리러 올 거니까. 맹세해."

시리는 코를 훌쩍거렸다.

"키스해줘."

날은 점점 더 밝아지고, 더 추워졌다.

"사랑해, 홍여새야."

"사랑해, 작은 매야. 이제 빨리 가."

"물론, 미슬은 나를 믿지 않았어요. 미슬은 내가 무서워서 핫스펀에게로 달려가 내 목숨을 구하고, 그가 권유했던 사면을 받겠다고 말하겠거니 생각했겠죠. 핫스펀이 신트라 이야기를 할 때, 나의 할머니인 칼란테 여왕에 대한 이야기를 할 때 내 기분이 어땠는지 미슬이 무슨 수로 알겠어요? 그리고 '시릴라'라는 여자가 닐프가드의 황후가 된다는 이야기도 말이죠. 내 할머니인 칼란테를 죽이고, 투구에 검은 깃털을 꽂은 기사를 내게 보냈던 바로 그 황제의 부인이 되다니. 내가 말한 그 인간 기억하죠? 타네드 섬에서 나에게 손을 뻗었을 때, 내가 피투성이로 만든 바로 그 녀석이요! 그때 그놈을 죽였어야 했는데…… 하지만 어쩐지 죽일 수가 없었어요. 바보같이! 하지만 별 상관없어요. 어쩌면 그 타네드 섬에서 피를 너무 많이 흘려 죽었을지도 모르니까요. 왜 날 그렇게 쳐다보는 거죠?"

"계속 이야기해보렴. 원래 네 것이었던, 네 자리를 되찾기 위해 핫스펀을 쫓아가서 어떻게 했는지."

"그렇게 비꼬면서 놀릴 필요는 없어요. 나도 지금은 잘 알고 있으니까요. 그게 얼마나 바보 같은 짓이었는지…… 난 케어 모헨이나 멜리텔레 신전에 있을 때 훨씬 더 현명했어요. 그때는 이미 지나간 것은 되돌릴 수 없다는 걸 알고 있었죠. 난 더 이상 신트라의 공주가 아니고, 전혀 다른 사람이 되었으며, 어떤 유산도 나에겐 없다는 걸 말이에요. 그 모든 게 전부 사라져버렸다는 걸 알고 있었어요. 나에게 그 사실을 지혜롭고 차분하게 설명해줬었고, 나 역시 덤덤하게 받아들였어요. 그런데 갑자기 정리되었던 그 모든 것이 되살아난 거예요. 카사데이 남작의 딸이 귀족 작위를 들먹이며 잘난 척했을 때…… 난 그런 걸 신경 써본 적이 한 번도 없었는데, 그땐 화가 치밀었고 잘난 척을 하며 내가 훨씬 더 고귀한 신분이라고 소리를 질렀죠. 그때부터 그런 생각을 하게 된 것 같아요. 내 안에서 분노가 들끓고 있는 것이 느껴졌어요. 이해가 되나요, 비소고타 아저씨?"

"이해된다."

"그리고 핫스펀의 이야기를 듣고 한계점에 다다른 거죠. 난 화가 나서 견딜 수가 없었어요. 그렇게 오래전부터 운명에 대한 얘기를 들어왔는데…… 그 운명을 다른 누군가, 어떤 사기꾼이 이용하고 있는 거예요. 누군가 나를, '신트라의 시릴라'를 사칭하며 모든 것을 다 가지게 될 거라니. 그 모든 부와 사치…… 난 갑자기 아무것도 생각할 수가 없었어요. 어느 순간 제대로 먹을 것도 없고, 추위에 시달리며 길바닥에서 잠들고, 얼음처럼 찬 강물에서 씻어야 하는 내 처지를 깨달았어요. 내가! 감송과 장미 꽃잎이 떠 있는 황금 욕조에서 목욕해야 하는 내가! 따뜻하게 다려진 수건과 깨끗한 이불이 당연했던 내가! 이해하겠어요, 비소고타 아저씨?"

"그래, 이해한다."

"가장 가까운 성채에 있는, 내가 그토록 두려워하고 미워했던 검은 닐프가드인들에게로 달려갈 준비가 되어 있었어요. 그곳에 가서 이렇게 말할 생각이었죠. '내가 바로 시릴라다, 이 멍청한 닐프가드 놈들아. 너희의 멍청한 황제는 날 아내로 맞아야 한다고. 누가 황제 앞에 사기꾼을 데려다 놨는데 멍청하게 그것도 못 알아보다니.' 난 정말 결심이 서서, 기회만 닿았으면 그렇게 했을 거예요. 아무 생각도 없이 말이에요. 이해하냐고요, 비소고타 아저씨?"

"이해한다."

"하지만 다행히 진정됐어요."

"정말이지 천만다행이구나. 황제의 결혼은 국가적인 문제이자, 세력 간의 다툼이며 갈등이기도 하지. 만약 네가 모습을 드러내 어떤 권력자들의 계획을 망쳤더라면 칼에 찔리거나 독살당하고 말았을 게다."

비소고타는 심각한 얼굴로 고개를 끄덕였다.

"나도 알아요. 그리고 기억해냈죠. 제대로 기억났어요. 내가 누군지 말했다간 바로 죽음이라는 것을요. 그 사실을 또다시 깨닫게 되었죠. 하지만 이야기를 앞서가진 말아요."

비소고타와 시리는 가죽을 손질하며 잠시 아무 말도 하지 않았다. 며칠 전부터 갑자기 사냥이 잘되는 바람에 사향쥐와 뉴트리아가 덫과 올무에 걸려들었고, 덩달아 수달 두 마리와 비버 한 마리도 잡혔던 것이다. 그래서 할 일이 많았다.

"핫스펀을 따라잡았니?"

비소고타가 침묵을 깨고 물었다.

"따라잡았어요. 금방 따라잡을 수 있었죠. 별로 서두르지 않았거든요. 게다가 날 보고도 놀라지 않았어요!"

시리가 소매로 이마를 닦았다.

"팔카 아가씨! 이렇게 놀랍고 반가울 수가! 솔직히 말하면 아주 놀란 건 아니지만. 어느 정도 예상하고 있었거든. 아가씨가 결정을 내리겠거니 생각했지. 현명한 결정이야. 아가씨의 아름답고 매혹적인 눈 속에서 지성이 빛나는 걸 내가 봤단 말이지."

핫스펀은 고삐를 잡고 춤추듯 검은 암말을 돌려 세웠다.

시리가 말을 끌고 더 가까이 다가가자 박차가 부딪칠 뻔했다. 시리는 칵하고 길가 모래에 가래침을 뱉었다. 보기엔 흉했지만 자신을 향한 누군가의 열정을 꺾는 데는 아주 효과적이라는 걸 시리는 잘 알고 있었다.

"그러니까, 사면을 받고 싶다는 거지?"

핫스펀이 살짝 웃었다.

"아닌데요."

"그러면 우리 아름다운 아가씨의 얼굴을 다시 보게 된 이 영광은 어디에 돌려야 할까?"

"꼭 무슨 이유가 있어야 하나요? 우편국에서는 누군가와 같이 가는 편이 더 좋다고 하지 않았나요?"

시리는 씩씩대며 대꾸했다.

"물론 그렇지. 하지만 사면에 대한 문제가 아니라면, 우리가 같은 길을 갈 수 있을지 잘 모르겠군. 아가씨가 보는 것처럼 우린 갈림길에 서 있어. 동서남북의 갈림길. 선택의 기로에 서 있단 말이지. 아주 유명한 전설의 상징처럼 말이야. 동쪽이나 서쪽으로 가면 못 돌아오지만…… 흠, 저기 북쪽으로 가면 저곳에는 사면이…….'

핫스펀은 말끝을 흐리며 활짝 웃었다.

"그놈의 사면 소리 좀 집어치워요."

"팔카 아씨가 그렇게 분부하신다면야. 그럼 어디로 가시는지 물어봐도 될까? 이 상징적인 갈림길에서 어떤 길을 택하실 건가? 문신 장인인 알마베라 선생은 노새를 몰고 서쪽에 있는 파노 마을 쪽으로 갔지. 동쪽 길은 젤러시로 가는데, 그쪽은 아무래도 권해드리기가…….'

"야라 강. 우편국에서 말했던 야라 강은 닐프가드인들이 야루가 강으로 부르는 그 강이죠?"

시리가 천천히 말했다.

"이렇게 똑똑한 아가씨가 그런 것도 모른단 말인가?"

핫스펀은 몸을 숙이더니 시리의 눈을 똑바로 바라보았다.

"내가 평범한 사람처럼 물어보면, 그냥 좀 평범하게 대답해주면 안 되나요?"

"아니, 농담 좀 했다고 그렇게 화를 내시나? 맞아, 같은 강이지. 엘프와 닐프가드어로 야라, 북부에서는 야루가라고 하지."

"그럼 그 강의 어귀에 신트라가 있는 거죠?"

"그렇지. 신트라가 있지."

"그럼, 지금 여기서 신트라까지는 얼마나 멀어요? 몇 마일이나 되죠?"

"꽤 멀지. 각 나라의 도량 방법에 따라서도 다르고. 나라마다 기준이 다르니까. 행상들의 도량형인 며칠이 걸리는가, 그 방법으로 거리를 말하는 게 편하지. 여기서 신트라까지 가려면 한 달 정도 걸릴 거야."

"어느 쪽으로요? 북쪽으로 곧장?"

"팔카 아가씨는 신트라에 관심이 아주 많은 모양이네. 왜지?"

"신트라의 왕위에 오르려고요."

"알았어요, 알았어. 점잖게 돌려서 말하시니 더 이상 물어보진 않겠소. 신트라로 가는 가장 편한 길은 역설적이게도 곧장 북쪽으로 길을 잡아서는 안 돼. 왜냐하면 그쪽으로는 길이 없고 늪만 가득한 늪지대가 펼쳐지니까. 일단 포르게함 마을 쪽으로 향했다가 북서쪽에 있는 메틴나 공국의 수도 쪽으로 가야지. 그런 다음 막 데이라 평원을 행상들의 길을 통해 노인로이트까지 가야 해. 그곳에서 북쪽 길로 접어들어 옐레나 강의 계곡으로 가는 거지. 거기서부터는 길이 쉬워. 병사들과 보급 물자를 수송하는 길이 나자이르에서 마르다날 계곡까지 계속 이어져 있으니까. 그리고 마르다날 계곡이라면 이미 신트라에 들어선 셈이지."

핫스펀은 방어적인 태도로 손을 올렸다.

"흠, 포르게함까지 가서 그 후엔 북서쪽으로…… 그게 어디죠?"

시리는 검은 언덕들과 안개 자욱한 지평선을 바라보았다.

"우리 아가씨가 아실지 모르겠지만, 내가 지금 포르게함으로 가는 길이거든. 그리고 저기 소나무 사이에서 모래가 빛나고 있는 방향, 메틴나로 가지. 팔카 아가씨가 나랑 같이 간다면 길을 잃지는 않겠군. 사면은 사면이고, 이렇게 매혹적인 아가씨와 함께하는 여행이라면 나야 환영이지."

핫스펀은 슬쩍 웃어 보였다.

시리는 할 수 있는 한 가장 차가운 눈길로 핫스펀을 노려보았다. 핫스펀은 입술을 깨문 채 짓궂은 웃음을 짓고 있었다.

"그래서, 어떻게 할 생각이지?"

"같이 가요."

"브라보, 팔카 아가씨. 현명한 결정이야. 내가 말했지, 아가씨는 이쁜 만큼이나 똑똑하다고."

"날 자꾸 아가씨라고 부르지 말아요, 핫스펀. 당신이 그렇게 부르면 모욕적으로 들리니까. 한 번만 더 그렇게 부르면 가만두지 않겠어요."

"아가씨가 그렇게 원하신다면야."

아름다운 새벽 같은 건 없었다. 새벽 이후의 대낮은 축축하고 잿빛이었다. 습기를 잔뜩 머금은 짙은 안개 덕분에 갈색, 붉은색, 노란색 등 수많은 색채를 띠고 늘어선 가을 나무들의 나뭇가지 색을 완전히 가려버렸다.

젖은 공기 속에서 나무껍질과 버섯 냄새가 났다.

두 사람은 양탄자처럼 깔린 젖은 나뭇잎 위를 천천히 지났지만, 핫스펀은 가끔 검은 암말을 재촉해 짧은 시간이지만 속보로 달리곤 했다. 그럴 때마다 시리는 경탄을 감추지 못하며 검은 말을 바라보았다.

"말 이름이 뭐예요?"

"이름 같은 건 없어. 난 말을 자주 바꾸지. 말은 쓰라고 있는 거야. 그래서 애착 같은 건 갖지 않는 편이고. 마구간을 운영하는 것도 아닌데 말에 이름을 붙이는 건 괜한 짓이지. 그렇지 않나? 그냥 검은 말이나 멍멍이, 야옹이면 됐지. 괜한 짓이라고!"

핫스펀이 이를 드러내며 말했다.

시리는 핫스펀의 눈길도, 의미심장한 웃음도, 특히 대화를 나누거나 질문에 답할 때 살짝 비꼬는 듯한 말투가 마음에 들지 않았다. 그래서 가장 단순한 대처 방식을 택했다. 가능하면 말을 하지 않고, 말을 하더라도 최대한 짧게 하며 그를 자극하지 않았다. 그러나 항상 그럴 수 있는 건 아니었다. 특히 사면 문제에 대해 이야기할 때가 그랬다. 시리가 사면에 대해 또다시 강력하게 거부하자, 핫스펀은 갑자기 말을 바꿔 시리의 경우엔 사면이 필요 없고 애초에 해당되지도 않는다고 말하기 시작했다. 사면은 범죄자들에게나 해당하는 것이지, 범죄의 피해자에게는 해당 사항이 없다는 것이었다. 시리는 웃음을 터뜨렸다.

"당신이나 피해자 놀이해요, 핫스펀!"

"난 정말 진지하게 말하는 건데. 웃기려고 하는 말이 아니라, 혹시라도 붙잡혔을 때 빠져나갈 수 있는 방법을 이야기하는 거지. 물론 카사데이 남작에게는 통하지 않을 테고, 반하겐에게도 관대한 처분은 바랄 수 없겠지만. 그러니 가장 좋은 방법은 그 자리에서 고통 없이 교수형을 당하는 거야. 하지만 혹시라도 영주의 손아귀에 떨어지고 엄하지만 공정한 제국의 심판을 받게 된다면…… 그때 이 방법을 쓰라는 거지. 그저 눈물을 쏟으며 난 죄 없는 피해자일 뿐이라고 주장하란 말이야."

핫스펀이 시리를 안심시키듯 말했다.

"그걸 누가 믿어요?"

"모두가 믿을 거야. 왜냐하면 그게 사실이니까. 당신은 죄 없는 희생자야, 팔카. 아직 열여섯 살도 안 되었으니 제국의 법에 따르자면 미성년자이기도 하지. 시궁쥐 무리에는 어쩌다 들어가게 된 거고. 이상한 취향으로 유명한 여자 시궁쥐인 미슬의 눈에 들게 된 건 당신의 죄가 아니야. 미슬이 당신을 장악하고, 성적으로 유린하고, 또 억지로……."

핫스펀은 안장에서 몸을 구부리더니 시리의 눈을 응시했다.

"이제야 알겠네요. 당신이 무슨 생각을 하는지 이제야 알겠어요. 핫스펀, 당신 같은 자들을 많이 봤죠."

시리는 자신의 침착함에 스스로 놀라며 말을 가로막았다.

"그래?"

"세상의 모든 수탉들이 그러듯이, 나와 미슬에 대해 생각만 해도 그 볏이 쭈뼛 서는 거겠죠. 모든 멍청한 남자들의 멍청한 머릿속엔 나를 순리에 맞지 않는 역병에서 치료하고, 다시 정상적인 길로 인도하겠다는 생각뿐이야. 이 모든 것 중에서도 가장 구역질 나고 자연스럽지 않은 게 뭔지 알아요? 바로 그런 생각이라고요!"

시리는 여전히 침착했다.

핫스펀은 아무 말 없이 시리를 바라보았다. 종잡을 수 없는 미소가 얇은 입술 위에 어려 있었다. 그는 잠시 뜸을 들인 후에 입을 열었다.

"내 생각에는, 친애하는 팔카 양. 아마도 그다지 건전하지 않을 수도 있고, 그다지 아름답지 않을 수도 있지. 그리고 당연하지만 순진무구한 것도 아니겠지. 하지만 신들께 맹세코 자연스러운 일이야. 나도 마찬가지고. 지금 내가 당신에게 이끌리고 있다고 해서 그 이유를…… 변태적인 호기심이라고 생각한다면 그건 나에게 너무한 일이야. 물론 당신 자신에게도 너무하는 거지. 당신의 치명적인 매력과 숨겨진 아름다움이 어떤 남자라도 무릎을 꿇게 만들 수 있다는 사실을 모르고 있다는 것일 테니까. 당신 눈빛의 매력은……."

"그러니까 핫스펀, 지금 나랑 같이 자고 싶다는 거예요?"

시리는 그의 말을 끊었다.

"역시 똑똑하다니까. 내가 말을 못하겠군."

핫스펀이 팔을 벌리며 말했다.

"그럼 내가 대신 말해줄게요. 왜냐하면 난 할 말이 많으니까. 만약 다른 조건에서라면, 그러니까 그게 다른 누구였다면 모를까! 하지만 당신은 조금도 마음에 들지 않거든요. 한마디로 말해서 어떤 매력도 느껴지지 않아요. 사실대로 말하면, 오히려 정반대죠. 당신의 모든 것이 다 싫거든요. 그런 상황에서 성관계라니, 그게 옳지 않다는 건 당신 스스로도 잘 알겠죠."

시리는 어깨 너머로 그를 똑바로 보기 위해 말을 조금 달리게 했다.

핫스펀은 껄껄 웃더니 다시 말을 달렸다. 검은 암말은 날렵한 머리를 꼿꼿하게 들고서 우아한 몸짓으로 춤추듯 달리기 시작했다. 시리는 느닷없이 내면 깊숙한 어딘가에서 외부로 튀어나오려는 어떤 감정에 사로잡힌 채 안장 위에서 몸을 틀었다. 내가 말한 건 사실이야, 시리는 생각했다. 젠장, 난 저 남자가 싫다고. 내 마음에 드는 건 저 말이야, 저 새카만 암말. 저 사람이 아니라 말이라고…… 이게 무슨 바보 같은 상황이지. 아니야, 아니라고! 미슬 때문이 아니더라도, 춤을 추는 듯한 검은 암말 때문에 저 사람의 제안을 받아들이는 건 바보 같고 우스운 일이야.

핫스펀은 시리가 따라오도록 속도를 늦추고는 묘한 웃음을 띤 채 시리의 눈을 바라보았다. 그러고는 또다시 고삐를 잡아채며 새까만 암말의 보폭을 늦추고 춤추듯 유려한 몸짓으로 암말을 돌려세웠다. 저 늙은 너구리는 내가 무슨 생각을 하는지 알고 있구나, 시리는 생각했다.

젠장, 이건 그냥 호기심일 뿐이야!

"소나무 잎이 머리카락에 걸렸군. 괜찮다면 내가 떼어드리지. 물론 이건 변태적인 욕망이 아니야, 그저 기사도 차원에서 나온 행동이라고."

핫스펀은 매우 가까이 다가와 손을 뻗으며 부드럽게 말했다.

시리는 그의 손이 닿는 느낌이 좋다는 게 이상하지 않았다. 결정을 하진 않았지만, 혹시 모를 상황을 위해 시리는 마지막 월경이 언제였는지 계산해 보았다. 이 계산을 가르쳐준 것은 예니퍼였다. 냉정한 상태로 미리미리 계산할 것. 몸이 달아 있는 상태에서는 이상하게 계산하기가 싫어지면서 결과 따위 생각하지 않게 된다고 충고했었다.

핫스펀은 시리의 눈을 바라보더니, 마치 계산 결과가 자신에게 유리하게끔 나온 것을 알아채기라도 한 듯 웃어 보였다. 저렇게 나이가 많지만 않았더라도, 시리는 몰래 한숨을 쉬었다. 이 남자는 적어도 서른 살은 되어 보이는데…….

"토르말린*. 아름답긴 하지만 그래봤자 토르말린일 뿐이지. 내가 기꺼이 당신에게 에메랄드를 달아줄게. 훨씬 더 비싸지만 강렬한 초록빛을 띠고 있지. 당신의 얼굴과 눈동자에 훨씬 더 잘 어울릴 거야."

핫스펀의 손가락이 부드럽게 시리의 귀와 귀걸이를 스쳤다.

"잘 알겠지만 혹시라도 무슨 일이 생기면 난 당신에게 에메랄드부터 당장 내놓으라고 할 거예요. 당신은 타고 다니는 말만 이용하는 사람이 아니니까요. 밤이 지나면 당신은 내 이름을 기억하는 것마저도 괜한 짓으로 생각하겠죠. 멍멍이, 야옹이, 여자면 무조건 마리시카!"

---

* 토르말린(Tourmalines): 전기석(電氣石)이라고도 부르는 초록빛의 광물.

시리는 도도한 눈빛으로 그를 바라봤다.

"내 명예를 걸고 말하지만, 당신은 가장 뜨거운 욕망조차도 얼려버리는 눈의 여왕 같군."

핫스펀은 가식적인 웃음을 지었다.

"그렇게 하라고 배웠어요."

안개는 조금 걷혔지만 날씨는 계속 우울했다. 그리고 유난히 졸린 날이었다. 하지만 나른한 기분은 갑작스러운 함성과 말발굽 소리에 사라졌다. 좀 전에 지나온 참나무 숲 뒤로 말에 올라탄 한 무리의 장정들이 나타난 것이다.

둘은 마치 몇 주간 함께 연습이라도 한 것처럼 재빨리 대응했다. 몸을 굽혀 말을 돌려세우자마자 곧바로 갈기에 머리를 묻고 박차를 가하며 말을 달렸다. 둘의 머리 위로 화살들이 날아드는 소리와 함께 고함과 쩔렁거리는 소리, 말발굽 소리가 들려왔다.

"숲으로 들어가! 숲으로 방향을 틀어! 덤불로!"

핫스펀이 소리쳤다.

속도를 줄이지 않은 채 둘은 방향을 돌렸다. 시리는 납작하게 엎드려 말의 목에 바싹 붙었다. 나뭇가지들이 마구잡이로 스치는 통에 안장에서 떨어질 것만 같았기 때문이었다. 시리는 석궁 화살이 오리나무에 박히면서 그대로 쪼개놓는 것을 보았다. 시리는 화살이 언제 등에 박힐지 모른다는 생각에 소리를 지르며 필사적으로 말을 달렸다. 시리 바로 뒤에서 달려오던 핫스펀이 갑작스럽게 멈춰 섰다.

그들은 목이 부러질 것 같은 속도로 계곡 깊은 곳, 가시덤불이 가득한 절

벽을 달리고 있었다. 바로 그때 핫스펀이 갑자기 안장에서 미끄러지더니 크랜베리 덤불 속으로 떨어졌다. 검은 암말이 히힝 하고 울더니 꼬리를 흔들며 앞으로 계속 달려 나갔다. 시리는 조금도 주저하지 않고 말에서 뛰어내려 말의 엉덩이를 걷어찼다. 시리의 말이 검은 암말을 따라가자 시리는 핫스펀이 일어나도록 도와주었다. 둘은 가파른 언덕에 우거진 덤불과 오리나무 사이로 미끄러져 들어가 높이 자란 고사리 덤불 속으로 쓰러졌다. 다행히 이끼가 많이 자라 있어 충격이 심하지는 않았다.

언덕 쪽 벼랑 위에서는 키 큰 나무들 사이로 도망가는 말들을 쫓는 추격자들의 말발굽 소리가 들려왔다. 둘이 고사리 덤불 사이에 숨은 것은 못 본 것 같았다.

"저들은 누구죠? 영주의 부하들인가요? 아니면 반하겐?"

시리가 핫스펀 밑에서 간신히 일어나 머리를 흔들며 물었다.

"보통은 산적이나 도적 떼들이지……."

핫스펀이 입에 들어간 잎사귀를 뱉어내는 동안 시리는 이 사이로 모래가 씹히는 걸 느꼈다.

"저들에게도 사면을 제안해봐요. 그들에게 약속을……."

"조용히 해. 들릴지도 몰라."

"어이! 여기! 여기야! 왼쪽으로 내려가, 왼쪽!"

산 위에서 거친 목소리가 들렸다.

"핫스펀?"

"왜?"

"등에서 피가 나요."

"나도 알아. 이걸 내 옷 속에 넣어줘. 왼쪽 쇄골 밑에……."

핫스펀은 냉정하게 말하고는 윗옷에서 천 조각을 꺼내더니 시리를 향해 몸을 돌렸다.

"어디에 맞았어요? 화살이 안 보이는데……."

"석궁이야…… 화살촉이 쇠로 되어 있지, 아마 말발굽에 박는 못 같은 걸 거야. 놔둬, 만지지 말고. 이미 척추에……."

"젠장, 어떻게 해야 하죠?"

"조용히 하면 돼. 저들이 돌아오고 있으니까."

곧이어 말발굽 소리가 울리더니, 누군가 찢어지는 듯한 휘파람 소리를 냈다. 그는 소리를 지르며 돌아오라고 명령했다. 시리는 귀를 쫑긋 세웠다.

"떠나는 모양이네요. 찾다가 지쳤나 봐요. 말들은 못 잡았어요."

"잘됐군."

"우리도 말은 잡지 못할 거예요. 걸을 수 있어요?"

"난 걸을 필요가 없어. 이 팔찌는 말과 함께 산 거야. 마법의 팔찌지. 나는 말이 망아지였을 때부터 이 팔찌를 차고 다녔어. 내가 이렇게 문지르면…… 그렇지, 그러면 내가 부르는 셈이 되지. 내 목소리를 들은 것처럼 이쪽으로 달려올 거야. 조금 시간이 걸리더라도 분명 이쪽으로 올 거라고. 운이 좋다면 밤색과 회색이 섞인 네 말도 뒤따라오겠지."

핫스펀은 웃어 보이더니 팔목에 찬 싸구려 팔찌를 가리켰다.

"운이 그렇게까지 좋지 않다면요? 당신 혼자 떠나나요?"

"팔카, 난 혼자 못 가. 당신의 도움이 필요해. 날 안장까지 올려줘야 할 거야. 이미 발가락부터 마비되고 있거든. 어쩌면 정신을 잃을지도 모르지. 내 말 잘 들어. 이 협곡은 물이 흐르는 계곡으로 이어져. 물길을 거슬러 위쪽으로, 북쪽으로 쭉 올라가. 테가모 마을까지 나를 데려가는 거야. 거기서 내 등에 박힌 이 쇳조각을 빼줄 수 있는 사람을 찾아야 해. 그걸 빼다가 잘못되는 바람에 내가 목숨을 잃거나 후유증이 남는 일이 생기지 않도록 솜씨 좋은 사람을."

핫스펀은 진지하게 대답했다.

"테가모가 가장 가까운 마을인가요?"

"아니, 젤러시가 더 가깝지. 거긴 완전히 반대 방향이야. 물이 흐르는 방향을 따라 20마일 정도 가야 하지. 하지만 거긴 절대로 가면 안 돼."

"왜요?"

"절대로 안 돼. 나 때문이 아니라 당신 때문이야. 젤러시는 당신에겐 죽음과도 같아."

핫스펀은 얼굴을 찡그리며 말했다.

"무슨 말인지 모르겠네요."

"알 필요 없어. 그냥 날 믿어."

"기젤러에게는 그렇게 말하지 않……."

"기젤러는 잊어버려. 살고 싶다면 전부 다 잊어버려."

"왜 그래야 하는데요?"

"나와 함께 있어. 난 약속을 잘 지키는 편이니까, 눈의 여왕님. 널 에메랄드로 꾸며줄게…… 에메랄드로 목욕이라도 시켜주겠……."

"젠장, 농담하기 딱 좋은 때군요."

"농담은 언제 해도 좋지."

핫스펀은 갑자기 시리를 껴안더니 어깨로 누르며 시리의 블라우스를 벗기기 시작했다. 어떤 격식도 차리지 않았지만, 조금도 서두르지 않았다. 시리는 손으로 핫스펀을 밀쳤다.

"젠장! 그 짓 하기에도 딱 좋은 때인가요!"

시리가 언성을 높였다.

"그 짓은 언제라도 좋지. 특히 나에겐 지금이 그래. 내가 말했잖아, 척추에 문제가 생겼다고. 내일이 되면 어려워질지도 몰라······."

"뭐하는 짓이에요? 이런, 젠장······."

이번엔 더 세게 밀쳤다. 너무 세게 민 것 같았다. 핫스펀은 얼굴이 창백해지더니 입술을 깨물며 고통으로 뻣뻣해졌다.

"미안해요. 하지만 다친 주제에 얌전히 좀 누워 있어요."

"당신과 가까이 있으면 모든 고통이 사라져."

"빌어먹을, 그만 좀 해요!"

"팔카······ 아픈 사람한테는 좀 잘해주라고."

"지금 당장 그 손 치우지 않으면 정말 고통스러워질 줄 알아요!"

"조용히 해······ 도적들이 우리 목소리를 들을 수도 있으니까······ 당신 살결은 비단 같아······ 움직이지 좀 말라고."

이런 젠장. 시리는 생각했다. 될 대로 되라지. 어차피 이게 무슨 의미가 있담? 난 그냥 궁금할 뿐이야. 궁금해할 자격도 있고. 그 외에는 어떠한 감정도 없어. 나 역시 그를 이용하는 것뿐이야. 괜한 생각은 하지 말고 잊어버리면 돼.

시리는 그의 손길이 주는 쾌락에 몸을 맡겼다. 고개를 살짝 돌렸지만, 과장되게 부끄러운 척하며 정숙함으로 가장하는 것 같았다. 시리는 유혹당한 정숙한 여자로 보이고 싶지는 않았다. 반대로 핫스펀의 눈을 똑바로 응시했지만 그건 또 너무 대담하고 도전적으로 느껴졌다. 그것 역시 마음에 들지 않았다. 그래서 두 눈을 감은 채 그의 목을 끌어안고 단추를 풀 수 있도록 도와주었다. 단추가 꽤 많아 시간을 잡아먹고 있었기 때문이었다.

손길에 이어 입술이 더해졌다. 이미 시리는 이 세상의 모든 것을 다 잊어버린 듯한 상태였지만, 갑자기 핫스펀의 힘이 빠지는 것처럼 느껴졌고 곧이어 움직임이 멈추었다. 시리는 핫스펀이 부상당했다는 사실을 떠올리고는 상처가 아프겠거니 생각하며 잠시 동안 참을성 있게 누워 있었다. 하지만 너무 긴 시간 움직임이 없었다. 핫스펀의 침이 시리의 젖꼭지 위에서 굳어 가고 있었다.

"저기, 핫스펀? 혹시 자는 거예요?"

그 순간 시리의 가슴과 옆구리로 무언가가 흘러내렸다. 시리는 흘러내리는 무언가를 손가락으로 만져보았다. 피였다.

"핫스펀! 설마 죽은 건 아니죠, 핫스펀?"

시리는 핫스펀을 밀쳐냈다.

바보 같은 질문이었다. 이미 다 보이는 것을.

핫스펀은 숨이 끊어져 있었다.

"내 가슴에 머리를 묻고 죽었어요."

시리는 고개를 돌렸다. 벽난로의 불이 시리의 상처 난 뺨을 붉게 물들였다. 어쩌면 얼굴이 빨개진 것인지도 몰랐다. 확실하진 않지만.

"그때 내가 느낀 감정은 실망뿐이었어요. 내 말에 놀랐나요?"

시리는 여전히 고개를 돌린 채 말했다.

"아니, 놀랍지는 않구나."

"알았어요. 난 이야기에 덧칠을 하거나 일어났던 일을 고쳐서 이야기하지 않으려 애쓰고 있어요. 어떠한 비밀도 남기지 않고. 하지만 가끔은 그러고 싶을 때도 있어요. 바로 이런 얘기가 그래요."

시리는 코를 훌쩍이며 눈가를 주먹으로 훔쳤다.

"난 그 사람을 나뭇가지와 돌로 덮었어요. 되는대로요. 날도 어두워져서 그곳에서 밤을 보내야만 했죠. 도적 무리는 주변을 계속 돌아다니고 있었고, 가끔 고함도 들려왔어요. 나는 그들이 평범한 도적 떼가 아니라는 확신이 들었죠. 나와 핫스펀, 둘 중 누구를 찾는 것인지는 알 수 없었어요. 하지만 꼼짝 없이 숨죽인 채 기다려야만 했어요. 밤새도록, 새벽이 올 때까지 시체 옆에서요. 으…… 새벽이 되자 더 이상 추격자들의 소리는 들리지 않았고, 슬슬 움직여도 될 것 같았어요. 난 이미 말도 있었거든요. 핫스펀의 팔목에서 빼낸 마법의 팔찌는 정말로 효과가 있었어요. 검은 암말이 돌아왔거든요. 이제 내 것이 되었죠. 내게 준 선물이에요. 스켈리게 섬에는 이런 풍습이 있어요. 여자의 첫 번째 애인이 되는 남자는 비싼 선물을 해야 해요. 핫스펀은 내 애인이 되기 전에 죽어버렸지만 말이에요."

시리는 다시 이야기를 시작했다.

검은 암말은 앞발로 땅을 차며, 마치 자신에게 감탄하라는 듯 옆모습을 보인 채 서 있었다. 돌고래처럼 일직선으로 늘씬하게 잘 빠진 목과 툭 튀어나온 이마, 근육이 날렵하게 잡힌 머리, 완벽하게 균형 잡힌 말의 육체를 보며 시리는 감탄을 금할 수 없었다.

시리는 조심스럽게 말 가까이 다가가 팔목에 찬 팔찌를 보여주었다. 암말은 계속 히힝거리며 귀를 낮게 깔았지만, 시리가 마구를 붙들자 벨벳처럼 부드러운 코를 쓰다듬도록 허락했다.

"넌 바다 정령 켈피처럼 까맣고 재빠르구나. 넌 켈피 같은 마법의 동물이야. 이제부터 네 이름은 켈피야. 이름을 붙이는 게 괜한 짓이든 아니든, 난 상관없어."

시리가 낮게 중얼거리자 암말은 콧김을 내뿜으며 귀를 쫑긋 세우고는 발목뼈까지 닿는 비단결 같은 꼬리를 흔들었다. 안장 위에 높이 앉는 것을 좋아하는 시리는 안장의 가죽끈을 짧게 조절한 후, 독특하게도 나무로 된 틀이나 안장머리가 없는 평평한 안장을 만져보았다. 시리는 안장의 발판에 조심스럽게 발을 올리며 말의 갈기를 잡았다.

"얌전히 있어, 켈피."

안장은 보기와는 달리 아주 편했다. 그리고 기사들의 마구보다는 훨씬 가벼웠다.

"이제 네가 예쁜 만큼 잘 달리나 한번 보자. 네가 정말 잘 달리는 말인지 아니면 그냥 평범한 말인지 알고 싶어. 20마일쯤 속도를 내보면 어떨까, 켈피?"

시리는 암말의 뜨거운 목을 두드리며 말했다.

누군가 어둠이 내린 늪지대 깊은 곳, 이끼가 잔뜩 자란 오두막으로 몰래 숨어들어 창틀 사이를 들여다보았다면, 허연 수염의 노인이 초록빛 눈동자를 반짝이는 열댓 살 잿빛 머리 소녀의 이야기를 잠자코 듣고 있는 모습을 보았을 것이다. 또한 벽난로의 꺼져가는 불길이 마치 이야기에 반응하듯 살아나고 밝아지는 것도 보았을 것이다.

그러나 그건 불가능한 일이었다. 그 모습은 아무도 볼 수 없었다. 지붕에 이끼가 잔뜩 자란 비소고타의 오두막은 늪지대의 갈대밭 속에 깊이 숨겨져 있었기 때문이다. 안개가 영원히 걷히지 않는 외딴 곳, 그 누구도 들어올 엄두를 내지 못하는 늪지대였으니까.

"물이 흐르는 계곡은 평지여서 달리기가 좋았어요. 켈피는 바람처럼 달렸죠. 물론 난 강물을 거슬러 달리지 않고, 강이 흐르는 방향으로 달렸어요. 그 동네의 특이한 이름도 기억하고 있었죠. 젤러시, 질투. 난 핫스펀이 우편국에서 기젤러에게 한 말을 기억하고 있었어요. 그리고 왜 나에게 그곳에 가지 말라고 경고했는지도 알았죠. 젤러시에는 분명 함정이 있을 테니까요. 기젤러가 사면이나 상인 조합을 위해 일하라는 권유를 웃어넘기자, 핫스펀이 그곳에 현상금 사냥꾼이 묵고 있다는 이야기를 일부러 흘린 거였죠. 그런 미끼라면 시궁쥐들은 당연히 걸려들어 그곳으로 향하리라는 걸 알았던 거예요. 나는 시궁쥐들보다 먼저 젤러시에 도착해 길을 막고 경고할 생각이었어요. 모두 말 머리를 돌려 당장 도망치라고. 최소한 미슬만이라도 달아나길 바랐어요."

"그런데 성공하지 못했구나."

비소고타가 중얼거렸다.

"그때는 젤러시에 무장한 군부대 같은 게 잔뜩 기다리고 있을 거라고 생각했어요. 그 함정이라는 게, 고작 한 사람일 거라고는 상상도 못했죠."

시리가 먹먹한 목소리로 말했다. 시리는 어둠 속을 응시하며 잠시 침묵했다.

"그리고 그자가 어떤 사람인지, 전혀 상상하지 못했어요."

비르카는 한때 부유하고 경치가 무척이나 아름다운 마을이었다. 누런빛의 초가지붕과 빨간 기와들이 계절마다 색이 변하는 경사진 숲의 분지를 빽빽하게 채우고 있었다. 특히 비르카의 가을 풍경은 심미안과 감수성을 충족시키는 곳이었다.

마을의 이름이 바뀌기 전까지는 그랬었다. 그 자초지종은 이러하다.

근처 엘프 군락에서 온 젊은 농부인 엘프가 비르카의 물레방앗간 집 딸에게 깊은 사랑을 느끼고 있었다. 물레방앗간 집 딸은 젊은 엘프의 열정을 희롱하며, 이웃 남자들은 물론 심지어 친척 젊은이들과도 난잡하게 어울렸다. 이들 모두 엘프와 그의 눈먼 사랑을 비웃었다. 젊은 엘프는 결국 엘프치고는 굉장히 드물게도 화가 머리끝까지 치밀어 복수심으로 불타게 된다. 거센 바람이 불던 어느 날 밤, 그 바람을 이용해 불을 질러 비르카 마을 전체를 모조리 태워버린 것이다.

화재로 모든 것을 잃은 사람들은 절망에 빠졌다. 어떤 이들은 정처 없이 세상을 떠돌고, 또 어떤 이들은 모든 것을 포기한 채 술에 빠졌다. 마을의 재건을 위해 모인 돈은 누군가 가져가거나 술을 마시는 데 탕진되었고, 마을은 가난과 절망 그 자체가 되었다. 검게 그을린 분지에는 불에 타 엉망이 된 폐허가 자리했다. 불이 나기 전 비르카는 마을 중앙에 작은 광장이 있는 타원형의 마을이었는데, 지금은 몇 채 되지 않은 재건된 집들과 곡식 창고, 양조장 등이 길게 이어지며 길을 만들었고, 그 건물들 가장 앞에는 마을 사람들이 간신히 힘을 합쳐 만든 여관, 곧 과부 굴루에가 운영하는 키메라 머리 여관이 자리하고 있었다.

그리고 7년 전부터는 그 누구도 이 마을을 비르카라 부르지 않았다. 사람들은 마을을 '불의 질투'라는 뜻을 담아 '젤러시'라고 불렀다.

그 젤러시의 길을 시궁쥐들이 달리고 있었다. 춥고 구름이 잔뜩 낀, 우울한 아침이었다.

사람들은 집으로 흩어져 헛간이나 대충 만든 잠자리로 숨었다. 창문이 있는 집은 쾅 소리를 내며 창문을 닫았고, 문이 있는 집은 자물쇠로 단단히 잠갔다. 술이 있는 집에서는 두려움을 누그러뜨릴 요량으로 술을 마셨다. 시궁쥐들은 말의 속도를 늦춰 보란 듯이 한 명씩 줄을 지어 천천히 지나갔다. 얼굴에는 아무렇지도 않다는 듯 경멸의 표정이 어려 있었지만, 눈을 가늘게 뜨고서 창문이나 처마 밑, 골목을 살피고 있었다.

　"석궁을 한 발이라도 날리거나 단 한 번의 활 소리라도 들려오면 여긴 피바다가 될 거야!"

　기젤러가 과장되게 큰 소리로 경고했다.

　"그리고 또다시 불바다로 만들어버리겠어! 땅과 물만 남기고!"

　낭랑하게 울리는 높은 목소리로 이스크라가 덧붙였다.

　마을 사람들 중 석궁을 가지고 있는 사람은 분명 있었지만 시궁쥐들의 진짜 의도를 시험해볼 사람은 아무도 없었다.

　시궁쥐들은 말에서 내렸다. '키메라 머리' 여관까지는 약간의 거리가 있었는데, 시궁쥐 모두가 좌우로 길게 늘어선 채 박차와 장신구를 박자에 맞춰 쩔렁거리며 느긋하게 걸었다.

　여관 계단에서 전날의 숙취를 맥주로 달래고 있던 마을 사람 셋이 시궁쥐들을 보자마자 부리나케 내뺐다.

　"그놈이 아직 여기 있어야 할 텐데. 시간을 너무 허비했어. 한밤중이라도 쉬지 않고 곧장 여기로 왔어야 했는데……."

　카일레이가 중얼거렸다.

　"바보 같은 소리! 방랑시인들이 앞으로 우리 이야기를 노래로 만들어야 하는데, 아무도 안 보는 오밤중에 해치울 수는 없잖아. 사람들이 봐야 해!

그러려면 아침이 제일 좋아, 아침에는 아직 술 취한 사람이 없으니까. 그렇지 않아, 기젤러?"

이스크라가 작은 이를 드러내며 목소리를 높였다.

기젤러는 대답하지 않았다. 돌을 집어 들더니 팔을 흔들어 여관 문을 향해 던졌다.

"밖으로 나와라, 본하트!"

시궁쥐들이 목소리를 맞춰 소리쳤다.

"밖으로 나오라고, 본하트!"

여관 안쪽에서 발소리가 들렸다. 느리고 무거운 발소리였다. 미슬은 목덜미와 어깨에 소름이 돋는 것이 느껴졌다.

본하트가 문 앞에 서 있었다.

시궁쥐들은 반사적으로 한 걸음 뒤로 물러나더니, 땅에 신발 굽을 박으며 손을 칼 위로 올렸다. 현상금 사냥꾼은 자신의 칼을 겨드랑이에 끼고 있었다. 그래서 양손이 자유로웠다. 한 손에는 껍질을 깐 삶은 계란을 들고 있었고, 다른 한 손에는 빵 조각을 들고 있었다.

본하트는 천천히 울타리로 다가와 시궁쥐들을 내려다보며 천천히 훑었다. 현관에 서 있는 그의 모습은 거대했다. 구울처럼 바싹 마르긴 했지만 체격이 아주 컸다.

본하트는 번들거리는 눈으로 시궁쥐들을 한 명씩 응시했다. 그러더니 계란을 한 입 먹고, 빵을 한 입 물었다.

"팔카는 어디 있나?"

목소리는 잘 들리지 않았다. 노른자가 콧수염과 입술에서 조금 떨어졌다.

"좀 더 빨리, 켈피! 달려, 예쁜 말아! 힘이 닿는 한 달려!"

검은 말은 크게 한 번 울고는 무서운 속도를 내며 목을 쭉 뺐다. 너무 빠른 탓에 말발굽이 땅에 닿지 않는 것처럼 보였지만, 말발굽 아래에서 자갈이 우박처럼 흩어졌다.

본하트가 느긋하게 기지개를 켜자 가죽 재킷에서 삑삑거리는 마찰음이 났다. 그는 끼고 있던 사슴 가죽 장갑을 꼼꼼히 매만졌다.

"그래서 어떻게 할 생각인가? 나를 죽이기라도 하려는 건가? 무슨 이유로?"

본하트는 미간을 찡그리며 건조하게 물었다.

"긴말할 필요도 없이, 독버섯의 복수를 위해서." 카일레이가 대답했다.

"재미로." 이스크라가 덧붙였다.

"제발 좀 조용히 살자고." 리프가 중얼거렸다.

"아아, 그런 이유들이 있으셨군. 만약 내가 너희들을 가만 놔두겠다고 약속한다면, 날 죽일 마음이 사라지려나?"

본하트가 천천히 말했다.

"아니, 이 늙은 개자식아. 전혀 그렇지 않지. 우린 널 잘 알고 있어. 넌 절대로 우릴 가만 놔두지 않을 거야. 우리를 계속 쫓아다니다가 누군가의 등을 찌를 기회만 호시탐탐 노리겠지. 이리 나와!"

미슬이 매력적으로 웃으며 말했다.

"잠깐, 잠깐. 칼춤이야 언제라도 출 수 있으니 너무 흥분하지 말자고. 먼저 너희들에게 제안을 하나 하지, 시궁쥐들. 너희들이 직접 고를 수 있도록 허락해줄 테니, 마음에 드는 걸 골라."

본하트는 웃으며 흰 수염 아래의 입술을 불길하게 빼물었다.

"지금 뭐라고 궁시렁거리는 거야, 이 곰팡내 나는 늙은이야! 똑바로 말하라고!"

카일레이가 상체를 앞으로 내밀며 소리치자 본하트는 고개를 끄덕이더니 귀를 긁적였다.

"너희들에게 걸린 상금이 적지 않다고, 시궁쥐들. 적지 않아. 나도 먹고 살아야지."

이스크라는 사나운 삵처럼 코웃음을 치며 눈을 가늘게 떴다. 본하트는 팔짱을 끼면서 팔꿈치 사이에 칼을 끼웠다.

"시체만 가져가도 상금이 적지 않지. 산 채로 데려가면 조금 더 많고. 하지만 내 입장에선 이러나저러나 매한가지야. 난 너희에게 개인적인 유감은 없으니까. 어제까지만 해도 재미도 보고 오락도 즐길 겸 너희를 모두 해치우겠다고 생각했지만, 지금 이렇게 제 발로 와서 내 수고를 덜어주기까지 했으니 고마운 마음이 들거든. 그러니 선택의 여지를 주겠다. 내가 너희를 어떻게 처치해주면 좋을까? 즐겁게? 아니면 고통스럽게?"

본하트는 여전히 건조한 목소리로 말했다.

카일레이의 턱 근육이 떨렸다. 미슬은 몸을 숙여 튀어나갈 준비를 갖췄지만, 기젤러가 미슬의 어깨를 잡았다.

"지금 우리의 화를 돋우는 거야. 마음대로 지껄이게 내버려둬."

기젤러가 씩씩거리며 미슬을 붙들자 본하트는 코웃음을 쳤다.

"즐겁게, 아니면 고통스럽게? 나는 전자를 추천하지. 왜냐하면 그쪽이 훨씬 덜 아프거든."

시궁쥐들은 마치 명령이라도 받은 듯 무기를 꺼내 들었다. 기젤러는 긴 칼을 십자로 휘두르며 펜싱 자세로 섰다. 미슬은 칵 하고 바닥에 가래침을 뱉었다.

"덤벼, 뼈만 남은 늙은이. 들어오라고, 이 개자식아. 널 늙은 개처럼 죽여 주지."

미슬은 공격적이면서도 차분하게 말했다.

"고통스러운 방법을 선택한 모양이군."

본하트는 멀리 있는 집들의 지붕을 바라보며 천천히 칼자루를 잡고 칼집을 던졌다. 서두르지 않고 박차를 철컹거리며 문 앞에서 걸음을 옮겼다.

시궁쥐들은 서둘러 거리를 가로질러 정렬했다. 카일레이가 왼쪽 끝, 양조장 벽에 바싹 붙어 섰다. 그 옆에는 이스크라가 얇은 입술에 특유의 섬뜩한 미소를 띤 채 서 있었다. 미슬과 아세, 리프는 오른쪽으로 흩어졌다. 기젤러는 중앙에 서서 눈을 가늘게 뜬 채 현상금 사냥꾼을 주시했다.

"좋아, 시궁쥐들."

본하트는 옆을 살펴보고, 하늘을 한 번 바라보더니 칼날에 침을 뱉었다.

"춤을 추고 싶다면, 춤을 춰야지. 자, 음악!"

시궁쥐들은 늑대처럼 재빨리 아무 소리 없이, 경고 없이 달려들었다. 공기 중에서 칼날이 울음소리를 냈고, 길가엔 금속들이 부딪치는 날카로운 소리로 가득 찼다. 처음엔 칼들이 부딪치는 소리와 긴 숨, 신음, 그리고 거칠어지는 숨소리만 들려왔다.

그러다 갑자기 예상치 못하게 시궁쥐들이 비명을 지르기 시작했다. 그리고 죽어가기 시작했다.

무리에서 처음 떨어져 나간 것은 리프였다. 비틀거리며 벽에 등을 기대고는 더러운 석회 벽에 피를 토했다. 그 뒤를 아세가 흔들리는 발걸음으로 따라가던 중 무릎이 심한 경련으로 떨리더니 다리가 푹 꺾이며 옆으로 쓰러졌다.

　몸을 숙였다가 팽이처럼 튀어 오른 본하트는 번뜩이는 칼날에 둘러싸여 있었다. 시궁쥐들은 본하트 주변으로 몰려들어 거칠게 칼을 휘두르며 분노에 사로잡힌 채 인정사정없이 덤벼들었다. 하지만 시궁쥐들은 타격 한 번 제대로 가하지 못한 채 싸우고 있었다. 본하트는 공격을 피하고 쳐낸 다음 다시 피했다가 치고 들어왔고, 숨 쉴 틈도 주지 않은 채 공격의 속도를 더하고 있었다. 시궁쥐들은 물러서기 시작했다. 그리고 죽어가고 있었다.

　이스크라는 목에 칼을 맞고 새끼 고양이처럼 몸을 말면서 진흙탕으로 쓰러졌다. 동맥에서 뿜어져 나온 피가 이스크라를 넘어가는 본하트의 장딴지와 무릎까지 튀었다. 본하트는 칼을 크게 휘둘러 미슬과 기젤러의 공격을 막아내고는, 몸을 회전하며 번개 같은 일격으로 카일레이의 쇄골부터 엉덩이까지 베어버렸다. 카일레이는 칼을 놓쳤으나 바닥에 쓰러지지는 않았다. 단지 몸을 움츠린 채 양손으로 가슴과 배를 감쌌는데, 그 밑으로 꿀렁거리며 피가 솟구쳤다. 본하트는 또다시 기젤러의 일격을 절제된 동작으로 피한 다음, 미슬의 공격에 맞서면서 동시에 카일레이를 다시 한 번 내리쳐 관자놀이 부근을 곤죽으로 만들어놓았다. 금발의 시궁쥐, 카일레이는 진흙탕 위로 쓰러졌고 진흙은 온통 피로 물들었다.

　미슬과 기젤러는 잠시 망설였다. 둘은 도망치는 대신 이성을 잃은 듯 분노의 함성을 내지르며 본하트를 향해 달려들었다.

　시궁쥐들은 그렇게 죽어갔다.

　마을로 들어선 시리는 길을 따라 달렸다. 검은 암말의 발굽 아래로 진흙이 날렸다.

　본하트는 벽 아래에 쓰러진 기젤러를 구두 굽으로 걷어찼다. 시궁쥐들의 우두머리는 죽은 것 같았다. 깨진 머리 사이로 더는 피도 흐르지 않았다.

　무릎을 꿇은 미슬은 양손으로 진흙과 분뇨를 더듬으며 칼을 찾고 있었다. 자신이 빠져 있는 진흙탕이 시뻘겋게 변해가고 있다는 사실을 알지 못하는 것 같았다. 본하트는 미슬에게 천천히 다가갔다.

　"안 돼!"

　느닷없는 외침에 본하트는 고개를 들었다.

　시리가 달리는 말에서 뛰어내리며 한쪽 무릎으로 착지했다.

　본하트는 웃음을 지었다.

　"일곱 번째 시궁쥐 계집, 잘 왔군. 너만 안 보이더라고."

　미슬은 칼을 찾았지만, 칼을 들 힘이 없었다. 숨을 몰아쉬면서도 본하트의 발아래로 덤벼들어 떨리는 손으로 본하트의 신발 굽을 붙잡았다. 소리를 지르려는 듯 입을 열었지만, 비명 대신 입에서 나온 것은 진홍빛의 핏줄기였다. 본하트는 미슬을 분뇨 더미 쪽으로 세차게 걷어찼다. 미슬은 난도질이 된 배를 양손으로 붙들고도 다시 일어났다.

　"안 돼! 미슬!"

　시리가 고함을 질렀다.

　본하트는 시리가 소리를 지르든 말든 전혀 신경 쓰지 않았다. 고개조차 돌리지 않았다. 칼을 낫처럼 휘두르며 무서운 힘으로 내리쳤다. 미슬은 땅에서 튕겨 나가 마치 헝겊 인형처럼, 시뻘겋게 물든 행주처럼 벽 아래 널브러졌다.

시리의 목에서 비명이 사라졌다. 칼을 향해 뻗는 시리의 손이 떨리고 있었다.

"살인자."

시리는 자신의 목소리가 낯설게 느껴졌다. 바싹 마른 입술도 자신의 입술이 아닌 것 같았다.

"살인자! 이 나쁜 새끼!"

본하트는 흥미롭다는 듯 시리를 바라보며 고개를 갸웃거렸다.

"그래서, 너도 죽고 싶다는 건가?"

본하트가 낮은 음성으로 물었다.

시리는 반원을 그리며 본하트 쪽으로 전진했다. 위로 곧게 뻗은 칼이 재빨리 움직였지만, 빗나가고 말았다.

본하트는 껄껄 웃으며 말했다.

"죽고 싶은 게 분명하구나! 시궁쥐 계집이 죽고 싶어 환장했어!"

반원의 덫에 빠지지 않으려는 듯, 본하트는 천천히 몸을 움직였다. 그러나 시리에게는 본하트의 움직임이 중요하지 않았다. 분노와 증오로 들끓었고, 죽이고 싶다는 열망으로 헐떡이고 있었다. 저 끔찍한 늙은이를 공격해 칼날이 그의 몸속으로 파고드는 감각을 느끼고 싶었다. 잘린 동맥에서 심장의 마지막 박동과 함께 뿜어져 나올 그의 피를 두 눈으로 보고 싶었다.

"꼬마 시궁쥐야, 죽기 전에 네 안에 뭐가 있는지 보여줘라. 자, 음악!"

본하트는 피에 젖은 칼을 쳐들고서 다시 한 번 칼날에 침을 뱉었다.

"어떻게 그들이 처음 부딪쳤을 때 서로를 죽이지 않았는지, 알 수 없는 일이죠. 그들은 정말 서로를 죽이고 싶어 했어요, 그건 한눈에 보였죠. 그 여자애는 그를 죽이려 했고, 그는 그 여자애를 죽이려고 했죠. 그야말로 눈 깜짝할 사이에 서로 달려들어 곧장 칼이 부딪치는 날카로운 쇳소리가 울려 퍼졌어요. 두세 번 정도 부딪쳤을 겁니다. 사실 그걸 눈으로 보거나 귀로 듣고 정확히 셀 수 있는 사람은 없어요. 얼마나 빨랐는지, 인간의 눈이나 귀로는 도저히 헤아릴 수 없었어요. 빙글빙글 돌면서 마치 두 마리의 담비처럼 서로를 맴돌았죠."

엿새가 지난 후, 장의사의 아들인 니클라르의 증언이었다.

올빼미라고 불리는 스테판 스켈렌은 채찍을 이리저리 돌리며 주의 깊게 듣고 있었다.

"서로에게서 다시 떨어졌을 때, 둘 다 상처 하나 입지 않았어요. 시궁쥐 여자애는 악귀처럼 열이 올라 쥐를 뺏긴 고양이처럼 거친 숨을 몰아쉬고 있었어요. 하지만 본하트 씨는 아주 침착했죠."

젊은이는 이야기를 계속했다.

"팔카, 넌 정말 칼을 다룰 줄도 알고, 춤을 출 줄도 아는군! 내 흥미를 불러일으키는 아가씨야. 넌 누구지? 죽기 전에 털어놔봐."

본하트는 진짜 구울처럼 이를 드러낸 채 웃으며 말했다.

시리는 숨을 헐떡였다. 공포가 온몸을 휩싸는 것이 느껴졌다. 자신이 상대하고 있는 적수가 어떤 자인지 드디어 알게 된 것이다.

"네가 누군지 말해준다면 목숨은 살려주지."

시리는 칼자루를 더 꽉 잡았다. 그가 다시 공격해오기 전에, 어떻게든 저 방어를 뚫고 먼저 공격해야 한다. 공격을 쳐낼 여유를 주어서는 안 된다. 더 이상 그의 공격을 막아낼 수 없다. 이전 방어 때 느꼈던 팔꿈치와 팔이 마비되는 듯한 고통을 또다시 감내할 수는 없었다. 휘두르는 칼을 고작 머리카락 하나 차이로 피하는 것도 더는 힘이 빠져서 못한다. 이제 곧 공격이 들어온다, 시리는 생각했다. 지금이야, 이번이 아니면 난 죽어.

"넌 곧 죽을 거야, 시궁쥐 계집. 무섭지 않나? 넌 죽음이 뭔지 몰라서 그래."

앞으로 빼 든 칼을 들어 올린 채, 시리 쪽으로 다가오며 말했다.

케어 모헨, 시리는 뛰어오르며 생각했다. 람베르트. 빗. 공중제비.

시리는 반걸음을 내디디며 반 바퀴를 돌았다. 하지만 그 동작에 속지 않은 본하트가 다시 공격을 해오자 시리는 뒤로 굴러 몸을 숙였다가 곧장 칼 밑으로 달려들었다. 시리는 허벅지를 세차게 돌리는 힘을 이용해 꺾인 손목으로 칼을 휘둘렀다. 칼날이 상대의 살 아래로 파고드는 듯한 감각이 느껴지자 시리는 환희에 사로잡혔다.

그러나 칼날이 살 아래로 파고든 것이 아니라, 금속과 금속이 부딪치는 날카로운 소리가 울려 퍼졌다. 다음 순간 눈앞이 번쩍하며 흔들리더니 끔찍한 고통이 느껴졌다. 시리는 자신이 넘어지고 있다는 것을, 그리고 쓰러져버렸다는 것을 느꼈다. 내 공격을 피하고 다시 날 공격한 거야, 시리는 생각했다. 난 이대로 죽는 거야.

본하트는 시리의 배를 걷어찼다. 그리고 정확하고 고통스럽게 팔꿈치를 걷어차 시리의 칼을 멀찍이 날려버렸다. 시리는 머리를 움켜잡으며 얼얼한 고통을 느꼈지만, 손가락 사이로 상처가 잡히거나 피가 흐르진 않았다. 난 주먹으로 맞은 거야. 시리는 위협을 느끼며 생각했다. 주먹이나 칼자루로 날 친 거야. 일부러 죽이지 않았어. 마치 어린아이를 대하듯 때린 거야.

시리는 눈을 떴다.

해골처럼 비쩍 마른, 끔찍한 현상금 사냥꾼 본하트는 시리를 마치 이파리 하나 남아 있지 않은 병든 나무처럼 내려다보고 있었다. 그에게서 땀과 피의 악취가 풍겼다.

본하트는 시리의 머리채를 움켜잡고는 억지로 일으켜 세우더니 몸을 쥐고 흔들며 사형 집행인처럼 벽 아래 쓰러진 미슬 옆으로 질질 끌고 갔다.

"죽음이 무섭지 않다, 이건가? 그럼 눈을 크게 뜨고 봐라, 시궁쥐 계집아. 이게 죽음이다. 이렇게 죽는 거지. 자, 보라고, 이게 창자고 이게 피다. 그리고 저건 똥이지. 전부 사람 몸 안에 있던 거야."

본하트는 시리의 머리채를 바닥으로 꺾으며 소리쳤다.

시리는 본하트의 손아귀에 붙들린 채로 몸을 구부리며 구역질을 쏟아냈다. 미슬은 아직 숨이 붙어 있었지만 눈은 마치 유리알이나 물고기 눈처럼 초점 없이 번들거리며 흐릿했다. 미슬의 손은 제비의 발처럼 진흙과 퇴비 속에서 펴지고 움켜쥐고를 반복하고 있었다. 그리고 지독한 오줌 냄새가 났다. 본하트는 낄낄거렸다.

"너도 저렇게 죽는 거다, 꼬마 시궁쥐야. 자기 오줌 속에서!"

본하트는 시리의 머리채를 놓았다. 시리는 눈물과 토사물로 엉망이 된 채, 네 발로 엉금엉금 기었다. 미슬은 바로 옆에 있었다. 길고 가녀린, 부드러운 미슬의 손은…… 더 이상 움직이지 않았다.

"날 죽이진 않았어요. 양손을 마차의 끌대에 묶어놓았죠."

비소고타는 미동도 없이 앉아 있었다. 그렇게 꽤 긴 시간이 흘렀다. 숨 쉬는 것조차 참고 있었다. 시리는 이야기를 계속했고, 목소리는 점점 더 먹먹하고 부자연스럽게 떨렸다.

"그자는 달려온 자들에게 소금 한 자루와 식초 한 통을 가져오라고 시켰어요. 그리고 톱도요. 몰랐어요, 도대체 뭘 하려는지 전혀…… 그때만 해도 난 그 사람이 어떤 짓까지 할 수 있는 인간인지 몰랐던 거예요. 나는 마차에 묶여 있었어요. 본하트는 남자애들을 부르더니 그들에게 내 머리채를 붙잡으라고, 그리고 눈을 감지 못하도록 눈꺼풀을 잡으라고 시켰어요. 자기가 직접 시범을 보이면서요. 내가 머리를 돌리지도, 눈을 감지도 못하게⋯⋯ 그래서 자신이 하는 짓을 볼 수밖에 없도록 말이에요. '상품이 상해서는 안 되지'라고 말하더군요. 변질되면 곤란하다면서⋯⋯."

시리의 목소리는 갈라지고 목구멍에서 간신히 밖으로 나왔다. 비소고타는 문득 지금 듣게 될 이야기가 무엇인지 알아채고는 구토를 느꼈다.

"톱으로 목을 잘랐어요. 기젤러, 카일레이, 아세, 리프, 이스크라⋯⋯ 그리고 미슬. 그들의 머리를 모두 잘랐어요. 한 명씩, 바로 내 눈앞에서."

시리가 먹먹한 음성으로 말했다.

만약 그날 밤, 누군가 어둠이 내린 늪지대 깊은 곳, 이끼가 잔뜩 자란 오두막으로 몰래 숨어들어 창틀 사이를 들여다보았다면, 희미한 불빛 아래 가죽옷을 입은 허연 수염의 노인과 뺨에 끔찍한 상처가 나 있는 잿빛 머리 소녀를 보았을 것이다. 여자아이가 노인의 어깨에 기대어 숨죽여 흐느끼는 것을, 그리고 몸을 떠는 여자아이의 어깨를 기계처럼 서툴게 쓰다듬으며 위로하는 노인의 모습을 보았을 것이다.

그러나 그건 불가능한 일이었다. 그 모습은 아무도 볼 수 없었다. 지붕에 이끼가 잔뜩 자란 비소고타의 오두막은 늪지대의 갈대밭 속에 깊이 숨겨져 있었기 때문이다. 안개가 영원히 걷히지 않는 외딴 곳, 그 누구도 들어올 엄두를 내지 못하는 늪지대였으니까.

어떻게 회고록을 쓸 결심을 했느냐는 질문을 자주 받는다. 많은 사람들이 나의 회고록이 언제 탄생하게 되었는지, 그 시점에 대해 관심을 가지고 있다. 어떤 사건, 어떤 사실이 회고록을 집필하게끔 추동한 결정적 계기가 된 것인지 등등. 이전에 나는 이 질문에 대하여 여러 가지로 답하면서 거짓 대답도 많이 했다. 그런데 머리가 하얗게 세고 숱도 없는 지금에 와서는 진실성을 존중하게 되었다. 그리고 진실이라는 것이 얼마나 소중한 가치인지, 그에 비해 거짓은 얼마나 보잘것없는 것인지 알게 되었다.

　진실은 다음과 같다. 내가 먼 훗날 내 인생의 역작을 기록하게 된 계기는, 나와 내 동행이 리리아의 군대 보급품에서 슬쩍한 물품 가운데 종이와 연필을 발견했기 때문이다. 그것은……

단델라이온, 〈시의 반세기〉

제 3 장

······그것은 9월의 달이 뜨고 나서 닷새, 브로킬론에서부터 헤아리자면 우리가 길을 나선 지 한 달째이며 다리 위에서 전투가 있은 후 엿새째 되는 날이었다.

친애하는 미래의 독자들이여, 나는 시간을 조금 거슬러 올라가 훗날 많은 이야기와 문제를 만들어낸 다리 위의 전투 이야기로 돌아가겠다. 먼저, 다른 취미 활동이나 역사에 대한 보편적인 무지로 이 다리 위 전투에 대해 전혀 모르고 있을 수많은 독자들에게 정보를 조금 드리려고 한다. 이 전투에 대해 설명하자면 대전쟁의 해 8월 마지막 날, 야루가 강을 사이에 두고 붉은 항구와 앙그렌을 잇는 다리의 초소에서 일어난 전투를 말한다. 이 전쟁의 주역은 닐프가드군과 리리아의 메브 여왕이 이끄는 군대, 그리고 영광스러운 우리의 동료들이라고 할 수 있다. 물론 동료들이란 위쳐 게롤트, 뱀파이어 에미엘 레지스 로헬렉 테르지에프-고트프로이, 밀바라고 불리는 명궁 마리아 배링, 그리고 끝까지 자신은 닐프가드인이 아니라고 우기는 카히르 모르 디플린 엡 셀락이라는 닐프가드인을 말하는 것이다.

독자 여러분은 도대체 어쩌다가 메브 여왕이 앙그렌에 나타난 것인지 잘 모를 수도 있겠다. 이때만 해도 메브 여왕은 리리아, 리비아, 에이단을 공격해 함락시킨 닐프가드의 7월 공격 때 자신의 군대와 함께 죽었다고 알려져 있었다. 허나 사람들이 생각한 것과는 달리 메브 여왕은 전장에서 죽지 않았고, 닐프가드의 포로가 되지도 않았다. 용감한 메브 여왕은 자신의 깃발을 앞세워 용병과 도적을 가리지 않고 닥치는 대로 모아, 충성스러운 리리아의 군대를 재건한 후 게릴라 전투를 하고 있었다. 거친 앙그렌의 자연은 게릴라전에 안성맞춤이었다. 갑작스러운 습격을 감행하거나 반대로 풀숲에 숨어 있기에도 좋았다. 앙그렌에는 덤불이 특히 많기 때문이었다. 사실 앙그렌은 덤불이 많다는 것 외에는 달리 내세울 게 아무것도 없는 곳이기도 했다.

하얀 여왕이라고도 불리는 메브 여왕의 군대는 금세 세력을 확장했고, 야루가 강 왼쪽 강둑에서는 이 부대를 거치지 않고서는 건널 수 없게 되었다. 메브의 군대가 적의 후방을 치고 들어와 소란을 피우며 약탈을 자행할 정도로 대담해진 것이다.

여기서 다시, 다리 위의 전투로 돌아가자. 전술적인 상황이 어떻게 돌아갔냐 하면, 메브 여왕의 군대가 야루가 강의 왼편을 차지하고는 건너편까지 세력을 확장하려는 시점에서, 강의 왼편으로 진출하려는 닐프가드 군대를 만난 것이다. 그런 상황에서 나와 동료들이 강의 오른쪽도 왼쪽도 아닌 강 한복판에 등장하면서 좌우로 무장한 군대에게 둘러싸이게 된 것이었다. 도망칠 곳도 없었기 때문에 우리는 결국 영웅이 되어 전투에서 불멸의 영예를 얻게 되었다. 참고로 말하자면, 전투에서 승리한 것은 리리아인들이었다. 그들은 계획했던 대로 강의 오른편까지 세력을 넓힐 수 있었다. 닐프가드인들은 전투에서 패배해 사방으로 도망쳤다. 내 설명이 매우 혼란스럽게 들리리라는 것을 나 역시 잘 알고 있지만, 이 책을 출간하기 전에 전쟁 이론가로부터 감수받을 생각은 전혀 없다. 일단 나는 카히르 엡 셀락의 권위에 기댈 생각인데, 카히르는 우리 일행 중 유일한 군인이기 때문이다. 카히르의 말에 따르면, 전장에서 재빨리 도망침으로써 전투를 이기는 방법은 여러 전법에서 용인된다고 했다.

우리 일행의 참전은 논쟁의 여지없이 영광스러운 일이었으나, 좋지 않은 결과도 함께 따랐다. 임신 중이었던 밀바에게 비극적인 일이 생긴 것이다. 우리 중 누구도 심각한 부상을 입지 않았다는 것이 그나마 다행이었다. 하지만 동시에 이 전투로 우리는 그 어떠한 이득도 얻지 못했으며, 감사의 인사 또한 듣지 못했다. 유일한 예외는 위쳐 게롤트였다. 왜냐하면 게롤트는 여러 차례 걸쳐 철저하게 무관심과 중립을 주장하던 것과는 다르게, 이 전투에서만큼은 무척이나 뜨거운 열정을 보였던 것이다. 그리고 그 활약은 주목을 끌 만한 수준이었다. 게롤트의 활약은 눈에 띌 수밖에 없었고, 리리아의 여왕 메브는 게롤트를 기사로 임명했다. 그러나 이 기사 임명은 장점보다 단점이 더 많았다.

독자 여러분은 위쳐 게롤트가 본래 소박하고 절제력이 강한,

마치 창의 손잡이처럼 단순한 사람이라는 사실을 잘 알고 있을 것이다. 그러나 예상치 못한 신분 상승과 대놓고 드러내는 메브 여왕의 은혜에 게롤트는 변하고 말았다. 만약 내가 게롤트를 아주 잘 알고 있지 않았더라면 그가 오만해졌다고 말했을 것이다. 서둘러 모습을 감추는 대신, 게롤트는 여왕의 수행원들과 함께 영광을 누리며 여왕의 은혜와 명성을 즐기고 있었다.

그러나 우리에게 명성과 소문은 그야말로 가장 필요치 않은 것이었다. 기억하지 못하는 이들을 위해 설명하자면, 이제 기사가 된 위쳐 게롤트 경은 타네드 섬에서 일어난 마법사들의 소요 사건으로 네 나라의 정보국에 의해 쫓기는 입장이었다. 눈물처럼 깨끗하고 그 어떠한 죄도 없는 나조차 첩자 혐의를 받고 있었다. 게다가 드라이어드와 스코이아텔에 협력하고 있는 밀바는 브로킬론 숲에서의 학살 사건에 연루되어 있었다. 뿐만 아니라 카히르 엡 셀락은 어쨌거나 적국인 닐프가드의 시민이었으며, 그가 적의 편에 섰다는 사실은 어떤 식으로든 정당화하기 힘든 상황이었다. 이렇게 되다 보니 우리 동료들 중 정치적으로도, 범죄적으로도 연루되지 않은 이는 뱀파이어뿐이었다. 그러니 우리 중 한 명이라도 정체가 탄로 나거나 누군가 알아봤다가는 일행 모두가 창에 꽂혀 죽을 수도 있는 상황이었다. 처음에는 배부르고 편안하게만 생각되었던 리리아의 깃발 아래 생활은 날이 갈수록 그렇게 될 위험성이 점점 더 커졌다.

내가 이 사실에 대해 대놓고 게롤트에게 상기시켰을 때 그는 조금 기가 죽은 것 같았으나 곧 자기주장을 펼쳤다. 두 가지 주장이었는데, 첫 번째는 좋지 않은 사건이 생긴 후 밀바는 아직 보살핌이 필요하며 이곳에는 군의관이 있다는 것이었다. 두 번째는 메브 여왕의 군대는 현재 동쪽으로 이동하고 있었는데, 동쪽은 캐드 드후 방향이었다. 우리 일행 역시 방향을 바꿔 위에서 말한 그 전투에 휘말리기 전에는 캐드 드후로 향하고 있었다. 그곳에 살고 있다는 드루이드들에게서 시리의 행방과 관련된 정보를 얻을 수도 있지 않을까 하는 희망 때문이었다. 이 드루이드들에게 가는 가장 빠른 길이 앙그렌에서 위세를 떨치는 범법자 무리와 군대로 막혀 있는 상황이었다. 이제 친구가 된 리리아 군대의 보호와 메브 여왕의 은총 속에서 캐드 드후로 향하는 길이 열려 쉽고도 안전한 여행이 될 수 있다고 주장했다.

나는 게롤트를 설득했다. 그런 건 겉으로만 그렇게 보일 뿐, 여왕의 은총이라는 것은 속기 쉬우며 마치 변덕스러운 말을 타는 것과 같다고 말이다. 게롤트는 내 말을 들으려 하지 않았다. 그러나 누가 옳았는지는 곧 밝혀졌다. 동쪽의 클라마트 계곡에서부터 앙그렌 방향으로 대규모의 닐프가드 부대가 복수를 위해 진군하고 있다는 소식이 전해지자, 리리아 군대는 지체 없이 북쪽의 마하캄 산으로 방향을 바꾸었다. 쉽게 짐작할 수 있겠지만, 게롤트에게는 이 방향의 변화가 조금도 마음에 들지 않았다. 한시바삐 드루이드들에게 가야 하는데 마하캄이 웬 말인가! 게롤트는 마치 순진한 아이처럼 메브 여왕에게 달려가 개인적인 사정 때문에 군에서 은퇴하겠으니 여왕의 축복을 바란다고 고했다. 바로 그 순간, 다리 위의 전쟁 영웅에 대한 여왕의 은총과 우정, 그리고 존경과 경탄은 연기처럼 흩어지고 말았다. 리비아의 기사 게롤트에게 여왕은 차갑고 단호한 어조로 여왕에 대한 기사의 의무를 상기시켰다. 여전히 몸이 좋지 않은 밀바와 뱀파이어 레지스, 그리고 나 단델라이온은 부대를 따라 이동하는 피난민과 민간인들 사이에 섞이라는 명을 받았다. 조금도 민간인처럼 보이지 않는 건장한 체격의 카히르 엡 셀락은 흰색과 푸른색으로 된 띠를 두르고서 행군 중에 만난, 각종 건달들로 이루어진 '자유 부대'라는 이름의 기마대에 속하게 되었다. 이렇게 우리 모두는 뿔뿔이 흩어졌고, 이런 식이라면 어쩔 수 없이 우리의 여행은 이대로 끝나는 것이 아닌가 생각되었다.

하지만 친애하는 독자 여러분이 짐작하시다시피 그것은 끝이 아니었으며 시작도 아니었다! 밀바는 일이 어떻게 돌아가는지 알게 되자마자 곧바로 자신은 건강하며 멀쩡하다고 선언했다. 그리고 처음으로 후퇴라는 단어를 썼다. 카히르는 흰색과 푸른색의 띠를 덤불에 던져버리고는 자유 부대에서 탈출하였고, 게롤트는 기사의 호화로운 막사에서 몰래 빠져나왔다.

세세한 이야기까지 다 하지는 않겠다. 또한 겸양의 미덕이 있기 때문에 이 사건에서 나의 적지 않은 활약을 너무 드러내는 것 역시 좋지 못하다고 생각한다. 그저 사실만을 이야기하겠다. 9월 5일에서 6일로 넘어가던 늦은 밤, 우리 일행은 메브 여왕의 부대에서 몰래 빠져나왔다. 리리아의 군대와 작별하기 전에 우리는 보급품을 넉넉하게 챙기고자 하는 욕구를 참지 못했다. 물론 누군가의 허락을 얻은 것은 아니었다. 그러나 밀바가 사용했던 '훔친 물건'이라는 표현은 너무 매몰차다고 생각한다. 다리 위 전투에 대해 우리는 응당 어떤 방식으로든 감사의 표시를 받아야 마땅하지 않은가. 최소한 감사의 표시까지는 아니더라도 우리가 입은 손해 배상 정도는 해줬어야지! 밀바의 비극적인 사건까지 언급하진 않더라도 게롤트와 카히르가 입은 창상과 타박상, 그리고 나의 충성스러운 페가수스와 게롤트의 변덕스러운 말 로취를 제외하고 우리의 모든 말이 죽지 않았던가. 손해 배상의 범위 안에서 우리는 순종 혈통의 전투마 세 마리와 수송용 말 한 마리를 가져왔다. 이런저런 보급품들을 너무 많이 챙기는 바람에 손으로는 다 들 수 없었던 것이다. 이 사실에 대해 정확히 말하자면, 나중에 보급품의 절반은 버릴 수밖에 없었다. 밀바에 따르면 어두운 곳에서 닥치는 대로 훔쳤을 때 이런 일이 생긴다고 한다. 우리 중 가장 가치 있는 것들은 가져온 건 뱀파이어 레지스였는데, 대낮보다는 어두운 곳에서 눈이 더 잘 보였기 때문이었다. 레지스는 또한 리리아 군대의 경계심을 완전히 해제시켰는데, 곰처럼 살찐 노새 한 마리를 끌고 왔는데도 히힝 울거나 발굽을 구른 말이 하나도 없었다. 그러니 뱀파이어의 존재를 느끼고 냄새에 반응한다는 동물들의 이야기는 모두 헛소리인 것으로 밝혀졌다. 어쩌면 다른 동물이나, 다른 뱀파이어라면 반응했을지도 모르지만. 덧붙여서 이 곰 같은 노새는 아직까지도 우리와 함께하고 있다. 수송용 말이 리버델의 숲에서 늑대에게 겁을 먹어 도망친 이후, 이 노새가 우리의 보급품 중 남은 것들을 짊어지고 있었기 때문이다. 노새의 이름은 드라큘이었다. 레지스가 훔쳐온 후 그렇게 이름을 붙였고, 그 이름으로 굳어졌다. 이 이름을 가장 좋아하는 건 레지스 본인이었는데, 분명 뱀파이어 문화나 언어에서 어떤 재미있는 의미가 담긴 단어라 생각되었으나 원래 말장난은 설명이 불가능하다며 굳이 가르쳐주고 싶어 하는 것 같지 않았다.

　이러한 우여곡절 끝에 일행은 또다시 여행길에 올랐고, 우리를 좋아하지 않는 사람의 명단은 안 그래도 길었건만 더욱더 늘어나게 되었다. 리비아의 게롤트, 흠 없는 우리의 기사는 그의 기사 임명이 영예롭게 확정되어 궁중의 문장가가 그에게 문장을 만들어주기도 전에 기사의 대열을 박차고 나온 것이었다. 그리고 조국 닐프가드와 큰 문제가 있는 카히르는 이미 제국과 북부 왕국 양쪽 진영에서 싸웠으며 양쪽 모두에서 탈영을 했고, 이제는 양쪽 모두에서 사형선고가 내려진 게 확실한 상태였다. 다른 일행들도 나을 게 없었다. 교수형을 당하게 되리라는 건 확실했으며, 어떤 죄목으로 교수형을 당하는 것인가는 소소한 문제였다. 기사의 명예를 저버린 것이든, 탈영해서든, 군대의 노새를 드라큘이라고 불러서든 다 매한가지였다.

　그러니 독자 여러분은 우리가 메브 여왕의 군대와 되도록이면 멀어지고자 노력한 것이 이상하지 않을 것이다. 말의 힘이 닿는 대로 우리는 남쪽으로, 야루가 강의 왼쪽 강둑으로 건너가려는 생각으로 달렸다. 그건 우리가 강을 사이에 두고 여왕의 군대와 멀어지기 위해서가 아니라, 전쟁이 한창인 앙그렌보다는 리버델의 황무지가 덜 위험했기 때문이었다. 실제로도 캐드 드후의 드루이드에게 가는 상황이라면, 야루가 강의 오른쪽보다는 왼쪽 강둑을 따라가는 게 훨씬 현명한 선택이었다. 역설적이게도 야루가의 왼쪽 강둑은 적국인 닐프가드 제국의 영역이었다. 처음 왼쪽 강둑으로 가자는 의견을 낸 건 게롤트였는데, 기사 대열에서 탈퇴한 후 원래의 이성과 논리적 추론 능력, 조심성을 상당 부분 되찾고 있었다. 훗날 게롤트의 이런 계획이 여러 가지 결과를 가져왔으며 우리 여행에 어떤 운명을 선사했는지 알게 되겠지만, 그것에 대해서는 차후에 이야기하겠다.

　우리가 야루가 강에 다다랐을 때, 그곳에는 이미 닐프가드인들로 가득했다. 이들은 붉은 항구로 이어지는 다리를 다시 세우고 강을 건너 앙그렌을 향한 공격을 계속하고 있었다. 또한 테메리아와 마하캄, 그리고 닐프가드의 사령부가 명령하는 어떤 알 수 없는 곳들을 모조리 공격할 생각이었다. 이런 상황에 강을 억지로 건넌다는 것은 말도 안 되는 일인지라, 우리는 숨어서 군대가 지나가기를 기다리기로 했다. 그리하여 이틀 밤이 지날 때까지 강가의 버드나무 숲에 웅크리고 앉아 류머티즘을 악화시키고 모기에게 밥을 주고 있었다. 더 좋지 않은 것은 날씨가 나빠져 부슬비가 내리고, 세찬 바람이 불어와 이빨이 딱딱 부딪칠 지경이었다. 친애하는 독자 여러분, 바로 그 순간 우리가 빌려온 리리아의 보급품 속에서 내가 종이와 연필을 발견한 것이다. 그렇게 나는 시간을 죽이며 불편함을 잊기 위해 우리의 모험 중 일부를 기록하여 영원불변하게 만들었다.

　끔찍한 날씨와 어쩔 수 없이 꼼짝하지 못하는 자세 때문에 모두들 기분이 좋지 않았으며, 어두운 전망만이 점점 커져갔다. 특히나 게롤트가 그랬다. 게롤트는 이미 오래전부터 시리와 며칠이나 떨어져 있었는지 계산하고 있었는데, 제대로 길을 나서지 못하는 날이 길어질수록 점점 더 시리와 멀어진다고 생각했다. 축축한 버드나무 숲, 춥고 비까지 오는 와중에 게롤트는 한 시간, 한 시간이 지날수록 점점 더 우울해지고 기분이 나빠지는 것 같았다. 또한 나는, 아무도 보지 않거나 듣지 않는다고 생각할 때 게롤트가 통증으로 씩씩거리며 욕을 하는 것도 알고 있었다. 친애하는 독자 여러분이 아셔야 할 또 다른 사실은, 게롤트가 타네드 섬에서 있었던 마법사들의 소동에서 뼈가 부러졌다는 것이다. 부러진 뼈는 브로킬론의 드라이어드들이 치료해준 덕분에 나았지만, 통증은 사라지지 않은 것 같았다. 게롤트는 정신적인 고통뿐만 아니라 육체적으로도 고통스러워하고 있었으며, 이 때문에 기분이 극도로 좋지 않은 상태였다.

그리고 악몽이 게롤트를 괴롭히고 있었다. 9월 9일 새벽, 불침번 교대를 위해 잠을 자던 중 비명을 지르며 잠에서 깨어나 칼을 뽑아 드는 통에 우리 모두를 놀라게 했다. 광기에 사로잡힌 듯 보였으나 다행히 곧 정신을 차렸다.

게롤트는 말없이 망을 보러 나섰다가 곧 어두운 얼굴로 돌아와서는 어떤 말도 덧붙이지 않은 채 우리 일행을 해체하며, 앞으로의 여정은 혼자서 가겠노라 선언했다. 끔찍한 일이 일어나고 있으며 시간은 부족하고, 앞으로 점점 더 위험해질 게 뻔한데 그 누구도 위험에 빠트리고 싶지 않다는 것이었다. 그 누구도 책임지고 싶지 않다는 둥 지루하고 설득력 없는 이유를 장황하게 늘어놓는 바람에 아무도 그와 말싸움을 하려들지 않았다. 보통 때 같았으면 좋은 말솜씨를 뽐냈을 뱀파이어 역시 그저 어깨를 으쓱할 뿐이었고, 밀바는 바닥에 침을 뱉었다. 카히르는 건조한 말투로 자신은 스스로 책임지고 있으며, 그렇지 않으면 칼은 뭐하러 무겁게 들고 다니겠냐고 대꾸했을 뿐이었다. 결국에는 모두들 입을 다문 채 의미심장한 눈길로 나를 바라보며, 분명 이 기회에 내가 집으로 돌아가겠다고 말할 것이라 예상했다. 물론 모두가 실망한 것은 말할 것도 없다.

우리를 무기력에서 해방시켜 야루가 강을 건넌다는 대담한 행동으로 이끈 것은 이후의 사건 때문이었다. 이 작전에 대해 내가 불안해했다는 것을 고백한다. 강은 밤에 건너기로 계획되었는데, 밀바와 카히르의 말을 그대로 옮기자면, 말꼬리를 붙잡고 건너가는 것이었다. 만약 그것이 은유적인 표현이라 하더라도, 내가 그런 방법으로 강을 건넌다는 것도, 나의 목숨을 의지해야 할 페가수스가 그런 게 가능하다는 것도 상상할 수가 없었다. 조심스럽게 말하자면, 수영은 자신 있는 분야가 전혀 아니었다. 만약 창조주 어머니께서 내가 수영하길 원하셨다면, 창조와 진화의 과정에서 왜 내 손가락 사이에 물갈퀴를 붙이지 않았겠는가. 페가수스도 마찬가지다.

하지만 나의 걱정은 전혀 쓸데없는 것으로 드러났다. 적어도 말꼬리를 붙들고 수영하는 부분은 말이다. 왜냐하면 다른 방법으로 강을 건넜기 때문이다. 하지만 그 방법은 어쩌면 훨씬 더 미쳤다고 할 수 있었다. 닐프가드의 보초병과 경비병들 눈앞에서 대놓고 붉은 항구에 새로 놓인 다리를 건넌 것이다. 언뜻 듣기에도 지나치게 뻔뻔하며 죽음을 무릅쓰는 것처럼 보이는 이 작전은 매끄럽게 진행되었다. 다리 위에 한 줄로 길게 늘어선 이동 수단과 탈것, 수많은 가축과 군중들 사이에서 우리 일행은 전혀 눈에 띄지 않았던 것이다. 이렇게 우리는 9월 10일, 야루가의 왼쪽 강둑으로 건너갔다. 딱 한 번 경비병이 뭐라고 소리를 질렀었는데, 카히르가 위엄 있게 눈살을 찌푸리면서 황제의 명을 수행하는 중이라며 고전적인 군대 방식으로 대답한 뒤, 욕설을 덧붙여 고함쳤다. 우리에게 관심을 가지는 이가 더 생기기도 전에 우리는 이미 왼쪽 강둑으로 건너와 리버델의 깊은 숲 속에 있었다. 이곳에는 사실 남쪽 방향으로 통하는 길 하나밖에 없었는데, 그 방향도 그렇고 주변에 잔뜩 도사리고 있는 닐프가드 군대도 그렇고 우리에게는 이득 될 것이 없었다.

리버델의 숲에서 첫 비박을 할 때, 내게 이상한 꿈이 찾아왔다. 게롤트의 꿈과는 달리 내가 꿈에서 본 것은 시리가 아니라 여자 마법사 예니퍼였다. 꿈은 이상하고 마음을 불안하게 만들었다. 예니퍼는 평소처럼 검은 옷과 흰 옷을 입고서 산 위에 있는 섬뜩한 성채 위 허공을 날고 있었는데, 그 아래에는 다른 여자 마법사들이 예니퍼에게 주먹을 휘두르며 무어라 소리치고 있었다. 예니퍼는 드레스의 긴 소매를 펄럭이며 검은 앨버트로스처럼 끝없는 바다 위를 날아, 지는 해를 향해 날아가고 있었다. 바로 그 순간 꿈은 악몽으로 변했다. 깨어났을 때 나는 세세한 것은 기억할 수 없었다. 단지 흐릿하고 말이 되지 않는 장면들만 떠오를 뿐이었다. 그러나 그 장면들은 끔찍했다. 고문, 비명, 고통, 두려움, 죽음…… 공포 그 자체였다.

나는 게롤트에게 이 꿈 얘기를 하지 않았다. 단 한마디도. 이후에 생긴 일들을 생각해보면, 잘한 일이었다.

"이름은 예니퍼! 벤거버그의 예니퍼. 유명한 여자 마법사지! 제 말이 거짓말이라면 오늘 당장 죽어도 좋아!"

트리스 메리골드는 주막집을 꽉 채운 푸른 연기 사이로 무언가 보려고 노력하며 몸을 돌렸다. 그러다 결국 이 지역 특산품인 앤쵸비 버터로 양념한 서대살 요리를 조금 아까워하며 식탁에서 일어섰다. 브레머부드의 여인숙과 주막집을 떠돌아다닌 것은 산해진미를 맛보기 위해서가 아니라, 정보를 얻기 위해서였으니까. 그리고 몸매 생각도 해야 했다.

트리스가 뚫고 가야 할 사람들의 무리는 빽빽했다. 브레머부드 사람들은 이야기를 좋아했고 새로운 이야기를 들을 수 있는 기회라면 놓치지 않았다. 이곳을 찾아오는 수많은 뱃사람들은 주민들을 절대 실망시키지 않았다. 새로운 바다 이야기와 소문들은 끝도 없었다. 물론 이 이야기들의 대부분은 지어낸 것이었으나, 아무 의미가 없는 것은 아니었다. 이야기는 이야기다. 이야기는 그럴 권리가 있다.

지금 이야기를 하며 예니퍼를 언급한 사람은 바로 스켈리게 섬에서 온 여자 어부였다. 통통하지만 단단한 몸집에 머리를 짧게 자른 여자 어부는 같이 온 네 명의 친구들과 마찬가지로 오래되어 반들반들해진 일각고래의 가죽으로 만든 조끼를 입고 있었다.

"8월 아홉 번째 날의 일이었어, 보름달이 뜨고 나서 두 번째 날 아침이었지.”

여자 어부는 맥주잔을 입에 가져가며 말했다. 여자 어부의 손이 오래된 벽돌색이라는 것과 근육질의 팔뚝 둘레가 족히 20인치는 되어 보인다는 게 트리스의 눈에 들어왔다. 트리스의 허리둘레는 22인치였다.

“새벽이 막 되었을 때였지. 우리 배는 바다로 나갔어. 안 스켈리그와 스파이크루그 사이의 좁은 만에 있는 굴 양식장으로 말이야. 우리가 그물을 쳐놓고 연어를 잡는 곳이지. 급히 서둘러야 했거든. 곧 태풍이 올 것 같았고, 하늘이 서쪽에서부터 매우 어두워지기 시작했으니까. 우리는 그런대로 살아 있는 연어들을 그물에서 꺼내야만 했어. 다들 잘 알겠지만 태풍이 지나간 후 다시 바다로 나가보면, 먹다 남은 머리만 남아 있고 쳐놓은 그물은 죄다 허사가 되니까 말이야.”

여자 어부는 이야기를 듣고 있는 사람들의 얼굴을 눈으로 훑으며 말했다.

브레머부드와 시다리스의 주민이 대부분인 청중들은, 바다 덕분에 먹고 살고 삶이 바다에 좌우되는 사람들이었다. 이들은 잘 안다는 듯 고개를 끄덕이며 웅성거렸다. 트리스에게 연어하면 생각나는 건 분홍빛 살점뿐이었지만, 눈에 띄지 않고자 고개를 끄덕이며 동의한다는 듯 음음 소리를 냈다. 이곳에 트리스가 온 것은 익명으로, 비밀 업무를 수행하기 위해서였다.

“우린 배를 저어갔지. 배를 타고 가서 그물을 걷었어. 그런데 갑자기 스투를라의 딸 구드룬이 목청껏 소리를 지르는 게 아니겠어! 그러고는 손가락으로 키 위를 가리켰지! 우리가 쳐다보니, 무언가가 하늘에서 날아가는 것이 보였는데 그게 새가 아니더란 말이야! 난 심장이 멎는 줄 알았어. 왜냐하면 저건 와이번이나 작은 그리핀일 거다, 가끔 그런 것들이 스파이크루그에 날아오니까. 보통은 겨울에 서풍을 타고 한 마리씩 나타나잖아. 하지만 이번에 본 건 검은 것이었고, 느닷없이 물속에 풍덩 처박히더란 말이지. 파도가 확 일더라니까! 바로 우리 그물 위로. 그물이 온통 뒤얽히고 바다표범처럼 난리를 쳐서 우리 모두, 그러니까 우리가 몇 명이었더라, 여자 여덟 명이었는데 그물을 꽉 잡고 겨우 붙들어 배로 끌어올렸어! 놀란 건 바로 그때였지! 왜냐하면 그게 웬 여자였거든! 검은 드레스를 입고, 머리도 새카만 여자, 저 까마귀처럼 말이야. 몸은 온통 그물에 엉킨 채로 두 마리 연어 사이에 쓰러져 있더라고! 그 연어 중 한 마리는 장담컨대 42파운드 반이나 되는 크기였어!"

잔을 내려놓은 여자 어부는 청중들 중 누군가가 다음 잔을 사주길 기대하는 표정이었다.

스켈리게에서 온 여자 어부는 맥주잔의 거품을 후 하고 불고는 크게 한 모금 마셨다. 가장 나이가 많은 청중들 중에서도 그런 크기의 연어를 낚았다는 말은 들어본 적이 없었지만, 여자 어부의 말에 토를 다는 이는 아무도 없었다.

"그물에 걸린 흑발의 여자는 기침을 하면서 바닷물을 뱉어내고 몸부림을 쳤어. 그러자 구드룬이 흥분한 목소리로 소리쳤지. '켈피다! 켈피! 하브프루에*!' 하지만 어떤 바보도 그 여자가 켈피가 아니라는 건 알 수 있다고. 왜냐, 켈피라면 진즉에 그물을 끊었을 테고 무엇보다 그물에 걸리는 한심한 괴물이 어디 있어! 그리고 물고기 꼬리도 없었거든. 바다 여자인 하브푸루에는 물고기 꼬리가 있잖아! 그리고 하늘에서 물속으로 떨어진 건데, 켈피나 하브푸루에가 하늘을 나는 걸 본 사람 있나? 하지만 항상 흥분하는 우나

---

* 하브프루에(Havfrue): 스켈리게에서 인어(Merpeople)를 부르는 말.

의 딸 스카디 역시 '켈피다!'라고 비명을 질렀어. 그러고는 갈고리를 움켜잡고 그물 쪽으로 다가갔지! 그런데 갑자기 그물에서 푸른빛이 번쩍하더니 스카디가 비명을 지르는 거야! 갈고리는 왼쪽에서, 스카디는 오른쪽에서 세 번이나 공중제비를 넘더니 엉덩방아를 찧으며 나동그라졌어. 내가 거짓말을 하는 거라면 당장 죽어도 좋아. 그런 여자 마법사라면 해파리나 쑥감펭이, 전기뱀장어보다 더 무섭고 위험하다는 걸 단박에 알겠더라고! 게다가 그 마녀가 뭐라고 소리치기 시작했는데 정말 무섭더라니까! 그러더니 이상한 냄새가 나면서 연기가 피어오르기 시작했지. 그 마녀가 그물 안에서 마법을 부리기 시작했을 때 말이야! 우린 이제 큰일 났다고…….”

여자 어부는 다시 맥주를 꿀꺽 마시고는 주저 없이 다음 잔을 잡았다.

“큰일 났다고 생각했어. 그물로 여자 마법사를 잡다니! 이건 진짜 사실인데, 우린 이 마법사의 마법으로 배가 온통 흔들리는 걸 느꼈거든. 더 이상 지체할 수 없었지! 카렌의 딸 브리타는 자기 발로 그물을 꾹 눌렀고, 나는 노를 들어서 마구 후려쳤어. 확, 확!”

여자 어부는 큰 소리로 트림을 하고는 코와 입을 쓱 닦았다.

잔 위로 맥주가 넘실거리다 식탁 위로 쏟아지고, 잔 몇 개가 뒤집어져 마룻바닥에 떨어졌다. 청중들은 뺨과 눈썹을 만졌지만, 아무도 뭐라고 하거나 지적하지 않았다. 이야기는 이야기다. 이야기는 그럴 권리가 있다.

“그제야 마녀는 자신이 누굴 상대하고 있는지 이해하는 것 같았어. 스켈리게의 여자들과는 함부로 장난쳐선 안 되겠구나! 우리에게 항복한다고 말하고는 더는 마법을 걸지도, 마술을 부리지도 않겠다고 약속했거든. 그리고 자기 이름도 말해줬어. 벤거버그의 예니퍼라고 말이야.”

여자 어부는 커다란 가슴을 쭉 펴고는 도전적으로 주위를 둘러보았다.

사람들은 쑥덕였다. 타네드 섬의 사건 이후 겨우 두 달이 지났을 뿐이다. 닐프가드에 매수당한 반역자들의 이름은 여전히 생생했다. 예니퍼의 이름 역시 유명했다.

"우린 예니퍼를 묶어서 데려갔어. 아드 스켈리그로, 케어 트롤데로, 크래치 안 크라이트에게 데려갔지. 그 다음엔 어떻게 됐는지 모르겠어. 크래치 안 크라이트는 외출 후에 돌아와서 마녀를 엄한 태도로 맞이했지만, 그 후에는 예의 있고 공손하게 대하더라고. 흠…… 난 마녀를 노로 때린 것에 대해 마녀가 어떤 마법으로 복수할지, 그것에 대해서만 생각하고 있었어. 크래치 안 크라이트 앞에서 나에 대해 죄다 떠벌릴 줄 알았거든. 하지만 그러지 않더라고. 한마디도 하지 않았고, 우릴 고발하지도 않았어. 썩 괜찮은 여자더란 말이지. 나중에 자살했다는 이야기를 들었을 땐 마음이 좀 안 좋기까지 하더라니까."

"예니퍼가 죽었다고요? 벤거버그의 예니퍼가 죽었단 말이에요?"

트리스는 소리를 질렀다. 너무 놀라서 자신의 익명성과 비밀 임무 따위는 완전히 잊어버렸다.

"그래요, 죽었어요. 고등어처럼 죽어버렸지. 자신의 마법을 쓰다가 자기가 죽은 거야. 그렇게 오래되지 않은 일인데. 8월 마지막 날, 새로운 달이 떠오르기 바로 전이었으니까. 하지만 그건 전혀 다른 이야기예요."

여자 어부는 남은 맥주를 들이켰다.

"단델라이온! 안장 위에서 자면 안 돼!"

"자는 게 아니야! 창작 중이라고!"

친애하는 독자 여러분, 그렇게 우리는 리버델 숲의 동쪽에 있는 캐드 드후로 향했다. 우리가 시리를 찾는 데 도움을 줄 수 있다는 드루이드들을 찾기 위해서였다. 그래서 어떻게 되었는지는 후에 말하겠다. 우선, 역사적 사실의 기록을 위해 나는 우리 일행에 대해, 일행 하나하나에 대해 기술하려고 한다.

뱀파이어 레지스는 나이를 사백 살 넘게 먹었다. 만약 그게 거짓말이 아니라면 우리들 중 가장 나이가 많았다. 물론 거짓말이라 해도 이를 확인할 방법은 없었다. 하지만 나는 우리의 뱀파이어가 진실을 말했다고 생각하는 편이 좋았다. 왜냐하면 자신이 사람들의 피를 빨아먹는 것을 그만두었다고 말했기 때문이었다. 이 고백 덕분에 야외에서 보내는 밤은 훨씬 평온해졌다. 처음에는 밀바와 카히르가 눈을 뜨자마자 불안에 떨며 목 주위를 만져보는 광경을 보았지만, 이들도 곧 적응하게 되었다. 뱀파이어 레지스는 정말인지 아닌지 모르겠지만, 어쨌든 명예를 중시하는 뱀파이어로 보였다. 피를 마시지 않는다고 말했다면 그건 정말 마시지 않는다는 것이리라.

그러나 레지스에게도 단점은 있었는데, 뱀파이어의 천성과는 전혀 관계가 없는 것이었다. 레지스는 상당한 지식인이었는데, 그점을 드러내는 걸 좋아했다. 신경에 거슬리는 주장과 선지자 같은 표정과 말투로 사실에 대해 늘어놓곤 했는데, 이 역시 모두를 당황스럽게 만들었다. 그것이 레지스의 설교가 정말 사실이어서 그런 것이었는지, 아니면 사실처럼 들려서 그랬는지, 아니면 도저히 사실인지 아닌지 밝혀낼 수 없어서 그런 것인지는 몰랐지만 결과는 같았다. 그런데 정말 참을 수 없는 것은 질문에 대답하는 레지스의 태도였다. 질문자가 질문을 제대로 하기도 전에 아니, 어쩔 때는 질문자가 질문을 만들어내는 시점에서 대답이 나왔다. 나는 이러한 지식인의 증세를 언제나 오만으로 치부하고 있었으며, 이러한 태도는 대학이나 궁정에 어울리는 것으로 매일매일 말고삐를 나란히 하고 밤이면 같은 누더기 밑에서 자는 동행자의 태도로는 참기가 힘들었다. 하지만 심각한 갈등 상황에는 이르지 않는데, 결국 갈등이 불거져 나온 것은 밀바 때문이었다. 게롤트나 카히르가 어느정도 뱀파이어의 오만한 태도를 받아준 것과는 달리, 활쏘기의 달인인 밀바는 간단하고도 꾸밈없는 해결책을 찾았다. 레지스가 세 번째로 밀바의 질문이 다 끝나기도 전에 대답을 시작하자, 밀바는 늙은 용병조차 얼굴이 붉어질 만한 욕설을 내뱉은 것이었다. 희한하게도 눈 깜짝할 사이에 뱀파이어는 태도를 바꿨다. 여기서 지성의 지배에 대한 가장 효과적인 방어는 바로 그 지성에 정면으로 맞서는 것이라는 사실을 알 수 있다.

내가 보기에 밀바는 자신의 비극적인 사건과 상실을 상당히 힘들게 받아들이고 있었다. '내가 보기에'라고 적었는데 왜냐하면 남자로서, 여자에게 그런 사건과 상실이 어떤 것인지 감히 나는 짐작도 할 수 없기 때문이다. 내가 시인이고 글을 쓰는 사람이긴 하나, 지금까지의 잘 훈련된 상상력으로도 그 부분에서 만큼은 전혀 힘을 발휘하지 못했다.

밀바의 몸 상태는 금방 원래대로 돌아왔다. 그러나 정신적인 회복은 더뎠다. 가끔은 하루 종일, 동이 트고 나서부터 어두워질 때까지 단 한마디도 하지 않았다. 무리에서 사라져 한쪽 구석에 있기를 좋아했는데, 모두들 이런 점을 걱정했다. 그러다 전환점이 찾아왔다. 밀바는 마치 드라이어드나 엘프처럼, 격정적이고 충동적이면서도 이해하기 힘든 모습을 보인 것이다. 어느 날 아침, 우리 눈앞에서 칼을 꺼내더니 아무 말도 없이 길게 땋은 머리카락을 목까지 잘라버렸다. 우리가 입을 벌린 채 멀거니 바라보자 밀바는 '난 이제 아가씨가 아니니까 이런 머리는 안 어울려. 하지만 난 과부도 아니야.'라고 말하고는 이렇게 덧붙였다. '그러니 애도는 이제 그만해.' 바로 그 순간부터 밀바는 예전의 모습으로 돌아왔다. 퉁명스럽고 변덕스러우며, 험한 말을 잔뜩 내뱉는 원래의 모습으로. 그 모습을 보고 우리는 다행히 위기 상황은 넘겼구나, 하고 짐작했다.

　우리 일행의 세 번째 괴상한 일원은 닐프가드인이 아니라고 주장하길 좋아하는 닐프가드인이었다. 그의 말에 따르면, 이름은 카히르 모르 디플린 엡 셀락이라고 했다.

"카히르 모르 디플린, 셀락의 아들. 난 내가 싫어하는 것과도 타협하며 우리 일행과 어울려 왔다고. 하지만 모든 것과 타협할 수 있는 건 아니야! 난 글을 쓸 때 누군가 뒤에서 지켜보는 건 질색이라고! 그리고 그건 절대 타협할 생각이 없어!"

단델라이온은 카히르를 연필로 정확히 가리키며 소리쳤다.

닐프가드인은 시인에게서 물러나 잠시 생각을 하더니 자신의 안장과 가죽, 덮개를 들고서 졸고 있는 밀바 옆으로 다가가며 조심스럽게 입을 열었다.

"미안하군. 내가 잘못했소, 단델라이온. 그저 궁금해서 반사적으로 넘겨 다본 거요. 난 당신이 지도를 그리거나 무슨 계산이라도 하는 줄⋯⋯."

"내가 무슨 회계사야? 아니면 지도 그리는 사람이냐고! 설령 그렇다 해도 내가 끄적이는 걸 몰래 넘겨다볼 순 없어!"

단델라이온은 머리끝까지 화를 내며 자리에서 벌떡 일어났다.

"미안하다고 했잖소. 나 역시 싫어하는 것과 타협하며 이 일행들과 지내 왔지만, 사과는 한 번만 하는 게 원칙이오."

카히르가 잠자리를 옆쪽에 새로 만들며 건조하게 대꾸했다.

"유난히 예민하게 구는군, 단델라이온. 예민해진 이유가 밤마다 흑연 조 각으로 종이에 뭔가를 쓰는 그 작업 때문이라는 걸 우리도 모르진 않아."

스스로가 생각해봐도 놀랍지만, 젊은 닐프가드인의 편을 들며 게롤트가 말했다.

"사실입니다. 우리 시인님께서 요즘 들어 부쩍 예민해졌더군요. 조심스 럽게 혼자 있는 시간을 찾기도 하고요. 물론, 생리 현상을 해결할 때는 누가 본다고 해서 크게 신경 쓰진 않더군요. 하긴 우리 처지에 그런 것까지 신경 쓸 수는 없겠지만. 몰래 숨어서 하고, 누가 보는 것에 예민한 건 바로 저 종 이들이죠. 우리 눈앞에서 시가 탄생하는 건가요? 아니면 광시곡? 혹은 에 포스나 로망스? 칸손?"

레지스가 모닥불에 자작나무 가지를 던져 넣으며 말했다.

"아니야. 단델라이온은 내가 잘 알지. 그런 시 종류의 작품일 리 없어, 왜 냐하면 욕을 하거나 중얼거리지도 않고, 손으로 음절 수를 세지도 않거든. 조용히 쓰고 있는 걸 보니 산문이 분명하다고."

게롤트가 모닥불 옆으로 다가서며 어깨를 담요로 덮었다.

"산문? 소설인가요? 아님 수필? 교훈적인 이야기? 맙소사, 단델라이온! 우리 좀 그만 괴롭히고 뭘 쓰고 있는지 말해줘요!"

뱀파이어 레지스가 뾰족한 이빨을 번쩍였다. 평상시에는 잘 하지 않는 행동이었다.

"회고록이오."

"그게 뭐죠?"

"이 종이 조각들에서 내 인생의 역작이 나오는 거요. 이 회고록의 제목은 '시의 50년'이지."

단델라이온은 종이들이 가득 담긴 상자를 보여주었다.

"말도 안 되는 제목이군. 시는 나이가 없잖나."

카히르가 냉정하게 말했다.

"만약 있다고 해도 분명 그것보다는 나이가 많겠죠."

레지스도 거들었다.

"이해를 못하는군. 이 제목은, 그러니까 저자가 더 많지도 적지도 않게 시의 여신에게 50년을 봉사했다는 뜻이야."

"그렇다면 그건 더 말이 안 돼. 자네는 아직 마흔 살도 안 됐잖아. 그리고 신전 학교에서 엉덩이를 맞아가며 글 쓰는 것을 배운 건 여덟 살 때고. 그 때부터 계속 써왔다고 하더라도, 자네가 시의 여신 아래서 일한 건 30년이 안 됐다고. 게다가 제대로 시를 쓰고 음악을 작곡한 건 스타엘 백작 부인의 영향을 받은 열아홉 살 때부터라고 종종 말하고 다니지 않았나? 그러면 20년 정도 된 일이라고, 단델라이온. 그런데 50년은 대체 어디서 튀어나온 거야? 은유적인 표현인가?"

게롤트가 말했다.

"난 먼 앞날을 내다보는 사람이야. 현재를 쓰고 있지만, 미래를 향해 달려가고 있지. 내가 지금 쓰고 있는 이 작품은 앞으로 20년에서 30년 후에 출판할 건데, 그때가 되면 제목을 가지고 셈을 하며 따지는 자는 없을 거야."

단델라이온은 잘난 척하며 대답했다.

"하, 이제 알겠군. 그런데 내가 이상한 건 이 지나친 조심성이라니까. 보통 자네는 내일 무슨 일이 일어날지, 그런 것에 대해서는 아무 관심도 없잖나."

"내일 무슨 일이 일어날지, 그딴 건 아무 관심 없어. 난 먼 훗날을 생각하지. 그리고 영원을 생각한다고!"

단델라이온이 오만하게 대답했다.

"훗날을 생각한다면, 지금 당장 미래를 생각하며 글을 쓰는 것은 어쩌면 비윤리적인 것일지도 모릅니다. 후대의 사람들은 그런 제목을 보면 50년 정도 지난 후의 관점으로, 그러니까 반세기의 지식과 경험을 갖춘 사람에 의해 집필된 작품을 기대할……."

레지스가 끼어들었다.

"반세기의 경험이 쌓인 자라면, 뇌가 치매로 썩고 있는 일흔 살의 노인네겠지. 그런 노인이라면 회고록을 쓰는 게 아니라, 베란다에 앉아 공기 중으로 방귀나 뀌고 있을 거라고. 왜냐하면 사람들이 비웃을 테니까. 난 그런 오류는 범하지 않겠어. 내 회고록은 나의 창작력이 절정에 이른 지금 쓸 거야. 그리고 훗날 출간하기 전에 아주 살짝만 고치는 거지."

단델라이온은 계속 집착하고 있었다.

"그것도 장점이 있겠군. 특히나 우리에게는 말이야. 분명 그 작품 속에 우리도 등장할 테고, 우릴 가만 놔두지도 않았을 테니. 50년이 지났을 땐 이미 우리도 사라지고 이러나저러나 아무 상관없겠지."

게롤트는 아픈 무릎을 문지르며 조심스럽게 몸을 굽혔다.

"반세기가 도대체 뭘까요? 그저 순간일 뿐이죠, 스쳐 지나가는…… 아하, 단델라이온. 내 생각엔 제목으로 '시의 50년'보다는 '시의 반세기'가 더 나을 것 같습니다."

레지스가 웃어 보였다.

"당신 말이 맞아. 고맙소, 레지스. 뭔가 건설적인 발언이 나온 건 처음이군. 다른 의견 있는 분?"

단델라이온은 종이 위에 몸을 숙인 채 연필로 무언가를 쓱쓱 지웠다.

"나도 있어요. 왜 눈을 크게 뜨고 그래요? 난 말하면 안 되나? 난 바보가 아니라고요! 우린 지금 다 같이 시리를 되찾기 위해 손에 무기를 들고서 이 땅을 횡단하고 있어요. 그러니 어쩌다가 단델라이온의 저 종이 꾸러미가 다른 이의 손에 들어갈지도 모르죠. 우린 단델라이온을 잘 알잖아요. 과묵하지 않고, 사실 떠버리라 할 수 있죠. 그러니 뭘 쓰는지는 지켜봐야 해요. 혹시나 단델라이온이 써놓은 것 때문에 우리가 교수형을 당할 수도 있으니까요."

넝마를 이불 삼아 덮고 있던 밀바가 넝마 아래에서 불쑥 머리를 내밀고 말했다.

"그건 좀 지나친 과장이 아닐까요, 밀바."

레지스가 부드럽게 타일렀다.

"과장이 너무 심한데."

단델라이온이 말했다.

"내 생각에도 그런 것 같소. 여기 북부인들은 어떤지 모르겠지만, 우리 제국에서는 원고를 가지고 있는 건 범죄로 보지 않고 문학 활동에 관한 한 처벌하는 일도 없소.”

카히르도 동의하며 말했다.

게롤트는 카히르를 째려보다 만지작거리고 있던 나뭇가지를 부러뜨렸다.

“하지만 그런 고상한 민족이 정복한 나라의 도서관은 죄다 불태우고 있지. 어쨌든, 내 생각에도 밀바가 너무 과장한 것 같군. 그동안에도 단델라이온의 글이 우리에게 큰 영향을 주진 않았지. 우리의 안전에도 딱히 영향을 끼치진 않을 거야.”

게롤트의 말투는 따지는 것 같지는 않았으나 분명 빈정대는 말투였다.

“나도 알 건 다 안다고요! 우리나라에서 왕국의 세관원들이 인구 조사를 했을 때, 내 새아버지는 멀리 달아나 숲 속에서 2주나 보냈죠. 코빼기 한 번 보이지 않고 말이에요. 종이가 있는 곳에 문제가 생긴다고, 새아버지는 입버릇처럼 말하곤 했어요. 오늘 잉크로 기록된 자는 내일 마차 바퀴에 깔려 뼈가 부러질 거라고요. 물론 새아버지는 망할 놈이었죠! 내 생각에 지금쯤 분명 지옥 불에서 지글지글 익고 있을 거예요, 개자식 같으니라고!”

밀바가 고쳐 앉으며 소리쳤다. 그러고는 담요를 집어던지더니 모닥불 앞으로 다가가 앉았다. 잠이 싹 가신 게 분명했다. 이거 이러다가 또 밤새도록 이야기를 나누게 생겼는데, 게롤트는 생각했다.

“새아버지를 싫어했던 모양이군.”

짧은 침묵이 흐른 후 단델라이온이 말했다.

“싫어했죠. 왜냐하면 나쁜 놈이었으니까. 엄마가 보지 않을 땐, 나에게 달려들어 손장난을 쳤다고요. 무슨 말을 해도 듣지 않아서 나도 더는 참을 수가 없었어요. 그래서 쇠스랑으로 말할 수밖에 없었고. 쓰러졌을 때 나는 발로 두 번, 갈비뼈와 급소 부분을 걷어찼죠. 그러고는 이틀을 누워서 피를 토했어…… 새아버지가 낫기 전에 나는 집을 나왔어요. 그 후에 죽었다는 소문을 들었고, 엄마도 그 뒤를…… 잠깐, 단델라이온? 지금 뭘 쓰고 있는 거죠? 절대 안 돼! 내가 말하지만 절대 쓰지 말라니까! 내 말 듣고 있어요?"

밀바는 모두의 귀에 들리도록 이를 갈았다.

밀바가 이 여정을 함께한다는 것도 이상했지만, 뱀파이어가 우리 일행이라는 것은 더욱더 이상했다. 그러나 가장 황당한 것은, 그리고 이해할 수 없는 것은 갑자기 적에서 친구까지는 아니지만 동료가 된 카히르의 동기였다. 젊은 카히르는 이 사실을 자신의 전우와 맞서 게롤트 옆에서 칼을 빼 들고 다리 위의 전투를 통해 증명해 보였다. 그 일로 카히르는 우리의 마음을 얻었으며, 우리가 가지고 있던 일말의 의구심은 사라졌다. 여기서 말하는 '우리'란 나, 뱀파이어, 밀바를 뜻한다. 게롤트는 카히르가 자신과 함께 죽음을 불사하고 싸웠음에도 불구하고 이 닐프가드인을 여전히 믿지 못했고 마음을 열지 않았다. 카히르를 향한 혐오감을 숨기려 애쓰지만, 이전에 내가 말했듯 게롤트는 창의 나무 막대처럼 단순한 사람이라 아닌 척하는 데 서툴고, 닐프가드인에 대한 반감은 마치 구멍 난 그물에서 빠져나오려는 뱀장어의 머리 같다.

그 이유는 자명하다. 시리 때문이다.

7월의 첫 번째 달이 떠올랐을 때, 닐프가드가 매수한 마법사들과 왕들에게 충성하는 마법사들 간의 선혈이 낭자한 소요 사건이 발생했다. 운명은 그 사건이 일어났을 때 내가 타네드 섬에 있도록 인도했다. 반역자들을 도운 것은 다람쥐들과 엘프 군대, 그리고 셀락의 아들 카히르였다. 카히르도 타네드에 있었다. 카히르는 시리를 납치하는 특수 임무를 맡아 타네드에 와 있었다. 스스로를 지키려던 시리는 카히르에게 큰 상처를 입혔다. 카히르의 왼손에 난 상처를 보면 나는 언제나 입이 마른다. 분명 끔찍하게 고통스러웠을 것이다. 손가락 두 개는 아직도 굽혀지지 않는다.

그 모든 일이 있은 후, 우리는 카히르를 구했다. 리본 강에서, 그의 동포들이 그를 잔인하게 꽁꽁 묶어놓은 상태에서. 도대체 무슨 일로 그를 죽이려 했던 것일까? 단지 타네드에서의 임무 실패 때문이었을까? 카히르는 말이 많은 성격이 아니지만, 나는 그가 지나가듯 하는 말들을 유심히 듣고 있다. 카히르는 아직 서른 살이 되지 않았으며, 닐프가드 군대에서 상당히 높은 위치에 있었던 것으로 보인다. 흠잡을 데 없는 공용어를 구사하는데, 닐프가드인 중에서는 드문 일이다. 미루어 짐작컨대, 카히르가 어떤 종류의 부대에 있었는지, 그리고 무슨 연유로 군대에서 빨리 승진할 수 있었는지 짐작이 된다. 그리고 내국도 아닌 국외에서 왜 그렇게 이상한 임무를 맡게 되었는지도.

왜냐하면 카히르는 오래전 시리를 납치하려고 했던 바로 그 인물이었던 것이다. 약 4년 전, 신트라의 대학살이 일어났던 그때 말이다. 시리의 운명은 그렇게 처음 모습을 드러냈다.

우연히 나는 이 사실을 게롤트와 이야기하게 되었다. 그것은 야루가 강을 건너고 사흘 후, 추분 열흘 전, 리버델의 숲을 지날 때였다. 그 이야기는 아주 짧았지만, 불쾌하고 불안한 대화였다. 그때 게롤트의 얼굴과 눈에는 추분 때 금발의 앵글로메가 합류

하던 날 폭발했던 잔인함이 서려 있었다.

　게롤트는 단델라이온의 얼굴을 쳐다보지 않았다. 정면을 주시하는 것도
아니었다. 로취의 갈기를 바라보고 있었다.

　"칼란테 여왕은 죽기 전에 이미 몇몇 기사들로부터 맹세를 받아냈지. 이
들은 시리가 적의 손에 넘어가지 않도록 막아야 했어. 도망치는 동안 이 기
사들은 죽었고, 시리는 시체들과 불속에, 포위된 도시의 막다른 골목에 홀
로 남겨져 있었지. 살아남기는 힘든 상황이었어. 그건 의심의 여지가 없었
지. 하지만 카히르가 시리를 발견한 거야. 활활 불타오르는 대화재와 죽음
에서 시리를 끌어낸 것이지. 시리를 구한 거야. 영웅적으로! 고귀하게!"

　게롤트의 목소리가 커졌다.

　단델라이온은 페가수스의 속도를 조금 늦추었다. 레지스와 밀바, 카히
르가 제법 거리를 두고서 앞서가는 중이었고 둘은 일행과 떨어져 있었지
만, 단델라이온은 다른 일행이 이 대화를 단 한마디라도 듣는 것은 원치 않
았다.

　"하지만 문제는 우리의 카히르가 명령을 받고 그런 행동을 했다는 것이
지. 마치 가마우지가 고귀한 행동을 하는 것처럼. 자기가 물고기를 꿀꺽하
진 않았거든. 왜냐하면 목에 고리가 걸려 있었으니까. 그렇게 잡은 물고기
를 자기 주인에게 가져다주는 거야. 하지만 실패했기 때문에, 주인님이 가
마우지에게 화를 낸 것이고! 이제 가마우지는 미움받는 신세가 돼버렸어!
물고기에게서 우정과 동료애를 바랐기 때문일까? 단델라이온, 자네는 어
떻게 생각하나?"

　게롤트의 말이 끝나고 잠시 침묵이 흘렀다.

단델라이온은 안장에 앉은 채로 몸을 숙여 아래로 휘어진 라임나무 가지를 피했다. 가지에 달린 이파리는 이미 노란빛이었다.

"하지만 시리의 목숨을 구한 건 사실이잖아. 덕분에 신트라에서 살아나올 수 있었어."

"그 이후, 시리는 꿈에서 저놈을 봐야 했고 덕분에 끔찍한 악몽에 시달렸지."

"어찌 되었건 카히르가 시리를 구한 거야. 되새김질 좀 그만해, 게롤트. 이미 너무 많은 것이 변했어, 아니 매일매일 변하고 있어. 이런 상황에서 과거의 일을 자꾸 되씹는 건 너 자신을 위해서도 좋지 않아. 카히르가 시리를 구한 거야. 그게 사실이고, 앞으로도 그 사실은 변하지 않아."

게롤트는 마침내 로취의 갈기를 응시하던 시선을 거두고 고개를 들었다. 단델라이온은 게롤트의 얼굴을 쳐다보려다가 얼른 눈을 돌렸다.

"사실은 사실로 남겠지. 그렇겠지! 저놈이 내 얼굴에 대고 타네드에서 그 말을 했다고. 겁을 먹었는지 말도 제대로 못하더군. 왜냐하면 내 칼날이 눈앞에 있었거든. 바로 그 사실 때문에, 그리고 그 외침 때문에 내가 저놈을 죽이지 않은 거야. 어쩌겠나, 이미 벌어진 일인데. 되돌릴 수도 없고. 하지만 유감이야. 그날의 그 순간, 타네드에서 이런 고리가 시작된 거니까. 죽음의 긴 고리, 복수의 긴 고리. 100년이 흘러도 이 고리에 대한 이야기는 계속될 거야. 밤까지 들어도 끝없는 이야기 말이지. 알겠나, 단델라이온?"

게롤트는 화가 난 듯 새된 목소리로 말했다.

"잘 모르겠는데."

"악마에게나 가버리라고."

그 이야기는 끔찍했으며, 게롤트의 표정 또한 끔찍했다. 나는 게롤트가 그런 기분에 빠져 있거나 그런 얘기를 시작하는 것을 좋아하지 않았다.

그러나 가마우지와의 생생한 비교는 효과가 있었다. 나는 걱정이 되기 시작했다. 부리에 물고기를 물고 둥지로 배달한다. 물고기를 죽이고, 내장을 파내고, 구워서 먹을 그곳으로! 정말 설득력이 있군, 맛있는 광경이겠어.

하지만 이성적으로 생각해보면 그런 두려움은 없었다. 물고기의 비유와 거리를 둔다면, 그럼 우리는 대체 무엇이란 말인가? 우린 작고 뼈가 가득한 물고기 새끼들이다. 이런 새끼 물고기들을 대신 데려간다 해도 카히르는 황제의 사면을 받아낼 수 없을 것이다. 그렇게 보이고 싶어 하지만, 자신도 거대한 강꼬치고기는 아니다. 우리처럼 새끼 물고기인 것이다. 전쟁이 쇠로 된 무기로 땅을 갈고 있을 때, 인간의 운명은 어떻게 되는 걸까? 누가 물고기 새끼 따위에 관심을 기울일까?

내 생각엔 닐프가드에서는 이미 카히르를 기억하지 못할 것이다. 내기를 걸어도 좋다.

닐프가드 정보국의 수장, 바티에 드 리도는 고개를 푹 숙인 채 황제의 꾸지람을 듣는 중이었다.

"그러니까 학교, 문화, 예술 분야를 모두 합친 것보다 더 많은 예산을 쓰는 기관이 그 한 사람을 찾아내지 못한단 말이지. 인간이 한순간에 사라져서는 숨었다, 이거지. 제국이 이 기관에 얼마나 많은 돈을 쓰고 있는데, 어떻게 흔적조차 없이 숨을 수 있단 말인가! 지금까지 쏟아부은 돈이면 없던 사람도 만들어 내 앞에 갔다놓을 수 있을 텐데. 이 한 명의 반역자가 우리를 면전에서 비웃고 있다니…… 바티에, 만약 다음번 각료 회의 때 정보부 예산 삭감이 제기되면 짐은 분명히 귀담아들을 작정이야. 짐의 말을 믿어도 좋을 거네."

에미르 바 엠레이스 황제는 매서운 말투로 질책했다.

"황제 폐하, 물론 잘 알아들었습니다. 그리고 모든 사항을 고려한 폐하의 결정을 의심하지 않습니다. 저희 정보부는 성공뿐 아니라 실패도 경험한 바 있습니다. 하지만 폐하께서는 배신자 카히르 엡 셀락이 처벌받지 않은 채 빠져나가는 일은 없으리라 확신하셔도 좋습니다. 저희는 모든 노력을……."

바티에는 말끝을 흐리며 헛기침을 했다.

"돈은 노력의 대가로 지불하는 게 아니라, 결과가 나타났을 때 지불하는 것이지. 하지만 그 결과가 미미해. 바티에, 미미하다고! 빌게포츠 건은 어떻게 되었나? 도대체 젠장, 시릴라는 어디 있는 거야? 지금 뭐라고 중얼거린 건가? 더 크게 말해!"

"제 생각에 황제 폐하께서는 단 로완에 있는 그 아가씨와 결혼하시는 게 맞다고 봅니다. 우리에게는 그 결혼이 신트라 통치의 합법적인 구실이 되며, 스켈리게 제도와 아트레, 스트렙트, 막 투르가와 스토키를 안정시키는 데 중요한 역할을 하게 될 것입니다. 제국 전체에 내릴 사면 역시 필요합니다. 제국의 국경 지방과 경계 지역에 평화가 주어져야 합니다. 그리고 코비어의 에스테라드 티센이 중립을 유지해주는 것이 필요합니다."

"짐도 알고 있다. 하지만 단 로완의 계집은 진짜가 아니잖나. 그 아이와 결혼할 수는 없어."

"폐하의 용서를 구해야 할 사안인 건 분명합니다만, 그 여자애가 진짜인지 아닌지가 중요한 게 아닙니다. 정치적 상황은 성대한 결혼식을 요구하고 있습니다. 급박하게 말입니다. 신부는 베일을 쓰고 나오겠지요. 그리고 진짜 시릴라를 찾아내면, 그때 가짜와 바꾸는……."

"지금 제정신인가, 바티에?"

"가짜는 우리 궁정에서 아주 잠시 모습을 드러냈을 뿐입니다. 신트라의 진짜 시릴라는 4년 동안 아무도 본 사람이 없고, 소문에 따르면 시릴라는 신트라보다는 스켈리게에서 더 오랫동안 살았다고 합니다. 바꿔치기를 해도 아무도 모르리라 장담합니다."

"그건 안 돼!"

"폐하……."

"안 된다니까, 바티에! 진짜 시리를 찾아오라고! 빌어먹을 엉덩이 좀 제발 움직이게. 짐에게 시리를 데려와라. 카히르도 찾아오고. 그리고 빌게포츠도. 다른 누구보다 빌게포츠를 찾아내란 말일세. 분명 빌게포츠가 시리를 데리고 있을 테니까."

"폐하……."

"알았다고 했잖나, 바티에! 계속 듣고 있다고!"

"저는 한동안, 빌게포츠 사건이 그저 도발이라고 생각했습니다. 그러니까 빌게포츠는 이미 죽었거나 혹은 어디 갇혀 있는 게 아닐까, 딕스트라의 정보부가 난리를 치며 요란하게 빌게포츠를 찾고 있는 것은 그저 우리에게 수치심을 주기 위함이며 자기 나라에 가해지는 압박에서 시선을 돌리기 위함이라고 말입니다."

"나도 그런 의심을 했었지."

"하지만…… 르다니아에서는 공론화되지 않았으나, 저희 정보원들의 말에 따르면 딕스트라는 빌게포츠의 은신처 중 하나를 발견했는데, 그곳에서 끔찍한 생체실험이 행해졌다고 합니다. 더 정확히 말하면, 인간의 생식…… 그리고 임산부를 대상으로 말이지요. 그러니 빌게포츠가 시릴라를 데리고 있다면, 제 생각엔 더 찾아봤자……."

"입 닥치게! 젠장!"

"한편으로는 이 모든 게 잘못된 정보일 수도 있습니다. 빌게포츠를 더욱더 혐오스럽게 만들기 위한 소문에 불과할지도 모릅니다. 딕스트라가 할 만한 짓이지요."

바티에는 잔뜩 화가 난 황제를 바라보며 서둘러 덧붙였지만 황제는 버럭 소리를 질렀다.

"빌게포츠를 찾아서 시리를 빼앗아오라고! 젠장할! 짐작과 예상만 나열하지 말고! 올빼미는 어디 있나? 아직도 게소에 있어? 지금쯤이면 그곳의 돌 하나하나까지 다 들춰보고 땅에 난 구멍까지 다 들여다봤어야 하는 것 아닌가? 그곳에는 여자애가 가지도 않았고 있지도 않았잖아? 천문쟁이가 착각하거나 거짓말을 한 건 아닌가? 이게 다 그놈의 보고서에 따른 거잖아. 도대체 올빼미는 거기서 뭘 하고 있는 거야?"

"스켈렌 검시관은, 제가 알아본 바로는 뭔가 불투명한 활동을 하고 있는 것 같습니다. 폐하께서 조직하라고 명령하신 자신의 부대를 데리고 매흐트의 로케인 요새로 가서 본부를 꾸렸지요. 그 부대는 아뢰옵기 황송하오나, 상당히 의심스러운 데가 있습니다. 무엇보다 이상한 건, 8월 말 스켈렌이 직접 유명한 암살자를 고용했다는 사실입……."

"뭐라고?"

"돈을 받고 암살하는 자를 고용한 후, 게소 지역에서 활동하는 산적 떼를 소탕하라고 지시한 것으로 압니다. 그 일 자체는 칭찬할 만하지만, 황제의 검시관이 해야 할 소임인지는……."

"지금 혹시 질투의 여신이 말을 하고 있는 건 아닌가, 바티에? 지금 목소리를 높이고 이야기에 색칠을 하고 있는 건 그 여신의 농간인가?"

"저는 사실만을 말할 뿐입니다, 폐하."

"사실에 대해서는 내 눈으로 직접 보고 싶군. 이야기만 듣는 건 이제 진력이 났어."

에미르 황제는 자리에서 벌떡 일어났다.

정말 힘든 날이었다. 바티에 드 리도는 피곤했다. 오늘 해야 할 업무에는 한두 시간의 서류 작업이 남아 있었고, 이렇게라도 해야 정리되지 않은 서류 더미 속에 파묻히는 것을 방지할 수 있었다. 하지만 서류 정리를 해야 한다는 생각만으로도 골이 아파왔다. 아니, 억지로는 못하지. 일이 토끼처럼 도망가지는 않아. 집으로 가야겠어. 아니, 집이 아니지. 마누라는 기다리라지. 칸타렐라에게 갈 거야. 사랑스러운 칸타렐라에게. 칸타렐라 옆에서는 휴식이 가능하니까.

바티에는 오래 고민하지 않았다. 자리에서 일어나 외투를 입고 집무실을 나서며, 저지하는 비서관을 향해 귀찮다는 손짓으로 내치고는 서명이 필요한 급한 서류들이 들어 있는 가죽 서류철을 던졌다. 내일! 내일도 날이라고!

바티에는 궁의 후문을 통해 사이프러스 나무들이 줄지어 서 있는 정원 쪽으로 나왔다. 토레스 황제가 풀어놓은 이후 이미 130년이나 살고 있는 잉어가 헤엄치는 인공 연못을 지났다. 이 사실은 거대한 아가미에 붙어 있는 황금 기념 메달로도 증명할 수 있다.

"안녕하십니까, 자작님."

바티에는 재빨리 절제된 동작으로 소매 속에 숨긴 단검을 쥐었다. 칼자루가 저절로 손안에 잡혔다.

"굉장히 대담한 행동이군, 리엔스. 대담하게도 닐프가드에서 자네의 화상당한 얼굴을 드러내다니. 아무리 환영 마법이라 해도 말이지."

바티에가 차갑게 말했다.

"알아차리셨소? 빌게포츠 선생은 만지지만 않으면 이게 환영인지 모를 거라고 장담했는데."

바티에는 단검을 다시 집어넣었다. 사실 환영인지 분명치 않았지만, 이제 분명해졌다.

"자네는 굉장한 겁쟁이니까, 리엔스. 이곳에 진짜로 나타나기엔 말이야. 그랬다가는 무슨 일이 닥칠지 알고 있을 테니까."

바티에가 빈정거리며 쏘아붙였다.

"황제께선 아직도 나와 우리 빌게포츠 선생에게 화가 많이 나셨소?"

"뻔뻔함의 극치로군."

"젠장, 바티에. 나와 빌게포츠 선생은 여전히 당신들 편이오. 물론, 가짜 시릴라를 데려오면서 당신들을 속였던 것은 나도 인정하지. 하지만 다 좋은 뜻에서 한 거요. 만약 이 말이 거짓이라면 날 물속에 빠뜨려 죽여도 좋소. 빌게포츠 선생 입장에서는 진짜 시릴라가 사라졌으니, 아무도 없는 것보다는 가짜라도 있는 게 나으리라 생각한 거요. 이러나저러나 당신들은 상관하지 않겠거니 생각했소만."

"자네의 뻔뻔함이 이제 재밌는 게 아니라 화가 날 지경이군. 난 환영과 잡담이나 나누며 시간 낭비할 생각이 없네. 내가 자네를 실제로 체포한다면, 그때 이야기를 나누도록 하지. 아주 길게 말이야. 내 약속하지. 그때까지는…… 썩 꺼지게, 리엔스."

"바티에, 정말 못 알아볼 지경이군. 예전 같았으면 악마가 눈앞에 나타났다고 해도 퇴마의식을 하기 전에 우선 무슨 일인지 조사부터 했을 텐데 말이오. 그래서 뭐라도 얻어보려고 했을 텐데."

바티에는 리엔스의 환영을 쳐다보지도 않은 채 수초가 잔뜩 자란 몸으로 진흙을 휘젓고 있는 잉어를 바라보았다.

"얻는다고? 자네에게? 자네에게서 얻을 게 뭐가 있다고? 진짜 시릴라? 아니면 자네의 선생 빌게포츠? 혹은 카히르 엡 셀락이라도?"

바티에는 마침내 경멸하듯 입술을 내밀고 말했다.

"그만!"

리엔스의 환영은 팔을 들며 받아쳤다.

"그건 교환이었소."

"뭘 교환했다는 건가?"

"카히르. 우리가 카히르의 머리를 가져다주겠소. 나와 빌게포츠 선생이 말이오."

"제발 그만 좀 하게, 리엔스. 반대로 말한 것 아닌가."

바티에는 씩씩거리며 대꾸했다.

"마음대로 생각하시오. 빌게포츠 선생은 나의 미미한 도움을 받아 당신들에게 셀락의 아들 카히르의 머리를 가져다줄 거요. 우린 그가 어디 있는지 알고 있소. 원하기만 하면 냄비에 있는 랍스터처럼 꺼내드릴 수도 있다고."

"그렇게까지나? 대단하시군. 메브 여왕의 군대에서 있었던 사건이 그렇게 유명해졌나?"

"지금 날 시험하는 거요, 아니면 정말 모르고 있는 거요? 아마 두 번째겠지. 카히르는 말이지, 자작님…… 우린 그자가 어디 있는지 알고 있소. 어디로 가는지, 그리고 누구와 있는지도 말이오. 카히르의 머리를 원하시오? 가져다주지."

리엔스는 미간을 찌푸리며 말했다.

"카히르의 머리라…… 타네드에서 무슨 일이 있었는지 한마디도 못할 머리가 무슨 소용인가."

바티에는 웃어 보였다.

"하지만 그게 더 나은 것 아닌가. 뭐하러 굳이 카히르에게 말할 기회를 주시오? 우리의 사명은 빌게포츠 선생과 황제 사이를 부드럽게 만드는 것이지, 악화시키는 것이 아니오. 입을 다문 카히르 엡 셀락의 머리를 가져다주겠소. 그리고 온전히 당신의 공적이 되도록 해주지. 배달은 앞으로 3주 안에 가능하오."

리엔스가 냉소적으로 말했다.

오래된 잉어는 가슴지느러미를 움직이며 유유히 헤엄쳤다. 저 잉어는 분명 아주 현명할 거야. 하지만 현명하면 뭐하나? 그래봤자 계속 똑같은 연못에서, 똑같은 연꽃과 살 뿐인데.

"그 대가는?"

"별것 아니오. 스테판 스켈렌이 어디서 무슨 짓을 꾸미고 있는지 알려주면 되니까."

"난 그자가 알고 싶어 하는 걸 말해줬지. 우리 이쁜이, 그러니까 어떤 일은 현명하게 접근해야 해. 현명하다는 건, 그러니까 타협이 가능하다는 의미지. 만약 달리 행동했다가는 아무것도 얻지 못할 거야. 흙탕물과 연못의 냄새나는 진흙뿐이지. 그 연못이 대리석으로 되어 있고, 왕궁으로부터 세 걸음밖에 떨어져 있지 않다고 해도 그게 무슨 소용이야? 내 말이 맞지, 우리 이쁜이?"

바티에는 카르티아 반 칸텐의 풍성한 황금빛 머리카락을 꼬며 쿠션 위에서 몸을 쭉 뻗었다. 애칭으로 칸타렐라라고 불리는 카르티아는 아무 대답도 하지 않았다. 바티에는 물론 대답 같은 건 기대하지도 않았다. 이 여자애는 열여덟 살로, 분명 천재는 아니었다. 칸타렐라의 관심은, 최소한 지금 갖고 있는 관심은 바티에와 사랑을 나누는 것뿐이었다. 칸타렐라는 섹스에는 타고난 재능이 있었고, 그건 열정과 기교, 예술성이 모두 복합된 것이었다. 하지만 그것이 중요한 것은 아니었다.

칸타렐라는 말수가 적었고 거의 입을 열지 않는 대신, 최선을 다해 기꺼이 남의 말을 들어주었다. 칸타렐라 옆에서는 이야기를 하고, 휴식을 취하며 영혼의 긴장을 풀어주는 정신적인 충전이 가능했다.

"이런 일을 하는 사람은 언제나 질책만 당하기 마련이지. 왜냐, 그 시릴라를 찾지 못했기 때문이야! 아니, 내가 열심히 일한 덕분에 우리 군대가 승리를 거두고 있는 건 아무것도 아니냐고? 총사령관이 적군의 모든 움직임을 꿰고 있는 건? 그것 역시 아무것도 아닌가? 황제의 군대가 몇 주 동안 싸워서 빼앗아야 할 성채를, 내 부하들이 이미 열어놓은 것은? 하지만 그런 일은 아무도 칭찬해주지 않지. 중요한 건 그 시릴라인가 뭔가 하는 계집뿐이야!"

바티에는 언성을 높이며 씁쓸하게 말했다.

그는 화가 나서 씩씩거리며 칸타렐라의 손에서 투생의 훌륭한 에스트 에스트 포도주를 받았다. 이 포도주는 에미르 황제가 어렸을 때 황위 계승권에서 제외되고 핍박받던 소년 시절에, 그리고 바티에가 아직 젊고 정보부에서 인정받지 못하는 하위 관리였을 때 생산된 것이었다.

와인으로 보면 좋은 해였지.

바티에는 와인을 한 모금 마시고는 풍만한 칸타렐라의 가슴을 가지고 놀며 이야기를 계속했다. 칸타렐라는 여전히 그의 말을 잘 듣고 있었다.

"스테판 스켈렌은 말이지, 우리 이쁜이, 잔머리를 굴리는 음모 계획자라고. 하지만 스켈렌이 뭘 하는지는 그곳에 리엔스가 닿기도 전에 내가 먼저 알게 되겠지. 난 그곳에 이미 한 사람을 심어놨거든. 스켈렌의 측근으로 말이야. 아주 가까운……."

황제의 정보국장 바티에가 중얼거렸다.

칸타렐라는 바티에의 겉옷을 묶고 있는 끈을 풀고는 몸을 굽혔다. 바티에는 칸타렐라의 숨결을 느끼고 예상 가능한 쾌락에 신음 소리를 냈다. 진짜 재능이야, 바티에는 생각했다. 그러고는 부드럽고 뜨거운, 벨벳 같은 입술이 바티에의 머릿속에서 모든 생각을 쫓아냈다.

칸타렐라는 천천히 기술적으로, 그리고 재능을 발휘해 황제의 정보국장인 바티에 드 리도에게 쾌락을 선사했다. 그러나 그것이 칸타렐라가 갖고 있는 재능의 전부는 아니었다. 하지만 바티에는 그 사실을 전혀 모르고 있었다.

칸타렐라 곧, 카르티아 반 칸텐이 보이는 것과는 달리 명석한 기억력과 수은처럼 예민한 지성을 가지고 있다는 사실을.

카르티아는 바티에가 말한 모든 것, 모든 정보의 단어 하나하나까지 정확하게 기억했고 바로 다음 날, 닐프가드의 여자 마법사 아시르 바 아나히드에게 빠짐없이 전달했다.

그렇다. 닐프가드에서 이미 모두가 카히르에 대해서는 잊었다는 데 머리를 걸어도 좋다. 카히르의 예전 약혼녀까지 포함해서 말이다.

하지만 그건 이후에 다시 할 얘기이고 우선은 야루가 강을 건넜던 날로 다시 돌아가도록 하겠다. 우리는 최대한 서둘러 동쪽으로, 고어로 '캐드 드후'라고 하는 검은 숲을 향해 갔다. 그곳에는 시리가 있는 곳을, 그리고 게롤트의 악몽에 나타난 장소를 점칠 수 있는 드루이드들이 살고 있었다. 우리는 리버델의 위쪽 숲, 왼편 강둑을 따라 달렸는데 이곳은 야루가와 스톡이라고 불리는 아멜 산맥 사이, 사람이 거의 살지 않는 황무지였다. 동쪽 끝은 돌 앙그라 계곡이고 서쪽으로는 늪지대가 많은 호수 지역인데, 지명은 기억나지 않는다.

이 지역에 대해서는 딱히 반감이 없었으며, 또한 잘 알려져 있지도 않은 곳이라 이 지역이 누구의 소유인지, 누가 다스리는지 알 수가 없었다. 그런 점에서 테메리아와 소든, 신트라와 리비아의 모든 군주들은 이 왼쪽 강둑 지역을 마치 자기네의 복속 지역처럼 다루며 가끔 내키는 대로 무력을 행사하기도 했다. 그러다가 아멜 산맥 뒤쪽으로 닐프가드 군대가 들어오자 이제 아무도 할 말이 없는 상태가 되었다. 복속지인지, 아니면 땅의 소유주가 누구인지에 대해서도. 그래서 야루가 강의 남쪽은 모두 제국에 속하는 지역이 된 것이다. 이 글을 쓰고 있는 현재, 이미 야루가의 북쪽 지역조차 많은 부분이 제국에 속하게 되었다. 정확한 정보가 없어서 북쪽까지 그 영토가 얼마나 뻗어 있는지는 말할 수 없다.

그러니 친애하는 독자 여러분, 역사적 설명으로 잠시 이야기에서 벗어난 것을 용서해주시고, 다시 리버델로 돌아오도록 하겠다. 이 땅의 역사는 우연적으로 형성된 일이 많았으며, 내부의 알력이 만들어낸 부수적인 결과물일 때가 많았다. 이 땅의 역사를 만든 자들은 이곳에 살고 있지 않은 사람들이었다. 그리고 그들이 바로 원인이 되었다. 그러나 그 결과를 책임져야 할 사람들은 언제나 변함없이 이 땅에 사는 사람들이었다.

리버델 또한 그러한 법칙에서 벗어나지 못했다.

리버델에도 원래부터 살고 있던 원주민들이 있었다. 이들은 서로 밀고 당기는 전투 속에서 이주를 강요당하며 알거지가 되기도 했다. 시골 마을과 주거지는 연기와 함께 사라지고, 폐허가 된 과수원과 놀고 있는 농지는 황무지가 되어버렸다. 무역도 사라지고, 관리가 되지 않은 길로는 행상 마차들도 피해가기 시작했다. 리버델에 남아 있던 많지 않은 사람들은 세상과 연을 끊은 촌뜨기이자 외톨이가 되어버리고 말았다. 늑대인간이나 곰과 다른 점이 있다면 바지를 입고 있다는 것뿐이었다. 그것도 일부만 해당되는 사항이었지만. 즉, 몇 명만이 바지를 입고 있었고 간신히 인간으로 구별이 가능했다는 뜻이다. 리버델에 남아 있는 원주민은 쓸모없고 단순하며 거친 사람들이었다.

그리고 유머 감각이라고는 조금도 없는 사람들이었다.

양봉업자의 딸인 검은 머리의 소녀는 방해가 되는 길게 땋은 머리를 뒤로 넘기고서 곡식을 뒤집는 일을 힘차게 다시 시작했다. 단델라이온의 시도는 헛수고였다. 시인의 말은 소녀에게 제대로 전달되지 않은 것 같았다. 단델라이온은 나머지 일행에게 윙크를 해 보이며, 한숨을 내쉰 뒤 천장으로 시선을 돌렸다. 하지만 포기하진 않았다.

"이리 줘봐요."

단델라이온은 이를 드러낸 채 다시 말했다.

"이리 주라고요. 내가 곡식을 뒤집을 테니 당신은 지하실에서 맥주를 가져와요. 여기에도 분명 숨겨진 지하가 있을 테고 그 안엔 술통도 있을 테니까. 내 말이 맞지 않나요, 아름다운 아가씨?"

"애를 가만히 놔둬요, 이 양반아. 이미 당신들에게 말한 것처럼 맥주 따위는 없어요."

화가 난 말투로 양봉업자의 부인이 말했다. 갑작스레 부엌 쪽에서 나타난 부인은 깜짝 놀랄 만큼 훤칠한 키의 미인이었다.

"이미 열두 번도 넘게 말한 것처럼 말이죠. 꿀을 바른 팬케이크를 준비해 드리죠. 하지만 우선 아이가 밀을 밀가루로 빻을 수 있도록 가만 놔둬요. 밀가루가 없으면 마법사도 팬케이크를 만들 수 없으니까요! 그러니 곡식을 까부르게 가만히 좀 놔두라고요."

양봉업자의 부인이 게롤트와 레지스의 대화에 끼어들며 말했다.

"단델라이온, 들었어? 아가씨는 가만 놔두고, 뭔가 쓸모 있는 일을 좀 해봐. 아니면 회고록이나 마저 쓰든지!"

게롤트가 외쳤다.

"난 목이 마르다고. 먹기 전에 뭔가 좀 마셔야겠어. 약초가 있으니 차라도 좀 끓일까봐. 할머니, 이 집에 뜨거운 물 있나요? 뜨거운 물 좀 있냐고요?"

부뚜막 근처에 앉아 있던 할머니, 그러니까 양봉업자의 어머니는 양말을 깁고 있다가 고개를 들었다.

"물론 있지, 귀여운 비둘기 양반, 있을 거야. 하지만 이미 차가워졌다고."

할머니는 입맛을 다셨다.

단델라이온은 신음 소리를 내며 포기하고는 식탁 앞에 앉았다. 나머지 일행은 아침 일찍 숲에서 만난 양봉업자와 이야기를 하고 있었다. 양봉업자는 키가 작고 다부진 체격에 머리와 수염이 덥수룩해서, 사실 덤불 속에서 갑자기 나타났을 때 일행이 깜짝 놀란 것도 이상한 일은 아니었다. 늑대 인간을 만난 줄 알았던 것이다. 더더욱 웃긴 것은, 처음으로 '늑대인간이다! 늑대인간이야!'라고 외친 게 바로 뱀파이어 레지스라는 사실이다. 약간의 소동이 있었으나 상황은 금방 정리되었고, 얼른 보기에는 퉁명스러워 보였던 양봉업자는 사실 친절하고 손님을 잘 대접하는 사람이었다. 일행은 자신의 과수원으로 오라는 그의 초대를 받아들였다. 양봉업자가 오두막이라고 부르는 집은 파헤쳐진 들판에 자리하고 있었는데, 이곳에서 양봉업자는 어머니와 아내, 딸과 함께 살고 있었다. 아내와 딸은 이상할 정도로 미인이었는데, 아마도 조상 혈통 중에 드라이어드나 하프 드라이어드가 있는 것으로 보였다.

양봉업자는 벌과 벌통, 벌집, 나무에 뚫는 구멍, 밀랍, 꿀과 꿀 수확에 대해서만 이야기할 줄 아는 사람처럼 보였지만, 그것은 첫인상에 불과했다.

"정치요? 그게 무슨 소린가요? 언제나 그렇죠, 뭐. 세금은 점점 더 많아지고. 꿀통 세 개와 밀랍 한 통을 내야 한다고요. 그걸 다 채우려면 새벽부터 밤중까지 꿀통 앞에 앉아, 바닥을 쓸고…… 누구에게 내냐고요? 달라는 놈에게 줘야죠. 여길 누가 다스리는지 내가 알게 뭐요? 최근에는 닐프가드 말을 쓰는 놈이 달라고 합디다. 그러면서 이제 이곳은 제국의 영토라나 뭐라나. 내가 파는 꿀에 대해서도 제국의 통화로 돈을 지불하더군요. 그 돈에는 황제의 얼굴이 새겨져 있어요. 잘생긴 얼굴이더군요. 하지만 엄하게 생겼어요, 바로 이……."

갑자기 검은색과 갈색의 두 마리 개가 뱀파이어 레지스 앞에 앉아 머리를 내밀고는 울부짖기 시작했다. 양봉업자의 아내가 부뚜막에서 몸을 돌려 개들을 빗자루로 쫓아냈다.

"좋지 않은 징조네. 개가 대낮에 짖다니…… 그건 그렇고, 내가 무슨 말을 하고 있었죠?"

양봉업자가 중얼거렸다.

"캐드 드후의 드루이드들에 대해서 말하고 있었소."

"아니, 그럼 그게 정말이란 말이에요? 당신들 정말 드루이드들에게 가려는 건가요? 더 이상 살고 싶지 않은 거요, 뭐요? 그곳에는 죽음밖에 없다고요. 그 나무 인간들은 자신들의 들판에 들어오는 자는 누구든지 잡아서 버드나무 가지로 꿰어 천천히 장작불에 굽는다니까요."

게롤트는 레지스를 쳐다보았고 레지스는 게롤트에게 윙크를 해 보였다. 둘 다 드루이드에 대한 소문은 익히 알고 있었다. 하나같이 지어낸 이야기뿐이었다. 그러나 밀바와 단델라이온은 조금 전과는 달리 큰 관심을 갖고 양봉업자의 이야기를 듣기 시작했다. 불안한 것이 분명했다. 양봉업자가 이야기를 계속했다.

"어떤 이들은 이렇게 말하더군요. 나무 인간들이 복수를 하는 거다. 왜냐하면 닐프가드인들이 처음 괴롭힌 것이 바로 나무 인간들이니까. 돌 앙그라를 통해 자신들의 신성한 참나무 숲으로 들어와 아무 이유도 없이 드루이드들을 해쳤으니까 말이죠. 어떤 사람들은 이게 다 드루이드들이 시작한 것이다, 황제의 부하 몇 명을 잡아 죽여서 지금 닐프가드가 복수하는 것이라고도 하고. 뭐가 진실인지는 알 수 없어요. 하지만 확실한 것은 드루이드들이 사람을 잡아 버드나무 바구니에 집어넣고 태워버린다는 거예요. 그곳으로 가는 건 죽는 것과 같다, 이겁니다."

"우린 무섭지 않소."

게롤트가 평온한 목소리로 대답하자 양봉업자는 게롤트와 밀바, 그리고 말을 묶어놓고 오두막으로 들어오고 있는 카히르를 바라보았다.

"물론 무섭지 않겠죠. 당신들이 겁 없는 분들이라는 것과 싸울 줄도 알고 무장도 하고 있다는 건 잘 알겠어요. 당신들 같은 무리와 함께한다면 무서울 게 없을 텐데⋯⋯ 하지만 나무 인간들은 이제 검은 숲에서 살지 않아요. 그러니 그쪽으로 가봤자 헛수고란 말이죠. 닐프가드가 그곳을 깨끗이 청소해버렸거든요. 캐드 드후에서 드루이드들을 완전히 쫓아냈단 말이죠. 그곳에 가봤자 드루이드는 없을 거예요."

"그게 무슨 소리요?"

"그렇다니까요, 글쎄. 나무 인간들은 도망쳤어요."

양봉업자는 드라이어드처럼 생긴 자신의 부인을 흘끗 보고는 잠시 아무 말도 하지 않았다.

"어디로 갔단 말이오?"

양봉업자의 얼룩무늬 고양이가 레지스 앞에 앉아 무서운 소리로 울기 시작했다. 양봉업자의 부인이 빗자루로 고양이를 내쫓았다.

"대낮에 고양이가 울다니, 좋지 않은 징조야. 드루이드들은 그러니까…… 스토키…… 방향으로 도망쳤어요. 맞아, 스토키로…… 갔어요. 분명 스토키로 갔죠."

양봉업자는 뭔가 혼란스러운지 더듬거리며 말했다.

"남쪽으로 60마일쯤 되는군."

단델라이온이 즐겁다는 듯 중얼거렸고 게롤트가 노려보자 입을 다물었다.

무겁게 내려앉은 침묵 사이로 쫓겨난 고양이의 불길한 울음소리만 들려왔다.

"사실, 우리로서는 뭐 크게 달라질 것도 없는 것 같습니다만."

레지스가 덤덤한 어조로 말했다.

다음 날 아침에는 더욱더 놀랄 만한 일이 벌어졌다. 수수께끼는 곧 풀렸다.

"이게 도대체 무슨 일이야? 맙소사, 저것 좀 봐요, 게롤트."

소란스러운 소리에 처음으로 밀짚 침대에서 일어난 밀바가 말했다.

들판은 사람들로 가득 차 있었다. 언뜻 봐서는 양봉업자 다섯 가구나 여섯 가구 정도가 모여 있는 것 같았다. 날카로운 게롤트의 눈은 모인 사람 중에서 몇 명의 가죽 사냥꾼과 한 명 정도의 숯쟁이도 구분해냈다. 그들은 다 합쳐서 열두 명 정도의 장정과 열 명 정도 되는 여자, 열댓 명쯤 되는 청소년들로 이루어져 있었다. 이 무리는 여섯 대의 마차와 열두 마리의 소, 열 마리의 젖소와 네 마리의 염소, 양 여러 마리, 그리고 개와 고양이도 꽤 데리고 왔는데, 이들이 짖어대고 울어대는 소리는 분명 좋지 않은 징조였다.

"흥미롭군. 저게 대체 무슨 일인 것 같소?"

카히르가 눈을 비비며 말했다.

"문제가 생긴 거야."

단델라이온이 머리카락에서 지푸라기를 떼어내며 말했다. 레지스는 아무 말도 하지 않았지만 묘한 표정을 짓고 있었다.

"여러분, 아침 식사가 준비되었어요."

어제 만난 양봉업자가 몸집이 단단한 여러 남자들과 함께 들어오며 말했다.

"우유와 오트밀, 그리고 꿀도 있고. 내가 이분들을 좀 소개해도 될까 싶은데. 이쪽은 우리 양봉업자 집단의 우두머리인 얀 크로닌……."

"만나서 반갑소."

게롤트가 거짓말을 했다. 양봉업자의 공손한 인사에는 답하지 않았다. 사실 무릎이 너무 아파서 구부릴 수가 없었기 때문이었다.

"저 무리들은 어디서 온 거요?"

게롤트의 물음에 양봉업자는 뒷머리를 긁적였다.

"그건…… 아시다시피 겨울이 오고 있고…… 이미 벌통은 수확이 끝났고, 나무 구멍도 다 팠고. 이제 우리도 스토키, 리에드브룬으로 갈 때죠. 꿀은 따로 저장해서 겨울을 나고…… 하지만 이런 숲에서 사는 건 아무래도 위험하니까, 우리끼리는……."

양봉업자의 우두머리라는 얀 크로닌이 헛기침을 했다. 양봉업자는 게롤트의 표정을 보고서 약간 움츠러든 것 같았다. 양봉업자가 말을 더듬었다.

"당신들은 말도 있고 무장도 했으니…… 용감하고 무서운 것도 없을 거라는 게 금방 보였어요. 당신네들과 함께 갈 수 있다면 무서울 것도 없고…… 당신들도 편할 거예요. 우린 샛길이든 큰길이든 어떤 길도 잘 알고 있고 함정도 다 알고 있으니까요. 그리고 식사도 제공하겠단 말입니다."

"드루이드들은 캐드 드후에서 떠났다고 했던가, 그것도 스토키로. 어쩌면 이런 우연이 다 있을까."

카히르가 차갑게 말했다.

게롤트는 천천히 양봉업자 쪽으로 다가갔다. 그러더니 양손으로 양봉업자의 겉옷 앞섶을 움켜잡았다. 하지만 잠시 후 생각을 고쳐먹었는지 손을 놓고는 옷을 펴주었다. 아무 말도 하지 않았고, 아무것도 묻지 않았다. 하지만 양봉업자는 알아서 변명을 늘어놓기 시작했다.

"정말이란 말이에요! 맹세할 수 있어요! 내가 거짓말을 했다면, 땅이 나를 삼켜도 좋다고요! 캐드 드후에서 드루이드들은 모두 떠났어요. 그곳엔 드루이드들이 없어요!"

"그리고 스토키에 있다, 그거요? 바로 당신들 모두가 가려는 그곳에 말이지? 무장한 경비대를 끌고 갔으면 하는 바로 그곳에? 말해봐. 하지만 제대로 말하는 게 좋을 거요. 땅이 갈라져서 당신을 삼킬 만반의 준비를 하고 있으니까!"

게롤트가 고함을 질렀다.

양봉업자는 시선을 내리깔고서 불안하게 발밑의 땅을 바라보았다. 게롤트는 의미심장하게 아무 말도 하지 않았다. 뒤늦게 상황을 이해한 밀바가 지독한 욕설을 퍼부었다. 카히르는 경멸하는 듯한 웃음을 터뜨렸다.

"그래서? 드루이드들이 어디로 갔단 말이오?"

게롤트가 다그쳐 물었다.

"사실 그게, 나리, 어디로 갔는지 그걸 누가 알겠습니까. 하지만 스토키에 있을지도 모르잖아요? 다른 곳과 마찬가지로요. 사실 스토키에는 커다란 참나무가 아주 많아요. 드루이드들은 참나무를 좋아하잖습니까……."

양봉업자가 떨리는 목소리로 간신히 대꾸했다.

양봉업자 뒤로는 우두머리인 크로닌 외에도 양봉업자의 아내와 딸도 서 있었다. 딸이 엄마를 닮아서 다행이군, 게롤트는 문득 그런 생각이 들었다. 저 양봉업자와 아내는 마치 멧돼지와 아름다운 말처럼 잘 어울린다고. 두 명의 아름다운 모녀 뒤로 비슷하게 간절한 눈빛을 보내며 서 있는 여자들이 보였다.

게롤트는 욕을 해야 할지, 웃어야 할지 도저히 알 수 없는 상태로 레지스를 바라보았다. 하지만 뱀파이어는 어깨를 으쓱할 뿐이었다. 잠시 후 레지스가 천천히 입을 열었다.

"이야기를 정리해보면 양봉업자 말이 일리가 있어요, 게롤트. 사실 드루이드들이 스토키로 이동했으리라는 짐작도 상당히 신빙성이 있군요. 스토키가 사실 드루이드들에게는 아주 적합한 장소지요."

"그 짐작이, 우리가 가려던 방향을 갑자기 바꾸고 되는대로 이들과 함께 그쪽으로 갈 만큼 신빙성이 있는 거요?"

게롤트의 눈빛은 아주 차가웠다. 레지스는 다시 어깨를 으쓱해 보였다.

"그게 무슨 차이가 있나요? 생각해봐요. 드루이드들은 캐드 드후에 없으니, 일단 그쪽은 제외해야겠지요. 야루가 강 뒤쪽으로 가는 것 역시 말이 안 됩니다. 나머지 다른 방향이라면 어디로 가든 상관없지요."

"정말 그렇게 생각하는 거요? 그럼 나머지 다른 방향 중에서 당신 생각으로는 어디로 방향을 잡는 게 가장 낫겠소? 이 양봉업자들과 함께 가는 방향? 아니면 완전히 반대 방향? 당신의 끝없는 지혜로 이 문제를 매듭지어

보시오.”

게롤트의 목소리는 그의 차가운 눈빛과 온도가 같았다.

레지스는 양봉업자와 양봉업자들의 우두머리, 아름다운 두 여인과 모여 있는 무리를 향해 천천히 돌아섰다. 그러고는 심각한 목소리로 물었다.

“아니, 대체 왜 그렇게 겁을 내고 있는 겁니까? 무장 경비대를 필요로 할 만큼 말이지요. 도대체 무엇을 그리 무서워하고 있는 건가요? 솔직히 말해 주셨으면 합니다.”

그러자 얀 크로닌이 신음 소리를 냈다. 그의 눈에는 깊은 공포가 어려 있었다.

“아이고, 나리, 그걸 몰라서 물으십니까…… 우리는 마법의 습지를 지나가야만 합니다! 그리고 거긴, 나리, 정말로 무섭습니다! 그곳엔 브루코왁*도 있고, 창코박쥐도 있고, 엔드레가와 그리핀, 각종 괴물들이 도사리고 있다고요! 2주 전에 그곳에서 레셴*이 우리 사위를 잡아갔는데, 사위는 끽 소리도 못 내고 죽었단 말입니다. 그런 곳을 아녀자들과 함께 지나가야 하는데 어찌 두렵지 않겠습니까?”

레지스는 심각한 표정으로 게롤트를 잠시 바라보더니 입을 열었다.

“나의 끝없는 지혜가 가장 알맞은 방향으로 스토키를 선정했습니다.”

우리는 아멜 산맥 아래쪽의 스토키를 향해 남쪽으로 이동하기 시작했다. 행렬은 대단했다. 모든 것이 다 있었다. 젊은 아가씨

---

* 브루코왁(Brukolak): 뱀파이어의 일종으로 몰다비아, 루마니아 남쪽에 사는 종족을 가리킨다.
* 레셴(Leshen): 나무 같은 모습 때문에 숲을 보호하는 정령으로 알려져 있지만, 실제로는 숲을 지나가는 여행자와 동물을 사냥하는 위험한 괴물이다.

들, 양봉업자들, 덫을 놓는 가죽 사냥꾼, 여자들, 아이들, 젊은 젊은 아가씨들. 가축들, 세간살이들, 젊은 아가씨들. 그리고 엄청나게 많은 꿀. 꿀 때문에 모두들 끈적끈적했다. 젊은 아가씨들도.

무리는 걸어가는 사람과 마차의 속도에 맞춰 움직였다. 하지만 속도가 떨어지진 않았다. 왜냐하면 길을 잘못 들지도 않았고, 끈이라도 붙잡고 가는 것처럼 정확히 가고 있었기 때문이다. 양봉업자들은 길을 잘 알고 있었고, 호수 사이의 방죽 길도 모두 꿰고 있었다. 그 지식은 소중한 것이었다. 왜냐하면 리버델 전체가 크림 같은 짙은 안개에 묻혀버리곤 했기 때문이었다. 양봉업자들이 없었더라면 우리는 분명 길을 잃거나 늪에 빠져버렸을 것이다. 보급과 배식을 위해 신경 쓸 필요도 없었다. 호화롭지는 않았지만 삼시 세끼가 넉넉한 양으로, 꼬박꼬박 제공되었다. 게다가 밥을 먹은 후 잠시 동안 드러누워 있을 수도 있었다.

한마디로 상당히 괜찮았던 것이다. 우울증 환자에다가 불평불만주의자인 게롤트조차 자주 웃는 모습을 보이고 즐거워하는 것 같았다. 왜냐하면 하루에 15마일씩 이렇게 가고 있었고, 브로킬론을 떠나온 후로 이렇게까지 속도를 낸 건 처음이었기 때문이었다. 게롤트가 딱히 해야 할 일도 없었다. 마법의 습지라는 곳은 사실 습한 것으로 따지자면 겨룰 상대가 없을 만큼 축축했지만, 괴물은 나타나지 않았기 때문이다. 아, 밤이 되면 유령들이 울부짖거나, 숲에서 흐느끼는 소리가 들려오거나, 들판에서 도깨비불이 일렁이기는 했다. 하지만 큰일은 없었다.

사실을 말하자면 또다시 계획에도 없던 방향으로, 그것도 뚜렷

한 목적지 없이 이동한다는 사실이 조금 불안하긴 했다. 하지만 뱀파이어 레지스가 말한 바와 같이, 목적지 없이 전진하는 것이 목적지 없이 제자리에 서 있는 것보다는 나았고, 목적지 없이 후퇴하는 것보다는 훨씬 더 나았다.

"단델라이온! 당신 원고 상자 좀 제대로 놔요! 시의 반세기가 들어 있는 상자가 박살 난 채로 고사리 밭 사이에서 사라지면 어쩌려고 그래요!"

"걱정 마! 절대 잃어버리지도, 내놓지도 않을 테니 안심하라고. 나에게서 이 원고를 가져가려는 자는 일단 내 시체를 타고 넘어야 할 거야. 게롤트, 도대체 왜 그런 웃음을 짓는 거지? 내가 한번 맞춰볼까? 타고난 바보스러움, 맞지?"

카스텔 그라우피안의 고고학자 한 무리가 보끌레흐 유적지를 조사하고 있을 때, 거대한 화재를 암시하는 숯 층을 뚫고 훨씬 더 아래쪽, 13세기 정도로 추산되는 층에 다다랐다. 이 층에는 나머지 벽의 일부와 진흙과 석회로 만든 동굴이 발굴되었으며, 그 안에서는 고고학자들을 흥분시킨, 두 개의 보존 상태가 아주 좋은 해골이 발견되었다. 여자와 남자의 해골이었다. 해골의 양쪽 옆, 무기와 셀 수 없이 많은 조그마한 유적들 옆에는 30인치쯤 되는 딱딱한 가죽으로 만든 상자가 놓여 있었다. 가죽 위에는 사자와 마름모꼴의 문장이 색 바랜 염료로 새겨져 있었다. 유적 조사를 이끌던, 어둠의 세기 전문가 슐리이만 교수는 이 문양을 그 위치가 확정되지 않은 고대 왕국 리비아의 문장이라고 주장했다.

어둠의 세기라고 불린 이 시대의 원고가 담긴 상자가 발견되었다는 사실에 고고학자들은 흥분을 감추지 못했다. 그리고 상자의 무게로 미루어 짐작하건데, 이 안에는 상당한 양의 종이나 양피지가 들어 있는 게 분명했다. 상자의 보존 상태가 아주 좋았기 때문에, 종이에 기록된 내용을 분명 읽을 수 있을 터였고, 지금까지 암흑에 쌓여 있던 이 시기의 연구에 큰 도움이 될 것이었다. 이 어둠의 세기가 드디어 입을 열게 된 것이다! 이것은 학문적 업적이자 고고학의 승리였다. 카스텔 그라우피안에는 언어학자들과 사어(死語) 연구자들이 모여들었고, 내용물을 손상시키지 않고 상자를 열 수 있는 전문가들도 속속 도착했다.

슐리이만 교수의 무리 안에서 '보물'에 대한 소문이 퍼져 나갔다. 이 소문은 진흙을 파는 데 동원된 세 명, 즈딥, 캅, 그리고 카밀 론스테터의 귀에도 들어갔다. 이들은 이 상자에 금과 보석이 가득 채워져 있으리라 확신하고 어느 날 밤, 이 귀중한 유물을 훔쳐 숲으로 가지고 나왔다. 세 사람은 작은 모닥불을 피우고 둘러앉았다.

"뭘 기다리는 거야? 상자를 빨리 열어보라고!"

캅이 즈딥을 다그쳤다.

"열려야 열지. 꽉 닫혀 있어서 꿈쩍도 안 한다고!"

즈딥은 캅에게 화를 냈다.

"그럼 발로 열어봐, 입구를 벌려!"

카밀이 끼어들며 소리치자 즈딥이 발에 힘을 주고 상자의 입구를 찍어 누르자 귀중한 유물의 입구가 열리고 발뒤꿈치 아래로 내용물이 쏟아져 나왔다.

"이게 도대체 뭐야! 젠장! 이게 뭐냐고?"

캅이 당황스러워하며 소리쳤다.

바보 같은 질문이었다. 맨눈으로 보기에도 종이라는 것을 알 수 있었다. 즈딥은 종이 한 장을 집어 들더니 코앞으로 바짝 가져갔다. 그리고 한참 동안 낯선 글씨를 바라봤다.

"뭔가 써 있군. 이건 글씨야!"

즈딥은 한참 후에야 엄숙한 목소리로 말했다.

"글씨라고? 글이 써 있다고? 맙소사!"

카밀은 당혹스러운지 얼굴이 하얗게 질린 채 고함쳤다.

"뭐가 써 있다는 건 마법이라는 거야! 글씨는 마법이라고! 만지지 마! 큰일 난다고! 감염될지도 몰라!"

캅은 공포에 사로잡힌 채 이빨을 마주치며 떨기 시작했다.

즈딥은 두 번 말할 필요도 없이, 종이들을 모닥불 속에 던져 넣고는 불안한 듯 바지에 손을 닦았다. 카밀은 나머지 종이들을 발로 차서 불 속에 집어넣었다. 지나가던 애들이 이런 걸 만졌다간 큰일 난다고. 종이 꾸러미가 잘타고 있다는 걸 확인한 세 명은 이 위험한 장소를 떠났다.

어둠의 세기와 관련된 내용이 담긴 귀중한 유적은 밝은 불꽃을 내뿜으며 타들어 갔다. 짧은 시간이었지만, 어둠의 세기가 모닥불 속에서 타오르는 소리는 마치 작은 속삭임 같았다. 곧이어 불꽃은 사그라지고 어둠만이 땅을 뒤덮었다.

도미니크 봄바스투스 후베나겔. 1239년 출생. 에빙에서 대규모 무역으로 부호가 된 이후 닐프가드에 정착했다. 이전 황제들의 존경을 받았으며, 얀 칼베이트 황제 때 영주로 임명되었고. 베네달 지역의 광산 관리자가 되었다. 공적을 인정받아 네우베우겐의 시장직을 맡기도 했다. 황제의 충직한 조언자로서 후베나겔은 여러 공적인 사업에 의견을 내며 관여하였다. 1301년에 사망. 에빙에서 후베나겔은 크게 자선사업을 하였으며 도움이 필요한 이들과 가난한 이들을 도왔다. 고아원을 설립하고, 병원과 보호소를 세우는 데 많은 재산을 쏟아부었다. 예술과 스포츠 애호가로, 수도에 희극 극장과 경기장을 건설하는 데 찬조하였다. 그 극장과 경기장에는 후베나겔의 이름을 붙였다. 공정과 정직, 상도의 상징이며 모범으로 여겨진다.

에펜베르그와 탈봇, 〈막시마 문디 백과사전. 제7권〉

제 4 장

"증인의 이름과 성은?"

"셀본, 켄나입니다. 아니, 죄송합니다. 요안나입니다."

"직업은?"

"각종 서비스업에 종사하고 있어요."

"증인은 지금 농담을 하고 있는가? 지금 증인은 황제의 법정에서 반역죄 재판을 받는 중이오! 증인의 증언에 많은 이들의 목숨이 달려 있소, 반역의 대가는 죽음이니까! 증인은 또한 스스로 이 법정에 온 것이 아니라 수도의 격리된 장소에서 호송되었으며, 그곳으로 다시 돌아가느냐, 아니면 자유롭게 풀려나느냐는 증인의 증언에 달려 있소. 법정은 증인에게 지금 이 장소에서 농담을 하는 것이 얼마나 터무니없는 행동인지 이야기하는 이 긴 설명을 양해해주시기 바랍니다. 그것은 올바른 태도가 아닐 뿐더러, 심각한 결과를 초래할 수도 있소. 증인에게 이 점을 생각해볼 수 있도록 30초를 주겠소. 이후에 법정은 다시 질문하겠소."

"이미 시간이 지났습니다, 존경하는 재판관님."

"우리를 대법정이라고 부르시오. 증인의 직업은?"

"저는 초능력자입니다. 하지만 황제의 정보국에서 이 말 뜻은……."

"대답은 명확하고 간결하게 하시오. 만약 법정이 자세한 설명을 원한다면, 그때 요구할 테니까. 우리 법정은 증인과 제국의 정보국 간 협력 작업 사실을 인지하고 있소. 하지만 기록을 위해, 증인이 자신의 직업을 '초능력자'라고 답한 것이 어떤 의미인지 말해보도록 하시오."

"저는 페카의 가능성이 없는 제1타입 순수한 초능력의 소유자입니다. 좀 더 정확히 말하자면, 저는 다른 이들의 생각을 들을 수 있고, 멀리 떨어진 곳의 마법사나 엘프, 아니면 다른 초능력자와 대화를 나눌 수 있어요. 그리고 생각만으로 명령을 내릴 수 있고요. 그 말은 곧 다른 누군가를 내가 원하는 대로 조종할 수 있다는 뜻이죠. 프리−콕도 가능하지만, 그것은 최면 상태에서만 가능합니다."

"기록에, 증인 요안나 셀본은 정신계열 능력을 지닌 초능력자라고 쓰시오. 텔레파시와 텔레엠파시가 가능하며, 최면 상태에서는 초인지 역시 가능하지만, 염력은 불가능하다고 기록하면 됩니다. 증인에게는 이 법정에서 마법과 초능력을 쓰는 것은 엄격히 금지되어 있음을 상기합니다. 그러면 심문을 계속하겠습니다. 그러면 언제, 어디서, 어떤 상황에서 증인은 자신을 신트라의 공주, 시릴라라고 주장하는 인물과 만났소?"

"그, 시릴라라는 인물에 대해서는 감방…… 아니, 격리 장소에 가서야 겨우 알게 되었습니다, 존경하는 재판관님. 심문을 받다가요. 그제야 팔카나 신트라 여자애라고 불렸던 그 인물과 동일인이라는 것을 알았죠. 그리고 어떤 상황에서 만났는지 그에 대해 말하려면 순서대로 설명이 필요합니다. 제대로 설명하려면요. 그러니까 에톨리 다크레 실리판트가 주막에서 나를 붙들었던 거죠. 그곳에 앉아 있던 인물이······."

"여기서 증인 요안나 셀본은 고발된 실리판트라는 인물을 자기 스스로 언급했다는 점을 기록상에 명시해주십시오. 계속하시오."

"존경하는 재판관님, 실리판트는 무리를 모으고 있었어요. 무장한 세력 말입니다. 용맹한 남자들과 여자들····· 두피시 크리엘, 네라틴 세카, 클로에 스티츠, 안드레스 비에르니, 틸 에크레이드····· 그중 아직까지 살아 있는 사람은 아무도 없습니다. 존경하는 재판관님. 그리고 살아남은 자들은 현재 대부분 감옥에······."

"고발당한 실리판트와 증인과의 만남이 정확히 언제였는지 기술하시오."

"그건 작년이었어요. 8월이었죠, 거의 8월 말이지만 정확히는 기억나지 않아요. 어쨌든 9월은 아니었어요. 왜냐하면 작년 9월은 제가 정확히 기억하고 있으니까요! 실리판트는 어디선가 저에 대해서 듣고는, 자기 무리에 초능력자가 필요하다고, 마법을 두려워하지 않는 그런 초능력자가 필요하다고 했어요. 왜냐하면 곧 마법사들과 해결할 일이 있다고 했죠. 이 일은 황제와 제국을 위한 일이고, 보수도 아주 좋고, 무엇보다도 이 무리를 이끌 사람은 다름 아닌 올빼미라고 했어요."

"올빼미라고 칭한 자는, 황제의 검시관 스테판 스켈렌을 의미하는 것이 맞소?"

"네, 그렇습니다."

"이것도 기록해두시오. 그러면 증인은 검시관 스켈렌과 언제, 어디서 만났소?"

"그건 9월 14일, 로케인의 성채에서였어요. 존경하는 재판관님, 로케인은 매흐트에서 에빙, 게소와 메틴나로 통하는 무역로에 세워진 감시 초소지요. 그곳으로 다크레 실리판트가 열다섯 마리의 말과 함께 무리를 이끌고 갔어요. 우리는 모두 합쳐서 스물두 명이었어요. 왜냐하면 나머지 사람들은 이미 로케인에서 올라 하쉐임과 버트 브릭든의 지휘 아래 준비가 된 상태였으니까요."

나무로 된 바닥이 무거운 신발 아래에서 흔들리고, 박차가 맞부딪치면서 금속으로 된 죔쇠가 쩔렁거렸다.

"안녕하십니까, 스켈렌 검시관님!"

올빼미는 일어나지도 않았을 뿐 아니라 다리를 식탁에서 내리지도 않았다. 아주 거만한 자세로 손을 까딱했을 뿐이다. 그가 까칠한 목소리로 말했다.

"이제야 왔군. 사람을 꽤나 기다리게 하는군, 실리판트."

"꽤나 기다리셨다고요? 그건 너무하는데요! 스테판 나리, 제국과 점령국 전체에서 가장 뛰어난 칼잡이들을 모아오는 데 고작 4주밖에 안 주셨죠. 그런데 겨우 22일 만에 1년이 걸려도 결성하기 어려운 무리를 모아왔습니다! 이건 칭찬받을 만한 일이지 않습니까!"

다크레 실리판트가 웃으며 말했다.

"칭찬은 삼가도록 하지. 일단 자네가 모아온 무리를 확인한 후에 칭찬을 하든지 말든지 하자고."

올빼미 스켈렌이 냉정하게 말했다.

"지금 당장 보셔도 됩니다. 바로 여기, 앞으로 나리를 대신해 부대를 이끌 자들입니다, 스켈렌 님. 네라틴 세카와 두피시 크리엘이라고 합니다."

"그래, 안녕들 하신가."

올빼미는 드디어 자리에서 일어나기로 결심한 것 같았다. 같이 있던 무리들도 함께 일어났다.

"서로 인사들 나누시오. 이쪽은 버트 브릭든과 올라 하쉐임⋯⋯."

"우린 잘 아는 사이입니다."

실리판트는 올라 하쉐임의 오른손을 꼭 잡았다.

"브라이반트 밑에서 나자이르의 폭동을 진정시켰거든요. 굉장했지, 올라? 굉장했다고! 말 무릎까지 차오른 피바다를 헤치고 다녔으니까! 그리고 브릭든 씨, 게메라에서 온 브릭든 씨 맞죠? 조정자들의 그분이시죠? 오, 우리 부대에 동료가 생기겠군요! 우리도 조정자들이 몇 명 있습니다."

"어서 보고 싶어 참을 수가 없군. 이제 가도 되나?"

올빼미가 끼어들어 말을 끊자 다크레가 말했다.

"잠시만요. 네라틴, 가서 부대를 정리하게. 우리 검시관님이 보시기에 좋도록 말이야."

"네레틴 세카? 저자는 남잔가, 여잔가?"

스켈렌이 밖으로 나가고 있는 장교를 보며 묻자 실리판트는 헛기침을 했다. 하지만 다시 말을 이었을 때 그의 목소리는 확신에 차 있었고 눈빛은 냉정했다.

"스켈렌 나리, 정확하게는 저도 모릅니다. 남자처럼 보이지만, 확실치 않습니다. 하지만 네라틴 세카가 어떤 군인인지에 대해서는 확신이 있습니다. 나리의 질문은 제가 네라틴에게 청혼이라도 하게 되면 그때는 의미가 있겠죠, 하지만 그럴 생각은 없습니다. 나리도 그렇게 할 생각은 없으실 테고요."

"자네 말이 맞아. 떠들 일이 아니군. 그럼 자네 부대를 보러 가볼까, 실리판트."

잠시 생각하던 스켈렌이 고개를 끄덕이며 말했다.

알 수 없는 성별의 네라틴 세카는 시간 낭비를 하지 않았다. 스켈렌과 다른 장교들이 요새 마당으로 나왔을 때 부대는 제대로 된 행렬에 맞춰 칼처럼 정렬해 있었고, 말 머리조차 어긋남이 없었다. 올빼미는 만족해하며 헛기침을 했다. 꽤 괜찮군. 젠장, 정치 놀음만 아니었으면 이런 부대를 이끌고 국경 지역으로 가서 닥치는 대로 훔치고 강간하고 죽이고 태우고…… 청춘으로 다시 돌아간 것 같을 텐데…… 젠장, 이 정치 놀음만 아니라면!

"어떻습니까, 스켈렌 나리? 제가 모아온 무리를 어떻게 평가하시겠습니까?"

기대에 찬 실리판트가 붉게 상기된 얼굴로 물었다.

올빼미는 무리의 얼굴 하나하나, 실루엣 하나하나를 주시했다. 그중 개인적으로 아는 이들도 있었다. 잘 알기도 하고 대략적으로 알기도 했다. 몇몇은 소문으로만 들었던 이들도 있었다. 명성이 자자한 칼잡이들이었다.

금발의 엘프인 틸 에크레이드, 게메라의 조정자 정찰대. 리스팟 라 포앙뜨, 같은 무리의 중사. 그리고 다른 게메라인 시프리안 프립 주니어. 스켈렌은 그의 형이 처형당했을 때 그 자리에 있었다. 두 형제 모두 새디스트 성향으로 유명했다.

까마귀처럼 검은 말 위에 편안히 몸을 굽히고 있는 것은 클로에 스티츠, 도둑으로 가끔 정보부에 고용되어 임무를 수행하는 인물이었다. 올빼미는 클로에의 뻔뻔스러운 시선과 악의 섞인 웃음에 시선을 돌렸다.

안드레스 비에르니는 르다니아에서 온 노르들링인으로 살인이 특기였다. 스틱워드는 스켈리게에서 탈출한 해적이었다. 데데 바르가스는 어디서 왔는지 아무도 알지 못했지만 직업 암살자였다. 카베르닉 투랑은 오로지 좋아서 살인을 하는 자였다.

다른 이들도 마찬가지였다. 다들 비슷하군, 스켈렌은 생각했다. 형제나 다름없지, 처음 다섯 명을 죽인 후에는 모두들 비슷해지지. 똑같은 움직임, 똑같은 손짓, 똑같은 화법, 똑같은 동작과, 똑같은 옷, 그리고 똑같은 눈. 열정 없이 차가운 눈, 마치 뱀의 눈을 연상케 하는 움직임 없는 눈, 세상의 그 무엇도 바꾸지 못하는 눈.

"어떻습니까, 스테판 나리?"

"나쁘지 않군. 괜찮은 부대야, 실리판트."

실리판트는 얼굴이 붉게 상기된 채로 주먹을 삼각모에 갖다 대며 게메라식 경례를 붙였다.

"특별히 내가 부탁한 게 있을 텐데. 마법이 낯설지 않은 이들, 마법이나 마법사를 두려워하지 않는 이들 말이지."

"물론 기억하고 있습니다. 틸 에크레이드가 있지 않습니까! 그리고 에크레이드 외에도 저기 멋진 밤색 말을 타고 있는 키가 큰 여자, 저기 클로에 스티츠 옆에……."

"나중에 따로 데려와라."

올빼미는 난간에 몸을 기댄 채 채찍의 금속 손잡이로 난간을 두드렸다.

"일동, 경례!"

"경례! 검시관님!"

스켈렌은 무리의 함성이 잦아들자 입을 열었다.

"여러분들 중 다수는 이미 나와 일한 적이 있고, 내 기준을 알고 있을 것이다. 나를 모르는 자가 있다면 나에게 무엇을 기대하면 좋을지, 내가 무엇을 참지 못하는지 가르쳐줘라. 내가 쓸데없이 입을 여는 일이 없도록. 이미 오늘, 여러분 중 일부는 임무를 부여받아 내일 새벽에 그 임무를 수행하고자 움직일 것이다. 에빙 영토로. 상기하건데, 에빙은 형식적으로 자치 국가이며, 형식적으로 우리는 그곳에 사법권이 없다. 그러므로 신중하고 조심스럽게 행동하기 바란다. 여러분은 황제의 군대지만, 그것에 대해 떠벌리거나 지방 권력을 대할 때 오만하게 행동하는 것은 금한다. 누구의 주의도 끌지 않도록 행동하라, 알겠나?"

"네, 검시관님!"

"이곳 로케인에서 여러분은 손님이고, 손님으로 걸맞은 행동을 하길 바란다. 할당된 막사에서 꼭 필요한 경우가 아니면 나오지 말라. 이 요새에서 근무하는 자들과의 접촉을 금한다. 그리고 장교들이 여러분들을 위해 지루해하지 않도록 뭔가 할 일을 마련할 것이다. 하쉐임, 브릭든, 부대를 막사별로 나누도록!"

"제가 말에서 내려오자마자, 존경하는 재판관님, 실리판트가 제 소매를 잡고서 '스켈렌 님이 너와 이야기를 하고 싶으시단다, 켄나.'라고 하더군요. 제가 뭐 어쩌겠습니까? 같이 갔죠. 올빼미는 식탁에 앉은 채 발을 올려놓고는 장딴지에 채찍을 휘두르며 손장난을 하고 있었습니다. 그는 제게 '네가 바로 그 남쪽의 별 함선이 사라진 사건에 관여했던 요안나 셀본인가?' 하고 물었죠. 저는 증명된 사실은 아무것도 없다고 대답했습니다. 스켈렌은 웃으며 '난 아무것도 증명할 수 없는 그런 자들을 좋아하지.'라고 하더니 '초능력의 재능은 타고난 것이냐?'라고 물었습니다. 제가 그렇다고 대답하자 잠시 생각에 잠겨 있더니 말했죠. '난 자네의 재능이 마법사들을 상대하는 데 필요하리라 생각했지만, 우선 다른 수수께끼의 인물을 상대하는 데 좀 써야겠군.'이라고 말했습니다."

"증인은 스켈렌이 정말 '수수께끼의 인물'이라고 표현한 것을 확신하시오?"

"확신합니다. 저는 초능력자니까요."

"계속하시오."

"우리의 대화를 중단시킨 것은, 온통 먼지투성이가 되어 달려 들어온 파발꾼이었습니다. 말을 열심히 달려온 티가 났죠. 올빼미에게 급한 전갈이 있다고 했습니다. 실리판트와 막사로 향했을 때 그러더군요. 자기 느낌으로는 저 전갈 때문에 오늘 저녁이 되기도 전에 우리 모두 안장을 올려 출발할 것이라고 말이죠. 그리고 존경하는 재판관님, 그 예상은 맞았습니다. 저녁 식사 생각을 하기도 전에, 이미 무리의 반은 말 위에 올라 있었습니다. 물론 저는 거기에서 빠졌죠. 저 대신 엘프인 틸 에크레이드를 데려갔거든요. 안 그래도 며칠 동안 말을 탄 탓에 엉덩이도 아프고, 게다가 하필이면 생리까지 시작해서……."

"증인은 자기 신체의 내밀한 문제를 세세하게 보고하는 것을 삼가주시오. 그리고 주제에서 벗어나지 마시오. 그러면 증인은 검시관 스켈렌이 '수수께끼의 인물'이라고 말한 자가 누구인지 언제 알게 되었소?"

"곧 그 이야기를 하겠지만, 우선은 순서대로 말하는 것이 중요합니다. 모든 것이 너무 복잡해서, 더 복잡하게 만들면 안 되니까요! 그때 저녁도 못 먹고 말안장 위에 올라탄 이들은 로케인에서 말룬으로 달려갔습니다. 그리고 그곳에서 어떤 십 대 소년을 데려왔죠."

니클라르는 자기 자신에게 화가 나 있었다. 너무나 화가 나서 울고 싶을 지경이었다.

현명한 사람들의 충고를 조금만 더 귀담아들었더라면! 만약 속담이나 하다못해 자물쇠에 부리를 넣지 못했던 그 까마귀에 대한 우화라도 기억했더라면! 해야 할 일을 끝내자마자 곧장 집으로 향했더라면, 젤러시로 무사히 돌아올 수 있었을 텐데! 하지만 이럴 수가! 모험에 들뜨고 순종 말을 갖게 된 자랑스러움, 게다가 지갑의 묵직함을 느끼며 뿌듯해하던 니클라르는 뻐기지 않고는 배길 수가 없었다. 클레르몽 시에서 젤러시로 곧장 돌아오는 대신, 아는 사람이 많고 자신이 좀 들이댔던 젊은 아가씨들도 몇몇 있는 말룬으로 간 것이었다. 말룬에서 니클라르는 마치 봄의 수거위처럼 거들먹거리며 소란을 피우면서 돌아다녔는데, 광장에서 자신의 말을 자랑하고, 주막에서는 술을 돌리는 것도 모자라 마치 타고나길 왕자, 아니면 최소한 남작이라도 된 것 같은 표정으로 계산대에 돈을 던졌던 것이다.

그리고 떠들어댔다.

니클라르는 나흘 전 젤러시에서 일어난 일에 대해 떠벌렸던 것이다. 마음 내키는 대로 버전을 바꾸고, 더하고, 과장하고, 거짓말을 덧붙이면서 이야기를 했지만, 청중들은 전혀 개의치 않았다. 주막에 모인 이 지역 사람들과 지나가는 손님들은 어떤 이야기든 좋아하며 들었다. 게다가 니클라르는 자신이 아주 잘 알고 있는 것처럼 이야기했다. 그리고 점점 더 자주, 자신을 지어낸 이야기 속의 주인공으로 등장시켰다.

세 번째 날 저녁 무렵, 바로 자신의 혀 때문에 문제에 봉착하게 되었다.

주막에 어떤 자들이 들어왔고 들어온 사람들의 모습을 보자마자, 무덤 같은 침묵이 감돌았다. 그 침묵 속에서 울리는 박차와 금속의 쩔렁거리는 소리, 무기에 달린 장식들이 부딪치는 소리가 종탑 꼭대기에서 불행을 예고하는 불길한 종소리처럼 울렸다.

니클라르에게는 영웅 행세를 할 틈조차 주어지지 않았다. 바로 붙잡혀 주막 밖으로 순식간에 끌려 나갔다. 어찌나 급하게 끌려 나갔는지 발바닥이 땅바닥에 고작 세 번 정도만 닿은 게 전부였다. 어제까지만 해도 니클라르의 돈으로 술을 마시며 우정을 다짐하던 친구들은 아무 말도 없이, 식탁 밑에서 무슨 기적이 일어나고 있거나 발가벗은 여자가 춤이라도 추고 있는 듯 머리를 식탁 아래에 처박고 있었다. 마침 주막을 찾은 보안관 대리 역시 머리를 벽 쪽으로 돌린 채 단 한마디도 하지 않았다.

니클라르 역시 아무 말도 하지 못했다. 누구인지, 무슨 일인지, 왜 이러는지, 무엇 때문인지 아무것도 묻지 못했다. 공포에 질린 채 혀가 딱딱해지고 건조하게 말려버린 것이었다.

그들은 니클라르를 말에 태우더니 달리라고 명했다. 그렇게 몇 시간을 내내 달리자 울타리와 탑이 있는 요새가 나타났다. 요새 마당에는 건방지고 시끄러운, 온통 무장을 한 용병들로 가득했다. 니클라르가 방으로 끌려갔을 때, 방에는 세 명이 그를 기다리고 있었다. 얼른 봐도 한 명은 대장이고 두 명은 부하로 보였다. 대장은 체격이 크진 않았지만 머리가 검고 화려한 옷을 입었으며 그다지 말이 많지 않고 이상하게도 예의를 차렸다. 대장은 니클라르에게 불편하게 해서 미안하며 해치지 않을 것을 약속한다고 말했다. 그 말을 듣고 니클라르의 입이 벌어졌다. 하지만 속지 않았다. 이곳에 모인 사람들은 본하트를 연상케 했기 때문이었다.

그 연상은 맞았다. 이들의 관심사는 본하트였다. 니클라르 역시 예상할 수 있었다. 자신이 혀를 잘못 놀리는 바람에 이런 처지에 놓이게 되었으니까.

질문이 들어오자 니클라르는 이야기를 시작했다. 사실만을 말하고 과장하지 말라는 명령이 있었다. 말투는 공손했지만 엄격하고 정확하게 그 부분을 짚어서 말했고, 그렇게 말한 사람은 다름 아닌 대장으로 보이는 그자였다. 화려한 옷을 입은 그는 계속해서 채찍으로 손장난을 하고 있었고, 눈빛은 잔혹하고 매서웠다.

젤러시 마을, 장의사의 아들 니클라르는 진실을 이야기했다. 오로지 진실만을 말했다. 9월 9일 아침, 젤러시 마을에 현상금 사냥꾼인 본하트가 어떻게 시궁쥐 무리를 쓸어버렸는지, 여자 산적이자 가장 나이가 어린, 팔카라고 불리는 아이만 살려두었다는 것을 말했다. 젤러시 마을 사람이 모두 모여들어 본하트가 자신의 포로를 어떻게 다루고 고문할지 구경하려고 했는데, 사람들은 크게 실망했다는 것도. 왜냐하면 본하트는 팔카를 죽이지도, 고문하지도 않았기 때문이다. 게다가 농부들이 술집에서 돌아온 토요일 밤, 자기 아내에게 하는 짓도 하지 않았다. 그저 발길질 몇 번, 따귀 몇 번 때린 것 외에는 아무 짓도 하지 않았던 것이다.

화려한 옷을 입고 채찍을 든 남자는 아무 말도 하지 않았고, 니클라르는 팔카가 보는 앞에서 죽은 시궁쥐들의 머리를 자르고, 마치 케이크에서 건포도를 빼내듯 잘라낸 머리에서 보석이 박힌 금 귀걸이들을 빼낸 이야기를 했다. 팔카는 그 광경을 보고 비명을 지르며 마차에 묶인 채 토를 했다고도 얘기했다.

그런 후에 본하트가 팔카의 목에 개처럼 끈을 묶어 '키메라 머리' 여관으로 끌고 가서…….

니클라르는 이야기를 계속하며 마른 입술을 핥았다.

"본하트 님은 맥주를 주문했어요. 땀을 엄청 흘렸고 목이 말랐던 거죠. 그러고는 갑자기 누구든 좋은 말과 5플로렌을 가지고 싶은 사람이 없냐며 외쳤어요. 정확히 그렇게 말했어요. 바로 그때 제가 그 누구보다 먼저 나섰죠. 전 정말 말과 돈이 갖고 싶었거든요. 아버지는 아무것도 주지 않았고, 관을 만들어서 번 돈은 죄다 술 마시기 바빴죠. 그래서 제가 어떤 말이냐고, 시궁쥐들의 말 중 하나를 내가 가질 수 있냐고 물어보았죠. 그러자 본하트 님이 절 쳐다보았어요. 온몸에 소름이 돋더라고요. 그분은 저에게 걷어차이기 싫으면 주는 대로 받아가라고 말했죠. 뭘 어쩌겠어요? 속담에도 공짜로 얻은 것에 대해 이러쿵저러쿵하지 말라는 말이 있잖아요. 어쨌거나, 시궁쥐의 말들이 마구간에 있었고 특히 팔카의 검은 말은 정말 보기 드물게 아름다운 말이었어요. 그래서 저는 몸을 숙여 어떤 일을, 어떻게 해야 하는지 물었죠. 그랬더니 본하트 님이 말하길 클레르몽까지 가야 하는데 가는 길에 파노에 들르라고 했어요. 타고 싶은 말이 있으면 아무 말이나 골라 타라고도 했고요. 제 눈에 그 검은 말이 아른거리고 있는 걸 분명 알았을 거예요, 왜냐하면 그 말은 안 된다고 했거든요. 그래서 하얀 갈기가 있는 밤색 말을 골라……."

"말 색깔 얘기는 그만하고, 자세한 이야기를 더 해봐. 본하트가 시킨 일이 무엇이었지?"

스켈렌이 말을 자르며 냉정하게 물었다.

"본하트 님은 무언가를 쓰신 후, 저에게 잘 넣어두라고 했어요. 파노와 클레르몽까지 말을 타고 가서, 정해진 사람에게 그 편지를 직접 전하라고 하셨어요."

"편지? 그 편지에 뭐가 적혀 있었지?"

"나리, 제가 그 편지의 내용을 어떻게 알겠습니까? 글씨는 빨리 못 읽어요. 게다가 그 편지는 본하트 님의 도장이 새겨진 반지로 봉인된 편지였고요."

"하지만 그 편지를 누구에게 보낸 것인지는 기억하겠지?"

"물론 기억하죠. 본하트 님은 제가 잊어버릴까봐 열 번 되풀이하라고 명령하셨어요. 저는 길을 헤매지 않고 잘 찾아가서 그 편지를 직접 전달했어요. 두 분 다 저더러 똑똑한 놈이라고, 게다가 상인께서는 저에게 1데나르까지 주시고……."

"그 편지를 누구에게 전했나? 차근차근 얘기 좀 해봐!"

"첫 번째 편지는 파노의 칼 세공사이자 도검장인 에스테르하지 공에게 보낸 것이었어요. 두 번째 편지는 클레르몽의 부호 후베나겔 님께 전했고요."

"혹시 네 앞에서 편지를 열어보았나? 편지를 읽으면서 무언가 말하지 않던가? 기억을 되새겨봐."

"그건 기억이 나지 않습니다. 그때도 주의를 기울이지 않았고, 지금도 기억나지 않아요."

"문, 올라."

스켈렌은 조금도 목소리를 높이지 않은 채 부하들에게 손가락을 까딱했다.

"이 녀석을 밖으로 데려가서 바지를 벗기고 채찍으로 30대를 쳐라."

"기억납니다! 곧 기억해보겠습니다!"

니클라르가 꽥 하고 비명을 지르자 올빼미는 이를 드러내며 말했다.

"기억력에는 꿀에 잰 호두나 채찍질이 최고지. 말해봐."

"클레르몽에서 후베나겔 님이 편지를 읽으실 때, 다른 분이 있었는데 키가 작은 노움이었습니다. 후베나겔 님은 그분에게 말했죠. 에…… 그러니까…… 조금만 기다리면 경비정에서 지금까지 보지 못했던 볼거리가 생길 거라고, 그렇게 말씀하셨습니다!"

"너, 지금 지어내는 것 아니냐?"

"저희 어머니의 무덤에 걸고 맹세할 수 있습니다! 제발 때리지만 말아주세요! 자비를 베풀어주세요!"

"알았어, 알았어. 일어나. 내 신발에 침 좀 그만 묻히고. 자, 여기 1데나르를 주마."

"백 번 감사드립니다, 자비로우신……."

"내 신발에 침 묻히지 말라고 했지. 올라, 문, 이자의 말을 알아듣겠나? 경비정과 무슨 상관이……."

"경기장! 경비정이 아니라 경기장입니다."

이제 알겠다는 듯 보레아스 문이 확신에 찬 목소리로 말했다.

"아! 바로 그겁니다! 마치 옆에 계셨던 것처럼 말씀하시는군요!"

니클라르가 반색을 하며 소리쳤다.

"경기장, 그리고 볼거리!"

올라 하쉐임이 주먹으로 주먹을 치며 말을 이었다.

"자기들끼리 쓰는 말이지만, 그리 복잡하게 생각할 건 없군요. 쉬워요. 그건 추격이나 몰이에 대비한 경고일 겁니다. 본하트는 그들에게 사라지라고 경고한 거예요! 하지만 누구를 피해 사라지라고 한 걸까요? 우리?"

"누가 알겠어. 아무래도 클레르몽에 사람을 보내야겠다. 파노에도 말이야. 올라, 네가 이 일을 맡아서 부대에 임무를 배분해. 자, 넌 내 말을 잘 들어라."

올빼미가 생각에 잠긴 채 말했다.

"예, 나리!"

"본하트의 편지를 가지고 젤러시를 떠나올 때, 그럼 본하트는 그곳에 아직 남아 있었나? 아니면 다른 곳으로 떠날 준비를 하고 있었나? 서둘러 떠났나? 아니면 다음 행선지에 대해 말을 했나?"

"말하지 않았습니다. 하지만 길 떠날 채비를 하고 있었어요. 피투성이가 된 옷은 빨아달라고 지시하고는 속옷만 입고 돌아다녔죠. 하지만 칼은 차고 있더군요. 제 생각에는 서둘렀던 것 같습니다. 시궁쥐들의 머리를 잘라 놓았으니 상금을 받으려면 빨리 가서 보여줘야 했을 거예요. 그리고 팔카도 누군가에게 산 채로 데려가려고 했으니까요. 그게 맞은 일 아닌가요?"

"그 팔카라는 아이는…… 제대로 얼굴은 봤나? 왜 웃지, 이 바보 같은 놈이?"

"나리, 봤냐고 물으셨습니까? 물론이죠! 세세한 것까지 다 봤거든요!"

"옷을 벗어."

본하트는 다시 한 번 말했다. 그의 목소리에 시리는 반사적으로 몸을 움츠렸다. 하지만 반항심까지 움츠러들진 않았다.

"싫어!"

주먹은 보지도 못했다. 아니, 동작을 눈으로 감지하지도 못했다. 눈에서 불이 번쩍하더니 땅이 흔들리며 허벅지에 발길질이 느껴졌다. 뺨과 귀는 마치 불타는 것처럼 달아올랐다. 주먹으로 때린 것이 아니라 손바닥으로 따귀를 때린 것이었다.

본하트는 시리 위에 서서 주먹을 얼굴에 들이댔다. 얼굴을 말벌처럼 쏘았던 손에는 해골 모양의 봉인용 반지가 끼워져 있었다.

"넌 나에게 앞니 한 개를 빚졌어. 그러니 또 한 번 '싫어'라는 말을 들으면,

바로 두 개를 뽑아주지. 옷 벗어."

본하트가 차가운 음성으로 말했다.

시리는 비틀거리며 일어나 떨리는 손으로 단추와 죔쇠를 풀기 시작했다. 키메라 머리 여관에 있던 모든 사람들은 쑥덕거리며 헛기침을 하더니 눈을 크게 떴다. 여관의 주인인 과부 굴루에는 계산대 아래로 무언가를 찾는 척하며 몸을 숨겼다.

"다 벗어, 전부 다."

여긴 아무도 없어. 시리는 먹먹해진 심정으로 옷을 벗으며 마룻바닥을 내려다봤다. 여긴 아무도 없는 거야. 그리고 나도 없어.

"다리를 벌리고 서."

여기에 나는 없어. 곧 생길 일은 나와는 상관없는 일이야. 전혀, 조금도.

그 순간 본하트가 큰 소리로 웃음을 터트렸다.

"넌 네 자신을 너무 대단하게 생각하는군. 아무래도 그 환상을 깨줘야겠어. 이 멍청아, 네 옷을 벗겨서 마법의 표식이나 부적, 아물렛이 있는지 확인하려는 거야. 네 보잘것없는 벌거숭이 몸을 보고 히죽대려고 그런 게 아니라. 쓸데없는 상상은 하지 마. 나무토막처럼 바싹 마른데다가 제대로 자라지도 못한 주제에 말이야. 서른일곱 개의 재앙처럼 못생긴 게, 아무리 그 짓이 하고 싶어도 너보다는 칠면조랑 하는 게 낫겠다."

본하트는 시리 곁으로 가까이 다가서는 구두 끝으로 시리의 옷을 이리저리 헤집었다.

"다 벗으라고 했잖아! 귀걸이, 반지, 목걸이, 팔찌도 전부 빼라고!"

그러고는 쩔렁거리며 시리의 장신구들을 모았다. 푸른 여우 털로 만든 조끼와 장갑, 색색의 스카프와 은 고리로 만든 허리띠를 걷어찼다.

"이제 앵무새나 하프엘프처럼 하고 다녀서는 안 돼! 나머지 넝마는 입어. 거기, 뭘 보고 있는 거지? 굴루에, 먹을 것 좀 가져와! 배가 고프니까. 그리고 너, 배 나온 놈, 가서 내 옷이 어떻게 됐는지 확인해봐!"

"전 여기 보안관입니다!"

본하트는 눈을 가늘게 떴다. 그 시선 아래 젤러시의 보안관은 갑자기 몸이 줄어드는 것처럼 보였다.

"마침 잘됐군. 만약 빨래를 하다가 옷이 상하기라도 하면, 공무원인 너를 족치겠다. 빨리 세탁소로 가! 다른 놈들도 다 나가! 그리고 너, 덩치! 왜 아직도 여기 있는 거야? 편지도 줬고 말에 안장도 얹었는데, 당장 길을 떠나 달려가라고! 그리고 만약 전달에 실패하거나 편지를 잃어버리거나 주소를 착각한다면, 내 손으로 직접 네놈의 얼굴을 네 어미조차 못 알아보게 만들어주마!"

"바로 가겠습니다, 나리! 지금 바로요!"

"그날 나를 두 번 더 때렸어요. 주먹과 채찍으로요. 그러고는 지겨워진 것 같았어요. 그냥 앉아서 아무 말 없이 날 쳐다보고 있었어요. 눈은…… 마치 물고기 눈 같았어요. 눈썹도, 속눈썹도 없는…… 축축한 구슬 같은, 검은 덩어리 같은 그런 눈이요. 그 눈으로 날 계속 바라보며 아무 말도 하지 않았어요. 그건 때리는 것보다 더 두려웠어요. 그가 무슨 생각을 하는지 알 수가 없었거든요."

시리는 입술을 앙다물었다.

비소고타는 아무 말도 하지 않았다. 방 안에서 쥐가 이리저리 달리고 있었다.

"계속해서 내게, 내가 누구인지 물었어요. 하지만 나는 침묵했어요. 코라스의 사막에서 잡혔을 때처럼 내 안으로, 나의 내부로 깊이 숨었어요. 그게 뭔지 이해할 수 있다면요. 그때 나를 잡은 이들이 나더러 나무 인형이라고 했죠. 나는 아무것도 느끼지 못하는 나무 인형이었어요. 그 나무 인형한테 무슨 짓을 하는지, 마치 위에서 내려다보는 듯한 기분이었죠. 때리건 말건, 발로 차건 말건, 목에 개처럼 목줄을 매건 말건…… 내가 아니었으니까요. 난 거기에 없었어요. 이해할 수 있나요?"

"이해한다. 이해하고말고, 시리." 비소고타는 고개를 끄덕였다.

"존경하는 재판관님, 그러다가 우리 차례가 왔습니다. 우리 부대 차례였죠. 우리 부대를 이끈 것은 네라틴 세카였는데, 추격자인 보레아스 문도 우리 부대였습니다. 보레아스 문은 물속의 물고기도 잡아낸다고 하는 그런 사람이었죠, 존경하는 재판관님! 한 번은 보레아스 문이……."

"증인은 샛길로 새지 말고 증언하시오."

"뭐라고요? 아, 네…… 알겠습니다. 그러니까 우리 모두는 말에 올라 파노로 가라는 명령을 받았습니다. 9월 16일 아침이었죠."

네라틴 세카와 보레아스 문이 앞장서서 달리고, 그 뒤로 나란히 카베르닉 투랑과 시프리안 프립 주니어가, 그 뒤로는 켄나 셀본과 클로에 스티츠가, 맨 뒤에는 안드레스 비에르니와 데데 바르가스가 달렸다. 맨 뒤의 둘은 최근 유행하는 군가를 부르고 있었는데, 이 노래는 군부에서 만들어 배포하는 노래였다. 군가 중에서도 이 노래는 특히나 끔찍하게 유치한 라임과 비문으로 점철되어 있었다. 제목은 '전쟁터에서'였는데, 마흔 개나 되는 후렴

구는 이렇게 시작했다.

> 전쟁터에서는 별일이 다 생기지
> 누군가는 목이 잘리고
> 너는 저녁 술자리로 돌아와서야
> 창자가 밖으로 튀어나온 걸 발견할 수 있지

켄나는 박자에 맞춰 조그맣게 휘파람을 불었다. 에톨리아에서 로케인까지 오는 긴 여행길에서 잘 알게 된 이들 사이에 배치되어 만족하고 있었다. 올빼미와 대화를 나눈 후에 되는대로 구성한 듯한 부대인 브릭든과 하쉐임이 이끄는 부대에 배치될 것 같았다. 하지만 그 부대에는 엘프인 틸 에크레이드가 배치되었다. 그러나 엘프는 새 부대원을 대부분 알고 있었고, 부대원들도 틸 에크레이드를 알고 있었다.

부대는 천천히 달리고 있었다. 다크레 실리판트는 최대한 서둘러 달리라고 명령했지만, 이들은 모두 전문가였다. 요새에서 보이는 곳까지만 먼지를 일으키며 전속력으로 달리다가 시야에서 벗어나자마자 바로 속도를 늦췄다. 미친 듯이 말을 달리는 것은 코흘리개나 아마추어가 하는 짓이고, 서두르는 건 벼룩을 잡을 때나 하는 짓이다!

임락에서 온 전문 도둑 클로에 스티츠는 켄나에게 자기가 예전에 스테판 스켈렌과 함께 일했던 얘기를 하고 있었다. 쿠베르닉 투랑과 프립 주니어는 얘기를 듣기 위해 가끔 말을 멈춰 세우기도 했다.

"난 올빼미를 잘 알아. 그와 몇 번 관계한 적이 있지."

클로에는 이렇게 말하고는 단어의 이중적 의미에 헛기침을 했지만, 아무렇지도 않다는 듯 웃어 보이며 콧김을 뿜었다.

"그 밑에서도 일했어. 아니, 켄나, 그 문제는 걱정할 것 없어. 올빼미는 강요하지 않아. 내가 그때 기회를 찾다가 그렇게 된 거거든. 하지만 확실히 해둘 것은, 그래봤자 그가 특별히 보호를 해주는 건 아니야."

"그럴 생각은 전혀 없어. 기회를 찾지도 않을 테고, 걱정도 안 해. 난 어지간한 것은 두려워하지 않아. 남자 문제는 더더욱 그렇고!"

켄나는 투랑과 프립의 느끼한 웃음을 바라보며 화가 나서 말했다.

"하는 얘기라고는 죄다 그런 이야기뿐이군."

보레아스 문이 켄나와 클로에가 따라올 수 있도록 회갈색 종마를 세웠다.

"여기가 남자나 쫓아다니는 곳인 줄 알아!"

보레아스 문이 여자들 옆으로 나란히 달리며 핀잔을 주더니 말을 이었다.

"본하트는 알려진 대로 칼로는 대적할 상대가 없어. 본하트와 스켈렌 님 사이에 어떤 개인적인 원한은 없었으면 좋겠는데. 안 그랬다가는 피바다가 될 거야."

"하지만 전 뭐가 뭔지 모르겠어요. 우리는 마법사를 잡는 것 아니었습니까? 그래서 초능력자인 켄나가 온 거잖아요. 그런데 지금은 본하트인지 뭔지 하는 작자와 여자애 얘기를 하고 있으니!"

뒤쪽에서 안드레스 비에르니가 투덜거리자 보레아스 문이 헛기침을 하고는 말했다.

"본하트는 현상금 사냥꾼인데, 스켈렌 님과 계약을 한 바 있지. 그런 후에 사라졌어. 스켈렌 님께 그 여자애를 죽이겠다고 약조하고서는 살려둔 거야."

"그거야 누군가가 그 여자애를 산 채로 데려오면 더 많은 돈을 주겠다고 했겠죠. 올빼미가 시체에 지불하겠다는 돈보다 더 많은 돈 말입니다. 현상금 사냥꾼들이란 원래 그렇잖아요. 약속을 중요시 여기지 않는단 말입니다."

클로에 스티츠가 어깨를 으쓱했다.

"본하트는 달라. 그는 자기가 한 말은 지켜."

프립 주니어가 뒤를 돌아보며 반대 의견을 표했다.

"그럼 더 이상하네, 갑자기 이렇게 된 게."

"그럼 그 여자애는 왜 그렇게 중요한 건데? 죽었어야 했는데 안 죽였다는 그 아이 말이야."

켄나가 고개를 갸웃거리며 묻자 보레아스 문이 얼굴을 찌푸리며 언성을 높였다.

"그게 우리랑 무슨 상관이야? 우린 명령대로만 하면 돼! 스켈렌 님의 권리 아닌가. 본하트가 팔카를 죽였어야 했는데, 안 죽인 거지. 스켈렌 님은 요구할 권리가 있어."

"본하트가 살아 있는 계집애를 넘겨서 더 큰 돈을 받으려는 속셈이라니까. 그게 핵심이야."

클로에 스티츠가 확신을 가지고 재차 말하자, 보레아스 문이 고개를 저으며 말했다.

"스켈렌 님도 처음엔 그렇게 생각하셨어. 본하트가 시궁쥐들에게 엄청난 원한을 품고 있던 게소의 어떤 남작에게 팔카를 산 채로 넘기려 한다고, 천천히 고문해서 죽일 수 있도록 말이야. 하지만 그건 사실이 아니었어. 본하트가 누구를 위해서 팔카를 산 채로 잡아두고 있는지는 모르지만, 그 남작은 확실히 아니야."

젤러시의 뚱뚱한 보안관이 여관 안으로 헐떡거리며 들어왔다.

"본하트 님! 무장한 군인들이 마을에 들어오고 있습니다! 말을 타고 오고 있어요!"

"대단한 일이군. 원숭이를 타고 왔어야 소란을 떨 만한 일이지. 몇 명이지?" 본하트는 빵으로 접시를 훑으며 물었다.

"네 명입니다!"

"내 옷은 어디 있지?"

"지금 막 빨았는데요. 아직 안 말라서……."

"빌어먹을, 손님이 오는데 속옷 바람으로 맞으란 말이야? 하지만 손님도 손님 나름이니까, 이런 꼴로 맞이할 수도 있겠지."

본하트는 속옷 위에 찬 칼을 고쳐 매고는 속옷 바지의 끈을 신발 안에 집어넣은 후 시리의 목에 맨 줄을 확 잡아당겼다.

"일어나, 시궁쥐."

본하트가 시리를 마당으로 데려갔을 때, 네 명의 말 탄 이들은 이미 여관 마당에 들어와 있었다. 이들이 험한 길을 힘들게 달려왔다는 것은 명백했다. 옷과 마구, 타고 온 말이 모두 진흙과 먼지로 뒤덮여 있었다.

네 명이었지만 주인이 없는 말 한 마리를 더 끌고 온 상태였다. 매우 쌀쌀한 날이었지만 시리는 빈 말을 보자 갑자기 온몸이 달아오르는 것 같았다. 기수가 없는 말은 두 가지 색의 털이 섞인 시리의 말이었다. 아직도 시리의 마구와 안장이 얹어져 있었다. 말의 머리 장식은 미슬의 선물이었다. 말 탄 이들은 바로 핫스펀을 죽인 자들이었던 것이다.

이들은 여관 앞에 멈추었다. 우두머리로 보이는 자가 가까이 다가와 담비 털로 만든 삼각 모자를 벗어 본하트에게 인사를 했다. 거무스레한 얼굴에는 마치 석탄으로 그린 듯한 가는 콧수염이 나 있었다. 윗입술은 계속해서 경련을 일으키고 있었다. 그 경련 때문에 화가 나 있는 것처럼 보이기도 했다. 정말로 화가 난 걸까?

"안녕하셨소, 본하트 씨!"

"안녕하시오, 임브라 씨. 여러분 모두 안녕하시오."

본하트는 조금도 서두르지 않은 채 시리의 목줄을 기둥의 갈고리에 걸며 말을 이었다.

"옷차림이 이 모양이라 미안하오만, 여러분을 기다리고 있던 건 아니었소. 굉장히 멀리서 오셨는데…… 이것참, 게소에서 여기까지 어떻게 오셨는지 모르겠군. 존경하는 남작님은 잘 계신가? 건강하시오?"

"오이처럼 건강하시오. 그런데 이렇게 잡담이나 나눌 시간은 없소. 우린 급하오."

또다시 윗입술이 경련하는 가운데 거무스레한 얼굴이 말했다.

"내가 당신들을 잡고 있는 것도 아닌데."

본하트가 속바지와 허리띠를 추켜올리며 무심한 목소리로 대꾸했다.

"당신이 시궁쥐들을 해치웠다는 소문을 들었소."

"사실이오."

"그리고 남작님께 한 약속대로 팔카는 산 채로 잡았고 말이오."

거무스레한 얼굴의 남자는 묶여 있는 시리를 계속해서 못 본 척하고 있었다.

"그 역시 사실인 것 같소만."

"우리가 실패한 일인데, 당신은 운이 좋았군. 여하튼 알겠소. 그럼 여자애를 데리고 우린 가보겠소. 루퍼트, 스타브로, 여자애를 데려와."

거무스레한 얼굴의 남자가 시리의 말을 바라보자 본하트가 손을 들었다.

"잠깐, 임브라. 아무도 못 데려가. 내가 주지 않을 거니까. 난 생각이 바뀌었어. 저 계집애는 내가 가지기로."

임브라라고 불린 거무스레한 얼굴의 남자가 안장 앞으로 몸을 숙이더니 칵 하고 인상적일 만큼 상당히 멀리, 여관 입구까지 가래침을 뱉었다.

"남작님과 약속했잖소!"

"약속했지. 하지만 생각이 바뀌었다니까."

"그게 무슨 소리요? 내가 제대로 들은 게 맞나?"

"당신의 귓구멍 상태는 내가 관여할 바 아니야."

"성에서 사흘 동안이나 접대를 받았잖소? 남작님과 약조를 하고 그 대가로 사흘이나 성에서 먹고 마셨다고. 지하 술 창고에서 가장 좋은 포도주를 마시고, 구운 공작과 사슴 고기, 빠떼에 크림에 절인 생선도 먹었고. 거위 깃털 침대에서 왕처럼 사흘이나 자고는 지금 와서 생각이 바뀌었다는 거요?"

본하트가 아무 말 없이 지루하고 상관없다는 표정으로 임브라를 빤히 쳐다보자, 임브라는 입술이 떨리는 것을 막기 위해 이를 악물었다.

"그럼 우리가 완력으로 여자 시궁쥐를 데려갈 수도 있다는 걸 알고 있나?"

지금까지 지루한 듯 무표정했던 본하트의 얼굴이 갑자기 굳었다.

"해보시든지. 너희는 넷이고 이쪽은 한 명이니. 게다가 속옷 바람이고. 하지만 너희 같은 똥개들을 상대하겠다고 바지까지 입을 필요는 없지."

본하트의 대꾸에 임브라는 또다시 침을 뱉고는 말고삐를 당기며 말을 돌렸다.

"본하트, 도대체 왜 이러는 거요? 항상 전문가답게 제대로 일했잖소. 말한 건 언제나 지키는 걸로 유명했고. 당신이 하는 말들은 이제 똥이 된 거야! 사람은 말로 평가하지, 당신은 이제……."

"말이 나왔으니 말인데, 미안, 임브라, 그러다 너무 험한 말이 나오지 않게 내가 끊어주지. 내가 그 험한 말을 당신 목구멍 속으로 다시 밀어 넣으면 아플 테니까."

본하트는 임브라의 말꼬리를 자르더니 허리춤에 손을 얹고는 차갑게 말했다.

"당신이라면 우리 네 명을 상대할 수 있겠지. 하지만 열네 명도 이길 수 있을까? 내가 장담하건대, 남작님은 이 모욕을 잊지 않을 거요!"

"당신네들의 그 남작님을 내가 어떻게 할지 말해주고 싶지만, 사람들이 몰려들었고 여자들과 애들도 있어. 그러니 열흘 후에 내가 클레르몽에 갈 거라는 것만 말해주지. 일을 바로잡고 싶거나, 복수를 하고 싶거나, 나에게서 팔카를 데려가고 싶은 놈은 클레르몽으로 와."

"내가 가겠소!"

"가서 기다리지. 그럼 이제 꺼져."

"그들은 본하트를 두려워했던 거예요. 진심으로. 그들에게서 두근거리는 공포를 느꼈어요."

검은 암말 켈피는 머리를 흔들며 큰 소리로 투레질을 했다.

"완전 무장을 한 네 명의 장정이었다고요. 반면에 본하트는 누덕누덕 기운 속바지에 너무 짧은 윗옷을 입고 있었어요. 그렇게 무섭지만 않았더라면…… 웃길 뻔했죠."

비소고타는 바람 때문에 눈이 시렸는지 눈물 맺힌 눈을 끔뻑이며 아무 말도 하지 않았다. 비소고타와 시리는 페레플럿의 늪지대 위에 솟은 구릉 위에 서 있었다. 2주 전 비소고타가 시리를 처음 발견한 곳에서 얼마 떨어지지 않은 곳이었다. 바람이 갈대를 쓰러뜨리고 흐르는 강물 위로 물결이 일었다.

시리는 말이 강가에 서서 물을 마실 수 있게 해준 후 말을 이었다.

"그 네 명 중 한 명의 안장에 작은 석궁이 매달려 있었는데, 그 석궁 쪽으로 손을 뻗고 있었어요. 나는 그 사람의 생각을 읽을 수 있었어요. 그리고 공포도 느낄 수 있었죠. '내가 활을 겨눌 시간이 있을까? 쏠까? 만약 실수한다면?' 본하트도 그 석궁과 석궁으로 향하는 손을 보았어요. 아마도 남자의 생각을 읽었을 거예요, 확실해요. 그리고 그 남자는 활시위를 겨눌 시간조차 없었던 게 확실하고요."

켈피는 머리를 들고 히힝 하고 울고는 발굽 소리를 냈다.

"점점 더 확신이 들었어요. 내가 누구의 손아귀에 떨어진 것인지 말이에요. 하지만 그의 동기는 알 수가 없었어요. 그들의 대화를 들었고, 핫스펀이 해준 말도 있었죠. 카사데이 남작이 나를 산 채로 잡아오라고 했고 본하트는 그렇게 하겠다고 약속한 거예요. 그런데 생각이 바뀐 거죠. 왜? 돈을 더 많이 내는 사람에게 나를 넘기려는 걸까? 나도 모르는 사이, 혹시 내 정체를 알아낸 게 아닐까? 그래서 닐프가드인들에게 비싼 값으로 팔아넘기려는 걸까? 저녁에 우리는 젤러시를 떠났어요. 본하트는 내가 켈피를 탈 수 있게 허락해줬어요. 하지만 손은 묶인 상태였고, 내 목을 묶어둔 줄을 잡고 있었어요. 계속해서요. 그리고 우리는 한 번도 멈추지 않고 밤새도록, 그리고 다음 날 내내 달렸어요. 나는 너무 지쳐서 죽을 것만 같았어요. 하지만 본하트는 조금도 지쳐 보이지 않았어요. 사람이 아니었어요. 그는 사람의 탈을 쓴 악마예요."

"어디로 끌고 간 게냐?"

"파노라고 하는 작은 마을로요."

"존경하는 재판관님, 우리가 파노로 들어갔을 때는 이미 어두웠습니다. 눈이 빠져도 모를 만큼 어두웠죠. 9월 16일밖에 되지 않았지만 낮에도 구름이 가득하고 마치 젠장맞을 11월처럼 추웠습니다. 칼 세공사의 공방을 찾는 데는 오래 걸리지 않았습니다. 왜냐하면 마을 전체에서 가장 큰 건물이었고, 계속해서 쇠를 두드리는 소리가 그곳에서 울려 퍼지고 있었으니까요. 네라틴 세카⋯⋯ 그 이름은 기록하실 필요 없습니다. 제가 말씀드렸는지 모르겠지만, 네라틴은 이미 죽었으니까요. 고보로쳬츠라는 시골에서요."

"서기의 업무에 참견하지 말고 증언을 계속하시오."

"네라틴은 문을 두드렸어요. 그러고는 우리가 누구인지, 그리고 왜 왔는지 설명했죠. 들여보내 주더라고요. 칼 세공사의 공방은 멋진 건물이더군요. 마치 요새 같았어요, 소나무 둥치로 만든 높은 울타리들이 세워져 있고, 참나무 판자로 만든 탑도 있고, 벽은 반질반질한 전나무 판자로⋯⋯."

"법정은 건축 세부 사항에 대해 관심이 없으니 증인은 필요한 내용만을 증언하시오. 그리고 기록을 위해 칼 세공사의 이름을 다시 말해주시오."

"에스테르하지, 존경하는 재판관님, 파노의 에스테르하지입니다."

칼 세공사이자 도검장 에스테르하지는 보레아스 문을 오랫동안 바라보며 대답을 서두르지 않았다.

"본하트가 이곳에 왔었을 수도, 오지 않았을 수도 있지. 그걸 누가 알겠소? 여긴 칼을 만드는 공방이오. 칼에 대한 질문이라면 어떤 질문이든 기꺼이 만족하실 만한 답변을 해드릴 수 있소. 하지만 나의 고객과 손님에 대한 질문에 왜 답을 해야 하는지 그 이유를 모르겠소만."

에스테르하지는 목에 건 상아로 만든 호루라기를 만지작거리며 대답했다.

켄나는 소매에서 손수건을 꺼내 코를 닦는 척했고, 네라틴 세카는 천천히 입을 열었다.

"이유는 만들면 되는 것 아니오? 그 이유는 당신이 알아낼 수도 있고, 내가 알아낼 수도 있지. 어떤 게 더 좋겠소?"

성별을 알 수 없는 외모임에도 불구하고 네라틴의 얼굴은 무서운 표정을 지을 수 있었고, 목소리 역시 불길하게 변했다. 하지만 에스테르하지는 상아 호루라기를 만지작거리며 숨을 내쉴 뿐이었다.

"매수와 협박 중에서 택하라는 거요? 싫소. 두 가지 다 경멸하는 바요."

"아주 소소한 정보일 뿐인데 그게 그렇게 중요한 거요? 아니, 우리가 어제오늘 본 사이도 아니고, 에스테르하지 선생. 스켈렌 검시관의 이름도 처음 듣는 건 아니……."

보레아스 문이 채 말을 끝내기도 전에 에스테르하지가 그의 말을 잘랐다.

"아니지, 절대로 아니오. 그분이 해온 활동과 일은 나도 잘 알고 있소. 하지만 여긴 에빙이오. 독립국이고 자치국이지. 명목상으로만 그렇다 해도, 언제나 그래왔소. 그래서 난 아무 말도 하지 않을 것이오. 가던 길이나 계속 가시오. 하지만 당신들이 오해하지 않도록, 누군가 다음 주나 한 달 후에 당신들에 대해 물으면, 나는 그때도 아무 말 하지 않을 것이오."

"아이고, 에스테르하지 선생……."

"더 확실하게 말해야 알아듣겠소? 그럼 그렇게 하지. 여기서 나가시오,

당장!"

에스테르하지가 언성을 높이자 클로에 스티츠는 화가 난 듯 씩씩거렸고 프립과 바르가스의 손은 칼자루를 향해 움직였고 안드레스 비에르니는 허벅지에 걸려 있는 망치 쪽으로 손을 뻗었다. 그러나 네라틴 세카는 미동조차 하지 않았고, 표정 역시 변화가 없었다. 켄나는 네라틴이 상아로 만든 에스테르하지의 호루라기를 주시하고 있음을 알아차렸다. 들어오기 전에 보레아스 문이 귀띔하길, 상아 호루라기 소리는 숨어 있는 무장 경비들을 부르는 신호이며 이들은 '품질 검사원'이라는 이름으로 공방에서 일하고 있었다.

이미 모든 것을 예상하고 있던 네라틴과 보레아스는 다음엔 어떻게 할지 준비가 되어 있었다. 소매 안에 다른 패를 숨기고 있었던 것이다.

켄나 셀본, 초능력자.

켄나는 이미 도검장 에스테르하지를 살핀 바 있었다. 조심스럽게 파장을 내보내며 그의 생각 속으로 천천히 들어가고 있었다. 이제는 준비가 되었다. 일단 손수건을 코에 갖다 댄 후(이 일은 언제나 코피가 날 위험이 있었다) 박동과 명령으로 뇌 안까지 들어갔다. 에스테르하지는 기침을 하더니, 얼굴이 붉어진 채 책상을 양손으로 붙들었다. 마치 책상 위에 쌓여 있는 영수증 서류철과 잉크, 두 명의 트라이톤과 뛰어다니는 바다요정이 새겨져 있는 문진이 따뜻한 나라로 날아가 버리기라도 한다는 듯 붙들고 있었다.

'걱정 마, 아무것도 아니야, 아무 일도 없어. 그저 우리의 관심사에 대해 갑자기 말하고 싶은 생각이 드는 것뿐이야. 우리가 뭘 듣고 싶어 하는지 알잖아? 말이 저절로 입 밖으로 나오는 거야, 계속해서. 시작해. 입을 열기만 하면 머릿속 소음도 사라지고, 관자놀이의 소음도 사라지고, 귓속의 찌르는 듯한 통증도 없어질 거야. 턱의 경련도 사라질 테고.'

켄나는 마음속으로 조용히 지시했다.

"본하트는 이곳에 나흘 전인 9월 12일에 왔소. 팔카라는 이름의 여자아이를 데리고. 나는 본하트의 방문을 예상하고 있었소, 왜냐하면 그보다 이틀 전에 본하트가 편지를 보냈……."

에스테르하지는 단어를 발음하는 데 필요한 것보다 훨씬 더 많이 입을 벌리며 쉰 목소리로 말했다. 그의 왼쪽 콧구멍에서 가느다란 피가 흘러나오고 있었다.

'말해, 모조리 다. 다 말하고 나면 괜찮아질 거야.'

에스테르하지는 참나무 책상 뒤에 앉은 채로 흥미롭다는 듯 시리를 바라보았다.

"이 아가씨를 위한 것이군."

그는 한 무리의 기이한 존재들이 새겨져 있는 문진 위에 펜대를 놓았다.

"편지에서 부탁한 그 칼 말이야. 맞지, 본하트? 그럼 한번 보자고, 자네가 쓴 말이 맞는지 말이야. 다섯 치 아홉 자…… 그렇군. 무게는 112파운드…… 아니, 나 같으면 좀 더 가볍게 하겠어, 하지만 그건 사소한 문제니까. 장갑 치수는 5번이 맞는다고 썼는데…… 손 좀 보여주시죠, 아가씨. 흠, 그렇군."

"난 틀림이 없지. 괜찮은 철이 있나?" 본하트가 건조하게 물었다.

"우리 공방에서는 괜찮은 철이 아니면 쓰지도 않고 만들지도 않아. 전투용 칼을 원하는 거였지, 장식용 칼이 아니라…… 아, 썼군. 이 아가씨를 위한 칼은 문제없이 찾을 수 있어. 이 정도 키와 몸무게에는 표준 38인치 정도의 칼이 알맞지. 게다가 이런 비쩍 마른 몸매와 작은 손에는 9인치 정도로 늘린 미니 바스타드의 둥근 손잡이가 좋을 거야. 엘프들이 쓰는 탈다가나 제리칸의 사베라, 비롤레단카 같은 걸 추천할 수도 있지."

에스테르하지가 자랑스레 대답했다.

"물건을 보여주게, 에스테르하지."

"상당히 급하군. 뭐, 그럼 그렇게 하지. 이리로…… 아니, 본하트, 이게 도대체 무슨 짓이야? 왜 목줄을 묶어서 아이를 끌고 다니는 건가?"

"남의 일에는 신경 끄라고, 에스테르하지. 아무 데나 코를 들이밀었다가는 누군가 문을 쾅 닫아버릴지도 모르니까!"

에스테르하지는 목에 건 상아 호루라기를 만지작거리며 두려움도 존경도 없는 눈빛으로 현상금 사냥꾼 본하트를 바라보았다. 본하트의 키가 훨씬 더 커서 올려다봐야 했지만 말이다. 본하트는 헛기침을 하며 수염을 꼬았다. 그는 조금 작아진 목소리로, 하지만 여전히 무서운 목소리로 말을 이었다.

"내가 언제 당신 일에 참견하거나 이익에 끼어든 적이 있었나. 내가 자네를 대하는 것과 똑같이 대해달라는 게 뭐 이상한가?"

"본하트, 내 집을 나가 문을 닫고 마당을 나서는 순간, 자네의 사생활이나 이익, 비밀, 직업의 특수성 모두 존경하겠네. 그리고 끼어들지도 않을 거야. 하지만 내 집에서 인간성을 상실한 행동은 안 돼. 내 말 알겠나? 내 집 밖에서는 저 아가씨를 말에 묶어 끌고 다니든지 말든지 자네 마음대로 하게. 하지만 내 집에서 그 목줄은 허락할 수 없으니 당장 풀어."

에스테르하지는 눈 하나 깜짝하지 않았다.

본하트는 시리가 무릎을 꿇고 쓰러질 만큼 목줄을 세차게 잡아당긴 뒤 풀기 시작했다. 에스테르하지는 못 본 척하며 상아 호루라기를 내려놓고는 건조하게 말했다.

"훨씬 낫군. 그럼 가볼까."

복도를 따라 걸음을 옮기자 대장간의 뒤쪽과 연결된 안뜰이 나왔다. 한쪽에는 과수원이 있고, 긴 탁자가 눈에 들어왔다. 탁자 주변으로는 조각이 되어 있는 기둥이 세워져 있고 그 기둥 위로 지붕이 씌워져 있었다. 그리고 탁자 옆에는 심부름꾼 아이들이 칼을 진열하고 있었다. 에스테르하지는 손짓으로 본하트와 시리에게 가까이 다가오라고 신호했다.

"이게 우리 물건들이오. 이쪽에 있는 물건들은 내가 만든 것이고, 대부분 이곳에서 만들었지. 나의 표식이 찍혀 있는 말발굽을 보면 알 수 있어. 가격은 5에서 9플로렌, 그게 기준 가격이지. 저쪽에 있는 상품들은 우리 공방에서 칼자루에 넣어 마무리 작업만 한 것들이야. 주로 수입품들이지. 표식을 보면 어디서 왔는지 알 수 있어. 마하캄제는 망치 두 개가 서로 엇갈려 있는 문양이 새겨져 있고, 포비스제는 왕관이나 말머리, 비롤레다제는 태양과 공방 이름이 새겨져 있지. 이것들은 10플로렌부터 시작해."

에스테르하지는 긴 탁자 위에 놓인 칼들을 가리키며 차분한 어조로 말했다.

"시작이 10플로렌이라면 끝은?"

에스테르하지는 탁자에서 칼을 집어 들고 경례를 해보인 후, 매끄럽게 손바닥과 팔을 꺾어 '안젤리카'라는 복잡한 펜싱 자세를 취했다.

"각각 다르지. 예를 들어 이 멋진 비롤레다제 검은 15플로렌이야. 오래전에 만들어진 소장용 칼이지. 주문을 받아 제작된 물건일 거야. 칼집에 새겨진 모티브를 보면, 이 검의 주인은 여자였겠지."

에스테르하지는 칼을 뒤집어 손으로 휘어 칼날을 보여주었다.

"비롤레다제의 다른 칼과 마찬가지로 고전적인 문구가 새겨져 있지. '이유 없이 뽑지 말고, 불명예스럽게 꽂지 말라.' 하! 아직도 비롤레다에서는 그런 문구를 새긴다니까. 하지만 세상은 넓고 역사는 길어. 이런 칼도 건달과 바보의 손에 들어가니까. 명예의 값어치는 떨어진 지 오래야. 요즘 세상에선 이득이 안 되는 상품이니까."

"말이 너무 많군, 에스테르하지. 이 녀석에게 그 칼을 줘봐, 손으로 잡아보게. 무기를 잡아."

시리가 늘씬하고 가벼운 칼을 그러쥐자 도마뱀 가죽으로 만든 칼자루가 손 안에 꼭 맞게 들어오는 것을 느꼈다. 그리고 칼날의 무게가 팔을 향해 베라고, 휘두르라고 시키는 것 같았다.

"이게 미니 바스타드야."

에스테르하지가 상기시켰다. 사실 그럴 필요는 없었다. 시리는 더 긴 칼자루를 가진 칼도 세 손가락으로 둥근 손잡이 부분을 잡고 능숙하게 다룰 줄 알았다.

본하트는 두어 걸음 안뜰로 물러섰다. 그러고는 자신의 칼을 칼집에서 뽑아 들고 휙휙 소리가 나게 휘둘렀다. 본하트가 시리에게 말했다.

"자! 날 죽여봐. 칼도 있고 기회도 왔어. 지금이 기회야. 이용해보라고. 왜냐하면 이런 기회는 자주 있지 않을 테니까."

"지금 무슨 짓인가?"

"조용히 해, 에스테르하지."

옆으로 돌린 시선과 목덜미를 일부러 떨면서 본하트를 속인 시리는 번개처럼 왼쪽을 향해 달려들었다. 하지만 방어하는 칼에 어찌나 세게 부딪혔는지 시리는 비틀거리다가 옆으로 풀쩍 뛰어 허벅지를 탁자에 기대야만 했다. 그렇게 균형을 잡으려다가 시리는 반사적으로 칼을 내리고 말았다. 바로 이 순간, 본하트가 마음만 먹으면 자신을 쉽게 죽일 수도 있다는 것을 깨달았다.

"미친 겐가?"

에스테르하지는 목소리를 높이며 상아 호루라기를 움켜잡았다. 하인들과 일하던 대장장이들이 얼음이 된 채 바라보고 있었다.

"칼 내려놔. 내려놓으라고. 말했잖아, 안 그러면 팔을 잘라주마!"

본하트는 시리에게서 눈을 떼지 않았다. 에스테르하지는 쳐다보지도 않았다.

시리는 잠시 망설이다가 칼을 내려놓았고, 본하트는 끔찍한 웃음을 지었다.

"난 네가 누군지 알아, 독사 같은 년. 하지만 네 입으로 고백할 때까지 기다리지. 말로 하든지, 행동으로 보여주든지! 네가 누군지 고백하게 만들어주겠어. 그리고 그때, 널 죽여주마."

에스테르하지는 마치 상처라도 입은 것처럼 거친 내쉬었다. 본하트는 여전히 에스테르하지를 쳐다보지도 않은 채 말을 이었다.

"그리고 그 칼은 너한테 너무 무거워. 그래서 행동이 굼떴던 거야. 임신한 달팽이처럼 느려 터졌다고. 에스테르하지! 이 녀석한테 준 칼은 최소한 4우니치아 정도 무겁다고."

에스테르하지의 얼굴은 창백했다. 시선은 시리에서 본하트로, 본하트에서 시리로 옮겨졌고 얼굴 표정은 이상하게 변해 있었다. 그는 심부름꾼을 손짓으로 부르더니 작은 소리로 뭔가를 지시했다. 그러고는 본하트를 보며 말했다.

"물건이 있지. 그거라면 자네도 만족할 걸세, 본하트."

"그럼 왜 처음부터 그걸 보여주지 않았나? 내가 특별한 걸 원한다고 편지에 썼잖아! 더 좋은 칼을 살 돈이 없을 거라고 생각한 건가?"

본하트가 고함을 지르자 에스테르하지가 단호하게 말했다.

"난 당신을 잘 알지. 어제오늘 안 것도 아니고. 왜 바로 보여주지 않았느냐고? 누굴 데려올지 몰랐으니까. 개 목줄에 묶어서 말이야. 칼이 누구를 위한 것인지, 무엇에 쓰이는 것인지 몰랐으니까. 하지만 이제는 모든 것을 알겠군."

잠시 후 심부름꾼이 긴 상자를 들고 돌아오자 에스테르하지가 낮은 목소리로 말했다.

"아가씨, 이쪽으로 와봐요. 이 칼을 한번 보겠어요?"

시리는 천천히 다가가 상자 안의 물건을 보았다. 그러고는 깊은 숨을 내쉬었다.

시리가 재빠른 동작으로 칼을 꺼냈다. 굴뚝의 불이 칼날의 물결치는 표면에 반사되어 번뜩였고 푸른 칼자루를 붉게 물들였다. 시리가 말했다.

"바로 이 칼이에요, 짐작하셨겠지만. 잡아보세요. 하지만 조심하세요, 면도날보다 날카로우니까. 칼자루가 손 안에 꼭 쥐어지는 게 느껴지나요? 꼬리에 독이 있는 납작하게 생긴 물고기, 그 물고기의 껍질로 만든 거예요."

"가오리."

"아마도요. 그 물고기 껍질에는 작은 갈고리 같은 것들이 나 있어서 손에 땀이 나도 미끄러지지 않아요. 여기 칼날에 뭐가 새겨져 있는지 보세요."

비소고타는 몸을 굽히고는 눈을 껌뻑이며 살펴보더니 잠시 후 고개를 들고 말했다.

"엘프 만달라군. 블라탄 카에르메, 운명의 화관, 참나무와 조팝나무, 앙 골담초 꽃이군. 번개를 맞은 탑, 옛 사람들에게는 혼돈과 파괴의 상징이었 지. 그리고 탑 위에는……."

"제비요. 지라엘 내 이름이죠." 시리가 말했다.

"과연, 나쁘지 않군. 딱 봐도 노움들이 만든 거야. 노움들만이 이런 새카 만 쇠를 제련시키지. 불꽃을 튀기며 날을 갈고, 날에 구멍을 뚫어 무게를 줄 이는 것도 노움들만의 공법이지. 솔직히 말해봐, 에스테르하지, 이건 복제 품인가?"

마침내 본하트가 만족해하며 물었다.

"아니, 진짜야. 노움들이 만든 진짜 귀히르지. 이 칼날은 200년은 되었 어. 칼자루는 훨씬 후에 끼워졌지만, 그래도 이걸 복제품이라고는 하지 않 겠네. 티르 토셰르의 노움들이 내 주문을 받고 만든 칼이지. 옛날식 공법과 문양을 본떠서."

"젠장, 이런 걸 살 돈은 정말로 없을지도 모르겠는데. 이런 물건은 도대 체 얼마나 하나?"

에스테르하지는 잠시 침묵했고, 표정은 읽을 수 없었다. 마침내 먹먹한 목소리로 말했다.

"그냥 주겠네, 본하트. 선물이야. 이루어져야 할 일이 이루어지도록."

뜻밖의 대답에 본하트조차 놀란 게 분명했다.

"고맙네. 고마워, 에스테르하지. 이건 정말 왕들이나 줄 만한 선물인데, 왕들이나…… 받아들이겠어, 받고말고. 내가 이번엔 크게 빚을 졌……."

"아니야. 이 칼은 자네가 아니라 저 아가씨를 위한 것이네. 거기 목줄을 한 아가씨, 이리 가까이 오시오. 이 칼날에 새겨진 글자를 봐요. 물론 무슨 말인지 모를 테니 내가 설명해 드리지. 운명의 선이 구불구불하게 꼬여 있지만 탑을 향해 이어지고 있네. 모두가 죽고, 질서와 가치관이 파괴되는 방향이지. 하지만 여기 탑 위에 무엇이 있는지 보이나? 제비야, 희망의 상징이지. 자, 이 칼을 가져요. 이루어질 일들이 이루어지게 하시오."

시리는 조심스럽게 손을 뻗어 단면이 거울처럼 빛나는 검은 칼날을 부드럽게 어루만졌다. 에스테르하지는 천천히, 눈을 크게 뜨고서 시리를 바라보며 말했다.

"가져가요. 집어 들라고. 손으로 검을 잡아봐요, 아가씨……."

"안 돼! 물러나!"

갑자기 본하트가 뛰어들어 시리의 어깨를 잡고 거세게 밀쳐냈다.

시리는 무릎을 꿇고 쓰러졌다. 마당에 깔린 자갈이 손바닥으로 아프게 파고들었다.

본하트는 상자를 흔들며 소리쳤다.

"아직은 아니야! 오늘은 아니라고! 아직은 때가 되지 않았어!"

에스테르하지는 본하트의 눈을 바라보며 차분하게 고개를 끄덕였다.

"분명히 그렇지, 아직은 때가 오지 않은 것 같군. 아쉬운 일이야."

"존경하는 재판관님, 도검장 에스테르하지의 생각을 읽는 것은 크게 어렵지 않았습니다. 우리가 그곳에 간 건 보름달이 뜨기 사흘 전인 9월 16일이었지요. 그리고 파노에서 로이칸으로 오는 길에, 올라 하쉐임과 일곱 마리의 말이 있는 경비대가 우리와 합류했습니다. 올라는 나머지 부대와 합류하고자 우리에게 전속력으로 달리라고 지시했죠. 왜냐하면 하루 전, 15일에 클레르몽에서 유혈 사태가 있었으니까요. 존경하는 재판관님, 클레르몽의 유혈 사태는 분명 알고 계시리라…….”

“법정이 알고 있는 것과 상관없이 증언을 계속하시오.”

“본하트는 우리보다 하루 앞섰죠. 15일에 팔카를 클레르몽으로 데려갔어요.”

“클레르몽…… 나도 아는 마을이다. 정확히 어디로 데려간 거니?”

비소고타가 클레르몽이라는 지명을 나직이 중얼거리며 물었다.

“광장에 있는 큰 집으로요. 입구에 기둥과 아치가 있는 집이었어요. 한눈에 봐도 부잣집이라는 게…….”

각 방에는 벽마다 화려한 태피스트리와 종교화, 사냥 장면, 그리고 나체의 여인들이 등장하는 시골 풍경이 그려진 호화로운 장식으로 뒤덮여 있었다. 가구에는 상감이 되어 있고 구리 장식이 달려 있었으며, 양탄자는 밟으면 발목까지 올라올 만큼 두꺼웠다. 시리는 자세한 것까지는 보지 못했다. 왜냐하면 본하트가 목줄을 끌어당기고 있었기 때문이었다.

“잘 있었나, 후베나겔.”

스테인드글라스를 통해 들어오는 무지갯빛 햇살, 사냥 장면을 보여주는 태피스트리 앞에 상당한 몸집의 남자가 카라쿨 양털로 칼라가 장식된, 황금빛으로 빛나는 조끼를 입고 앉아 있었다. 한창 나이인데도 불구하고 남자는 대머리였고, 뺨은 거대한 불도그처럼 양옆으로 늘어져 있었다. 남자가 천천히 입을 열었다.

“어서오게, 레오. 그리고 아가씨…….”

"아가씨 호칭 따윈 안 붙여도 돼. 인사도 필요 없고."

본하트는 목줄을 가리켰다.

"예의를 차리는 데 돈이 드는 건 아니지."

"하지만 시간이 들지."

본하트는 목줄을 잡아당기며 가까이 다가가 무례하게도 뚱뚱한 남자의 배를 툭툭 쳤다.

"배가 엄청 나왔는데, 후베나겔. 자네를 길에서 만나면 옆으로 돌아가는 것보다 넘어가는 게 더 빠르겠어."

"잘 살고 있다는 표시지."

후베나겔이 농담조로 대꾸하고는 뺨을 흔들며 말을 이었다.

"반갑구먼, 레오. 자네는 좋은 손님이야. 오늘은 아주 기분이 좋거든. 장사는 놀랄 만큼 잘되고 있어서 구역질이 나올 지경이고 돈은 계속 쌓이고 있어! 오늘만 해도 닐프가드 기마부대에서 최전방에 군수품을 공급하는 임무를 맡은 대장이, 내게 군대용 활을 6000개나 팔았다고. 난 그걸 소매가로 열배 정도 불려서 사냥꾼, 궁수, 산적, 엘프, 그리고 자유를 위해 투쟁하는 자들에게 팔 생각이야. 또 이 지역의 어떤 공작에게 성을 싸게 샀는데……."

"성은 도대체 뭐하러 사는 거야?"

"보란 듯이 살아야지. 사업 얘기를 더 하자면 말이지, 그중 한 건은 자네 덕이야, 레오. 전혀 가망이 없어 보이던 놈이 갑자기 빚을 갚았다고, 바로 조금 전에. 돈을 주면서 손이 떨리던데. 자네를 보자마자 무슨 생각을 한 건지……."

"뭘 생각했는지 짐작이 가는군. 내 편지는 받았나?"

후베나겔은 물병과 잔이 튀어오를 만큼, 불룩한 배로 식탁을 건드리며 의자에 털썩 앉았다.

"받았지. 그리고 준비를 해놨어. 포스터 못 봤나? 사람들이 뜰어갔나…… 사람들이 벌써 극장으로 가고 있어. 돈이 쩔렁거리고 있다고. 앉게나, 레오. 아직 시간이 있어. 이야기 좀 하면서 와인이나 마시자고."

"자네 와인은 안 마셔. 닐프가드 배송 물건 중에서 훔쳐온 거겠지."

"무슨 소리. 이건 투생에서 만든 에스트 에스트라고. 이 와인의 포도는 우리 에미르 황제가 기저귀에 똥을 싸던 시절에 수확된 거야. 그때가 최고의 빈티지였지. 와인으로 말하자면 말이야. 자, 자네의 건강을 위해 건배."

본하트는 아무 말 없이 건배의 잔을 들었다. 후베나겔은 쩝쩝 소리를 내며, 트집을 잡듯 시리를 바라보았다.

"저 눈 큰 사슴 같은 아가씨가 편지에도 썼듯이 오락을 제공한단 말이지? 윈저 임브라가 이미 근처에 와 있어. 상당한 실력의 암살자들도 함께 말이지. 그리고 이 동네의 몇몇 청부업자들도 포스터를 봤는데……."

"내가 가져온 상품에 실망한 적이 있나, 후베나겔?"

"아니, 자네 말대로 단 한 번도 없었지. 하지만 한동안 아무것도 안 가져왔잖아."

"옛날보다는 일을 덜하니까. 난 아예 은퇴할 생각을 하고 있어."

"그러려면 자본이 있어야지, 버틸 자금이 있어야 한다고. 그건 내가 어떻게…… 들고 있나?"

"할 일도 없잖아, 잘 들고 있어."

본하트는 발로 의자를 밀어 시리를 강제로 앉혔다.

"북쪽으로 갈 생각은 없나? 신트라나 스토키, 야루가 강 너머로 말이야. 요즘은 새 영토가 사람들을 끌어당기고 있어. 모두들 그쪽에 가서 정착하고 싶어 하지. 제국이 그곳으로 이주하는 자들에게는 누구에게나 4완의 땅을 보장한다는 거 알고 있나? 세금도 10년 동안 감면이야."

후베나겔의 말에 현상금 사냥꾼 본하트는 건조하게 대꾸했다.

"농부는 체질에 맞지 않아. 땅을 파는 것도, 가축을 기르는 것도 못한다고. 난 너무 섬세하거든. 똥이나 지렁이를 보면 토가 나올 것 같다고."

"나랑 똑같군. 농업이라고 할 수 있는 것 중 참을 만한 건 주조업뿐이지. 나머지는 끔찍해. 모두들 농업이 경제의 근원이며 건강한 삶을 보장한다고들 하지. 하지만 퇴비 냄새가 나의 건강한 삶을 좌지우지한다는 건 말도 안 되고 모욕적이야. 나도 그 방면으로 노력은 했지. 땅은 꼭 경작만 해야 하나, 본하트? 아니면 가축을 길러야만 하는 건가? 아니지, 그냥 소유만 하면 되는 거라고. 적당히 많이 가지고 있으면 거기서 괜찮은 이익을 낼 수 있지. 내 말을 믿어. 정말 여유롭게 살 수 있다니까. 그렇지, 나는 이런 부분에 관심이 많아서 북쪽 땅에 대해 자네에게 물어본 거야. 왜냐하면 본하트, 그곳에서 자네에게 부탁할 일이 좀 있거든. 고정적인 일이야. 보수도 괜찮고, 시간도 많이 걸리지 않아. 게다가 섬세한 사람에게 적합한 일이지. 똥도 지렁이도 관련되지 않은 일이거든."

후베나겔이 불도그같이 늘어진 뺨을 흔들며 말했다.

"무슨 일인지 궁금하군. 하겠다는 건 아니지만."

"황제가 이주민에게 주기로 약속한 땅들에 약간의 자본과 추진력을 더하면 괜찮은 장원을 만들 수 있다, 이 말이야."

"알겠네, 뭘 얘기하려 하는지. 자네가 건강한 생활을 위해 어떤 노력을 하는지 알겠어. 예상되는 어려운 점은 없나?"

"있지. 두 가지야. 첫째, 일단 이주민 역할을 해줄 만한 사람들을 구해야지. 북쪽으로 가서 관리들에게 땅을 받아낼 사람들 말이야. 서류상으로는 그 사람들 땅이지만 실제로는 내 땅이 되는 거지. 이 사람들은 내가 알아서 모집할 테고, 자네가 해줄 일은 두 번째 문제야."

"말해봐."

"이렇게 되면 어떤 이들은 땅을 받아놓고 나에게 돌려주려고 하지 않을 지도 몰라. 계약하고 돈 받은 것은 새카맣게 잊어버리고 말이지. 속임수, 저 열함, 개 같은 짓거리 등, 이런 것들이 인간의 본성에 얼마나 깊이 자리하고 있는지 본하트 자네는 정말 모를 거야."

"알 수도 있지."

"그러니까 이런 부정직한 자들에게 그런 행동으로는 아무것도 얻을 수 없다는 걸 설득시켜야지. 그랬다간 벌을 받을 수도 있다는 걸 말이야. 그 일 을 자네가 해주는 거야."

"좋은 이야기군."

"그렇지, 마음에 들지? 난 이미 경험이 있어. 이렇게 머리를 굴려본 적이 있다고. 에빙이 제국에 서류상으로 속하게 되었을 때도 땅을 나눠줬거든. 그리고 후에 토지령이 발의되었지. 그렇게 이 예쁜 도시 클레르몽이 내 영 토에 속하게 되었고, 내 것이 된 거야. 이곳의 영토는 전부 다 내 거라고. 저 기, 흐릿한 안개에 덮인 지평선 끝까지 말이지. 이게 다 내 거라고. 다 합치 면 150완이지. 황제 단위의 완이야, 소작농의 완이 아니라. 36브우카, 모르 그로 따지면 18,900모르그라고."

"불법이 만연한 제국이군, 곧 망하겠네. 모두가 도둑질을 하는 나라는 망 할 수밖에 없어. 제국의 약점은 사익을 추구하는 개개인이었군."

본하트가 비아냥거리듯 말했다.

"그것이 바로 제국의 힘이자 나의 힘이지. 본하트, 자네는 도둑질을 개인의 사업 능력과 혼동하고 있어."

후베나겔은 또다시 뺨을 흔들며 말했다.

"자주 헷갈리거든." 본하트가 무심하게 동의했다.

"그러니 동업 어떤가?"

"북쪽 영토에 너무 섣불리 달려드는 것 아닌가? 확실히 하려면 닐프가드가 전쟁에서 이길 때까지 기다리는 게 낫지 않나?"

"확실히? 농담하는 건가? 이 전쟁의 결과는 이미 결정되어 있어. 전쟁에서 승리하는 건 돈이지. 제국은 돈이 있어. 북부인들은 없고."

후베나겔의 말에 본하트는 의미심장하게 헛기침을 했다.

"돈 얘기 말인데……."

"이미 해결되었네."

후베나겔은 책상 위에 놓여 있는 서류를 뒤적이더니 무언가를 집어 들었다.

"여기 100플로렌 은행 수표가 있네. 그리고 이건 게소의 반하겐 가문에서 산적들의 머리에 대해 대가를 지급한다는 조항이 있는 서류지. 여기 서명을 하게. 좋아, 앞으로의 쇼에 대한 이익금도 정산해야 하지만 아직은 계산이 끝나지 않아서 말이야. 돈이 계속 들어오는 중이거든. 이건 상당한 사업이라고, 레오. 꽤 커. 우리 도시 사람들은 지루하고 우울해서 죽을 지경이거든."

후베나겔은 문득 시리를 바라보더니 갑자기 말을 멈추었다.

"진심으로, 자네가 이 아가씨에 대해 착각한 게 아니길 바라네. 우리에게 볼거리를 꼭 제공해야 하는데…… 우리 공동의 이익을 위해서 말이지."

"이 녀석에게는 아무런 이익도 돌아가지 않아. 자기도 그걸 알고 있지."

본하트가 무심한 눈길로 시리를 바라보자 후베나겔은 얼굴을 찡그리며 화를 냈다.

"그건 안 돼! 맙소사, 그걸 벌써 알고 있다는 건 말도 안 된다고! 그건 몰라야지! 도대체 자네 왜 이러는 거야? 이러다 우리를 엿먹이려고 아무것도 하지 않으면 어떻게 할 건가?"

후베나겔이 따져 물었지만 본하트의 표정에는 변함이 없었다.

"그러면 경기장에 자네의 마스티프*를 올리면 되지. 녀석들은 언제나 협조적이니까."

시리는 상처 난 뺨을 만지며 오랫동안 아무 말도 하지 않다가 마침내 입을 열었다.

"나는 상황을 이해하기 시작했어요. 날 이용해서 무엇을 하려는지 알겠더라고요. 나는 기회만 오면 도망치려고 했어요. 어떤 위험을 무릅쓰더라도…… 하지만 그런 기회는 아예 주어지지 않았어요. 아무리 위험해도 도망치려고 했지만, 기회가 오지 않았어요. 나를 철저히 감시했죠."

비소고타는 침묵했다.

"나를 아래로 끌고 갔어요. 그곳에 그 뚱뚱한 후베나겔의 손님들이 기다리고 있었어요. 그들도 황당한 인간들이었죠! 세상에, 어떻게 그런 사람들이 있을까요, 비소고타 아저씨, 알고 있었나요?"

"그런 자들이 점점 더 많아지고 있지. 자연 선택의 법칙이야."

---

* 마스티프: 영국 원산의 투견용, 맹수 사냥용으로 사육된 육중한 체구의 초대형 투견.

첫 번째 남자는 키가 작고 뚱뚱해서 인간이라기보다는 노움처럼 보였는데, 옷차림 역시 노움처럼 파스텔 색조의 옷을 소박하지만 세련되고 깨끗하게 입고 있었다. 두 번째 남자는 젊지는 않았지만 군인 같은 차림새였는데, 칼을 차고 있었으며 검은 상의의 팔 부분에는 박쥐의 날개가 달린 용의 형상이 은실로 수놓아져 있었다. 여자도 있었는데 그 여자는 금발 머리에 깡말랐으며 매부리코에 입술은 얇았다. 피스타치오 색상의 드레스는 가슴이 깊이 파여 있었는데, 딱히 잘 입었다고는 할 수 없었다. 깊이 파인 가슴 사이로 분칠을 잔뜩 한 탓에 양피지처럼 쭈글쭈글한 피부 말고는 볼 것이 없었기 때문이었다.

"고귀하신 네멘트-우이바르 후작 부인, 이분은 데클란 로스 엡 멜클라드 님이고 닐프가드 황제 폐하의 기마부대 대장이십니다. 여기 페니쿠이크 님은 클레르몽의 시장이시죠. 그리고 이쪽은 레오 본하트로 제 친척이자 옛 동료입니다."

후베나겔의 소개에 본하트는 뻣뻣하게 인사를 했다.

"그럼 이 아이가 오늘 우리를 즐겁게 해줄 작은 전사로군요."

깡마른 후작 부인이 시리를 창백한 푸른 눈으로 쏘아보며 말했다. 그녀의 목소리는 마치 수년간 술을 들이켠 듯 거칠었지만 묘한 매력이 있었다.

"그렇게 보기 좋진 않군요. 하지만 체격은 괜찮군. 상당히…… 괜찮은 몸이야."

시리는 뻔뻔한 손길에 몸을 거칠게 피하고는 분노로 창백해진 얼굴로 뱀처럼 씩씩거렸다.

"만지지 않는 게 좋을 겁니다. 먹을 걸 주지도 마시고, 자극하지도 마십시오. 그러다 무슨 일이 생겨도 전 책임지지 않겠습니다."

본하트의 차가운 말에도 후작 부인은 전혀 상관하지 않은 채 입술을 깨물며 말했다.

"몸은 침대에 묶을 수도 있잖아요? 그러면 접근이 훨씬 편하니까. 본하트 씨, 이 아이를 저에게 팔지 않으실래요? 우리 후작이랑 저는 이런 몸을 좋아하는데, 여기 후베나겔 씨는 우리가 이곳의 목동 여자애들과 농부 아이들을 데려오면 화를 내거든요. 우리 후작은 더 이상 아이들을 사냥할 수가 없어요. 사타구니에 성병이랑 사마귀가 터져서……."

"그만, 거기까지 하시죠, 마틸다."

후베나겔이 본하트의 얼굴에 번지는 혐오감을 눈치채고 재빨리, 하지만 부드럽게 제지했다.

"이제 경기장으로 갈 시간입니다. 좀 전에 시장님께 전갈이 왔습니다. 윈저 임브라와 카사데이 남작의 부대가 시내에 도착했다는 전갈 말입니다. 우리도 움직일 시간입니다."

모두들 자리에서 일어날 채비를 할 때, 본하트는 주머니에서 작은 병을 꺼내 오닉스로 된 책상 윗부분을 소매로 닦더니 그 위에 하얀 가루를 조금 부었다. 그러더니 시리의 목줄을 확 끌어당겼다.

"이거 어떻게 하는 건지 알지?"

시리는 이를 악물었다.

"코로 들이마셔. 아니면 손가락에 침을 묻혀서 잇몸에 바르든지."

"싫어!"

본하트는 고개도 돌리지 않은 채 낮은 음성으로 말했다.

"너 혼자 알아서 하든지, 아니면 여기 모여 있는 사람들이 즐거워하며 구경하도록 내가 직접 해주지. 네 몸에 난 구멍은 입과 코에만 있는 게 아니야, 시궁쥐. 다른 재미있는 곳에도 구멍이 있지. 하인을 불러 옷을 벗기라고 한 후에 몸을 묶어놓고 그 재미있는 장소를 사용할 수도 있어."

네멘트−우이바르 후작 부인은 목구멍을 사용해 웃으며 시리가 떨리는 손으로 하얀 가루를 집어 드는 모습을 바라보았다. 후작 부인은 중얼거리며 입술을 핥았다.

"재미있는 장소래, 흥미로운 생각이잖아. 언젠가 한번 꼭 해봐야겠어! 에이, 너, 조심해! 좋은 상품 낭비하지 말고! 내 것도 좀 남겨놔!"

마약은 시궁쥐들과 함께 썼던 것보다 훨씬 더 강한 종류였다. 잠시 후 시리는 눈이 멀 것 같은 환희에 사로잡혔고, 형상들은 점점 더 또렷하게 보였다. 빛과 색은 눈을 찌를 정도로 강력해지고, 냄새는 코를 자극하고, 소리는 참을 수 없이 커졌으며, 주위를 둘러싼 모든 것이 비현실적으로, 마치 꿈처럼 곧 증발해버릴 듯했다. 계단을 지나고, 퀴퀴한 냄새가 나는 먼지투성이의 태피스트리와 가구를 지나, 네멘트−우이바르 후작 부인의 쉰 웃음소리가 들렸다. 뜰이 나오고, 얼굴 위로 떨어지는 빗방울이 느껴졌고, 목에 계속 묶여 있던 목줄이 당겨졌다. 곧이어 목재 탑과 끔찍하고 저속해 보이는 그림이 정면에 그려진 거대한 건물이 눈에 들어왔다. 괴물을 물어뜯고 있는 개들이 그려진 그림이었는데, 괴물은 용도, 그리핀도, 와이번도 아니었다. 건물로 들어가는 입구에는 사람들로 바글거렸다. 그중 한 명이 소리를 지르며 손짓했다.

"이건 역겨운 일이에요! 역겹고도 벌 받을 일이라고요, 후베나겔 씨! 한때 신전이었던 건물을 이렇게 비도덕적이고 비인간적인 끔찍한 일에 쓰다니! 동물들도 느낄 줄 안다고요, 후베나겔 씨! 그리고 동물도 존중해야 해요! 단지 돈벌이를 위해서, 사람들의 오락을 위해서 동물과 동물을 싸우게 하는 건 범죄예요!"

"진정하시오, 성스러운 양반! 내 사업에 간섭하지 마시오! 그리고 설명하자면, 오늘은 동물들이 싸우는 날이 아니오! 동물은 한 마리도 없소! 사람들만 등장한단 말이오!"

"그렇다면 죄송하군요."

건물 안쪽에는 원형극장의 긴 의자에 줄지어 앉아 있는 사람들로 가득했다. 가운데에는 땅 안쪽으로 30스토파 정도 둥글게 파서 굵은 나무 울타리로 에워싸인 자리가 있었다. 악취와 소음으로 혼이 다 빠질 지경이었다. 시리는 또다시 목줄이 당겨지는 것과 누군가는 자신의 몸통을 붙들고, 누군가는 밀치는 것을 느꼈다. 그리고 잠시 후, 언제 굵은 나무 울타리로 에워싸인 그 둥근 자리의 단단한 모래판 위에 서게 되었는지 알 수 없었다.

경기장이었다.

첫 번째 충격이 가시자 마약은 이제 흥분시키고 감각을 예민하게 만들었다. 시리는 주먹으로 귀를 막았다. 원형극장을 가득 메운 사람들이 함성을 지르고 웅성거리고 휘파람을 불어대는 통에 너무 시끄러워서 견딜 수가 없었던 것이다. 그러다 시리는 자신의 오른쪽 손목과 팔에 낯선 보호대가 단단히 감겨 있는 것을 보았다. 언제 그걸 감았는지 기억나지 않았다.

어디선가 귀에 익은 허스키한 목소리가 들려왔고 그제야 피스타치오 색상의 드레스를 입은 깡마른 후작 부인과 닐프가드 기마부대의 대장, 파스텔 색조의 옷을 입은 페니쿠이크 시장, 그리고 후베나겔과 본하트가 경기장 위 귀빈석에 앉아 있는 것이 눈에 들어왔다. 시리는 또다시 귀를 막았다. 누군가가 구리로 된 커다란 징을 크게 울렸기 때문이었다.

"여러분, 여길 보십시오! 오늘 경기장에 나온 건 늑대도, 고블린도, 엔드레가*도 아닙니다! 오늘 경기장에는 시궁쥐 무리의 살인마 팔카가 나왔습니다! 내기 돈은 입구의 입장권 판매소에서 걸 수 있습니다! 돈을 아끼지 마세요! 오락은 먹을 수도 없고 마실 수도 없지만, 여기서 돈을 아끼면 벌 돈도 못 벌고 잃게 됩니다!"

사람들은 함성을 지르며 요란하게 박수를 쳤다. 마약은 효력을 발휘하고 있었다. 시리는 쾌락에 몸을 떨었고, 시력과 청력은 주위의 모든 것을 세세히 기록하고 있었다. 후베나겔의 낄낄거리는 소리, 후작 부인의 허스키한 웃음소리, 시장의 점잔 빼는 목소리, 본하트의 차갑고 낮은 목소리, 동물을 보호하자던 남자의 함성, 여자들의 비명, 아이들의 울음소리…… 경기장을 둘러싸고 있는 굵은 나무 울타리에 검은 피가 흐르고 있는 것을, 그리고 그 사이사이로 냄새나는 구멍이 뚫려 있는 것을 보았다. 땀에 젖어 번들거리는 짐승처럼 일그러진 얼굴들이 난간 위로 보였다.

갑자기 소란스러워지더니 고함과 욕설이 들려왔다. 무장을 한 사람들이 인파를 밀치며 들어왔으나 벽에 서 있던 무장 감시병들과 대치 중이었다. 그들 중 한 명은 본 적이 있는 자였다. 가무잡잡한 얼굴에 흑연으로 그린 듯한 얇은 수염과 경련을 일으키는 윗입술이 기억났던 것이다. 곧이어 후베나겔의 목소리가 들려왔다.

"윈저 임브라 씨? 게소에서 오셨소? 고귀하신 카사데이 남작님의 집사시죠? 자, 외부에서 오신 손님들 역시 환영합니다. 자리를 잡으시죠, 곧 볼거리가 시작되니까요. 하지만 입구에서 돈은 내고 들어오셔야 합니다!"

---

* 엔드레가(Endrega) : 숲의 습지대에 사는 거미와 비슷한 외형의 괴물이다.

"난 놀러온 것이 아니오, 후베나겔 씨! 난 공무차 왔소. 본하트는 내가 무슨 말을 하는지 알 거요!"

"정말입니까? 레오, 집사님이 뭐라고 하시는지 알겠나?"

"비아냥대지 마시오! 우린 모두 열다섯 명이오. 팔카를 데리러 왔소. 우리에게 팔카를 내놓으시오, 안 그러면 불미스러운 일이 생길 테니!"

"임브라, 왜 이렇게 흥분하는지 모르겠네요. 하지만 이곳은 게소도 아니고 당신네 남작의 영토도 아니라는 건 확실히 해둡시다. 여기서 소란을 일으키거나 불편을 초래하면 채찍으로 쫓아낼 거요!"

후베나겔이 눈썹을 찡그리며 언성을 높이자 윈저 임브라가 후베나겔을 달랬다.

"화내지 마시고, 후베나겔 씨! 하지만 우리 뒤에는 법이 있소! 본하트는 카사데이 남작에게 팔카를 약속한 바 있소. 분명 그렇게 약속했소. 그러니 자신이 한 약속을 지키도록 하시오!"

"레오, 이 사람이 무슨 소리를 하는 건가?"

후베나겔이 뺨을 흔들며 묻자 본하트는 자리에서 일어나더니 별일 아니라는 듯 손을 흔들었다.

"나도 잘 알고 있고, 틀린 말은 아니지. 반대할 생각도 없고, 문제를 일으킬 생각도 없어. 여자아이는…… 자, 모두들 지켜보고 있는 저기에 있어. 원하는 사람이 데려가도록 해."

윈저 임브라는 몸이 굳어졌고 입술이 세게 떨리고 있었다.

"어떻게 데려가란 말이오?"

본하트는 후베나겔에게 윙크를 하더니 다시 말했다.

"여자아이는 경기장 밖으로 데려가는 사람 거야. 죽이든 살리든, 취향

대로."

"어떻게 말이오?"

"젠장, 참을성을 잃게 하는군! 뭐, 어떻게? 빌어먹을! 어떻게? 원하는 대로 하라니까! 원하는 대로 고기에 독을 타서 저기 늑대에게 던지든지! 아니지, 임브라! 팔카를 데려가려면 데려가는 자가 직접 수고를 해야 해. 저 경기장에서 말이지. 팔카를 원해? 그럼 데려가라고!"

본하트는 능숙하게 화가 난 척 소리를 질러댔다.

"지금 메기에게 개구리를 미끼로 내놓는 것처럼 팔카를 들이미는군. 난 당신을 믿지 않아, 본하트. 분명히 이 미끼에는 강철로 된 낚시 바늘이 숨어 있다고! 냄새가 나!"

윈저 임브라가 지지 않고 고함을 질렀다.

"냄새를 잘 맡아서 좋겠군."

본하트는 의자 아래로 손을 넣어 파노에서 얻은 칼을 칼집에서 빼더니, 시리에게서 두 걸음 떨어진 곳에 칼날이 수직으로 꽂히도록 솜씨 좋게 던졌다.

"자, 바로 이게 그 강철이야. 눈에 뻔히 보이지, 절대로 숨겨져 있지 않다고. 난 상관없으니까 원하는 사람이 저 계집애를 데려가. 데려갈 수 있다면."

후작 부인이 신경질적으로 웃어대더니 허스키한 목소리로 따라했다.

"데려갈 수만 있다면! 이제 저 몸에 칼이 생겼네, 본하트, 잘했어. 저놈들의 아가리에 이쁜이를 아무 무기도 없이 내주는 게 마음에 안 들었는데 말이야."

윈저 임브라는 후작 부인을 쳐다보지도 않고서 허리에 양손을 올렸다.

"후베나겔 씨, 지금 이 구경거리가 당신의 주관 아래 있는 게 맞소? 당신 경기장이잖소. 그러면 한 가지만 말씀해주시오. 이 경기는 그럼 어떤 규칙을 따라야 하는 거요?"

"경기장의 규칙이죠. 왜냐하면 경기장이야 내 경기장이지만, 손님이 왕이니 돈을 내주시는 분들이 원하는 대로 따라야죠! 규칙은 고객들이 정합니다. 우리 사업가들은 이런 원칙을 따를 수밖에 없어요. 고객이 원하는 것을 드린다, 같은 원칙 말입니다."

후베나겔이 불룩한 배와 불도그 같은 뺨을 흔들며 낄낄거렸다.

"고객? 지금 여기 이 사람들을 말하는 거요? 이 사람들이 지금 죄다 고객이란 말이오?"

윈저 임브라는 의자를 빽빽이 메우고 있는 관중들을 흥분한 손짓으로 가리켰다.

"사업은 사업이죠. 수요가 있는데 팔지 말아야 할 이유가 뭐요? 사람들이 늑대 싸움에 돈을 낼 것 같습니까? 엔드레가나 땅돼지 싸움에 돈을 낼 것 같아요? 개와 오소리를 통 속에 넣고 교미시키는 광경이나 와이번을 보겠다고? 이상할 게 뭐가 있소, 임브라? 사람들에게는 볼거리가 빵만큼이나 필수적이지! 아니, 어쩌면 빵보다 더! 여기 온 많은 사람들이 빵 값을 토해놓고 들어왔소. 이 사람들의 눈이 빛나는 걸 좀 봐요. 이제 슬슬 볼거리가 시작되려고 하니까 잔뜩 기대에 부풀어 있잖소."

"제대로 된 벌거리라면 제대로 된 경기답게 해야지. 통에서 개를 끌어내기 전에 오소리가 이빨로 물어뜯을 수도 있는 거야, 그게 경기니까. 그래서 여자아이도 칼이 있는 것이고. 여기서는 경기다운 경기를 해야 한다고. 안 그렇습니까, 신사 숙녀 여러분? 제 말이 맞지 않습니까?"

본하트는 독사처럼 웃으며 쩌렁쩌렁하게 목소리를 높였다.

만장한 관중들은 알아들을 수는 없지만 우레와 같은 함성으로 본하트의 말에 동의했다.

잠자코 있던 윈저 임브라가 천천히 말했다.

"카사데이 남작님은 이 사태를 좋아하지 않으실 거요, 후베나겔 씨. 내가 분명 말해두지만 절대로 좋아하실 리 없소. 당신이 남작님과 괜한 갈등을 할 필요가 있는지 모르겠소만."

"사업은 사업이죠. 카사데이 남작님도 그 사실에 대해서는 잘 알고 있을 거요. 남작님은 내게서 저이자로 대출을 좀 하셨는데 대출을 더 해야 할 때, 그때 가서 갈등은 해소하도록 하죠. 하지만 내 개인적이고 사적인 사업에 외부인인 남작님이 참견하려든다면 가만 있지 않겠소. 이미 내기 돈이 걸려 있고 사람들은 입장료를 냈소. 저기 경기장 바닥의 모래는 반드시 피를 마셔야만 하지."

후베나겔의 말에 윈저 임브라가 고함을 질렀다.

"그런 말도 안 되는 소리를! 당신에게 그럴 필요가 없다는 걸 보여주고 싶어 온몸이 근질거리는군. 나는 여기서 나가 뒤도 돌아보지 않고 갈 테니, 당신들 피로 저 모래 바닥을 적시든지 말든지 하라고! 이 인파 앞에서 오락 거리를 제공한다는 생각만으로도 토할 것 같소!"

그 순간 관중들 사이에서 말가죽으로 만든 상의를 입고 머리카락이 눈까지 덥수룩하게 내려온 남자가 소리쳤다.

"가라고 해요, 토할 것 같으면 가라고 해! 난 아무렇지도 않거든. 시궁쥐를 해치우는 자에게 상금이 있다고 하던데? 내가 나서겠어, 경기장으로 나가겠다고!"

"그게 무슨 소리야? 우리가 여기 먼저 왔다고! 안 그래, 얘들아?"

임브라의 부하들 중, 중키에 기름기 없는 탄탄한 체격의 남자가 소리를 질렀다. 덥수룩한 머리는 헝클어진 채 엉켜 있었다.

"그렇지! 우리에게 우선권이 있어! 원저, 당신은 체면 좀 그만 차리고, 무식쟁이들이 보건 말건 무슨 상관이야? 팔카는 경기장에 있으니 손만 뻗어서 데려오면 되잖아. 눈이 튀어나오거나 말거나 그게 무슨 상관이야!"

수염이 뾰족하고 비쩍 마른 다른 남자가 동의했다.

"그리고 우리도 얻을 건 얻어갈 수 있다고! 경기는 경기지, 그렇지 않습니까, 후베나겔 씨? 구경거리는 구경거리라고! 상금에 대한 이야기도 들은 것 같은데!"

아마란스 빛깔의 더블 재킷을 입은 세 번째 남자가 소리쳤다. 그러자 후베나겔은 활짝 웃으며 늘어진 뺨을 흔들면서 긍정의 표시로 고개를 끄덕였다.

"내기 돈은 얼마나 됩니까?"

수염이 뾰족한 남자가 관심을 보이자 후베나겔은 또 한 번 활짝 웃었다.

"지금은 경기 결과에 대한 내기 돈이 문제가 아니라, 당신들 중 누구도 경기장에 오르지 않는다는 쪽이 3대 1이오."

"젠장! 난 나갈 거야! 준비가 되어 있다고!"

말가죽 상의를 입은 남자가 소리를 질렀다.

"비키라고 말했잖아! 우리가 먼저 왔으니 우선권은 우리한테 있다니까. 대체 뭘 기다리는 거야?"

머리가 헝클어진 남자가 고함을 쳤다.

"저 아이가 있는 경기장에는 몇 명까지 올라갈 수 있는 거요? 한 명씩만

올라가야 하나?"

아마란스 빛깔의 상의를 입은 남자가 허리띠를 고쳐 매며 물었다. 그때였다.

"아니, 뭐 이런 개자식들이! 여자애 한 명을 상대로 열 명이 올라가겠다는 건가? 아예 말을 타고 가지? 마차로 뭉개는 건 어때? 아니지, 멀찍이서 투석기로 날려버리면 되잖아?"

파스텔 색상의 옷을 입은 페니쿠이크 시장이 전혀 예상치 못하게, 외모와는 어울리지 않는 황소 같은 소리로 고함을 질렀다.

"알았어요, 알았어. 경기의 규칙은 준수해야 하지만, 오락성이 있어야지. 두 명씩 올라가라고, 쌍으로 말이야."

본하트가 재빨리 후베나겔과 의논한 후 말했다.

"하지만 상금이 두 배가 되진 않아! 그래도 보는 재미가 있겠지. 두 명씩 올라간다면 상금은 알아서 나눠야 할 거요."

후베나겔이 덧붙이자 뾰족한 수염의 남자가 과격한 동작으로 외투를 내팽개치며 소리쳤다.

"둘이 올라가라고? 장정 둘이? 창피하지도 않나, 남자들이? 상대는 계집애에 불과하다고! 자, 비켜. 나 혼자 가서 처리하지. 뭐 대단한 일이라고!"

그러자 윈저 임브라가 반대하며 언성을 높였다.

"난 팔카를 산 채로 데려가야 해! 당신들의 싸움과 결투에는 관심 없소! 난 본하트가 주관하는 경기에 참가하지 않을 거고, 단지 여자애를 원하는 것뿐이오! 산 채로! 자, 너와 스타브로 두 명이 올라가! 가서 저 여자애를 끌고 내려와."

스타브로라고 불린 뾰족한 수염의 남자가 투덜거렸다.

"저 깡마른 여자애를 상대로 두 명이 나서는 건 불명예스러운데."

"남작님이 너의 불명예를 돈으로 갚아주실 거다. 하지만 산 채로 잡아와야 해!"

"그 말은, 남작님이 상당한 구두쇠라는 거군. 스포츠 정신은 눈곱만치도 없고. 다른 이들에게 상금을 줄 생각도 없고 말이지! 하지만 난 경기를 후원하지. 그리고 그런 의미에서 상금을 올리겠어. 저 경기장에 혼자 올라가서 자기 발로 내려올 수 있는 사람에게는, 내가 20이 아니라 30플로렌을 주지."

후베나겔이 배와 뺨을 흔들며 웃었다.

"그럼 기다릴 게 뭐가 있겠어? 내가 먼저 올라갈 거야!"

스타브로가 외쳤다.

"잠깐! 여자애는 얇은 리넨 조각만 걸치고 있는데, 당신도 사슬갑옷을 벗어야지! 그래야 정정당당한 경기가 되지!"

또다시 키 작은 페니쿠이크 시장이 외쳤다.

"젠장맞을! 밥맛없는 잘난 자들, 염병할 경기! 그래, 다 벗고 가지! 왜? 바지도 벗어?"

스타브로는 사슬갑옷을 벗고는, 머리 위로 윗옷도 벗어던지고 동물처럼 덥수룩한 털로 뒤덮인 마른 몸을 드러냈다.

"팬티도 벗어! 입으로만 떠들어대는 남자가 아니라는 걸 증명하라고!"

네멘트—우이바르 후작 부인이 허스키한 목소리로 외쳤다.

군중의 열화와 같은 박수 속에서 웃통을 벗어던진 스타브로는 시리를 주의 깊게 살피며 경기장 안으로 들어섰다. 시리는 가슴에 손을 교차하고 있었다. 모래 위에 꽂힌 칼 쪽으로는 단 한 발짝도 움직이지 않았다. 스타브로는 망설였다.

"하지 마. 날 강요하지 마…… 날 건드리도록 놔두지 않을 거야."

시리가 아주 작은 목소리로 중얼거리자 스타브로는 경기장 울타리를 뛰어넘고는 말했다.

"걱정할 거 없어, 계집. 네게는 아무 감정도 없으니까. 하지만 상금이……."

스타브로는 말을 끝내지 못했다. 왜냐하면 어느새 시리의 손에는 '제비'가 쥐어져 있었기 때문이었다. 노움들이 만든 귀히르를, 시리는 마음속으로 제비라 부르고 있었다. 시리는 가장 간단한, 유치한 수준의 '작은 세 발짝'이라는 페인트 기법을 썼다. 하지만 스타브로는 바로 속아 넘어갔다. 뒤로 한 걸음 물러나더니 반사적으로 칼을 들었고, 바로 그때가 기회였다. 뒤로 풀쩍 뛰어 물러났을 때, 등은 이미 경기장 울타리에 기댄 상태였고 제비의 칼날은 스타브로의 코끝에서 1인치 떨어진 곳에 있었다.

"저 기법은 '작은 세 발짝, 속이고 세 번째 공격'이라고 하죠. 유치한 기법입니다. 저 아이에게 좀 더 세련된 걸 기대했건만. 하지만 계집아이가 원하기만 했다면, 저놈은 이미 죽었을 겁니다. 그건 인정할 수밖에 없군요."

본하트가 브라보를 외치는 관중들의 함성을 뚫고 후작 부인에게 목청을 높여 설명했다.

"죽여! 죽이라고!"

관중들은 찢어질 듯한 목소리로 고함을 질러댔고 후베나겔과 페니쿠이크 시장은 엄지손가락을 아래로 향해 보였다. 스타브로의 얼굴에서는 피가 흘러나왔고, 뺨의 곰보자국과 여드름이 선명하게 보였다.

"내가 말했잖아, 날 강요하지 말라고. 당신을 죽일 생각은 없어! 하지만 날 건드리게 놔두지는 않을 거야. 왔던 곳으로 돌아가."

시리는 씩씩대며 물러나 칼을 던지고는 귀빈석 쪽을 바라보며 갈라진 목소리로 소리쳤다.

"날 가지고 놀려는 거야? 싸우도록 강요하고? 사람을 죽이도록? 그럴 필요는 없어! 난 죽이지 않겠어!"

"들었나, 임브라?"

침묵 속에서 본하트의 빈정대는 목소리가 울렸다.

"완전 이득이라고! 위험은 전혀 없어! 싸우지 않겠다잖아. 그러니 경기장에서 산 채로 끌어내려 카사데이 남작이 마음대로 할 수 있게 갖다 바치기만 하면 돼. 아무 위험도 없이 데려올 수 있다고! 맨손으로!"

윈저 임브라는 거칠게 침을 뱉었다. 아직도 경기장 울타리에 바싹 붙어 있는 스타브로는 숨을 헐떡이며 손에 칼을 꼭 쥐고 있었다. 본하트는 웃음을 참지 못했다.

"하지만 임브라, 충고하건대 다이아몬드를 걸어도 좋아, 당신들이 성공하지 못한다는 쪽에."

스타브로는 가쁜 숨을 들이켰다. 여자아이는 등을 돌린 상태였고 집중력도 흐려져 있어서 아무것도 눈치채지 못하리라는 생각이 들었다. 스타브로는 분노와 수치심과 증오로 끓어올랐다. 그래서 참지 못했다. 공격했던 것이다. 재빨리, 소리 없이.

관중들은 피하는 것과 반격을 보지도 못했다. 다만 팔카에게 덤벼든 스타브로가 발레라도 하듯 펄쩍 뛰어오르더니 곧이어 발레와 조금도 닮지 않은 동작으로 바닥에 나자빠졌고, 모래밭이 순식간에 피로 물드는 것을 보았을 뿐이다.

"본능이 앞서는 법이지! 반사 신경이 튀어나오는 거야! 어때, 후베나겔? 내가 뭐라고 했나? 봐, 마스티프는 필요도 없겠어!"

본하트의 고함 소리가 관중의 함성 소리를 넘어서 후베나겔에게 전해졌다.

"정말 훌륭하고 큰 이익이 굴러 들어오는 구경거리군."

후베나겔은 흥에 취해 눈을 지그시 감았다.

스타브로는 힘겹게 팔을 떨며 일어나 머리를 흔들고 비명을 지르더니, 피를 토하며 모래 위로 풀썩 쓰러졌다.

"저 기법은 뭐라고 하나요, 본하트 씨?"

후작 부인이 다리를 꼬고 앉으며 허스키한 목소리로 물었다.

"저건 즉흥적인 동작이죠. 아주 아름답고, 독창적이면서 본능적인 동작입니다. 저렇게 즉흥적으로 내장을 파내는 걸 가르치는 곳에 대해 들은 적이 있죠. 우리 아가씨는 그 장소를 알고 있을 거라는 데 내기를 해도 좋습니다. 난 이미, 저 녀석이 누군지 알고 있었으니까."

후작 부인을 쳐다보지도 않은 채 중얼거리는 본하트의 입술 밑에서 이가 번뜩였다.

"나에게 강요하지 마! 싫다고! 알겠어? 난 싫어!"

시리는 고함을 질렀다. 목소리에는 집념 같은 무언가가 담겨 있었다.

"지옥에서 온 계집 같으니!"

아마란스 빛깔의 옷을 입은 남자가 유연하게 경기장의 울타리를 넘어갔다. 반대편에서 경기장 울타리를 넘고 있는 헝클어진 머리의 남자에게서 시리의 주의를 분산시키기 위해 경기장을 빙빙 돌았다. 헝클어진 머리의 남자 뒤로는 말가죽 옷을 입은 남자가 울타리를 넘고 있었다.

"이건 불공정한 경기야!"

경기의 공정함을 중시하는 페니쿠이크 시장이 고함을 질렀고, 관중들도 고래고래 소리쳤다.

"경기장 안으로 세 명이나 들어간다! 이건 불공평해!"

본하트는 큰 소리로 웃음을 터트렸고, 후작 부인은 입술을 핥고는 다리를 꼼지락거렸다.

세 명의 계획은 간단했다. 뒤로 물러나는 시리를 울타리로 몰아, 그중 두 명이 퇴로를 막고 나머지 한 명이 죽이는 것이었다. 그러나 아무것도 계획대로 되지 않았다. 이유는 간단했다. 시리는 물러나는 대신 공격했던 것이다.

시리는 발레 동작을 연상케 하는 피루엣으로 모래에 아무 흔적도 남지 않을 만큼 가볍게, 이들 사이로 미끄러지듯 들어왔다. 헝클어진 머리의 남자가 움직이는 중에, 시리는 쳐야 할 곳을 쳤다. 목의 경동맥이었다. 가볍게 쳤던지라 움직임의 리듬은 조금도 잃지 않고 다음 동작으로 춤추듯 넘어가, 헝클어진 머리의 남자에게서 뿜어져 나오는 핏방울 하나 묻지 않았다. 아마란스 빛깔의 옷을 입은 남자는 시리 뒤에서 시리의 목덜미를 치려고 했지만, 등 뒤에서 몰래 하려던 공격은 시리의 번개 같은 칼날에 막혔다. 시리는 곧장 용수철처럼 뛰어올라 양손으로 내리치면서 동시에 허벅지를 비틀어 힘을 더했다. 노움들이 만든 검의 칼날은 마치 면도날처럼 배 속으로 쓰윽 들어갔다. 아마란스 빛깔의 옷을 입은 남자는 비명을 지르며 몸을 말고 쓰러졌다. 말가죽 남자가 달려들어 시리의 목에 칼날을 겨누었지만, 시리는 유연한 움직임으로 칼날 중간 부분으로 얼굴을 내리쳐 눈, 코, 입, 턱을 베어버렸다.

관중은 함성을 지르고 휘파람을 불고 발을 구르며 괴성을 질렀다. 후작 부인은 양손으로 허벅지를 꽉 잡고서 번들거리는 입술을 빨며 신경질적인 콘트랄토 음성으로 웃고 있었다. 닐프가드 기마대 대장은 백지장처럼 얼굴이 창백해졌다. 어떤 여자는 도망가려는 아이의 눈을 가려주려고 했다. 첫번째 줄에 앉은 백발의 노인네는 머리를 무릎 사이에 넣고 구토를 해댔다.

말가죽을 입은 남자는 얼굴을 붙든 채 울고 있었는데, 손가락 사이로 침과 피로 범벅이 된 액체가 흘러나오고 있었다. 아마란스 빛깔의 옷을 입은 남자는 뒹굴다가 마치 돼지처럼 울부짖었다. 헝클어진 머리의 남자는 심장박동에 따라 뿜어져 나온 피로 범벅이 된 울타리를 몇 차례 걷어차다가 움직임을 멈췄다. 아마란스 빛깔의 옷을 입은 남자는 배에서 빠져나오는 창자를 붙잡으려고 경련하며 비명을 질렀다.

"살려줘! 동지……들! 나 좀 살려달……!"

"피이…… 브후…… 비이…… ."

말가죽을 입은 남자는 제대로 발음조차 하지 못하고 피를 뱉어내며 헐떡였다.

"죽—여! 죽—여!"

관중들은 노래하듯 외치며 리듬에 맞춰 발을 굴렀다. 토하던 노인은 복도로 쫓겨났다.

"다이아몬드를 걸어도 좋다니까. 이젠 아무도 경기장에 못 올라가겠지. 다이아몬드를 걸어도 좋아, 임브라! 이젠 뭘 걸어도 좋다고!"

본하트의 이죽거리는 낮은 목소리가 소음 속에서 울렸다.

"죽—여—라!" 고함에 이어 발 구르는 소리, 그리고 박수. "죽—여—라!"

그때 윈저 임브라가 부하들을 손짓으로 불러 모으며 고함을 질렀다.

"아가씨! 부상자들을 데려가도록 허락해주시오! 과다 출혈로 죽기 전에 부상자들을 데려갈 수 있도록 경기장으로 들어가게 허락해달란 말이오! 인간적으로 부탁드리겠소, 아가씨!"

"인간적이라……."

시리는 그제야 아드레날린이 몸 안에 도는 것을 느끼며 힘겹게 숨을 몰아쉬었다. 하지만 곧 훈련된 숨쉬기를 반복하며 평정을 회복했다. 시리가 그를 바라보며 말했다.

"들어와서 데려가요. 하지만 무기는 놔두고 들어와요. 당신들이야말로 인간적이었으면 좋겠네요, 단 한 번이라도."

"안 돼! 죽–여–라! 죽–여–라!"

관중들은 일제히 한목소리가 되어 외쳤다.

"저열한 짐승들!"

시리는 유려한 동작으로 돌아서서 관중석을 훑고는 목소리를 높였다.

"당신들은 돼지나 다름없어! 이 나쁜 인간들! 당신들 모두 개자식들이야! 피를 원해? 그럼 여기로 들어와! 내려서 피 맛을 보고 냄새를 맡으라고! 굳기 전에 핥으란 말이야! 이 짐승들아! 이 뱀파이어들아!"

후작 부인은 신음 소리를 내며 헐떡거리더니 눈을 희번덕거리며 허벅지 사이에서 손을 빼지 않은 채 본하트에게 휘청거리며 달라붙었다. 본하트는 인상을 찡그리며 거칠게 몸을 뺐다. 관중들은 고함을 질렀다. 누군가는 먹다 남은 소시지를, 다른 누군가는 신발을, 또 다른 이는 오이를 던졌다. 경기장을 향해서, 시리를 향해서. 시리의 칼질에 오이가 반 토막 나자 더 큰 야유가 뒤따랐다.

윈저 임브라와 부하들은 아마란스 빛깔의 옷을 입은 남자와 말가죽을 입은 남자를 둘러메고 나왔다. 둘은 몸이 들리자 비명을 질렀고 말가죽 남자는 기절했다. 헝클어진 머리의 남자와 스타브로는 이미 살아 있는 것처럼 보이지 않았다. 시리는 경기장의 공간이 허락하는 한 멀리 떨어져 있었다. 임브라의 부하들 역시 시리에게서 멀찍이 떨어져 있으려고 했다.

원저 임브라는 미동도 없이 서 있었다. 부상당한 이들과 죽은 이들이 옮겨질 때까지 기다리고 있었다. 그렇게 서 있던 임브라는 가늘게 뜬 눈 아래로 시리를 주시한 채, 경기장으로 들어올 때 빼놓기로 했으나 빼놓지 않은 칼 위에 손을 얹었다.

"안 돼. 날 강요하지 말라고, 제발."

시리는 조용하게 경고했고, 임브라의 얼굴은 점점 더 창백해졌다. 관중은 발을 구르고 괴성을 지르며 소리쳤다. 그때였다. 관중들의 함성을 뚫고 본하트의 목소리가 들려왔다.

"여자애 말을 듣지 마! 칼을 잡아! 그렇지 않으면 당신은 비겁자에다가 개자식이 되고 말 거야! 알바부터 야루가까지 원저 임브라가 어린 계집애 앞에서 도망쳤다고, 똥개처럼 꼬리를 말고 도망쳤다고 소문이 나겠지!"

임브라의 칼이 칼집에서 1인치쯤 빠져나왔다.

"안 돼."

시리의 경고와 함께 칼은 다시 칼집으로 들어갔다.

"겁쟁이! 똥개! 토끼 껍데기!"

관중들 사이로 누군가가 악을 쓰며 소리쳤다.

임브라는 목석같은 표정으로 경기장 가장자리로 걸음을 옮겼다. 부하들이 위쪽에서 내민 손을 잡기 전에 그는 다시 돌아서서 나지막한 목소리로 말했다.

"널 기다리는 게 뭔지, 아마도 알고 있겠지. 지금쯤은 레오 본하트가 어떤 자인지 너도 알 거야. 그리고 본하트가 어떤 짓을 할 수 있는지, 무엇이 그를 흥분시키는지도 알았겠지. 넌 경기장으로 계속 떠밀리게 될 거다. 넌 이곳에 모인 저 돼지 같은 놈들을 위해 오락거리로 사람들을 죽이게 되겠지. 오늘보다 더 끔찍한 놈들을 위해서. 그리고 네가 사람을 죽여도 저들이 더 이상 즐거워하지 않고, 본하트가 싫증이 나면, 그때 너를 죽일 거야. 이 경기장에 네 등 뒤를 방어할 수 없을 정도로 많은 공격자들을 몰아넣어서 말이지. 아니면 개를 풀지도 몰라. 개들이 너를 갈기갈기 찢으면 관중석의 무지렁이들은 피 냄새를 맡으며 브라보를 외칠 거야. 그리고 너는 피투성이가 된 모래 바닥에서 죽겠지. 네가 오늘 베어버린 자들처럼. 그때가 되면 내 말을 기억해."

이상한 일이었지만 시리는 그제야 그의 목 가리개에 자개로 장식된 작은 문장을 보았다.

검은 바탕에 꼿꼿이 고개를 든 은빛의 유니콘이었다.

유니콘.

시리는 고개를 떨군 채 푸르게 빛나는 칼날을 바라보았다. 갑자기 주위가 조용해졌다.

지금까지 입을 다물고 있었던 데클란 로스 엡 멜클라드, 닐프가드 기마 부대의 대장이 갑자기 입을 열었다.

"위대한 태양이시어! 안 돼, 안 돼, 그러지 마! 네 투'벤 케'스, 루네드!"

시리는 제비를 천천히 손에서 돌리더니 칼자루를 아래로 향하게 한 후, 무릎을 꿇었다. 오른손으로는 칼날을 잡고, 왼손으로는 칼끝이 가슴뼈를 겨눌 수 있도록 붙잡았다. 날카로운 칼끝은 옷을 뚫고 들어와 시리의 피부를 따갑게 찔렀다.

울지는 말아야지, 시리는 점점 더 세게 칼에 힘을 주며 생각했다. 울지는 말자, 울 이유도 없고, 서러울 것도 없어. 딱 한 번, 세게 움직이면 모든 것이 끝날 거야…… 끝날 거야…….

"넌 못해."

완벽한 침묵을 깨고 본하트의 목소리가 들려왔다.

"넌 못하지, 여자 위처. 케어 모헨에서 너는 죽이는 법을 배웠고, 기계처럼 사람을 죽일 수 있어, 반사적으로 말이야. 하지만 자기 자신을 죽이기 위해서는 성깔과 힘, 굳은 의지와 용기가 필요해. 그건 케어 모헨에서 배우지 못했겠지."

"보다시피 본하트의 말이 맞았어요. 난 못했어요."

시리는 힘겹게 말했다.

비소고타는 침묵했다. 뉴트리아의 가죽을 손에 쥔 채였다. 꼼짝도 하지 않았다. 그렇게 꼼짝도 안 한 지 꽤 긴 시간이 흘렀다. 이야기를 들으며 가죽에 대해선 아예 잊어버린 듯했다.

"겁이 났어요. 전 겁쟁이였어요. 그리고 그 대가를 치러야만 했죠. 겁쟁이들이 그 대가를 치르듯이 말이에요. 고통과 수치와 모욕을 감당해야만 했죠. 그리고 스스로를 향한 끔찍한 모멸감까지."

비소고타는 아무 말도 하지 않았다.

만약 그날 밤, 누군가 어둠이 내린 늪지대 깊은 곳, 이끼가 잔뜩 자란 오두막으로 몰래 숨어들어 창틀 사이를 들여다보았다면, 희미한 불빛 아래 허연 수염의 노인과 잿빛 머리 소녀가 부뚜막 옆에 앉아 있는 것을 보았을 것이다. 이글이글 붉게 타오르는 석탄을 바라보며 노인과 소녀가 침묵하고 있는 모습을 보았을 것이다. 하지만 그 모습은 아무도 볼 수 없었다. 오두막은 늪지대의 안개와 수증기 속에, 끝없이 펼쳐진 갈대밭 속에 잘 숨겨져 있었다. 그곳은 어느 누구도 들어올 엄두를 내지 못하는 페레플럿의 늪지대였으니까.

남의 피를 흘리는 사람은 제 피도 흘리게 되리라

창세기, 9장 6절

살아 있는 자들 중 죽어야 할 자는 많다. 그리고 죽어가는 사람들 중 살아야 할 자도 한둘이 아니다. 그렇다면 그들에게 생명을 줄 수 있는가? 그러니 죽음의 선고를 내리는 데 성급하지 말라. 현인들 중 가장 현명한 사람도 모든 것을 아는 것은 아니다.

존 로날드 루엘 톨킨

진실로, 굉장한 믿음과 굉장한 맹목성만이 사형대에서 흐르는 피를 정의라 칭할 수 있을 것이다.

코르보의 비소고타

제 5 장

"내 땅에서 위쳐가 뭘 찾고 있지? 어디서 온 것이오? 어디로 가는 것이지? 무슨 목적으로?"

리에드브룬의 영주인 풀코 아르테벨데는 계속되는 침묵에 참을성을 잃은 것이 분명했다.

착한 위쳐 놀이는 여기서 이렇게 끝나는군, 게롤트는 큰 흉터가 있는 영주의 얼굴을 바라보며 생각했다. 숲 속 사람들을 지키는 고귀한 위쳐 역할을 하는 것도 이제 끝이야. 언제나 첩자가 도사리고 있는 여관에서 잠 좀 자보겠다는 사치스러운 욕심도 끝이고. 말 많은 글쟁이와 같이 다닌 결과가 이렇지, 뭐. 창도 없는 감옥 같은 방에서 바닥에 고정된 심문용 의자에 앉게 되는 거라고. 이놈의 의자에 쇠쇠 같은 가죽끈도 달려 있다는 걸 모를 수가 없군. 손을 묶고 목도 꼼짝 못하게 하는 거지. 아직은 날 묶지 않았지만, 있기는 있다.

이 상황에서 도대체 어떻게 빠져나가야 하지?

리버델의 양봉업자 가족들 무리와 닷새를 함께 보낸 후에야 황무지에서 벗어나 축축한 갈대밭으로 들어섰다. 비는 그치고, 바람이 수증기와 습한 안개를 날려 보내자 태양이 구름 사이에서 빛났다. 햇빛 사이로 산꼭대기가 눈처럼 하얗게 빛나고 있었다.

이전까지만 해도 일행이 야루가 강의 건너편으로 가는 걸 위험하다고 느끼지 않았다면, 이제는 그걸 모두가 명확하게 느끼고 있었다. 후퇴할 수밖에 없는 어떤 장소, 끝, 막다른 벽이 가까워졌다는 사실을. 이 사실은 게롤트를 비롯한 모두가 느끼고 있었다. 모르는 척할 수 없는 상황이었으니까. 아침부터 저녁까지 눈앞에 보이는 남쪽으로 향하는 길, 눈과 얼음으로 빛나고 있는 지그재그 형태의 산길이 거대한 벽처럼 펼쳐져 있었기 때문이었다. 아멜 산맥이었다. 아멜 산맥 뒤로는 더욱더 위협적이고 웅장한 산, 미제리코르디아*의 날처럼 뾰족한 악마의 산, 고르곤 산이 오벨리스크처럼 솟아 있었다. 이 상황에 대해서 대화도 토론도 없었지만, 게롤트는 모두들 무슨 생각을 하고 있는지 알고 있었다. 게롤트는 아멜 산맥과 고르곤 산을 바라보며 남쪽으로의 여행을 계속하는 것은 정말 미친 짓이 아닌가 하는 생각이 들었던 것이다.

다행스러운 건 더 이상 남쪽으로 갈 필요가 없어졌다는 사실이었다.

이 소식을 전한 것은 게롤트 일행에게 닷새 동안 무장 호위 역할을 맡겼던 양봉업자였다. 드라이어드처럼 생긴 아름다운 아내와 딸 옆에서, 양봉업자는 마치 순종 말 옆에 선 멧돼지처럼 보였다. 캐드 드후의 드루이드들

---

* 미제리코르디아(Miserikordia): 라틴어로는 'Misericordia'로 표기하며 자비, 동정이라는 뜻의 라틴어로 부상당한 자의 숨을 일격에 끊기 위해 사용하는 검을 말한다.

이 스토키로 이동했다고 일행에게 거짓말을 했던 그 양봉업자였다.

리버델의 양봉업자들과 가죽을 거래하는 사냥꾼들의 목적지였던, 사람들로 바글바글한 리에드브룬에 도착한 다음 날이었다. 지금까지 양봉업자들을 보호해줬던 게롤트 일행이 더 이상 필요치 않아지자 작별 인사를 나눈 바로 다음 날이었던 것이다. 그래서 더 놀라웠다.

양봉업자는 감사의 인사를 여러 차례 되풀이했고, 게롤트에게 동전이 가득 든 주머니를 건네며 위쳐에게 주는 보수라고 했다. 게롤트는 레지스와 카히르의 비난 섞인 시선을 느끼며 주머니를 받았다. 게롤트는 오는 길에, 그 둘에게서 인간의 배은망덕과 아무런 이익도 따지지 않는 이타주의에 대해 몇 번이나 설교를 들어야 했다.

바로 그때, 흥분한 양봉업자가 되돌아와서는 다급히 새로운 소식을 전했다.

"그 뭐냐, 그 나무 인간들, 드루이드들 말이에요, 위쳐 님, 록 몬뒤른의 참나무 숲에 있답니다. 그 뭐냐, 그 호수가 있는 곳 말이에요. 여기서 서쪽으로 35마일 떨어진 곳이요."

양봉업자는 이 소식을 리에드브룬에서 꿀과 밀랍을 모으는 곳에 사는 친척으로부터 들었는데, 그 친척은 이 소식을 다이아몬드를 찾으러 다니는 사람에게서 들었다고 했다. 양봉업자는 이 소식을 듣자마자 게롤트에게 전해주려고 숨차게 뛰어왔던 것이다. 그러고는 거짓말쟁이의 거짓말이 사실이 되었을 때 거짓말쟁이들이 느낄 만한 행복감과 자랑스러움, 그리고 이 정보의 중요성에 한껏 달아올라 있었다.

게롤트는 지체 없이 록 몬뒤른으로 움직일 생각이었지만 일행이 거세게 반대했다. 레지스와 카히르는 양봉업자들에게 받은 돈도 있고, 모든 물자의 교역이 활발한 도시로 들어왔으니 식량과 보급품을 보충해야 한다고 주장했다. 화살도 사야 해, 밀바가 말했다. 멧돼지를 잡아오라고 하면서, 뾰족한 나뭇가지로는 못 잡는다고. 하루라도 여관 침대에서 자고 싶다, 단델라이온도 덧붙였다. 맥주를 마시고 얼큰해진 채로 목욕을 하고 침대에서 자는 거야.

드루이드들은 도망가지 않아! 모두들 목소리를 높여 말했다.

"완전 우연이긴 하지만 우리가 정말 제대로 된 길로, 제대로 된 방향으로 접어든 거죠. 그러니까 우리는 드루이드들을 발견할 수밖에 없는 운명이에요. 하루 이틀 늦어진다고 뭔가가 바뀌진 않아요."

뱀파이어 레지스가 묘한 미소를 지으며 말하고는 철학적인 충고를 덧붙였다.

"서두를 게 뭐 있나요. 보통, 엄청 서둘러야 한다는 느낌이 들 땐 사실 속도를 늦추고 천천히 생각을 해야 한다는 경고 신호인 경우가 많지요."

게롤트는 반대하지 않았고 일행과 싸우지 않았다. 밤마다 이상한 악몽에 시달리고 있었기 때문에 하루라도 빨리 가고 싶었지만 레지스의 철학에 대해서도 반박하지 않았다. 게롤트가 밤마다 꾸는 악몽은 이상하게도 잠에서 깨어나면 그 내용을 도저히 기억할 수 없었다.

9월 17일, 보름달이 뜬 날이었다. 추분까지는 엿새 남았다.

밀바, 레지스, 카히르는 장을 보고 보급품을 보충하기로 했다. 게롤트와 단델라이온은 정찰을 나가 리에드브룬의 주민들에게서 정보를 모아오기로 했다.

네바 강이 굽이치는 곳에 있는 리에드브룬은 작은 도시였다. 나무 울타리로 둥글게 둘러싸인 도시 경계 안, 벽돌과 나무로 지은 집들만 헤아린다면 작은 도시가 분명했다. 하지만 울타리 안의 건물들은 리에드브룬의 중심부일 뿐이었고, 그 안에 거주하는 사람은 인구의 10분의 1도 채 되지 않았다. 나머지 10분의 9는 울타리 주변의 초가집, 움막집, 대충 만든 가건물, 천막, 그리고 집 역할을 하는 마차 안에서 살고 있었다.

위쳐와 시인에게 안내인 역할을 한 사람은 그 양봉업자의 친척으로, 젊고 약삭빠른데다가 거만하고 시궁창에서 태어나 시궁창에서 목욕하고 시궁창 물을 마시고 자란 도시인의 전형이었다. 도시의 혼란과 인파, 더러움과 악취 속의 이 젊은이는 마치 수정처럼 흐르는 급류의 송어 같았으며, 이 혐오스러운 도시를 외부인에게 안내할 기회가 생겨서 기뻐하고 있었다. 아무도 물어보지 않았건만 아랑곳하지 않은 채 이 젊은이는 여러 가지 이야기를 늘어놓았다.

리에드브룬은 닐프가드 황제가 약속한 땅을 받고자 북쪽으로 가는 새 이주민들에게 중요한 장소라는 것이었다. 이주민들은 4완, 대충 계산해도 50모르그나 되는 땅을 받게 되는데, 심지어 10년 동안이나 세금이 감면된다고 했다. 리에드브룬은 아멜 산맥을 가르는 돌 네바 계곡 언저리에 있는데, 이미 닐프가드의 영토가 된 스토키와 막 투르가, 게소, 메틴나와 매흐트를 잇는 테오둘라 능선 중앙에 위치한다고 했다. 리에드브룬은 이 이주민들이 거쳐 가는 마지막 도시로, 이곳을 지난 이후에는 자기 마누라와 자식, 마차에 싣고 있는 것 말고는 누구에게도, 어디에서도 의지할 수 없다고 했다. 그래서 많은 이주민들이 야루가 강과 야루가 강 저편으로 건너가기 전 이곳에서 오랫동안 머문다고 했다. 그리고 그중 상당수가 결국은 이 도시에 정착하게 된다고 말해주었다. 왜냐하면 도시라는 곳은 문화도 있고 똥 냄새가 진동하는 시골과는 다르지 않냐는 것이 시궁창 도시 젊은이의 자긍심 넘치는 설명이었다.

리에드브룬 역시 똥 냄새가 진동하는 건 똑같았다.

게롤트는 몇 년 전 이곳에 온 적이 있었지만, 전혀 알아볼 수가 없었다. 너무 많이 변했던 것이다. 이전에는 팔에 은빛 문장을 한 검은 갑옷과 망토를 입은 기사들이 이렇게 많지 않았다. 이전에는 도시 안에서 닐프가드어가 이렇게 자주 들리지 않았다. 이전에는 시 바로 앞 채석장에서 누더기 차림의 더럽고 가난하고 핏자국이 난 사람들이 검은 옷을 입은 감시자들의 채찍을 맞으며 돌을 깨고 부수지는 않았다. 도시 젊은이의 설명은 이러했다.

"이곳에는 꽤 많은 닐프가드군이 주둔하고 있죠. 하지만 계속 있는 것은 아니고, '자유로운 스토키' 게릴라 부대와 싸우고 게릴라 부대를 쫓아가는 중간중간에만 여기 머무는 거예요. 옛날부터 있던 나무 울타리를 돌로 된 성벽으로 바꾸는 작업이 다 끝나면, 그때 제국에서 강력한 부대를 보낼 거예요. 성벽은 저 채석장의 돌로 만드는 거죠. 저기서 돌을 캐는 사람들은 전쟁 포로들이에요. 리리아와 에이단, 그리고 최근의 소든, 브뤼헤, 앙그렌에서 잡혀온 사람들이죠. 테메리아에서도요. 여기 리에드브룬에서 일하는 전쟁 포로는 사백 명이나 돼요. 그리고 오백 명 정도가 벨하벤 근처의 철광석 광산 지하와 지상에서 일하고 있고, 천 명이 넘는 사람들이 테오둘라 능선으로 가는 길을 닦고 다리를 세우고 있어요."

게롤트가 기억하는 몇 년 전에도 시내에 교수대는 있었다. 하지만 지금보다는 훨씬 작은 것이었다. 그 위에 끔찍한 상상을 불러일으키는 기구들이 저렇게 많이 걸려 있지도 않았고, 교수대, 화형용 장작더미, 삼지창과 꼬챙이 위로 썩은 악취가 나는 끔찍한 장식품들이 놓여 있지도 않았다.

"풀코 아르테벨데 님이죠. 얼마 전에 닐프가드군이 임명한 이 도시의 영주님이에요. 풀코 님이 또 누구를 처형하신 모양이네요. 풀코 님은 장난이 아니에요. 엄격한 분이죠."

젊은이가 처형대들과 그 위에 널려 있는 사람의 신체 일부들을 가리키며 설명했다.

다이아몬드를 찾으러 다닌다는 젊은이의 친구는 주막집에서 만났는데, 게롤트에게 좋은 인상을 주진 못했다. 말을 더듬는 창백한 얼굴에, 술에 취해 반쯤만 제정신인데다가 반쯤만 현실을 인식하고 반쯤은 망상에 빠져 있었는데, 인간이 며칠 동안 쉬지 않고 밤낮으로 술을 마시면 다다를 만한 그런 상태에 있었다. 게롤트는 심장이 내려앉는 듯했다. 드루이드들에 대한 정보 역시 그의 망상에서 비롯된 것 같았다.

술에 잔뜩 취한 다이아몬드 사냥꾼은 뜻밖에도 질문에는 논리적으로 대답했다. 단델라이온이 다이아몬드를 찾는 사람으로는 보이지 않는다고 말하자 그가 답하길, 다이아몬드를 한 개라도 찾게 되면 그렇게 보일 것이라고 대답했다. 드루이드들이 산다는 몬두이른의 호숫가에 대해서는 세세하고 정확하게, 이야기를 꾸미거나 괴담을 추가하지 않고 설명했다. 하지만 이방인들이 드루이드들에게서 무엇을 얻어내려고 하는지 묻자 무시하는 듯한 침묵만 흘렀다. 단지 드루이드들의 참나무 숲에 들어가는 것 자체가 죽음이라고 대꾸했을 뿐이다. 드루이드들은 침입자들을 잡아 '버들여인'이라는 허수아비 안에 집어넣고는 노래를 부르며 기도와 주문 속에서 산 채로 태워 죽인다고 했다. 근거 없는 소문과 바보 같은 미신은 드루이드들이 어디에서 머무르건 예외 없이 따라다녔다.

이야기를 중단시킨 것은 팔에 태양 문장을 한, 검은 제복을 입은 아홉 명의 군인들이었다.

"당신이 게롤트라고 하는 위쳐요?"

군인들을 이끌고 있는 장교가 곤봉으로 장딴지를 툭툭 치며 물었다.

"그렇소, 내가 위쳐요." 게롤트가 잠시 생각한 후 대답했다.

"그럼 우리와 함께 갑시다."

"왜 내가 당신들과 함께 가야 하오? 지금 체포하는 거요?"

군인은 긴 침묵 속에서 게롤트를 바라봤는데, 그 눈길에는 존중의 기색이 전혀 없었다. 여덟 명의 부하가 뒤에 있다는 사실이 그 눈길의 원천인 듯했다. 그가 마침내 입을 열었다.

"아니오, 당신을 체포하려는 건 아니니까. 체포 명령은 없었소. 그런 명령이 있었다면 내가 다르게 물었을 거요, 전혀 다르게."

게롤트는 칼을 찬 허리띠를 보란 듯이 고쳐 매며 차갑게 대꾸했다.

"그럼 나도, 전혀 다르게 대답했겠지."

"신사 양반들, 목소리 높일 일이 뭐가 있소? 우리는 정직한 사람들이고, 군대를 두려워하기보다는 아니, 도울 수 있다면 기꺼이 돕는 쪽이라오. 뭐, 그럴 기회가 생기면 말이오. 하지만 아무리 그래도, 우리에게 무언가 대가가 있어야 하지 않겠소? 예를 들면 아주 작은 것이지만, 왜 우리가 가진 시민의 자유가 제한되는지 그에 대한 설명 같은 것 말이오."

단델라이온이 자기 생각에는 세련된 외교관의 미소라고 생각되는 표정을 지은 채 끼어들었다. 하지만 단델라이온의 달변에도 전혀 주눅 들지 않고 장교가 대답했다.

"지금은 전쟁 중이오. 자유라는 건, 그 이름 자체가 말하듯 평화로운 시대에나 존재하는 것이지. 그리고 그 이유에 대해서는 영주님이 설명하실 거요. 난 명령을 수행할 뿐, 논쟁에 끼어들 생각은 없소."

"그거야 그렇겠지. 그럼 영주님에게 가봅시다. 단델라이온, 일행에게 가서 무슨 일이 생겼는지 알려. 해야 할 일들을 하라고. 레지스가 어떻게 해야 할지 알 거야."

게롤트는 단델라이온에게 슬쩍 한쪽 눈을 끔뻑했다.

"위처가 스토키에 무슨 볼일이 있지? 여기서 무얼 찾고 있나?"

이 질문을 한 남자는 어깨가 떡 벌어진 검은 머리에 왼쪽 눈을 가죽 덮개로 가린 상처투성이 얼굴을 하고 있었다. 어두운 골목에서 이런 애꾸눈의 사내를 만나기라도 했다가는 누구나 비명을 지를 것이다. 그것이 리에드브룬의 영주, 이 지역 최고의 권력자이며 법의 수호자인 풀코 아르테벨데의 얼굴이라니 믿을 수가 없었다.

"스토키에서 위처가 뭘 찾고 있는 건가?"

이 지역 최고 권력자이자 법의 수호자인 영주가 다시 한 번 물었다.

게롤트는 한숨을 쉬고는 어쩔 수 없다는 듯 어깨를 으쓱했다.

"영주님, 영주님의 질문에 대한 답은 이미 알고 계실 겁니다. 제가 위처라는 것은 리버델에서 저와 함께 이동해온 양봉업자들에게 들으셨겠지요. 그리고 위처로서 저는, 여기 스토키뿐 아니라 어디에서든 일거리를 찾습니다. 그 후에는 의뢰인들이 가보라고 하는 장소로 갑니다."

"논리적이군. 겉보기로는 말이야. 양봉업자들과는 이미 이틀 전에 헤어졌잖아. 하지만 이상한 무리와 함께 남쪽으로 계속 내려가고 있던데. 무슨 목적으로?"

게롤트는 이글이글 불타는 영주의 한쪽 눈을 피하지 않았다.

"제가 체포된 겁니까?"

"아니, 아직은 아니지."

"그렇다면 제 여행의 방향과 목적은 다분히 개인적인 것입니다. 전 그렇게 생각합니다만."

"하지만 정직하게 밝히기를 권하겠네. 아무런 죄가 없고, 법과 그 법의 수호자도 두려워하지 않는다는 것을 증명하기 위해서라도 말이지. 다시 한 번 질문하겠네. 그 여행의 목적은 무엇인가, 위쳐?"

게롤트는 잠시 생각했다.

"한때 앙그렌에 있었고 지금은 이 근처로 옮겨왔다는 드루이드들에게 가려고 합니다. 그건 양봉업자들에게 물어봐도 증명할 수 있습니다."

"누가 드루이드들에게 가라고 위쳐를 고용했나? 자연의 보호자들이 '버들여인' 안에 또 누구를 넣어서 태워 죽이기라도 했나?"

"이야기, 소문, 미신, 영주님 같은 지식인이 그런 얘기를 믿으시다니 당황스럽군요. 저는 드루이드들에게서 정보를 원합니다, 그들을 해치우려는 게 아니고요. 저에게 죄가 없다는 것을 증명하기 위해 이미 매우 솔직하게 말씀드린 겁니다."

"죄가 있는지 없는지, 그건 문제가 아니야. 최소한 이 사건에서는 말이지. 우리의 대화가 그런대로 서로를 배려하는 것이었으면 좋겠는데. 이 대화는 보기와는 달리 자네의 일행들과 자네의 목숨을 살려주기 위한 것이기도 하지."

게롤트는 바로 대답하지 않았지만, 곧 고개를 끄덕이며 말했다.

"그렇게 말씀하시다니 매우 흥미로워지는군요, 영주님. 최대한 주의해서 듣겠습니다."

"당연히 그렇겠지. 그러면 우린 계속 설명을 듣기로 하자고, 단계적으로 하나하나씩. 위쳐, 혹시 정보 제공과 형량 거래에 대해 들어본 적이 있나? 그게 뭔지 아나?"

"압니다. 자기 책임을 회피하고 동지를 파는 행위죠."

"그건 너무 심한 비약이고. 북부인들은 항상 그렇지. 당신들은 무식을 비꼼과 비약으로 메우는 버릇이 있어, 그걸 유머 감각이라 생각하지. 이곳 스토키는 제국의 법이 작용되는 곳이야. 더 정확히 말하면 이곳에 만연한 불법을 뿌리 뽑는 것이지. 불법과 도적질에 대항하는 최고의 방법은 교수대야, 오다가 광장에서 분명 보았겠지. 그러나 정보 제공과 형량 거래 역시 좋은 방법이지."

풀코 아르테벨데가 웃지도 않고 말했다. 그러고는 효과적으로 잠시 말을 끊었다. 게롤트는 끼어들지 않았다. 영주는 말을 이었다.

"바로 얼마 전에 우린 기습 공격으로 젊은 산적 떼 전체를 소탕했지. 범죄자들이 저항하고 죽……."

"하지만 모두 다 죽은 건 아니란 말씀이시겠죠? 한 명은 산 채로 잡았겠죠. 우리에게 협조하면 자비를 베풀겠다고 했을 테고요. 죄를 고백한다는 전제하에서 말입니다. 그리고 죄다 말을 했겠죠."

영주의 장황한 연설이 지겨워진 게롤트가 그의 말을 끊고 받아쳤다.

"그게 무슨 추론인가? 현지의 범죄자 무리와 연락이라도 하는 건가? 지금이나 예전에?"

"아니, 그렇지는 않습니다. 지금도, 예전에도. 그러니 영주님, 이 모든 난리는 아무 의미가 없는 오해일 뿐입니다. 아니면 저를 노린 음모일지도 모르죠. 만약 어떤 음모가 있었다면, 거두절미하고 본론부터 말씀해주시죠."

"당신을 노리는 어떤 음모가 있다는 생각에서 벗어나지 못하고 있군. 그 럼에도 불구하고, 법을 두려워할 어떤 이유라도 있나?"

영주는 흉터로 삐뚤어진 눈썹을 찡그리며 물었다.

"없습니다. 하지만 이곳 리에드브룬에서 범죄와의 싸움이 매우 빨리, 대량으로, 그리고 섬세하지 않게 행해지고 있다는 사실이 좀 두려워지기 시작하는군요. 하지만 이것 역시 북부인 특유의 비약일지도 모르죠. 북부인으로서 리에드브룬의 영주님이 어떻게 목숨을 구해주셨는지도 모르고요."

풀코 영주는 잠시 동안 아무 말 없이 게롤트를 바라보았다. 그러더니 손뼉을 쳤다.

"여자애를 데려와." 영주가 군인들에게 명령했다.

게롤트는 갑자기 어떤 생각에 사로잡혀 심장 박동이 빨라지고 아드레날린이 치솟는 것을 느끼며 호흡을 통해 스스로를 안정시켰다. 그리고 잠시 후 또 다시 몇 번의 호흡을 하고, 드문 일이었지만 책상 아래 숨긴 손으로 '표식'을 그려보았다. 역시 드문 일이었지만, 효과는 전혀 없었다. 온몸이 뜨거워졌다가 갑자기 차가워졌다.

왜냐하면 호위병들이 방 안에 시리를 밀어 넣었기 때문이었다.

"오, 저것 좀 봐! 이게 누구야!"

시리는 의자에 앉혀지고 등 뒤로 손을 결박당하자마자 말했다.

풀코 영주가 신경질적으로 손짓을 하자 호위병 중 덩치가 크고 어린애 같은 얼굴을 한 남자가 손을 쳐들더니 시리의 얼굴을 의자가 흔들릴 정도로 세게 쳤다.

"용서하십시오, 영주님. 아직 어려서 바보 같아요. 정신도 없고요."

호위병은 놀랍게도 부드러운 말투로 사과하듯 말했지만, 영주는 듣지도 않은 채 의자에 묶여 있는 아이를 향해서 명확한 음성으로 천천히 말했다.

"앵글로메, 내가 네 말을 듣겠다고 했지. 하지만 그 말은 내 질문에 대한 대답만 듣겠다는 거야. 네가 장난치는 소리는 들을 생각이 없다. 엉뚱한 소리 했다간 혼날 줄 알아, 알겠나?"

"네, 삼촌."

손짓, 따귀를 때리는 소리, 흔들리는 의자.

"아직 어리고 제정신이……."

호위병이 손을 허벅지에 문지르며 말했다.

게롤트는 여자아이의 들창코를 보고 저 아이는 시리가 아니라는 것을 깨달았다. 그리고 어떻게 시리로 착각할 수 있었는지 의아해했다. 아이의 코에서는 피가 흐르고 있었다. 여자아이는 크게 코를 들이마시고는 사나운 웃음을 지었다.

"앵글로메, 내 말 알아듣겠나?" 영주가 다시 물었다.

"네, 영주님."

"이 사람이 누구지, 앵글로메?"

여자아이는 다시 콧물을 훌쩍거리더니 게롤트를 커다란 눈으로 응시했다. 눈은 시리의 초록빛 눈동자가 아닌 호두 빛이었다. 짚단처럼 밝은 금발의 앞머리는 엉망이었고, 아이는 헝클어진 앞머리를 흔들었다. 눈썹 위로 머리카락이 마구 흘러내리고 있었다.

"한 번도 본 적이 없는 사람이네요. 하지만 누군지는 알아요. 영주님, 이미 제가 말씀드린 것처럼요. 이제 제가 거짓말을 하지 않았다는 걸 아실 거예요. 저 사람 이름은 게롤트예요. 위처고요. 한 열흘 전쯤에 야루가 강을 건너 투생 방향으로 향하고 있었죠. 안 그런가요, 흰머리 삼촌?"

여자아이는 입술 위로 흘러내린 피를 핥았다.

"다시 말씀드리지만, 어리고 제정신이 아니라……"

호위병이 서둘러 말하며 불안한 표정으로 영주를 바라보았다. 하지만 풀 코는 얼굴을 찡그리고는 고개를 저었다.

"넌 교수대에 올라가서도 장난을 치겠군, 앵글로메. 알겠다, 더 얘기해 봐. 그럼 이 위쳐 게롤트의 일행은 어떤 자들이지?"

"그것 역시 이미 말씀해드렸잖아요! 단델라이온이라는 이름의 미남이 있는데, 시인이고 류트를 들고 다녀요. 그리고 짙은 금발 머리를 목덜미까지 짧게 자른 젊은 여자도 있어요. 이름은 몰라요. 그리고 또 다른 남자 한 명은 설명도 없고, 이름도 얘기하지 않았어요. 그렇게 모두 네 명이에요."

게롤트는 손마디 위에 턱을 괴고 흥미롭게 여자아이를 바라보았다. 앵글로메는 게롤트의 시선을 피하지 않았다.

"아저씨 눈은 이상해! 이상한 눈이야!" 앵글로메가 소리쳤다.

"계속, 계속 말해봐, 앵글로메. 저 위쳐 무리에 또 누가 더 있지?"

얼굴을 잔뜩 찡그리며 영주가 대답을 재촉했다.

"없어요. 제가 네 명이라고 말했잖아요. 귀가 없는 거예요, 삼촌?"

영주의 손짓과 따귀를 때리는 소리, 그리고 피.

호위병은 손을 허벅지에 닦으며 이번엔 아이의 정신에 대해 아무 말도 하지 않았다.

"그건 거짓말이야, 앵글로메. 몇 명이지? 내가 다시 묻겠다."

"그럼 영주님이 원하는 머릿수로 하세요. 영주님 마음대로요. 원하시는 대로요. 이백 명이요. 아니다, 삼백 명이요, 육백 명이요!"

"영주님!"

게롤트가 재빨리, 그리고 날카롭게 영주의 손짓을 앞질러 말했다.

"이쯤에서 그만하시죠. 지금까지 말한 내용은 상당히 정확하고, 이건 뭐 거짓말이라기보다는 그저 정보를 조금 잘못 알고 있는 듯하군요. 그런데 도대체 어디서 그런 정보를 얻은 겁니까? 좀 전에 자기 입으로 저를 태어나서 처음 본다고 했는데. 저도 저 아이는 처음 봅니다. 맹세해도 좋아요."

"고맙군, 심문에 협조해줘서. 그것도 성심성의껏. 내가 자네를 심문할 때도 지금처럼 이렇게 잘 말해주길 바라겠네. 앵글로메, 지금 위쳐가 뭐라고 말했는지 들었지? 제대로 말해. 그리고 더 이상 재촉하지 않게 해라."

풀코 영주가 게롤트를 노려보며 여자아이를 추궁하자 아이는 코피를 핥으며 말했다.

"그렇게 말했잖아요. 만약 어떤 범죄에 대한 계획을 고발한다면, 누가 그런 짓을 꾸미고 있는지 발고한다면 사면이 있을 거라고요. 제가 지금까지 말한 게 그거 아닌가요? 나는 범죄가 계획되고 있다는 걸 알았고, 그래서 나쁜 짓을 막고 싶은 거라고요. 제가 말하는 걸 잘 들어보세요. 밤꾀꼬리와 그 일당이 벨하벤에서 이 위쳐를 기다리고 있고, 그곳에서 공격할 예정이에요. 그건 우리가 전혀 모르는 하프엘프가 시킨 일이죠. 누가 어떻게 생겼고, 어디서 왔고, 언제 올 예정이고, 누구와 함께 오는지 모조리 다 그 하프엘프가 말해준 거였어요. 위쳐니까 보통 건달은 아니다, 그러니 영웅이 되려고 하지 말고 등에 칼을 찔러 넣거나 석궁으로 쏘거나, 가장 좋은 방법은 벨하벤에서 뭔가 먹고 마실 때를 이용해 독살하라고 했어요. 하프엘프는 밤꾀꼬리에게 위쳐를 처리하라며 돈을 줬어요. 그리고 일을 마치면 더 많이 주겠다고 약속했어요."

"일을 마치면이라…… 그럼 그 하프엘프가 아직 벨하벤에 있다는 건가?

밤꾀꼬리 일당도?"

영주가 나직이 중얼거리더니 물었다.

"그럴 수도 있지만 그건 몰라요. 제가 밤꾀꼬리에게서 도망친 건 이미 2주 전의 일이니까요."

"그들에 대해 고해바치는 이유가 바로 그것 때문인가? 개인적인 복수?"

게롤트가 웃으며 묻자 여자아이의 눈이 가늘어지더니 삐쭉 나온 입술이 무섭게 일그러졌다.

"개인적인 복수든 아니든 그게 아저씨랑 무슨 상관이야! 그리고 내가 죄다 털어놓은 덕분에 아저씨는 목숨을 구한 거라고! 고맙다고나 해!"

게롤트가 또다시 때리라는 명령을 재빨리 앞지르며 대꾸했다.

"고맙군. 그저 내가 하고 싶은 말은, 그게 만약 개인적인 복수심 때문이라면 네 정보의 신빙성이 떨어진다는 거지. 사람들은 체면과 목숨을 부지하기 위해 정보를 발설하지만, 복수를 하기 위해서는 거짓말도 하거든."

"여기 우리 앵글로메는 목숨을 부지할 희망이 전혀 없어. 하지만 체면은, 부지하길 원하지. 내게는 그 정도면 충분히 신용할 만한 이유가 된다. 안 그러냐, 앵글로메? 체면은 부지하고 싶지?"

영주의 물음에 앵글로메는 입술을 깨물었다. 그리고 눈에 띄게 얼굴이 창백해졌다.

"산적의 담력이란 말도 안 되는 헛소리지. 수적으로 우세할 때나 공격하고, 아무 힘도 없는 이들을 죽이고 말이야. 하지만 죽음을 맞대하는 건, 어려운 일이지. 산적은 그런 거 못해."

영주가 경멸을 숨기지 않고 말했다.

"두고 보라고!" 앵글로메가 소리쳤다.

"두고 보자꾸나. 그리고 들어보겠다. 교수대에서 넌 엉엉 소리 내어 울게 될 거야, 앵글로메."

영주가 심각한 얼굴로 고개를 끄떡이며 빈정거렸다.

"자비를 베푼다고 했잖아요."

"난 약속을 지킨다. 만약 네가 말한 것이 사실이라면 말이다."

앵글로메는 의자에 묶인 채 몸을 세차게 흔들어 비쩍 마른 몸으로 게롤트를 가리켰다.

"그럼 저건, 저건 뭐냐고요? 거짓말이라고? 위쳐도 아니고, 게롤트도 아니라고 어디 해보시지? 내가 말한 게 사실이 아니라고? 그러면 벨하벤으로 가보라고 해요, 그럼 내가 거짓말을 하지 않았다는 증거가 나올 테니까! 아침이면 시궁창에서 저 사람의 시체가 발견될 거라고. 그제야 범죄를 막지 못했다고 떠들어대겠죠. 그러므로 자비도 없다고! 그런 거야? 이 빌어먹을 개잡놈들! 젠장! 개자식들! 당신들 모두 개자식들이야!"

"저 아이를 때리지 마시오. 부탁이오."

이번에는 돌려 말하지 않았다. 게롤트의 목소리에 담긴 무언가가 이미 반쯤 올라간 영주와 호위병의 손을 멈추게 했다. 앵글로메는 코를 훌쩍거리며 게롤트를 똑바로 바라보았다.

"고마워요, 삼촌. 하지만 맞는 건 아무것도 아니에요, 원한다면 때리라고 해요. 난 어릴 때부터 줄곧 맞았어요. 맞는 데는 이골이 났다고요. 만약 좋은 일을 하고 싶다면, 내가 말한 게 사실이라고 말해줘요. 약속을 지키라고요. 젠장, 날 교수형 시키라고요."

무언가 말하려던 게롤트를 손짓으로 제지하더니 영주가 명령했다.

"데려가. 이제 이 계집은 더 이상 필요 없으니까."

영주와 게롤트 둘만 남게 되자 영주가 말했다.

"이제 모든 것을 알게 됐으니, 당신에게 설명하지. 그리고 당신도 내게 설명을 해줘야겠어."

"부탁인데, 이 난리의 이유가 무엇인지 설명해주시오. 교수형 시켜달라는 이상한 부탁으로 끝난 이 난리 말이오. 정보 제공자로서 저 아이는 할 일을 한 것 같은데."

공손했던 게롤트의 말투가 차갑게 변했다.

"아직은 아니지."

"그게 무슨 소리요?"

"호머 스트라겐, 밤꾀꼬리는 아주 위험한 놈이야. 잔인한데다가 뻔뻔스럽고 교활하고 똑똑한데 심지어 재수도 더럽게 좋은 놈이지. 이놈이 처벌도 받지 않고 빠져나간 탓에 다른 놈들까지 자극하고 있어. 이 상황을 끝내야만 해. 그래서 앵글로메와 약속을 한 거지. 만약 앵글로메의 정보로 밤꾀꼬리를 잡게 된다면, 그리고 그 무리를 소탕하게 된다면 앵글로메는 얌전히 교수형에 처해주겠다는 약속을."

"뭐라고? 정보 제공에 대한 대가가 이 동네에서는 원래 그런 거요? 사법기관에 협력한 대가가 교수대란 말이오? 그럼, 협력을 거부하면 어떻게 되는 거요?"

게롤트의 놀라움은 과장이 아니었다.

"꼬챙이에 꿰어서 죽이는 거지. 아, 그 전에 눈을 파고 달군 쇠로 가슴을 도려내지."

게롤트는 아무 말도 하지 않았고, 잠시 침묵이 흐른 뒤 풀코 영주가 말을 이었다.

"이런 걸 본보기용 공포라고 하지. 산적과의 싸움에서 꼭 필요한 거야. 왜 그렇게 주먹을 꽉 쥐는 건가, 손마디가 꺾이는 소리가 날 정도로? 혹시 인간적인 사형 방식을 추종하는 쪽인가? 당신들이야 그런 사치를 허용할 수도 있겠지. 웃긴 말이지만 당신들은 어쨌든 인간적으로 살인을 하는 무리들을 상대하니까. 나에게 그런 사치는 용납되지 않아. 나는 밤꾀꼬리가 공격한 행상 마차와 집들을 본 적이 있어. 혹시 값나가는 것을 몸에 숨기지 않았나 하고 밤꾀꼬리가 몸 여기저기를 칼로 확인한 여자들의 사체를 본 적도 있지. 그저 장난삼아 더 심한 짓을 저지른 것도 보았고. 당신이 지금 신경 쓰는 저 앵글로메 역시 그런 놀이에 동참했었고. 그건 확실해. 그 무리에 꽤나 오래 있었거든. 그리고 무리에서 도망쳤다는 우연만 아니었다면, 당신도 벨하벤에서의 공격 계획은 몰랐을 테고. 그랬으면 저 계집을 전혀 다른 상황에서 만났겠지. 어쩌면 저 계집이 당신의 등에 석궁을 꽂았을 수도 있어."

"가정은 좋아하지 않소. 저 아이가 무리에서 왜 도망쳤는지 그 이유는 알고 있는 거요?"

"증언에 의하면 그 부분이 좀 혼란스러웠는데, 내 부하들이 딱히 캐내지는 않았어. 하지만 밤꾀꼬리는 여자들을, 말하자면 원시적인 자연 상태의 기능을 수행하게 하는 그런 남자라고 알려져 있지. 만약 그게 뜻대로 안 되면, 완력을 사용하지. 또한 세대갈등도 있었을 테고. 밤꾀꼬리는 나이가 좀 있고, 앵글로메의 친구들은 그 아이와 같은 애송이들이거든. 하지만 그건 짐작일 뿐이고, 내가 상관할 바는 아니지. 당신은 대체 무엇 때문에 관심을 갖는 건가? 어째서 앵글로메를 보자마자 그런 반응을 보인 거지?"

"이상한 질문이군. 여자아이가 말하길 어떤 하프엘프가 시켜서 자신의 옛 동료들이 나를 공격하기로 했다는 얘기를 했는데, 그 자체가 놀라운 일 아니오? 난 하프엘프와는 아무 문제도 없소. 게다가 그 아이는 내가 누구와 함께 다니는지도 알고 있소. 시인의 이름이 단델라이온이고, 일행 중 여자는 머리가 짧다는 세부적인 사실까지. 짧은 머리까지 들먹이는 걸 듣고 있자니 혹시 그 모든 게 다 거짓말이거나 음모가 아닐까 하는 생각이 들었소. 지난주까지 우리와 함께 이동했던 숲 속의 양봉업자들을 쫓아가 물어보기만 하면 알 수 있는 일이지. 그리고 서둘러 이런 연출을 통해서……."

"그만! 지금 너무 나갔는데? 그 말은 즉, 내가 뭔가를 연출했다는 건가? 도대체 무슨 목적으로? 당신을 속이고, 함정에 빠트리기 위해서? 그렇게까지 음모와 함정을 두려워하는 당신은 도대체 정체가 뭐지? 진실을 감추는 건 도둑들뿐이야, 도둑들뿐이라니까!"

영주는 주먹으로 책상을 내리치며 언성을 높였다.

"다른 설명을 해보시오."

"아니, 당신이 내게 설명해!"

"유감스럽지만 다른 설명은 없소."

"물론 당신에게 미리 말할 수도 있었지만, 뭐하러 그래야 하지? 상황을 명확히 보자고. 누가 당신들을 죽이고 싶어 하는지, 왜 죽이려 하는지 난 관심 없어. 그리고 그 누군가가 어디서 머리카락 길이와 색깔까지 정확한 정보를 얻었는지도 관심 없고. 더 얘기하자면 나는 당신에게 그 공격 계획에 대해 일절 말해주지 않을 수도 있었지, 위쳐 양반. 아무것도 모르는 당신 일행을 미끼로 던져주고 밤꾀꼬리를 낚을 수도 있었다고. 조용히 쫓아가서 밤꾀꼬리가 미끼를 꿀꺽 삼키고 낚싯줄과 찌마저 모조리 삼켜버릴 때까지 기다렸다가 일망타진할 수도 있었지. 나에겐 밤꾀꼬리가 중요하고 그놈만이 내 관심사야. 그때쯤이면 당신은 이미 입안 가득 흙을 물고 있겠지. 그건 어쩔 수 없는 일이고, 부수적인 대가일 뿐이야!"

영주는 사악한 웃음을 지은 채 아무 말도 하지 않았다. 게롤트 역시 아무 대답도 하지 않았다. 그렇게 잠시 침묵이 흐른 후 영주가 말을 이었다.

"위쳐 양반, 나는 이 땅의 법치를 위해 이 한 몸 바치기로 했어. 어떤 대가를 치르게 되더라도, 수단과 방법을 가리지 않고 말이야. 페르 파스 엣 네파스*, 왜냐하면 법이란 법학도 아니고, 여러 단락으로 나눠진 두꺼운 책도 아니고, 철학 이론서도 아니고, 정의에 대한 과장된 난센스도 아니고, 도덕과 윤리에 대한 낡은 경구도 아니지. 법은 안전한 길이고 안전한 집이야. 해가 진 후에도 시내의 외진 길을 산책할 수 있는 권리. 보통 사람들이 편안히 잠을 자고 아침이면 닭 우는 소리에 잠을 깨는 것이지. 서까래가 활활 불타서 잠을 깨는 것이 아니라! 그리고 그 법을 위반한 자들에겐 교수대, 도끼, 꼬챙이와 달군 쇠가 함께 해야지! 그런 처벌이 다른 이들을 겁주는 거라고. 죄인들은 잡아서 벌을 줘야만 해. 가능한 한 수단과 방법을 가리지 않고. 위쳐 양반! 지금 얼굴에 나타난 그 불만은, 이 목적에 대한 불만인가, 아니면 수단에 대한 불만인가? 내 생각에는 수단에 대한 불만 같은데! 수단에 대해 비판할 수는 있지만, 모두들 안전한 세상에서 살고 싶어 하는 열망이 있지. 어때, 대답해봐!"

"대답할 필요도 없는 문제 같은데."

"내 생각에는 '그렇다'가 답이야."

---

* 페르 파스 엣 네파스(PER FAS ET NEFAS): 라틴어로 '선한 수단이든 악한 수단이든 가리지 않고 행하는'의 의미를 담고 있다.

"영주님, 난 당신이 생각하는 세계와 생각이 마음에 드는데."

"정말인가? 당신 얼굴은 전혀 다른 대답을 하고 있는데."

"영주님의 세상이야말로 위쳐를 위한 세상이오. 그런 세상에서는 위쳐가 할 일이 없어 손가락을 빠는 일은 없을 테니까. 법조문과 단락과 정의에 대한 낡은 경구 대신, 무법과 무정부상태, 자의와 제멋에 사는 자들의 세상, 빠른 시간 안에 경력을 쌓고 싶은 자들의 과열, 광신자들의 눈먼 복수, 미쳐 날뛰는 자들의 잔혹함, 앙갚음, 가학적인 열기를 부추길 거요. 당신이 추구하는 세상은 공포로 가득 찬 세상이지. 날이 저문 후에는 산적 때문에 집 밖으로 못 나오는 게 아니라, 법의 수호자들 때문에 무서워서 못 나오는 그런 세상 말이오. 왜냐하면 산적 떼 사냥이 계속되면 산적들은 어느새 법의 수호자들로 변모하니까. 당신의 세상은 추격과 협박, 음모의 세상이고, 정보 제공자들과 가짜 협조자들의 세상이오. 첩자와 억지 자백의 세상이겠지. 밀고와 밀고에 대한 두려움으로 떠는 세상. 그리고 당신의 세상에서는 엉뚱한 사람의 가슴을 쇠로 후벼 파거나 꼬챙이로 꽂아 죽이는 일이 만연할 거요. 그런 세상은 범죄의 세상이나 다름없지. 간단히 말해서 위쳐에게는 물 만난 물고기 같은 세상인 거요."

잠시 후 풀코 영주가 눈을 가린 가죽 가리개를 문지르며 말했다.

"이봐, 당신 이상주의자였군! 위쳐를 직업으로 하는 전문적인 살인자인데 이상주의자에다가 도덕주의자라…… 당신의 직업을 수행하는 데 있어서는 꽤나 위험한 사상이겠군, 위쳐 양반. 직업을 곧 관둘 날도 멀지 않았어. 어느 날인가는 스트리가*를 죽일까 말까 고민하게 되겠군. 혹시 이놈,

---

* 스트리가(Striga): 저주를 받아 만들어지는 여자 괴물로, 주로 보름달이 뜨는 날에 활동한다.

죄 없는 스트쉬가면 어쩌지? 혹시나 눈먼 복수나 눈먼 광기면 어떡하지? 당신에게 그런 일이 생기지 않길 바라. 만약 그런 일이 생긴다면…… 이 역시 바라는 바는 아니지만 가능성은 있지. 누군가 잔인하고 가학적인 방법으로 당신과 가까운 이에게 해를 입힌다면, 당신도 우리의 대화를 다시 기억하게 될 거야. 죄에 대한 적당한 징벌의 문제에 대해 말이지. 그때가 되어도 우리의 생각이 서로 다를 것 같은가? 하지만 오늘 이 자리에서 그 문제는 논쟁의 대상이 아니야. 오늘은 구체적인 이야기만 할 거니까. 그리고 구체적인 이야기의 대상은 바로 당신이야."

영주의 말에 게롤트는 눈썹을 조금 치켜세웠고, 영주는 말을 이었다.

"상당히 빈정대는 투로 내가 사용하는 방법과 나의 합법적 세계에 대해 당신의 생각을 늘어놓았지만, 당신은 그런 생각을 사실로 만드는 일을 하고 있어. 다시 말하자면, 나는 범법자들이 죄에 대한 대가를 치르게 하겠노라 맹세한 바 있지. 모든 범법자가 말이야. 시장에서 저울을 속이는 자부터 길거리에서 군수품인 활과 화살을 탈취하는 자까지. 산적들, 기술자들, 도적들. 떠들썩하게 '자유 스토키'인지 뭔지 하는 이름으로 불리는 산적들도, 그리고 밤꾀꼬리도. 특히 밤꾀꼬리는 어떤 수를 써서라도 처벌받도록 해야 해, 되도록 빨리. 대사면이 시행되기 전에 말이야. 그놈이 뻔뻔하게…… 위쳐 양반, 난 몇 달 전부터 그놈을 앞지를 수 있는 기회를 기다리고 있었어. 그놈을 유인해서 결정적인 실수를 저지르게 만들고, 체포하게 될 기회를. 내가 얘기를 더 해야겠나, 아니면 이미 짐작이 가나?"

"짐작은 가지만 말해보시죠."

"정체 모를 그 하프엘프, 이 공격을 계획하고 집행한 그놈이 밤꾀꼬리에게 위쳐를 조심하라고 충고하면서, 생각 없이 건방지거나 영웅적인 행동따위 하지 말라고 경고한 바 있지. 그게 다 이유가 있다는 건 알고 있어. 하지만 그런 경고는 아무 소용도 없게 되겠지. 밤꾀꼬리는 실수를 저지를 테니까. 이미 상황을 듣고 방어할 준비가 되어 있는 위쳐를 공격하게 되는 거지. 공격을 기다리고 있던 위쳐를 말이야. 그게 바로 산적 밤꾀꼬리의 최후가 될 거야. 나는 당신과 계약을 맺고 싶어, 게롤트. 내 협조자가 되어줘야겠어. 말 끊지 말고. 계약은 간단해. 양쪽 모두 지켜야 할 사항이 있고, 그 사항을 지키는 거지. 당신은 밤꾀꼬리를 해치워버리라고. 나는 그 대가로……."

영주는 잠시 아무 말도 하지 않다가 교활하게 웃으며 덧붙였다.

"난 당신이 누군지, 어디에서 왔는지, 어디로 가는지, 여행의 목적이 무엇인지 묻지 않겠어. 또한 당신 무리 중 한 명이 거의 티가 나지 않지만 어째서 닐프가드 억양으로 말을 하는지, 무리 중 한 남자 옆에만 가면 개나 말이 털을 곤두세우며 불안해하는지 묻지 않겠다고. 당신네 시인인 단델라이온이 들고 다니는 원고 뭉치도 빼앗지 않을 테고 그 원고에 뭘 기록하고 있는지도 묻지 않겠어. 황제의 정보부는 당신들에 대해서 밤꾀꼬리가 죽은 후에, 아니면 내 감옥에 갇힌 후에나 알게 될 거야. 어쩌면 훨씬 더 나중에 알게 될지도 모르지. 서두를 필요가 뭐가 있겠나? 당신들에게 시간을 주지. 그리고 기회도."

"무슨 기회?"

"투생까지 갈 기회 말이야. 동화에나 나올 것 같은 그 웃기는 나라, 닐프가드의 정보부도 어찌하지 못하는 그 나라로 말이지. 앞으로는 많은 것이 바뀔 거야. 대사면이 시행될 것이고, 어쩌면 야루가에서 휴전 선언이 있을지도 모르지. 혹은 평화가 계속될 수도 있고."

게롤트는 오랫동안 침묵했다. 상처 난 영주의 얼굴은 꼼짝도 하지 않았고, 한쪽 눈만이 이글이글 불타고 있었다.

"알겠소." 마침내 게롤트가 말했다.

"협상 없이? 다른 조건은 걸지 않고?"

"조건은 두 가지요."

"그렇겠지, 말해봐."

"우선 며칠은 서쪽으로 가야 하오. 몬두이른 호수로. 그곳의 드루이드들에게, 아니면……."

"지금 날 바보 취급하는 건가? 지금 날 속이려는 거야? 서쪽이라니 무슨 서쪽? 당신이 가는 길이 어딘지는 누구나 알고 있어! 밤꾀꼬리 역시, 바로 그 길에서 공격을 준비하고 있단 말이지. 남쪽, 벨하벤, 네바 강 계곡이 투생으로 가는 산스레투르 계곡과 만나는 곳."

"그 말은……."

"그 말은 즉, 몬두이른 호수에는 드루이드들이 없다는 거야. 대략 한 달쯤 되었지. 드루이드들은 투생의 산스레투르 계곡 쪽으로 이동했어. 희한하고 괴상한 놈들에 대해 마음이 약한 보끌레흐의 아나리에타 공주의 보호를 받고자 말이지. 그런 자들에게 자신의 동화 같은 나라에서 거주할 만한 곳을 마련해줄 모양이야. 당신도 알고 있잖아, 위쳐. 날 바보 취급하지 마. 날 속이려 들지도 말고!"

"그럴 생각은 없었소. 정말이오. 앞으로도 그럴 생각이 없고. 내일 벨하벤으로 가겠소."

"뭐 잊은 건 없고?"

"아니, 잊지 않았소. 내 두 번째 조건은 앵글로메요. 지금 당장 앵글로메를 사면하고 감옥에서 풀어주시오. 협조자 위쳐에게는 황제의 협조자가 필요하오. 자, 하겠소, 안 하겠소?"

"그렇게 하지. 다른 방법이 없으니까. 앵글로메는 이제 당신 거야. 당신이 나에게 협조하는 이유는 단지 앵글로메를 위해서라는 사실 정도는 나도 아니까."

게롤트와 나란히 달리고 있던 레지스는 이야기를 끊지 않고 주의 깊게 들었다. 레지스는 과연 정확했다.

"우린 다섯 명인데, 네 명이 아니라. 8월 말부터 다섯 명이 함께 다니고 있고, 다섯 명이 함께 야루가를 건넜지요. 그리고 밀바는 리버델에서 머리를 잘랐어요. 대략 일주일쯤 전에. 새로 생긴 금발 머리 조카는 밀바의 머리에 대해 알고 있었죠. 그런데 다섯 명이 아닌 네 명이라고 했다는 점이 이상하군요."

게롤트가 이야기를 끝내자마자 레지스는 이상하다는 듯 고개를 갸웃거렸다.

"이 황당한 이야기를 듣고도 그게 제일 이상하다는 거요?"

"그렇다고 할 수 있지요. 하지만 제일 이상한 건 벨하벤이에요. 우리를 공격하기로 했다는 그 마을 말이죠. 벨하벤은 네바 골짜기와 테오둘라 능선이 지나는 길에 있는데……."

레지스의 말에 게롤트는 자꾸만 뒤로 처지는 로취를 잡아끌며 대꾸했다.

"그곳으로는 갈 생각이 전혀 없었는데. 3주 전, 그 밤꾀꼬리라는 산적이 어떤 하프엘프에게서 나를 죽이라는 청부를 받았을 때, 우리는 이스기스의 늪을 두려워하며 앙그렌에서 캐드 드후로 가고 있었소. 우리가 야루가 강을 건너리라는 것도 몰랐는데. 젠장, 오늘 아침에만 해도 우린……."

"알고 있었어요."

레지스가 게롤트의 말을 끊고는 차분히 말했다.

"우리는 계속 드루이드들을 찾고 있었어요. 오늘 아침에도, 3주 전에도. 그 정체 모를 하프엘프는 우리가 드루이드들에게로 가는 길 어디쯤에서 자리를 잡고 급습을 계획한 것이고요. 우리가 반드시 그 길로 지나가리라는 것을 확신하고. 그러니까 한마디로……."

"우리가 가는 길을 우리보다 더 잘 안다는 말이군. 도대체 어떻게?"

"바로 그 지점에서부터 질문이 시작되어야 합니다. 그래서 영주에게 협조하기로 한 것 아닌가요?"

"당연하지. 그 하프엘프와 이야기를 좀 나눌 기회가 있었으면 좋겠는데. 하지만 그러기 전에, 달리 설명할 건 없소? 지금쯤이면 뭔가 장황하게 설명을 해야 하는 상황인데?"

게롤트는 특유의 그 비틀린 웃음을 지었다.

레지스는 잠시 동안 침묵 속에서 게롤트를 바라보더니 마침내 입을 열었다.

"당신이 하는 말이 마음에 들지 않는군요, 게롤트. 당신의 생각도. 그 생각은 말이 안 된다고 생각합니다. 너무 성급하게, 고민 없이 내린 결론이에요. 고정관념과 혐오가 만들어낸 생각이지요."

"그럼 대체 이걸 어떻게 설명할 수 있소?"

"어떻게든. 그것만 빼고. 예를 들어, 저 금발 머리 조카가 그냥 거짓말을 했을 가능성은 고려하지 않는 건가요?"

레지스는 게롤트가 지금껏 한 번도 들어보지 못한 어조로 게롤트의 말을 막았다.

"아니에요, 아니에요, 삼촌! 증명할 수도 없으면서 나한테 거짓말을 한다고 덮어씌우지 말아요!"

바로 뒤에서 노새 드라큘을 타고 오던 앵글로메가 소리쳤다.

"난 네 삼촌이 아니란다, 아가."

"나도 염병할 아가가 아니에요, 삼촌!"

"앵글로메, 조용히 해."

게롤트가 안장에서 고개를 돌렸다.

"그럴게요. 나한테 명령할 수 있는 건 당신뿐이에요. 당신이 날 영주의 발톱 아래에서 빼내주었으니까요. 당신 말은 들을 거예요, 당신이 내 무리의 우두머리예요, 우리 산적 떼……."

"제발, 조용히 좀 해."

앵글로메는 뭐라고 웅얼거리고는 노새 드라큘을 재촉하지 않은 채 뒤처졌다. 레지스와 게롤트는 속도를 냈고 앞서가고 있던 단델라이온과 카히르, 밀바를 따라잡았다. 일행은 최근의 비로 탁해진 흙탕물이 바위 위에서 거센 소리를 내며 흐르고 있는 네바 강변을 따라 산 쪽으로 가는 중이었다. 길 위에는 게롤트 일행만 있는 것이 아니었다. 닐프가드 부대들을 자주 지나치며 앞서갔고, 혼자 달리는 기마병, 이주민들의 마차, 행상들의 마차도 지나쳤다.

남쪽으로 점점 더 가까이 가자 아멜 산맥의 모습도 점점 더 위협적으로 가까워지고 있었다. 악마의 산이라는 고르곤의 뾰족한 봉우리가 하늘을 뒤덮은 구름 속에 잠기고 있었다.

"언제 말할 건가요?"

레지스가 앞쪽에서 달리고 있는 셋을 눈빛으로 가리키며 물었다.

"이따가 자기 전에."

게롤트의 이야기가 끝나자 처음 입을 연 것은 단델라이온이었다.

"내 말이 틀렸다면, 정정해주게. 자네가 아무 생각 없이 기꺼이 우리 무리에 합류시킨 저 아이, 앵글로메는 범죄자네. 사실 저 애가 응당 받아야 할 처벌을 피하고자 자네는 닐프가드인들과 협조하기로 했지. 대가를 받고 일하기로 한 거야. 그것도 자네 혼자 감당하는 게 아니라, 우리 모두 함께. 우린 이제 모두 다 힘을 모아 이 동네 산적을 잡든지 죽이든지 해야 하는 상황이야. 간단히 말하면 게롤트, 자네는 닐프가드의 용병이 된 거라고. 현상금 사냥꾼, 돈을 받고 일하는 청부 살인자. 그리고 우린 자네의 동업자로 신분이 좀 높아졌거나 아니면 같은 배신자……."

"비약에는 정말 타고난 재주가 있군, 단델라이온. 지금 이 상황이 어떻게 된 일인지 정말 이해를 못하겠단 말이오? 아니면 그저 떠들기 위해 떠드는 거요?"

카히르가 중얼거렸다.

"닥쳐, 닐프가드인! 게롤트?"

게롤트는 아까부터 계속 만지작거리고 있던 나뭇가지를 모닥불 속으로 던졌다.

"일단 이 이야기부터 하지. 우선 내가 의도한 일에 대해서 누구도 도와줄 의무는 없어. 나 혼자서도 할 수 있으니까. 동업자나 나 같은 배신자들 없이도."

"삼촌은 용감해요. 하지만 밤꾀꼬리는 스물네 명의 부하가 있어서 위쳐라고 해도 상대하는 게 쉽지는 않을 거예요. 사람들이 위쳐의 칼 솜씨에 대해 떠들던 소문이 정말이라고 해도, 혼자서 스물네 명을 상대할 수는 없다고요. 삼촌이 내 목숨을 구해줬으니, 나도 은혜를 갚을 거예요. 이렇게 경고를 하고 도와주는 걸로요."

앵글로메가 목소리를 높이며 떠들어댔다.

"도대체 산적 떼라는 게 뭐야?"

"아엔 한제. 우리 말로는 무장 단체를 말하는데, 의리로 맺어진……."

카히르가 설명했다.

"일행 같은 건가?"

"그렇소, 여기 말로 하자면……."

설명하려던 카히르의 말을 끊고 앵글로메가 툭 끼어들었다.

"산적 떼는 산적 떼예요. 그리고 우리 말로는 난리 떼라고 하거나 떼강도라고도 해요. 한 명이 떼를 상대로 하면 가망이 없어요. 게다가 밤꾀꼬리든 다른 누구를 상대하든 벨하벤에서는 더더욱 가능성이 없다고요. 도시로 가는 길도 모르고, 다른 길도 모르는 채 말이죠. 그러니까 내 말을 들어요. 위쳐라도 혼자서는 안 돼요. 당신들 관습은 모르겠지만, 나는 위쳐 삼촌을 혼자 내버려두진 않을 거예요. 아까 단델라이온 삼촌이 말한 것처럼, 위쳐 삼촌이 기꺼이 나를 당신들 무리에 끼워주었어요. 제가 범죄자인데도 말이죠. 내 머리카락에서는 아직도 엿같은 냄새가 나겠죠, 그걸 씻어낼 수는 없어요. 다른 누구도 아닌, 위쳐 삼촌이 나를 환한 대낮 속으로 빼내주었어요. 난 그 점에 감사해요. 그래서 난, 위쳐 삼촌을 혼자 내버려두진 않을 거예요. 벨하벤으로 위쳐 삼촌을 데리고 가서, 밤꾀꼬리와 그 하프엘프를 만나게 할 거예요. 난 위쳐 삼촌과 함께 가요."

"나도." 카히르가 말했다.

"나도!" 밀바가 큰 소리로 외쳤다.

단델라이온은 요즘 들어 단 한순간도 몸에서 떼놓지 않는 원고 상자를 꼭 껴안고는 머리를 푹 숙였다. 어떤 생각과 싸우고 있는 것 같았고, 그 생각이 이긴 모양이었다.

"너무 고민하지 말아요, 단델라이온. 창피해할 필요 없어요. 칼질이 난무하는 피투성이 전장에서의 싸움은 나보다 당신이 더 안 어울리니까. 우린 쇠로 남을 베려고 학문을 해온 게 아니지요. 게다가…… 게다가 나는……."

레지스는 부드럽게 말을 이어가다가 문득 게롤트와 밀바를 바라봤다.

"난 겁쟁이랍니다. 꼭 그래야만 하는 게 아니라면, 배와 다리에서 겪었던 일을 또다시 겪고 싶지는 않아요. 벨하벤으로 가는 여정에서 나는 빼주기를 부탁합니다."

레지스는 간단하고 분명하게 말했다.

"그 배와 다리에서 내가 다리를 후들거리며 떨고 있을 때, 나를 둘러메고 구해준 건 당신이었어요. 그곳에 당신이 아니라 어떤 겁쟁이가 있었다면, 아마도 날 거기 놔두고 혼자 도망쳤겠죠. 하지만 그 자리에 겁쟁이는 없었어요. 그곳에는 레지스, 당신이 있었죠."

밀바가 먹먹한 목소리로 말했다.

"이모, 말 한번 잘하셨어요. 무슨 말을 하는지는 잘 모르겠지만, 아주 잘 말했다고요."

앵글로메의 확신에 찬 말이 끝나기 무섭게 밀바가 날카롭게 쏘아보며 소리쳤다.

"난 네 이모가 아니야! 조심해, 꼬마 아가씨. 한 번만 더 나를 그렇게 불렀다간 가만두지 않겠어!"

"무슨 일인데요?"

앵글로메가 되묻자 게롤트가 버럭 소리를 질렀다.

"조용히! 앵글로메, 그만! 다른 사람들도 제발 그만 좀 하라고. 맹목적으로 지평선만 보면서 헤매는 시기는 이제 끝났어. 도대체 지평선 너머에 뭐가 있는지 알아야 할 것 아닌가. 이제 구체적인 행동을 해야 할 때야. 목을 자를 때지. 왜냐하면 드디어 목을 잘라야 하는 자가 생겼으니까. 혹시 이해를 못한 사람이 있으면, 이젠 알아먹을 수 있을 거야. 이제야 손이 닿는 곳에 확실한 적이 나타난 거라고. 우리의 죽음을 원하는 하프엘프 말이야. 놈은 우리에게 적대적인 누군가의 사주를 받은 거야. 앵글로메 덕분에 우리는 그 사실을 미리 알게 된 거고, 사실을 미리 안다는 건 속담이 말하듯 무장을 한 것과 다름없어. 그 하프엘프를 우리가 공격해서, 누구의 사주를 받고 있는지 알아내고야 말겠어. 이제 이해가 되나, 단델라이온?"

"내 생각엔 자네보다 내가 더 상황을 잘 이해하고 있는 것 같군. 공격해서 정보를 알아내지 않아도, 그 정체 모를 하프엘프는 자네가 타네드에서 고관절을 공격해 절뚝거리게 만든 딕스트라의 명령을 받는 놈일 거야. 딕스트라는 비세게르드 총사령관의 보고를 듣고 우리가 닐프가드의 첩자라고 생각할 테고. 그뿐인가? 메브 여왕의 리리아 게릴라 부대에서 우리가 한 짓들을……."

"그건 아니에요, 단델라이온. 딕스트라가 아니에요. 비세게르드도 아니고, 메브도 아니에요."

레지스가 낮은 목소리로 끼어들었다.

"그럼 누가?"

"이 일에 대해서는 섣불리 결론 내릴 수 없어요."

"그 말이 맞아. 그래서 이 일은 벨하벤에 직접 가서 알아봐야 해. 그리고 결론은 샅샅이 헤집어봐야 알 수 있을 거야."

게롤트가 냉정한 목소리로 단언했지만 단델라이온은 포기를 몰랐다.

"내 생각에 그건 바보 같고 위험하기만 한 생각이야. 우리가 공격에 대해 미리 경고를 받은 건 다행스러운 일이야. 알게 된 이상, 공격을 멀리 피해 가자고. 그 엘프인지 하프엘프인지 그놈이 거기서 기다리건 말건, 우린 우리 갈 길을 가면……."

"안 돼. 더 이상 논쟁할 것도 없어, 친구들. 무질서는 이제 그만두자고. 이제 우리…… 우리 패거리도 우두머리가 있어야 할 때가 왔어."

앵글로메를 포함한 모두가 기대하는 듯한 침묵으로 게롤트를 바라보자 그가 말했다.

"나, 앵글로메, 밀바는 벨하벤으로 간다. 카히르, 레지스, 단델라이온은 산스레투르 계곡에서 길을 꺾어 투생으로 가고."

"그건 아니지. 그건 안 돼. 난 그럴 수는……."

단델라이온이 자신의 원고 상자를 꼭 끌어안으며 말했다.

"닥쳐. 이건 논쟁이 아니야. 이건 우두머리의 명령이라고! 자네, 레지스, 카히르는 투생으로 가서 우리를 기다려."

"투생은 나에겐 곧 죽음이라고. 만약 보끌레흐에서 누군가 날 알아보기라도 하는 날엔 그대로 끝장이야. 내가 고백할 게 있는데……."

"안 해도 돼. 너무 늦었어. 진즉에 내뺄 수도 있었지만 그러지 않았잖아. 우리 무리에 남기로 한 거야. 시리를 구하기 위해서, 안 그래?"

"맞아."

"그럼 레지스, 카히르와 함께 산스레투르 계곡으로 가. 산에 들어가서 일단은 투생 국경을 넘지 말고 우릴 기다려. 하지만 만약…… 만약 꼭 그래야만 하는 상황이라면 국경을 넘어야지. 투생에는 캐드 드후에서 살던, 레지스가 아는 이들과 비슷한 드루이드들이 있으니까. 만약 그래야만 하는 상황이 생긴다면, 드루이드들에게서 정보를 얻고 시리를 찾으러 셋이 가."

"그게 무슨 소리야, 우리끼리 가라니? 도대체 무슨 예상을 하길래……."

"예상하는 게 아니라, 가능성을 고려한 거야. 만일의 경우라는 거지. 어쩔 수 없는 상황 같은 거 말이야. 어쩌면 모든 일이 잘 풀려서 투생에 갈 필요가 없을지도 몰라. 하지만 일단은…… 중요한 건 투생까지 닐프가드 군대가 쫓아오지는 못한다는 거야."

"그렇죠. 못 쫓아와요. 이상한 일이지만 닐프가드는 투생의 국경선을 존중하죠. 나도 쫓아오는 걸 피해 투생에 숨은 적이 몇 번이나 있어요. 하지만 투생의 기사들 역시 염병할 검은 기사들보다 나을 바가 하나도 없더라고요! 세련되고 말은 예의 있게 하지만, 창이나 칼을 빼 드는 데 지체하지 않아요. 그리고 국경은 늘 감시하고 있고요. 국경 감시부대가 있어요. 한 명씩, 아니면 두 명씩, 아님 세 명씩 다니죠. 그리고 패거리들을 소탕해요. 바로 우리 같은 패거리들 말이에요. 위처 삼촌, 계획 중에서 바꿀 게 하나 있어요."

또 한 번 불쑥 끼어든 앵글로메가 게롤트를 보며 말했다.

"뭔데?"

"만약 우리가 벨하벤으로 가서 밤꾀꼬리와 대적할 거라면, 나랑 카히르랑 같이 가요. 그리고 저 사람들이랑 이모가 함께 가고요."

"그건 왜?"

게롤트가 손짓으로 밀바를 말리며 물었다.

"그 일에는 남자가 필요해요. 그때가 되면 진짜 힘보다는 위협이 필요하죠. 하지만 밤꾀꼬리 일당은 남자 한 명과 여자 두 명이 있는 무리는 무서워하지 않을 거예요."

"우리는 밀바와 함께 간다, 카히르가 아니라. 나는 카히르와는 같이 가고 싶지 않아."

게롤트는 화가 머리끝까지 난 밀바의 어깨에 손을 얹으며 말했다.

"그건 왜요?"

"그건 왜지?"

"그건 왜지요?"

앵글로메와 카히르는 동시에 물었고, 레지스는 한 박자 늦게 물었다.

"왜냐하면 난, 카히르를 믿지 않으니까." 게롤트는 짧게 답했다.

그 후에 지속된 침묵은 무겁고 끈적거리고 불쾌한 것이었다. 행상들과 다른 여행자들이 밤을 지내고 있는 숲에서 목소리와 외침, 노랫소리가 들려왔다.

"해명을 하시오." 카히르가 마침내 입을 열었다.

"누군가 우릴 배신했어. 영주와 나눈 이야기, 앵글로메의 이야기 이후 배신자가 있다는 생각에는 의심의 여지가 없어. 그리고 잘 생각해보면, 그 배신자는 우리 중 한 명이고. 그리고 그게 누군지 짐작하는 건, 잘 생각해볼 필요도 없지."

게롤트가 건조하게 대꾸했다.

"지금, 그 배신자가 나라고 말하는 거요?"

카히르가 눈썹을 찡그리며 물었다.

"그런 생각이 들었다는 걸, 숨길 생각은 없어. 여러 가지가 그걸 방증하지. 여러 가지로 설명할 수 있고. 정말 여러 가지로."

게롤트의 목소리는 차가웠다.

"게롤트, 지금 너무 나간 거 아니야?"

단델라이온이 조심스럽게 끼어들었지만, 카히르가 입술을 깨물며 재촉했다.

"말해주면 좋겠는데. 계속 말해보시오, 상관 말고."

"인원수에서 왜 차이가 났는지 이상했지. 무슨 말을 하는지는 알 거야. 우린 다섯 명이잖아, 네 명이 아니고. 처음엔 누군가 착각했다고 생각했지. 정체 모를 그 하프엘프나, 밤꾀꼬리나, 앵글로메 중 누군가가. 하지만 착각이라는 가정을 버린다면? 그러면 다른 논리가 가능해지지. 일행은 다섯 명이지만, 밤꾀꼬리가 죽여야 할 대상은 네 명이라는 거야. 왜냐하면 다섯 번째 사람은 공격자들과 한패니까. 우리의 행로에 대해 계속해서 정보를 주는 사람이 있는 거야. 처음부터 함께 생선 수프를 먹고 우리가 이 무리를 결성했을 때부터, 그러니까 닐프가드인을 받아들였을 때부터 말이야. 시리를 공격해야 하고, 에미르 황제에게 시리를 갖다 바쳐야 하는 자, 그렇게 해서 자기 목숨을 구하고 앞으로의 경력을 보장받을 수 있는 인물을 받아들였을 때부터……."

게롤트가 동행인들의 얼굴을 바라보자 카히르가 천천히 말했다.

"그럼 내가 착각한 건 아니었군. 당신이 날 배신자라고 생각하는 게 분명해졌으니까. 그러니까 내가 동지를 팔아넘기는 두 얼굴의 비열한 배신자라는 거요?"

"게롤트, 솔직히 말하는 걸 용서해주면 좋겠군요. 게롤트 당신의 논리는 오래된 체처럼 구멍투성이에요. 그리고 그런 생각은, 이미 말했지만 좋지 않아요."

레지스의 말에도 카히르는 마치 뱀파이어의 말이 들리지 않는다는 듯 되풀이했다.

"내가 배신자라…… 하지만 내 배신에 대한 증거는 위쳐 당신의 짐작과 혼란스러운 추론 말고는 아무것도 없소. 내 결백을 밝혀야 하는 무거운 짐은 나 이외에는 질 사람이 없겠지. 내가 첩자가 아니라는 사실을 내가 증명해야만 하고. 그렇소?"

"너무 잘난 척하지 마, 닐프가드인. 만약 네 잘못에 대한 증거를 내가 가지고 있었다면, 이런 얘기를 하면서 시간 낭비 따위 하지 않았어! 당장에 널 청어처럼 썰어버렸을 테니까! 쿠이 보노*라는 법칙을 아나? 그렇다면 대답해봐. 우리 중 너 말고 배신할 만한 이유가 있는 사람이 누가 있지? 배신을 해서 무언가 얻을 수 있는 사람이 너 말고 누가 있냐고!"

게롤트는 카히르의 시선을 마주 보며 고함을 질렀다.

행상들의 마차가 있는 천막 쪽에서 계속 큰 소리가 났다. 검은 하늘에는 별 모양으로 빨간빛과 금빛의 불꽃이 폭발하고, 벌 떼 같은 금빛 불꽃이 비처럼 쏟아져 내렸다.

"난 첩자가 아니오. 불행히도 그걸 증명할 수는 없소. 하지만 다른 건 할 수 있지. 내 앞을 가로막는 것, 나에게 거짓말을 하고 나를 무시하며 내 명예와 자존심을 더럽히는 자를 가만두지 않는 것."

카히르는 울림이 깊고 힘이 넘치는 목소리로 말했다.

카히르의 움직임은 번개처럼 빨랐지만, 게롤트를 놀라게 하지는 못했다. 하지만 게롤트는 아픈 무릎으로 복잡한 움직임을 감당해야 했고, 결국 피하

---

* 쿠이 보노(Cui bono): '누구에게 득이 되는가?'라는 의미의 라틴어이다.

지 못했다. 기마용 장갑이 턱을 어찌나 세게 쳤는지 게롤트는 뒤로 나가떨어졌고, 먼지 같은 불꽃을 날리며 모닥불에 엎어지고 말았다. 재빨리 일어났지만, 무릎의 통증 때문에 이번에도 너무 느렸다. 카히르는 어느새 옆에 와 있었다. 이번에는 몸을 굽히지도 못했는데, 주먹이 머리 옆으로 날아왔고, 눈앞에는 행상들이 쏜 불꽃보다도 더 화려한 별들이 번쩍였다. 게롤트는 심한 욕설을 내뱉고는 카히르에게 달려들어 어깨를 붙잡은 채로 땅에 쓰러뜨렸다. 둘은 자갈밭 위에서 뒹굴며 쿵쿵 소리가 날 정도로 서로 주먹질을 해댔다.

이 모든 것이 밤하늘을 밝힌 불꽃놀이의 부자연스럽고도 괴상한 조명 아래에서 일어난 일이었다.

"그만들 해! 그만들 하라고! 이 멍청이들!"

단델라이온이 고래고래 고함을 질렀다.

카히르는 기술 좋게 게롤트를 땅에 넘어뜨리고, 일어나려는 게롤트의 입에 주먹을 날린 후에도 가격을 멈추지 않았다. 게롤트는 몸을 굽혔다가 용수철처럼 뛰어올라 카히르를 발로 찾지만 급소를 때리지 못하고, 허벅지를 걷어찼다. 둘은 다시 엉겨 붙었고, 쓰러져 뒹굴다가 눈으로 들어오는 모래먼지에 눈도 제대로 뜨지 못한 채 서로를 치고받았다.

그러던 중 갑자기 각자 반대 방향으로 몸을 굴렸다. 위에서 떨어져 내리는 채찍질에 머리를 감싼 채로.

허리에서 굵은 가죽 허리띠를 벗은 밀바가 버클을 손에 잡고 허리띠를 손목에 감은 채 싸움질 중인 둘에게 달려들어 귀에서부터 온몸의 힘을 담아 가죽끈도, 자기 손도 전혀 아끼지 않고 채찍질을 퍼부었던 것이다. 가죽끈은 휙휙 바람을 가르며 건조하게 부딪치는 소리를 내면서 한 번은 카히르를, 한 번은 게롤트를 번갈아가며 손과 목, 등과 팔에 날아들었다. 둘이 서로 떨어지자 밀바는 카히르와 게롤트 사이를 뛰어다니며 공평하게, 둘 중 어느 누구도 더 맞지도 덜 맞지도 않게 매질을 해댔다.

"이 바보 같은 바보들! 이 똥 같은 똥들! 당신들 둘에게 지혜를 가르쳐주겠어!"

밀바는 게롤트의 등을 때리며 외쳤다.

"벌써! 벌써 끝난 거야? 이제 좀 진정이 됐어?"

머리를 가린 카히르의 팔을 내리치며 밀바는 소리를 질렀다.

"그만! 그만해!" 게롤트가 비명을 질렀다.

"그만! 충분해!" 카히르가 몸을 웅크린 채 소리쳤다.

"충분해요, 정말. 이젠 충분한 것 같군요, 밀바."

밀바는 힘겹게 숨을 몰아쉬며 허리띠가 감긴 손으로 이마를 닦았다.

"최고예요. 이모, 최고." 앵글로메가 말했다.

밀바는 발꿈치를 이용해 몸을 휙 돌리더니 온 힘을 다해 앵글로메의 목덜미를 향해 허리띠를 내리쳤다. 앵글로메는 비명을 지르고는 바닥에 주저앉아 울기 시작했다.

"내가 말했지. 날 그렇게 부르지 말라고 말했잖아!"

"아무것도 아닙니다!"

단델라이온은 조금 떨리는 목소리로 지나가는 다른 여행자들과 행상들을 안심시키고 있었다.

"친구들끼리 잠시 오해가 생긴 것뿐이죠. 친구들 사이의 의견 충돌입니다. 이제 끝났어요!"

게롤트는 흔들리는 이빨을 혀로 만져보고는 찢어진 입술에서 흘러나온 피를 뱉었다. 등과 팔에 잡힌 물집이 부풀어 오르는 게 느껴졌다. 허리띠로 얻어맞은 귀는 콜리플라워 크기로 부풀어 오르고 있었다. 게롤트 옆에는 뺨을 붙든 채 어정쩡한 자세로 카히르가 누워 있었다. 드러난 팔의 위쪽으로 붉은 멍이 점점 커다랗게 번지고 있었다.

불꽃놀이가 끝난 뒤, 유황과 재 냄새가 섞인 비가 내리고 있었다.

앵글로메는 목덜미를 잡고서 불쌍하게 훌쩍거렸다. 밀바는 허리띠를 내던지고는 잠시 고민하다가 앵글로메 옆에 무릎을 꿇고 앉아 아무 말도 없이 앵글로메를 끌어안았다.

그때 차가운 목소리로 레지스가 입을 열었다.

"제안하지요. 두 사람은 악수를 해요. 그리고 앞으로, 절대로, 다시는 이 문제에 대해서 언급하지 않기로 약속하는 겁니다."

느닷없이 돌풍이 소리를 내며 불어왔다. 바람 사이로 어떤 유령의 외침과 비명, 한숨 소리가 들리는 것만 같았다. 하늘로 흩어진 구름은 기묘한 형태로 변했고, 초승달은 마치 피처럼 붉어졌다.

쏙독새들의 끔찍한 울부짖음과 날갯짓 소리에 모두들 새벽이 되기 전에 잠에서 깨고 말았다. 눈 쌓인 산꼭대기 바로 아래에서 눈이 멀 듯 환하게 빛나는 태양이 고개를 내밀자마자 일행은 바로 출발했다. 태양이 산꼭대기 위로 떠오르기 한참 전이었다. 그 전에 하늘은 구름으로 뒤덮여 있었다.

일행은 숲 한가운데를 달리고 있었고 길은 점점 더 높은 곳으로 이어지고 있었는데, 나무의 종류를 보면 알 수 있었다. 참나무와 서어나무가 갑자기 사라지고, 곰팡이 냄새와 거미줄, 버섯 냄새가 나는 낙엽들로 뒤덮인 컴컴한 너도밤나무 숲을 지났다. 버섯은 거의 바닥에 깔려 있었다. 축축한 여름의 끝이 가을 버섯으로 태어난 것만 같았다. 너도밤나무 숲 이곳저곳이 그물버섯과 꾀꼬리버섯, 독버섯으로 가득했다.

너도밤나무 숲은 너무 조용했다. 노래하는 새들은 이미 자신들의 겨울 낙원으로 날아가 버린 것 같았다. 축축하게 젖은 까마귀만이 덤불 끝에서 시끄럽게 까악까악 울고 있었다.

어느덧 너도밤나무 숲도 끝나고, 가문비나무가 나타났다. 송진 냄새가 물씬 풍겨왔다.

아무것도 자라지 않는 언덕과 바위산이 점점 더 자주 나타났다. 그 사이로는 돌풍이 몰아치고 있었다. 네바 강은 폭포가 되어 흰 거품을 부글거리며 흐르고 있었고, 내린 비에도 불구하고 물은 수정처럼 맑았다.

지평선에는 고르곤 산이 보이고 있었다. 점점 더 가깝게.

장엄한 산의 깎아지른 듯한 산허리로는 1년 내내 빙하와 눈이 흘러내려 마치 언제나 하얀 리본을 두르고 있는 것 같았다. 고르곤 산의 꼭대기, 비밀스러운 신부의 머리와 목에 해당하는 부분은 언제나 베일과 같은 구름에 휘감겨 있었다. 가끔 고르곤 산은 춤추는 무희처럼 이 하얀 옷들을 벗어던지곤 했는데, 이 아름다운 풍경은 죽음을 동반하곤 했다. 무너진 산의 잔해들은 산사태가 되어 내려오는 길에 있는 모든 것을 쓸어버렸다. 산 아래 돌밭을 지나 더 아래 언덕까지, 테오둘라 능선 중 가장 높은 곳에 있는 가문비나무들까지, 네바와 산스레투르의 계곡까지, 산속 깊이 있는 검은 호수들까지 쓸어버리곤 했다.

구름을 뚫고 솟아오른 태양은 너무 빨리 졌다. 순식간에 산 뒤로 숨어 산을 보랏빛과 황금빛의 햇무리로 에워싸고 있었던 것이다.

일행은 하룻밤을 묵어가기로 했다. 아침이 되자 다시 해가 떴다.

그리고 이제 헤어질 시간이 되었다.

밀바는 자신의 머리를 비단으로 된 스카프로 꼼꼼하게 감쌌다. 그러고는 레지스의 모자를 썼다. 그리고 어깨에 멘 시힐과 구두 굽에 들어 있는 단검을 살폈다.

옆에서 카히르는 자신의 긴 닐프가드 칼을 갈고 있었다. 앵글로메는 머리에 면으로 된 띠를 두르고, 밀바가 선물로 준 사냥꾼의 단검을 구두 굽에 숨기고 있었다. 밀바와 레지스는 이들의 말에 안장을 얹었다. 레지스는 앵글로메에게 자신의 검은 말을 주고, 노새 드라큘 위에 올라탔다.

이제 모든 준비가 끝났다. 하지만 아직 해결해야 할 일이 하나 남아 있었다.

"모두 여기로 와요."

모두들 아무 말 없이 다가왔고, 게롤트는 건방져 보이지 않으려고 노력하며 먼저 입을 열었다.

"카히르, 셀락의 아들, 나는 당신을 잘못된 의심으로 해하고, 당신에게 나쁘게 행동했소. 모두의 앞에서 머리 숙여 사과하는 바요. 사과하고, 나를 용서해주길 바라오. 여러분 모두에게도 용서를 구하는 바요. 내 행동을 어쩔 수 없이 보고 들었던 것에 대해서.

카히르와 모두에게 나의 분노와 화를 쏟아부었소. 그건 누가 우리를 배신했는지, 내가 알고 있기 때문이오. 누가 배신하고, 시리를 납치했는지 나는 알아. 한때 나와 매우 가까웠던 인물이지. 그 때문에 화가 났소.

우리가 있는 장소, 우리의 목적과 목적지, 그리고 어느 방향으로 가는지…… 이 모든 것은 스캐닝 마법의 힘으로 파악된 것이오. 잘 알고 가깝게 지낸 탓에 오랫동안 정신적인 교류를 해왔고 매트릭스 형성이 가능한 인물에 대해서는 멀리 떨어져 있어도 지정해서 관찰할 수 있소. 하지만 내가 말하는 이 마법사들은 한 가지 실수를 저질렀소. 정체를 드러낸 거지. 우리 일행의 머릿수를 세는 데 실수를 했는데, 그 실수 덕에 마법사가 한 짓이라는 걸 알게 된 거요. 레지스, 설명이 필요할 듯한데."

게롤트의 말이 끝나자 레지스가 천천히 입을 열었다.

"게롤트의 말이 맞을지도 모릅니다. 모든 뱀파이어들이 그렇듯 나는 마법의 시각장치나 스캐닝 등에 노출되지 않죠. 분석 마법이라면 가까이 있는 뱀파이어를 발견할 수는 있어요. 하지만 멀리서 스캐닝 마법을 이용해 뱀파이어를 발견할 수는 없지요. 스캐닝 마법에 뱀파이어는 나타나지 않아요. 뱀파이어를 인식하지 못하는 것이지요. 스캐닝 마법을 통해 우리 일행을 보고 그렇게 착각할 수 있는 것은 마법사들뿐이에요. 다섯 명인데 네 명이라고 판단한 건, 네 명의 사람과 한 명의 뱀파이어 때문입니다."

게롤트가 다시 입을 열었다.

"마법사들의 이 실수를 이용해서 나와 카히르, 앵글로메는 벨하벤으로 가서 우리를 해치우고자 살인자를 고용한 하프엘프와 이야기를 할 거요. 하프엘프에게 물어야 할 것은, 누구의 명령을 받는가가 아니오, 이미 알고 있으니까. 하프엘프에게 살해를 지시한 마법사들이 어디에 있는지 물어봐야 하오. 어디에 있는지 알게 되면 그곳으로 가서, 복수를 하는 거지."

모두들 침묵했다. 게롤트는 말을 이었다.

"우린 날짜 세는 걸 잊어버렸지. 그래서 오늘이 이미 9월 25일이라는 것도 모르고 있었소. 이틀 전 밤이 바로 추분이었지, 낮과 밤의 길이가 같은 날. 그렇지, 다들 생각하는 바로 그날이오. 모두의 눈에서 걱정이 보이는군. 그날 그 끔찍한 밤에, 우리 옆에서 천막을 치고 있던 행상들이 노래를 부르고 불꽃놀이를 하며 분위기를 돋우려고 했던 날, 모두들 그 신호를 보앉을 거요. 나와 카히르보다는 덜 느꼈겠지만, 아마도 짐작들은 했겠지. 의심도 했고. 그리고 내 생각엔 그 의심이 맞는 것 같소."

바위산 위를 날아가는 까마귀가 까악까악 울었다.

"이 모든 것이, 시리는 더 이상 살아 있지 않다는 걸 말하고 있어. 이틀 전 밤, 추분에 시리는 죽은 거요. 여기서 멀리 떨어진 어떤 곳에서, 외롭게, 적의로 가득 찬 낯선 사람들 틈에서. 우리에게 남은 것은 복수밖에 없소. 잔혹한 피의 복수, 100년 후에도 회자될 바로 그런 복수. 해가 저문 후에는 누가 들어도 무서워하는 이야기가 될 그런 복수. 그리고 그와 비슷한 범죄를 계획하는 놈들은, 우리의 복수 이야기를 생각하며 손을 떨 거요. 우린 모두가 두려워할 만한 예를 제시하는 것이지! 풀코 아르테벨데 영주의 방법, 나쁜 놈들과 범법자들을 다스릴 줄 아는 현명한 영주의 방법! 우리가 일으킬 공포는 영주마저도 놀라게 할 거요! 그러니 이제 출발하자고, 지옥이 우리를 도울 테니까! 카히르, 앵글로메, 말에 올라. 네바 강 위쪽, 벨하벤 방향으로 간다. 단델라이온, 밀바, 레지스는 산스레투르 쪽으로, 투생의 국경선으로 가. 고르곤 산만 보고 가면 길을 잃지 않을 테니. 모두들 무사하길."

시리는 세상 모든 고양이들이 그렇듯 자유를 향한 갈망과 방랑벽이 결국 추위와 배고픔, 불편함에 흔들리자 갈대숲 사이의 오두막으로 돌아온 검은 고양이를 쓰다듬고 있었다. 검은 고양이는 시리의 무릎에 앉아 손에 머리를 맡긴 채 가르릉 소리를 내며 만족해하고 있었다.

하지만 시리의 이야기에는 조금도 관심이 없었다. 시리는 다시 이야기를 시작했다.

"게롤트의 꿈을 꾼 건 그날이 유일했어요. 우리가 타네드에서, 갈매기의 탑에서 헤어졌을 때 이후로 단 한 번도 게롤트를 꿈에서 보지 못했어요. 그래서 나는 게롤트가 죽었다고 생각했어요. 그런데 갑자기 오래전 내가 꾸던 바로 그 꿈을 꾼 거죠. 예니퍼가 말하길 그런 꿈은 예지몽이라고, 과거나 현재를 보여준다고 했어요. 추분 바로 전날의 일이었죠. 어떤 도시였는데 이름은 생각나지 않아요. 본하트가 나를 가둬놓은 어떤 지하실에서였죠. 나를 때리면서 내 정체가 뭔지 말하라고 괴롭힌 후였고요."

"네가 누구인지 말했니? 그 사람에게 모두 말한 거야?"

비소고타가 머리를 들며 묻자 시리는 침을 삼켰다.

"비겁함에 대한 대가는 경멸과 내 자신에 대한 자괴감으로 감당해야 했어요."

"꿈 이야기를 해보려무나."

"꿈속에서 나는 거대하고 가파른, 마치 돌로 된 칼처럼 뾰족한 산과 게롤트를 봤어요. 게롤트가 뭐라고 말하는지도 들었죠. 한 마디 한 마디, 마치 내가 바로 옆에 있는 것처럼. 나는 그게 아니라고, 그건 사실이 아니라고, 게롤트가 착각하고 있는 거라고 소리치고 싶었던 것이 기억나요. 착각이라고! 왜냐하면 그때는 아직 추분이 되지도 않았고, 내가 정말 추분에 죽었다고 해도, 아직 죽지도 않은 나를 죽었다고 할 수는 없는 거잖아요. 그리고 예니퍼에 대해서 그런 의심을 하고 그런 말을 해서는 안 되는 거였어요."

시리는 잠시 이야기를 멈추고 고양이를 쓰다듬다가 크게 코를 훌쩍거렸다.

"하지만 나는 목소리를 낼 수 없었어요. 숨도 쉴 수 없었죠. 마치 물속에 빠진 것처럼요. 그러고는 꿈에서 깨어났죠. 내가 마지막으로 본 것은, 그 꿈에서 기억나는 건 세 명의 말 탄 사람들이었어요. 게롤트와 일행 두 명이 물이 흐르는 가파른 협곡을 달리고 있었어요."

비소고타는 아무 말도 하지 않았다.

만약 그날 밤, 누군가 어둠이 내린 늪지대 깊은 곳, 이끼가 잔뜩 자란 오두막으로 몰래 숨어들어 창틀 사이를 들여다보았다면, 희미한 불빛 아래 허연 수염의 노인이 뺨에 끔찍한 상처가 나 있는 잿빛 머리 소녀의 이야기를 듣고 있는 모습을 보았을 것이다. 소녀의 무릎에 앉은 검은 고양이가 게으르게 울며 방 안을 돌아다니는 쥐는 아랑곳하지 않은 채 계속 쓰다듬어달라고 보채는 광경도 보았을 것이다. 그러나 그 광경은 아무도 볼 수 없었다. 지붕에 이끼가 잔뜩 자란 오두막은 늪지대의 짙은 안개와 그 누구도 들어올 엄두를 내지 못하는 페레플럿의 늪지대에 깊이 숨겨져 있었으니까.

위쳐가 고통과 아픔, 죽음을 마주할 때면, 마치 보통의 남자들이 사랑하는 아내와 마주할 때 느끼는 감정과 매우 흡사한 감정, 곧 쾌락과 즐거움을 느낀다는 사실은 잘 알려져 있다. 이러한 점에서도 알 수 있듯 위쳐란 자연의 순리를 거스르는 비도덕적인 창조물이며 경멸할 만한 퇴화 생물로, 가장 어둡고 악취로 가득한 지옥의 밑바닥에서 올라온 것이 틀림없다. 고통과 아픔에서 쾌락을 얻을 수 있는 존재는 아마 악마밖에 없을 것이다.

익명의 저자, 몬스트룸, 또는 위쳐에 대한 묘사

제 6 장

　일행은 네바 계곡으로 가는 주도로에서 벗어나 지름길인 산길로 접어들었다. 옆으로는 이끼들과 풀로 뒤덮인 괴상한 모양의 바위들이 즐비했다. 그 좁고 구불구불한 산길에서 달릴 수 있는 최대한의 속도로 말을 달렸다. 폭포수가 떨어지고 있는 수직으로 깎아지른 듯한 벼랑길, 계곡과 협곡, 벼랑 사이에 놓인 흔들다리도 건넜다. 흔들다리 아래로는 흰 거품이 부글거리며 세차게 물이 흘렀다.

　고르곤 산의 칼날 같은 봉우리가 이미 머리 위에 있는 것만 같았다. 악마의 산 꼭대기는 보이지 않았다. 하늘을 뒤덮은 구름과 안개에 가려져 있었던 것이다. 날씨는 산악 지대가 흔히 그렇듯 몇 시간 사이에 갑자기 나빠져 빗방울이 계속 추적추적 떨어지고 있었다.

　해가 떨어질 시간이 되자 세 명 모두 불안해하며 양치기의 움막이나 폐허가 된 양 우리, 하다못해 굴이라도 있을까 싶어 열심히 찾고 있었다. 하늘에서 계속해서 떨어지는 비를 피할 만한 곳이 필요했던 것이다.

"비가 그쳤나 봐요. 움막 지붕의 구멍에서만 물이 떨어져요. 다행히 내일은 벨하벤 근처까지 갈 수 있을 테고, 도시 근처에서는 가축우리나 막사 같은 데서 잘 수 있을 거예요."

앵글로메의 목소리에는 희망이 담겨 있었다.

"시내로는 안 들어가나?"

"절대로, 생각도 하지 마세요. 말을 탄 외부인은 눈에 금방 띄고, 밤꾀꼬리는 시내에 첩자를 잔뜩 심어놓았다고요."

"우리가 먼저 놈의 미끼를 물면……."

"안 돼요, 그건 좋지 못한 계획이에요. 우리가 함께 있다는 것만으로도 의심을 불러일으켜요. 밤꾀꼬리는 똑똑한 놈이고, 내가 잡혔다는 소문도 이미 다 퍼졌을 거예요. 만약 밤꾀꼬리가 무언가를 의심하게 되면, 그건 하프엘프에게도 알려질 거예요."

"그렇다면 계획은 뭐지?"

"동쪽으로 길을 잡고 시내를 멀리 돌아가는 거죠, 산스레투르 계곡 밑에서부터요. 그곳엔 철광석 광산들이 있어요. 그 광산 중 한 곳에 지인이 있어요. 그 사람을 찾아가요. 만약 재수가 좋으면, 만남이 꽤나 보람찰 수도 있어요."

"그게 무슨 말인지 설명을 좀 해줘야겠는데?"

"자세한 이야기는 내일 해줄게요. 광산에 도착하면요. 미리 입방정을 떨면 안 되니까요."

카히르는 모닥불 속으로 자작나무 가지들을 던졌다. 하루 종일 비가 내린 탓에 자작나무 말고 다른 장작은 타지도 않았다. 자작나무는 젖었는데도 불구하고 치지직 소리를 내다가 곧 하얀 불꽃을 일으키며 타기 시작했다.

"넌 어디 출생이지, 앵글로메?"

"위쳐 삼촌, 신트라요. 야루가 강과 바다를 접하고 있는 그런 나라가 있어요."

"신트라가 어디 있는지는 나도 안다."

"그럼 뭐하러 물어봤어요? 나한테 관심 있어요?"

"뭐, 조금은 그렇다고 하자."

둘은 아무 말도 하지 않았다. 모닥불은 타닥타닥 소리를 냈다. 잠시 침묵이 흐른 뒤 앵글로메가 불을 바라보며 입을 열었다.

"우리 엄마는 신트라의 귀족이었고 신분이 높은 사람이었대요. 문장에는 바다표범이 그려져 있었어요. 그 바다표범이 그려진 메달이 있었는데, 내가 주사위 노름을 하다가 잃지만 않았어도 보여줄 수 있을 텐데…… 하지만 그 가문과 바다표범은 젠장, 나를 버렸어요. 우리 엄마가 마구간지기인지 뭔지 하는 놈이랑 놀아났고, 내가 바로 그렇게 해서 태어난 사생아예요. 집안의 명예를 더럽힌 수치이자 얼룩이었죠. 그래서 나를 먼 친척 집에 보냈는데, 그 집 문장에는 바다표범도 물개도 아무것도 없었지만 나한테 못되게 굴진 않았어요. 학교도 보내줬고, 별로 때리지도 않았고…… 하지만 기회만 생기면 내가 덤불 속에서 생긴 사생아라고 말했어요. 엄마는 날 보러 세 번인가 네 번 정도 왔어요, 내가 어렸을 때요. 그러고는 더 이상 오지 않았어요. 그러건 말건 난 별 상관없었지만."

"어쩌다가 범죄자들 틈에 끼게 됐지?"

"마치 심문하는 것처럼 묻네! 범죄자들 틈이라니, 염병! 정절의 길에서 탈선을 좀……!"

앵글로메는 씩씩대며 얼굴을 찡그린 채 중얼거리더니 가슴팍을 더듬어 게롤트에게는 잘 보이지 않는 무언가를 꺼냈다. 끈질기게 뭔가를 잇몸에 바르고 코로 들이마시고 있었는데, 그래서인지 발음이 정확하지 않았다.

"외눈박이 영주는 그래도 괜찮은 놈이었어요. 가져갈 건 가져갔지만, 가루는 남겨뒀으니까. 조금 하실래요, 위처 삼촌?"

"아니. 그리고 너도 안 했으면 한다."

"왜요?"

"하면 안 되니까."

"카히르 당신은요?"

"난 약을 하지 않아."

"세상에, 아주 점잖은 분들이시네. 이제 좀 있으면, 계속 그렇게 약을 했다가는 눈이 멀고 귀가 안 들리고 머리가 빠진다고 훈계할 건가요? 천치 아이를 낳는다고?"

앵글로메는 고개를 저으며 투덜거렸다.

"그거 그대로 놔둬, 앵글로메. 그리고 이야기를 계속해봐."

앵글로메는 큰 소리로 재채기를 했다.

"좋아요, 원한다면. 아까 어디까지…… 아하, 전쟁이 났어요. 닐프가드와 전쟁이 났죠. 친척 집은 전 재산을 잃고 집을 떠나야 했어요. 자기 애들만 셋이라 난 짐 덩어리밖에 되지 않았어요. 그래서 날 고아원으로 보냈죠. 무슨 신전에서 사제들이 운영하는 곳이었어요. 가보니 그곳은 재밌는 곳이었죠. 한마디로 말해서, 더하지도 빼지도 않고 그냥 매음굴이었어요. 하얀 씨가 있는 덜 익은 신 과일을 좋아하는, 특별한 취향의 사람들을 위한 곳이었죠. 어린 여자애들, 남자애들을 좋아하는 취향 말이에요. 내가 그곳에 갔을 땐 이미 난 너무 커서, 별로 인기가……"

뜻밖에도 앵글로메는 모닥불 불빛에도 보일 만큼 얼굴을 붉히더니 이빨 사이로 중얼거렸다.

"……인기가 별로 없었어요."

"그때 몇 살이었지?"

"열다섯이요. 그곳에서 여자애 한 명이랑 남자애 다섯 명을 알게 됐어요. 내 나이거나 좀 더 나이가 많거나 했죠. 거기서 우리가 입을 맞추게 된 거예요. 우리는 떠도는 전설과 풍문을 듣고 있었어요. '미친 데아', '검은 수염', '카시니 형제'…… 우리도 길을 떠나 자유롭게 사는 산적이 되고 싶었어요! 고아원인지 매음굴인지 그런 빌어먹을 곳에서 하루에 두 번씩 밥을 먹여준다는 이유로, 부르기만 하면 변태들에게 엉덩이를……."

"말조심 좀 해라, 앵글로메. 너무 가는 건 좋지 않은 법이야."

앵글로메는 계속해서 코를 들이마시고는 모닥불에 침을 뱉었다.

"진짜들 점잖다니까! 알았어요, 이제 본론으로 들어가죠, 얘기하기도 지겨우니까. 고아원 부엌에는 칼이 있어서 돌에 날을 갈고 허리띠에 차기만 하면 됐죠. 참나무 의자 다리를 빼니까 멋진 곤봉이 되었고요. 이제 말과 돈만 있으면 완벽했어요. 우린 단골로 오던 두 변태를 기다렸어요, 우엑! 한 마흔 살쯤 된 늙다리들이었죠. 둘은 자리에 앉아 포도주를 마시고, 사제들이 고른 아이를 특수 가구에 묶어주기를 기다리고 있었어요. 하지만 그날은 그 짓을 못했단 말이죠, 개자식들!"

"앵글로메."

"알았어요, 알았어. 간단히 말하자면, 우린 그 변태 늙다리들과 세 명의 사제들, 그리고 도망치지 않고 말을 지키던 심부름꾼 한 명을 해치웠어요. 신전의 창고지기 할아버지는 귀중품이 든 장의 열쇠를 내주지 않아 우린 줄

때까지 그를 불로 지졌죠. 하지만 목숨은 살려주었어요. 그 할아버지는 그래도 우리한테 잘해주고 착했거든요. 그렇게 우리는 길로 나섰고 산적이 된 거예요. 그 다음엔 여러 가지 일이 있었죠, 마차를 타고 갈 때도 있었고, 마차 밑에 깔린 적도 있었고, 남을 때리기도 하고, 맞기도 하고. 어쩔 땐 배부르게 먹고, 어쩔 땐 배를 곯았어요. 하, 사실 배를 곯을 때가 더 많았죠. 염병, 기어 다니는 거라면 무엇이든, 난 진짜 뭐라도 다 먹었어요, 젠장. 잡히는 건 뭐라도 먹었다고요. 그리고 날아다니는 것 중에서는, 연도 먹은 적이 있어요. 연에는 밀가루 풀을 바르니까."

앵글로메는 짚풀처럼 밝은 금발을 마구 흩트리며 잠시 아무 말도 하지 않았다.

"으, 지나간 일은 지나간 일이에요. 결론부터 말하자면, 그때 고아원에서 같이 도망 나온 애들 중 살아 있는 아이는 아무도 없어요. 우웬과 아벨, 마지막 남은 두 명도 며칠 전에 영주의 부하들이 죽였어요. 아벨은 나처럼 항복하고 곧장 칼을 버렸는데도 죽었던 거예요. 나는 살려줬어요. 착한 마음으로 살려준 건 아니었죠. 외투를 깔고 내 팔다리를 벌렸는데, 갑자기 장교가 나타나서 못하게 한 거였어요. 그리고 교수대에서는 위쳐 삼촌이……."

앵글로메는 잠시 입을 다물었다.

"위쳐 삼촌?"

"왜?"

"난 은혜를 갚을 줄 아는 사람이에요. 만약 삼촌이 원한다면……."

"뭐라고?"

"저쪽, 말 좀 살펴보고 오지. 한 바퀴 좀 돌아보고…… 근처를……."

카히르가 서둘러 말하며 외투로 몸을 감싸고는 자리에서 일어났다.

앵글로메는 재채기를 하더니 코를 훌쩍이며 컥컥거렸다.

"한마디라도 더 했다가는…… 앵글로메, 단 한마디라도!"

게롤트는 머리끝까지 화가 나고 몹시 민망한 나머지 눈을 부릅뜨며 소리쳤다.

앵글로메는 또다시 기침을 했다.

"정말 날 가질 생각이 없나요? 조금도요?"

"밀바한테 채찍으로 맞았지, 이 코흘리개야. 당장 입 다물지 않으면 나한테 또 맞을 줄 알아."

"이제 아무 말도 안 할게요."

"그래, 착하구나."

기형적으로 꼬불꼬불하게 자란 소나무 옆으로는 광산과 동굴들이 제 입을 벌리고 있었는데, 입구에 설치된 사다리와 발판, 받침대로 사용되는 널빤지들이 광산 안쪽으로 연결되어 있었다. 어떤 널빤지 위로는 수레나 외바퀴 손수레를 밀고 가는 사람들의 모습이 보였다. 첫눈에 봐서는 자갈이 섞인 더러운 흙처럼 보이는 수레 안의 내용물은 널빤지에서부터 커다란 사각형의 홈통으로 부어지고 있었는데, 홈통은 나무판자를 지나면서 점점 더 작아지고 있었다. 숲이 우거진 언덕에서부터 낮은 버팀목으로 받친 나무로 된 파이프를 통해 끌어들인 물이 홈통으로 소리를 내며 흐르고 있었다.

앵글로메는 말에서 내리더니 게롤트와 카히르에게도 내리라고 손짓을 해 보였다. 울타리 옆에 말들을 남겨두고, 일행은 나무 파이프와 홈통에서 새어나온 물로 질척해진 땅을 지나 건물이 있는 쪽으로 다가갔다.

"저건 철광석을 씻어내는 기구예요. 저기 수직갱도에서 철광석을 날라와 홈통에 넣고 강물로 씻어요. 그러고는 철광석 조각만 체 위에 남게 되면 저기로 가져가는 거예요. 벨하벤 주위에는 이런 광산과 광물을 씻어내는 곳이 엄청 많아요. 철광석은 막 투르가 계곡으로 가져가는데, 거기에 괴철 공장과 대장간들이 있어요. 왜냐하면 거긴 숲이 더 많거든요. 철을 녹이려면 나무가……."

앵글로메가 손으로 가리키며 열심히 설명하자 게롤트가 말을 잘랐다.

"가르쳐줘서 고맙군. 철광석 광산을 처음 보는 것도 아니고, 제련에 뭐가 필요한지도 잘 안다. 이곳에 우리를 왜 데리고 왔는지, 그건 언제 말해줄 생각이냐?"

"내 지인과 얘기 좀 하려고요. 여기 십장이에요. 나를 따라오세요. 하, 벌써 보이네. 저기요, 저기 목수 공방 아래쪽이요. 가보자고요."

"저 드워프?"

"네. 이름은 골란 드로즈덱이에요. 골란은……."

"여기 십장이라고 말했다. 하지만 저자와 무슨 얘기를 나눌지는 아직 말해주지 않았어."

"지금 신발들 좀 봐요."

게롤트와 카히르는 시키는 대로 신발을 내려다보았다. 이상한 붉은빛의 진흙으로 엉망이 되어 있었다. 앵글로메는 두 사람이 질문하기 전에 서둘러 말했다.

"우리가 찾는 하프엘프는 밤꾀꼬리와 얘기를 하러 왔을 때, 똑같은 진흙을 신발에 묻히고 있었어요. 무슨 말인지 이제 알겠어요?"

"이제 알겠다. 그럼 드워프는?"

"드워프에게는 아예 말도 걸지 마세요. 말은 내가 할게요. 당신들의 첫인상이 말은 안 하고 칼부터 휘두르는 작자들로 보이게끔 그냥 놔둬요. 표정은 무섭게 하고."

딱히 어떤 표정을 지을 필요는 없었다. 쳐다보던 광부 중 몇 명은 얼른 눈을 돌렸고, 다른 이들은 입을 벌린 채 서 있었다. 일행이 가는 쪽에 있던 사람들은 서둘러 길에서 비켜났다. 게롤트는 그 이유를 짐작할 수 있었다. 카히르와 게롤트의 얼굴에는 아직도 멍과 핏자국, 찢어진 상처와 부은 자국들, 싸움박질과 밀바의 채찍질 흔적이 그대로 남아 있었던 것이다. 덕분에 둘은 마치 취미 삼아 서로의 얼굴을 후려치고 돌아다니는 망나니들처럼 보였으며, 제3자의 얼굴을 때리는 것쯤은 아무렇지도 않은 위인들로 보였던 것이다.

앵글로메의 지인이라는 드워프는 '목공소'라는 간판이 붙은 건물 앞에 서서, 두 개의 평평한 나무판으로 만든 칠판에 무언가를 그리고 있었다. 다가오는 이들을 보고는 붓을 놓고 물감이 든 통을 옆으로 치우더니 경계하듯 일행을 살폈다. 멋을 내고자 염색을 한 수염 아래 얼굴에서는 도저히 믿을 수 없다는 표정이 그대로 드러났다.

"앵글로메?"

"어떻게 지냈어, 골란?"

"정말 너냐, 금발? 정말 너야?"

드워프는 수염이 잔뜩 자란 입을 떡 벌렸다.

"아니, 내가 아니야. 지금 막 부활하신 레비오다 예언자라고. 다른 질문 좀 해봐, 골란. 좀 똑똑한 질문으로."

"금발, 놀리지 말라고. 널 다시는 못 볼 줄 알았어. 닷새 전에 여기 물리차가 왔었다고. 널 붙잡았고 리에드브룬에서 꼬챙이에 꿰어 죽였다고 했지.

욕을 해대면서 진짜라고 맹세까지 했다니까!"

"그런 것도 다 쓸데가 있지. 앞으로 물리차가 돈을 빌리면서 욕을 해대며 꼭 갚겠다고 맹세하면, 꼭 한 번 다시 생각해봐."

앵글로메는 어깨를 으쓱해 보였다.

"다시 생각해보고 말 것도 없지. 물리차한테는 부러진 동전 반 토막도 안 빌려줄 거야, 여기서 똥을 싸고 흙을 먹는다고 해도. 어쨌든 네가 멀쩡히 살 아 있다니! 잘됐네! 그럼 혹시, 나한테 빌린 돈도 갚을 수 있는 거야?"

드워프는 토끼처럼 코를 씰룩거리며 눈을 깜빡이더니 말했다.

"그럴 수도 있고 아닐 수도 있고, 그걸 어떻게 알겠어?"

"같이 온 사람들은 누구야, 금발?"

"좋은 친구들이지."

"그렇구나. 어디로 가는 길이야?"

"뻔하지, 황야로 가는 길이야. 골란, 이거 좀 할래?"

게롤트가 번개 같은 눈초리로 쏘아보았지만 앵글로메는 하얀 가루를 꺼 내 잇몸에 발랐다.

"뭐, 좋아."

드워프는 손을 내밀어 앵글로메가 주는 하얀 가루를 능숙하게 콧구멍으 로 들이마셨다.

"사실 우리는 벨하벤으로 가는 길이야. 혹시 그곳에 가면 밤꾀꼬리랑 일 당들이 있을까?"

"금발, 넌 밤꾀꼬리는 피해 다니는 게 좋아. 겨울잠을 자다 깬 곰처럼 너 한테 단단히 화가 나 있다고 하던데."

드워프 골란은 고개를 조금 숙이며 말했다.

"그래? 말 두 마리에 붙은 날카로운 꼬챙이에 꿰어져 죽었다는 소식을 들었는데도 마음 아프지 않았대? 슬퍼하지 않았냐고? 턱까지 눈물을 질질 흘리며 울지 않았단 말이야?"

"무슨. 앵글로메는 진즉에 엉덩이부터 꼬챙이에 꿰어서 죽였어야 하는 애라고 그랬다던데."

"너무하네. 말버릇이 그게 뭐야. 영주라면 밤꾀꼬리를 이 사회의 밑바닥이라고 말하겠지, 빌어먹을 밑바닥보다 더 밑바닥이야!"

"금발, 그런 말은 밤꾀꼬리 앞에서 하지 않는 게 좋을 거야. 그리고 벨하벤 근처는 얼씬도 하지 말고, 멀리 돌아가라고. 만약 시내로 들어가려면 변장을……."

"지금 번데기 앞에서 주름 잡아?"

"내가 무슨."

"들어봐, 골란. 내가 질문을 할 테니까, 천천히 잘 생각해보고 대답해. 일단 잘 생각해봐."

앵글로메는 신발을 목공소 계단 위에 턱 걸쳤다.

"그래, 물어봐."

"최근에 하프엘프 하나 본 적 없어? 여기 출신 말고, 외부인 중에서 말이야."

골란은 숨을 들이마시더니 마구 재채기를 하고는 소매로 코를 닦았다.

"하프엘프라고? 무슨 하프엘프?"

"모르는 척하지 말고, 골란. 밤꾀꼬리에게 작업을 의뢰한 하프엘프 말이야. 어떤 위쳐……."

"위쳐라고? 맙소사! 우리가 지금 위쳐를 찾는 중이었는데. 그래, 지금 이런 광고판을 만들어서 주위에 붙이고 있었다고. 여기 봐봐. 위쳐 구함. 보수

좋음. 숙식 제공. 무늬 사항은 '작은 바베트' 철광석 광산 사무실로…… 무늬, 이렇게 쓰는 거 맞지?"

골란이 바닥에서 판자를 들어 올리며 호탕하게 웃었다.

"그냥 질문이라고 써. 그런데 광산에서 왜 위쳐를 찾는 거야?"

"몰라서 물어? 괴물 때문이 아니면 뭐겠어?"

"무슨 괴물?"

"녹커*와 바르브가지*. 아래쪽 갱도에서 엄청 불어났다고."

앵글로메는 게롤트를 바라보았다. 게롤트는 고개를 옆으로 까딱하며 어떤 괴물인지 알겠다는 표시를 했다. 그러고는 하던 얘기로 돌아가라는 듯 표 나게 헛기침을 했다.

"하던 얘기로 돌아가서…… 하프엘프에 대해 뭘 알고 있어?"

"하프엘프는 전혀 몰라."

"잘 생각해보라고 했잖아."

"잘 생각해봤지. 그리고 이 문제는 내가 알아봤자 도움이 안 된다고 결론 지었어."

골란은 갑자기 교활한 표정을 지었다.

"그게 무슨 소리야?"

"그건, 이 동네가 어수선하다는 거야. 동네도, 시기도. 산적 떼들, 닐프가드 군대들, '자유 스토키' 게릴라들…… 그리고 수상한 외부인들과 하프엘프. 모두들 소란을 일으키고 싶어 난리지."

---

* 녹커(Knocker): 지하의 굴이나 광산에 사는 괴물로 아주 위험하진 않지만 위협적인 장난을 친다.
* 바르브가지(Barbegazi): 털이 많은 바위와 같이 생긴 벌레 괴물로, 날카로운 이빨을 가지고 있으며 인간의 말을 흉내 낸다.

"그 말은?" 앵글로메가 코에 주름을 잡았다.

"그 말은, 금발, 넌 나한테 빚이 있다는 거야. 빚을 갚기는커녕 새로운 빚을 내려고 하잖아. 심각한 빚이야, 네가 묻는 말에 따라 잘못하면 머리가 도끼날에 날아갈 수도 있으니까. 내가 뭐하러 그래야 하는데? 내가 하프엘프를 알고 있으면 무슨 도움이라도 되나? 나뭇잎이라도 하나 얻을 수 있냐고? 위험 부담만 있고 아무런 이득도 없는…….."

게롤트는 진력이 났다. 대화는 지겨웠고, 둘이 쓰는 말씨도 용어도 마음에 들지 않았다. 게롤트는 번개 같은 움직임으로 드워프의 수염을 잡아채고는 밀쳤다. 골란은 물감이 들어 있는 양동이에 부딪혀 쓰러졌다. 게롤트는 골란에게 달려들어 무릎으로 드워프의 가슴을 찍어 누르며 눈앞에서 칼을 번뜩였다. 게롤트가 뇌까렸다.

"이득이 있지. 목숨을 부지할 수 있는 이득 말이야. 말해."

골란의 눈은 곧 튀어나와 근처를 산책하러 나갈 것 같았다. 게롤트가 다시 말했다.

"말해. 알고 있는 걸 말하라고. 계속 그렇게 입 다물고 있으면 목줄을 끊어서 출혈 때문이 아니라 피바다 속에 빠져죽게 해줄 테니까."

골란은 말을 더듬으며 가까스로 대답했다.

"리알토에…… 리알토 광산에…….."

'리알토' 광산은 '작은 바베트' 광산과 별반 다르지 않았으며 앵글로메와 게롤트, 카히르가 지나온 다른 광산들인 '가을 마니페스토', '옛 철광광산', '새 철광광산', '율렉 철광광산', '셀레스틴카 철광광산', '협동 광산', '행운의 구멍'과도 크게 다르지 않았다. 모든 곳에서 작업이 한창이었다. 수직갱도와 구멍에서 홈통을 통해 더러운 흙이 끊임없이 쏟아졌다. 가는 데마다 특유의 붉은 진흙 범벅이었다.

'리알토'는 큰 광산으로 산꼭대기 근처에 위치했고, 산꼭대기는 깎여 있었다. 캐온 광석을 물에 씻는 곳은 언덕 옆을 깎아서 마련한 노대였다. 갱도로 통하는 구멍들이 나 있는 벽에는 홈통과 수로, 광산의 여러 기구들이 달려 있었다. 이곳 역시 나무로 된 오두막과 움막, 나무껍질로 대충 만든 초가집 등이 자리하고 있었다.

"이 광산에는 아는 사람이 없어요. 하지만 이곳의 우두머리랑 얘기를 해보는 게 좋겠어요. 게롤트, 할 수만 있다면 바로 멱살을 잡거나 칼로 위협하지 말고, 일단 이야기 먼저……."

앵글로메가 울타리 앞에서 고삐를 당기며 말했다.

"지금 번데기 앞에서 주름 잡나, 앵글로메?"

하지만 이야기를 할 시간도 없었다. 우두머리가 있으리라 짐작한 건물 안으로 들어가지도 못했다. 마차에 철광석을 싣고 있던 마당에서 다섯 명의 말 탄 자들과 마주친 것이었다.

"젠장, 염병할, 저것 좀 봐요. 누가 왔는지."

"그게 무슨 소리야?"

"저놈들, 밤꾀꼬리 부하들이에요. 여기 돈 뜯으러 온 거야. 날 벌써 알아봤다고…… 염병할! 재수가 더럽게……."

"대충 거짓말로 빠져나갈 수는 없는 건가?" 카히르가 물었다.

"그건 기대하지 마요."

"왜?"

"내가 무리에서 도망칠 때 밤꾀꼬리 물건을 훔쳤거든요. 날 절대 용서하지 않을 거야. 하지만 둘은 가만히 있어요. 대신 눈 똑바로 뜨고 대기해요. 무슨 일이 일어날지 모르니까."

다섯 명의 말 탄 자들이 가까이 다가왔다. 두 명이 앞장서고 있었는데, 한 명은 늑대 가죽을 걸친 머리가 센 남자였고, 다른 한 명은 비쩍 마른 남자로, 아마도 흉한 여드름 자국을 감추기 위해 수염을 기른 것 같았다. 아무렇지 않은 척했지만, 게롤트는 앵글로메를 쏘아보는 이들의 시선에서 비밀스러운 증오심을 느낄 수 있었다.

"금발."

"노보사드, 이렐, 안녕. 오늘 날씨가 좋네. 비가 와서 좀 그렇지만."

머리가 센 남자는 보란 듯이 오른쪽 다리를 말 머리 위로 돌려 휙 하고 내려왔다. 다른 이들도 말에서 내렸다. 노보사드라는 이름의 머리가 센 남자는 이렐이라고 불린 비쩍 마른 남자에게 고삐를 넘겨주고 가까이 다가왔다. 머리가 센 남자가 입을 열었다.

"호, 이것 봐라. 우리 떠버리 까치가 왔네. 지금 멀쩡히 살아 있다고 광고하는 건가?"

"다리도 흔들흔들하고."

"이 코흘리개가! 소문엔 꼬챙이 위에서 다리가 흔들흔들한다던데. 소문엔 외눈박이 영주가 널 잡았다고 하던데 말이지. 소문엔 고문을 받고 묻는 말에 죄다 불었다던데!"

"소문엔 노보사드 너희 엄마가 손님들에게 4틴파밖에 안 불렀는데, 손님들은 2틴파밖에 안 줬다던데?"

앵글로메가 씩씩대며 받아쳤다.

노보사드는 경멸 어린 표정으로 앵글로메의 발밑에 침을 뱉었다. 앵글로메는 다시 콧김을 내뿜으며 씩씩거렸는데, 그 모습은 고양이와 꼭 닮았다.

"노보사드, 난 밤꾀꼬리랑 볼일이 있어."

앵글로메는 허리에 손을 올린 채 건방지게 말했다.

"흥미롭군. 왜냐하면 밤꾀꼬리도 네게 볼일이 있거든."

"입 닥치고 잘 들어. 내가 그나마 말이라도 하고 싶을 때 말이지. 이틀 전, 리에드브룬과 1마일쯤 떨어진 곳에서 나와 여기 이 친구들이 그 위쳐를 해치웠어, 그 계약된 위쳐 말이야, 알겠냐고?"

앵글로메의 말에 노보사드는 의미심장한 눈으로 같이 온 네 명의 기수들을 바라보더니 소매를 걷고는 게롤트와 카히르를 찬찬히 응시했다. 노보사드가 말을 끌며 말했다.

"너의 새 친구들이라…… 하, 얼굴을 보니 뭐, 신부님들은 분명 아닌 것 같고. 위쳐를 죽였다고? 그래? 단검을 등에 꽂아서? 아니면 자고 있을 때?"

"그건 중요치 않은 세부사항이지. 중요한 세부사항은 바로 그 위쳐의 입에 흙이 들어가 있다는 사실이야. 들어봐, 노보사드. 나는 밤꾀꼬리와 싸우거나 방해하고 싶지 않다고. 하지만 사업은 사업이니까. 하프엘프가 선수금을 줬잖아, 그건 내가 뭐라고 안 할게. 그 돈은 너희 돈이니까. 비용도 들었을 테고 수고도 했을 테니까. 하지만 작업이 끝난 후 주겠다고 한 나머지 돈은 합법적으로 내 거야."

앵글로메가 원숭이처럼 얼굴을 찡그렸다.

"합법적으로?"

"그래! 우리가 계약을 이행했고 위쳐를 죽였어. 그리고 하프엘프에게 증거도 제시할 수 있어. 그러니까 난, 내 돈을 받은 다음 안개 속으로 사라질게. 굳이 밤꾀꼬리와 경쟁할 생각은 없어. 우리 둘이 있기엔 스토키는 너무

좁으니까. 가서 그렇게 전해줘, 노보사드."

"그 말만 전하면 되는 모양이네?"

노보사드의 말끝에는 또다시 날카로운 조롱이 섞여 있었다.

"그리고 키스도. 내 대신 네가 엉덩이를 내려도 상관없어."

앵글로메가 씩씩대며 받아치자 노보사드는 같이 온 이들을 슬쩍 돌아보고는 말했다.

"나에게 더 좋은 생각이 있는데. 그냥 네 엉덩이를 가져가는 게 좋겠어, 앵글로메. 밤꾀꼬리에게 널 꽁꽁 묶어서 데려가면, 밤꾀꼬리와 얘기도 나누고 사업 얘기도 마무리하고, 정산도 하라고. 이것저것 할 이야기가 많잖아. 하프엘프 시류가 주는 돈을 누가 받아야 하는지에 대해서도, 두 명에겐 스토키가 안성맞춤이라는 것에 대해서도 말이야. 직접 만나서 다 말하라고, 세세하게."

"따분하게 정확한 사람이네. 날 도대체 밤꾀꼬리에게 어떻게 데려갈 건데, 노보사드?"

앵글로메는 팔을 축 늘어뜨리며 물었다.

"아, 그거야 뭐, 목줄에 묶어서 끌고 가면 되겠지!"

말이 채 끝나기도 전에 노보사드가 손을 뻗었다. 그 순간 게롤트는 번개 같은 동작으로 시힐을 뽑아 노보사드의 코앞에 들이대며 말했다.

"그건 좋지 않은 생각이야."

노보사드는 욕설을 내뱉으며 같이 온 부하들을 바라보았다. 산수를 잘하는 편은 아니었지만, 그래도 다섯은 셋보다 훨씬 많다는 결론을 내렸다.

"덤벼! 전부 죽여버려!"

노보사드는 게롤트에게 달려들며 외쳤다.

게롤트는 반쯤 몸을 틀어 일격을 막아내고는 온 힘을 다해 노보사드의 관자놀이를 내리쳤다. 노보사드가 쓰러지기도 전에, 앵글로메가 몸을 굽히더니 칼이 휙 소리를 내며 공기를 갈랐다. 덤벼들던 이렐은 넘어져 나뒹굴고 턱 아래로는 상아로 된 칼자루가 박혀 있었다. 이렐은 들고 있던 칼을 놓고 양손으로 목을 붙잡았으나 피가 콸콸 흐르고 있었다. 앵글로메가 펄쩍 뛰어올라 이렐의 가슴팍을 발로 걷어차자 다시 바닥으로 쓰러졌다. 이때 게롤트는 두 번째 기수를 해치운 참이었다. 카히르가 또 다른 기수에게 칼을 휘두르자 닐프가드 칼의 거센 일격에 산적의 상체에서 수박과 비슷한 무언가가 툭 떨어졌다. 마지막 남은 산적은 도망을 치려고 말에 올랐다. 카히르는 칼날을 잡고 마치 창처럼 산적을 향해 찔러 넣었는데, 가슴뼈 바로 아래에 명중했다. 말이 히힝 울며 머리를 흔들고 발을 구르면서 붉은 진흙 위로 고삐에 손이 묶인 시체를 끌고 다녔다.

이 모든 상황은 심장이 채 다섯 번도 뛰기 전에 일어났다.

"이봐요! 이봐요! 살려줘요! 사람을 죽이고 있어, 살인이라고!"

광부들 중 누군가가 건물들 사이에서 소리쳤다.

"군대! 군대를 불러!"

두 번째 광부가 외쳤다. 광부는 세상 모든 아이들이 그렇듯 어디선가 나타나 발아래에서 알짱거리는 아이들을 쫓으려 애쓰고 있었다.

"누가 군대 좀 부르러 가보라고!"

앵글로메는 피가 묻은 칼을 닦고는 구두 굽에 넣었다.

"그래, 부르러 제발 좀 가요! 광부 아저씨들은 눈이 멀기라도 했나요? 이건 정당방위였다고요! 저 망할 놈들이 먼저 덤벼들었어요! 왜요, 모르는 사람들인가요? 지금까지 뜯겨온 것으로는 부족했나요? 조금밖에 안 뜯어갔나 봐요?"

앵글로메는 주위를 둘러보며 버럭 소리를 지르더니 크게 재채기를 했다. 그러고는 아직도 경련하며 떨고 있는 노보사드의 허리띠에서 돈주머니를 낚아채고는 이렐 위로 몸을 굽혔다.

"앵글로메."

"왜요?"

"놔둬."

"도대체 왜 놔두라는 거예요? 이건 우리가 얻은 거라고요! 돈이 너무 많기라도 해요?"

"앵글로메……."

"거기, 이쪽으로 오시죠."

갑자기 울림이 좋은 목소리가 들려왔다.

장비를 보관하는 바라크의 열린 문 앞에는 세 남자가 서 있었다. 두 명은 머리를 짧게 자른 덩치들이었는데 이마도 좁고 머리도 나빠 보였다. 일행에게 말을 건 사람은 세 번째 남자였는데, 검은 머리에 매우 키가 큰 잘생긴 남자였다. 그가 말을 이었다.

"좀 전에 오간 대화를 어쩌다 듣게 되었소. 위쳐를 죽였다는 말은 별로 믿음이 가지 않았지, 그냥 떠들어대는 것인 줄 알았어. 하지만 이제는 알겠군. 여기, 바라크 안으로 들어오시오."

앵글로메는 소리가 들릴 정도로 숨을 들이마셨다. 그러고는 게롤트를 바라보며 남들은 알아채지도 못할 만큼 고개를 살짝 까딱했다.

남자는 하프엘프였다.

하프엘프 시류는 키가 컸다. 180은 한참 넘는 듯했다. 장발의 검은 머리는 말총처럼 어깨에 떨어지도록 목덜미쯤 묶여 있었다. 혼혈이라는 것은 눈에서 티가 났다. 커다란 아몬드 모양의, 마치 고양이의 눈을 연상시키는 초록빛과 황금빛의 눈이었다.

"그래서 당신들이 위쳐를 죽였다, 이건가?"

하프엘프 시류는 서늘한 웃음을 지으며 말을 이었다.

"밤꾀꼬리라고 불리는 호머 스트라겐을 앞서서 말이지? 흥미롭군. 흥미로워. 한마디로 내가 당신들에게 50플로렌을 줘야 한다는 이야기네. 성공하면 주기로 한 나머지 반이지. 그렇다면 스트라겐은 공짜로 선금을 받아간 셈이네. 그가 당신들에게 선금을 내놓을 거라고는 당신들도 기대하진 않겠지."

"내가 밤꾀꼬리랑 해결을 보면, 그건 내 거야. 그리고 위쳐에 대한 계약은 일만 성사되면 주기로 한 거니까. 그리고 우리가 그걸 성사시켰잖아, 밤꾀꼬리가 아니고. 위쳐는 흙 속에 있어. 그 일행 세 명 모두 흙 속에 있다고, 그러니 일은 다 마무리한 거지."

앵글로메가 함 위에 앉아 다리를 흔들며 말했다.

"당신들의 주장에 따르면 그렇지. 어떻게 된 일이지?"

"내가 노인이 되면, 나의 일대기를 이야기로 쓰겠어. 그 안에 이건 이렇게 되고 저건 저렇게 되었다고 말이야. 그때까지는 일단 기다려줘야겠는데, 시류 씨."

앵글로메는 다리 흔들기를 멈추지 않은 채 특유의 건방진 어조로 말했다.

"그렇게 수치스러운 방법이었나. 아주 구역질 나고 치사한 방법으로 해치웠나 보군."

시류가 차갑게 말했다.

"그게 신경이 쓰이시오?"

게롤트가 나직이 입을 열자 시류는 게롤트를 찬찬히 바라보았다.

"아니, 리비아의 게롤트에겐 그보다 나은 운명은 사치스럽지. 순진하고 바보 같은 놈이었으니까. 만약 더 아름답고, 정직하고 명예로운 죽음을 맞았더라면 전설이 되었을 거야. 그런 전설은 놈에게 과분하지."

"이러나저러나 죽음은 언제나 같아."

"같지 않아. 내가 말하지만, 같지 않아. 내 생각엔 당신이 그자에게 최후의 공격을 했군."

시류는 두건의 그늘에 가려 보이지 않는 게롤트의 눈을 보려고 애쓰며 고개를 움직였다.

게롤트는 대답하지 않았다. 당장이라도 말총 머리채를 붙들고 바닥에 쓰러뜨린 후, 칼자루로 이빨을 하나하나 부러뜨리며 알고 있는 모든 것을 다 불게 만들고 싶은 유혹을 느꼈다. 그러나 참았다. 앵글로메가 짠 신비화 전략이 좀 더 나은 결과를 가져올 것 같았다.

시류는 게롤트의 대답을 기다리지 않고 말했다.

"원한다면 당신들에게 일의 진행 과정과 관련된 보고는 요구하지 않겠어. 분명 별로 얘기하고 싶지 않은 것 같고, 딱히 자랑거리가 못 되는 것 같으니까. 물론 입을 다물고 있는 것이 전혀 다른 이유가 아니라면…… 예를 들어, 아무 일도 생기지 않았다든지 그런 거 말이야. 당신들의 말이 사실이라는 증거는 있나?"

"죽은 위쳐의 오른손을 잘랐어. 하지만 너구리가 훔쳐가서 먹어버렸지."

앵글로메가 아무렇지도 않게 말했다.

"그래서 이것밖에 없소. 위쳐는 이걸 목에 걸고 있었지."

게롤트는 천천히 옷섶을 풀더니 늑대 머리가 새겨진 메달을 꺼냈다.

"이리 줘보시오."

게롤트는 오래 망설이지 않았다. 하프엘프 시류는 자기 손에 메달을 올려놓으며 말했다.

"이제 믿겠소. 이 물건에는 강한 마법의 기운이 있군. 이런 건 위쳐나 가질 수 있는 물건이지."

"그리고 위쳐라면 살아 있는 한, 이 메달을 자기 몸에서 떼지 않았을 거야. 그 말은 즉 이게 완벽한 증거라는 것이고. 그러니 이제 돈을 식탁에 올려놓으시지."

앵글로메의 말을 잠자코 듣고 있던 시류는 소중하게 메달을 집어넣고는 가슴팍에서 서류를 꺼내 식탁에 올려놓고는 손으로 폈다.

"이리로 오시지."

앵글로메는 함 위에서 뛰어내려 장난스럽게 엉덩이를 실룩거리며 다가가더니 식탁 위에 몸을 숙였다. 그 순간 시류는 번개같이 앵글로메의 머리채를 잡고 식탁 위로 엎어뜨리고는 목에 칼을 가져다 댔다. 앵글로메가 비명을 지를 틈조차 없었다.

게롤트와 카히르는 이미 손에 칼을 들고 있었다. 하지만 너무 늦었다.

하프엘프의 부하들, 그러니까 이마가 좁고 머리가 나빠 보이던 덩치 둘이 어느새 쇠갈고리를 손에 들고 있었던 것이다. 그러나 가까이 다가올 엄두는 내지 못하고 있었다.

"바닥에 칼 내려놔! 둘 다, 바닥에! 안 그러면 이 여자애 입을 웃는 모양으로 찢어주지."

시류가 소리를 질렀다.

"이 새끼 말 듣지 마……."

앵글로메가 입을 열었다가 비명을 질렀다. 하프엘프가 머리채를 붙잡고 있던 손을 비틀었기 때문이었다. 단검에 살갗이 베어 목으로 뱀 같은 피가 흐르고 있었다.

"바닥에 칼 내려놔! 지금 농담하는 것처럼 들리나!"

"말로 해결하지? 교양 있게 말이야."

게롤트는 분노가 부글부글 끓어오르는 것을 참고 시간을 끌어보려고 애썼다.

하프엘프는 독사처럼 웃었다.

"교양 있게 말로? 너, 위쳐랑? 네놈을 해치우라고 날 여기로 보낸 거야. 너와 다정히 이야기하라고 보낸 게 아니라. 그래, 맞아, 이 돌연변이. 여기서 연기를 펼쳐 보였지, 하지만 난 네놈을 보자마자 알아봤어. 너의 모습을 나에게 정확히 묘사해줬거든. 누가 널 그렇게까지 정확하게 묘사했는지는 짐작할 수 있겠지? 네가 어디에 있는지, 어떤 일행과 함께 있는지, 누가 가르쳐줬는지 이제 알겠지? 아, 분명 짐작할 수 있을 거야."

"여자애를 놔줘."

"하지만 난 네놈을 이야기로만 알고 있던 게 아니야. 난 너를 이미 본 적이 있어. 언젠가는 네 뒤를 쫓은 적도 있었지. 테메리아에서, 7월에. 도리안 시까지 네놈 뒤를 쫓아갔지. 코드링거와 펜의 사무실까지. 알겠나?"

시류는 앵글로메를 놓아줄 생각이 전혀 없는 듯했다.

게롤트는 칼날의 빛이 하프엘프의 눈에 반사되도록 칼을 돌리며 말했다.

"네가 이 가망 없는 상황을 어떻게 빠져나가려는지 흥미롭군, 시류. 내가 보기엔 두 가지 방법이 있어. 첫 번째, 당장 그 아이를 놔준다. 두 번째, 그 아이를 죽인다…… 그리고 1초 후 너의 피가 벽과 천장을 아름답게 적신다.”

“네놈들의 무기는 모두 바닥에 내려놔, 셋까지 세기 전에. 안 그러면 이 계집을 썰어버리겠다.”

시류는 앵글로메의 머리채를 잡고 무자비하게 흔들었다.

“얼마나 썰 수 있는지 한번 보자고. 내 생각엔 많이 못 썰 것 같은데.”

“하나!”

“둘!”

게롤트가 시힐을 풍차처럼 휘두르며 둘을 외쳤다.

그때 밖에서 말발굽 소리와 히힝 하고 우는 숨찬 말의 울음소리, 그리고 외침이 들려왔다.

“이건 또 뭐지? 그래, 이걸 기다렸다. 이제 체크메이트 상황이군! 내 친구들이 왔어.”

시류는 비열한 미소를 지으며 말했다.

“정말 그렇게 생각하나? 황제의 기마부대 복장인데.”

카히르가 창문을 내다보며 말했다.

“체크메이트는 우리 쪽에서 외쳐야 할 것 같은데? 시류, 넌 끝났어. 여자애를 놔줘.”

게롤트가 말했다.

“그럴 리가.”

누군가 발로 걷어차는 통에 바라크의 문이 활짝 열렸고, 열댓 명의 사람들이 쏟아져 들어왔다. 색색의 옷을 입은 사내들도 있었지만, 대부분이 검은색의 군복 차림이었다. 이들을 이끌고 있는 자는 금발 머리에 수염을 기른 남자로 팔에는 은빛의 곰 문장이 새겨져 있었다.

"케 아엔 수에'스? 무슨 일이지? 이 소동은 누가 일으킨 건가? 저 마당의 시체들은 어떻게 된 건지 설명해라, 당장 말해!"

은빛 곰 문장의 남자는 위압적으로 명령했다.

"아, 대장님……."

"글라에디반 보르트! 칼을 버려!"

모두들 남자의 말을 따랐다. 활과 석궁이 겨냥하고 있었기 때문이었다. 시류가 놔준 앵글로메는 식탁에서 벗어나려고 했지만, 갑자기 개구리처럼 눈이 튀어나오고 체격이 단단한, 색색의 옷을 입은 남자에게 잡히고 말았다. 비명을 지르려고 했지만 남자는 장갑을 낀 주먹으로 앵글로메의 입을 틀어막았다.

"폭력은 자제하도록 합시다. 우린 범죄자가 아니오."

게롤트는 냉정한 목소리로 곰 문장의 대장에게 제안했다.

"아, 그렇소?"

"우리는 리에드브룬의 영주, 풀코 아르테벨데 님의 동의하에 과업을 수행하는 중이오."

"아, 그렇군. 동의하에 과업을 수행 중이셨구먼. 풀코 아르테벨데 영주, 아주 고귀하신 영주님이지. 다들 들었지!"

곰 문장의 남자는 게롤트와 카히르의 칼이 모두 압수된 것을 확인하고는 빈정대며 말했다. 그러자 검은 옷을 입은 이들과 색색의 옷을 입은 자들이 합창하듯 낄낄거렸다.

앵글로메는 개구리눈의 손아귀에서 버둥거리며 소리를 지르려고 했지만 소용없었다. 사실 발버둥 쳐봐야 헛수고였다. 게롤트는 이미 보았던 것이다. 얼굴에 웃음을 띤 시류가 개구리눈 사내와 악수를 하기 전부터. 네 명의 닐프가드 군인들이 카히르를 붙잡고 다른 세 명이 그의 얼굴에 석궁을 겨누기 전부터.

개구리눈의 사내는 같이 온 일행들 쪽으로 앵글로메를 밀쳤다. 앵글로메는 이들의 손에서 헝겊 인형처럼 휘청거렸다. 저항도 하지 않았다.

곰 문장의 대장이 게롤트에게 천천히 다가와서는 무쇠장갑을 낀 손으로 급소를 가격했다. 게롤트는 몸을 웅크렸지만, 쓰러지지는 않았다. 그의 몸을 지탱한 것은 차가운 분노였다.

곰 문장의 대장이 입을 열었다.

"어쩌면 이 사실이 위안이 될지도 몰라. 외눈박이 풀코가 자기 목적을 이루겠다며 고용한 머저리들이 당신네가 처음은 아니라는 사실 말이야. 외눈박이는 밤꾀꼬리라고도 부르는 호머 스트라겐 씨와 내가 사업을 함께하는 게 눈엣가시란 말이지. 사업의 일환으로 스트라겐을 제국의 일꾼으로, 광산 보호를 위한 자율 부대의 대장으로 임명한 걸 풀코는 견딜 수 없었던 거야. 공식적으로는 어떻게 할 수가 없으니 다른 건달들을 시켜 처리하려고 한 거지."

"그리고 위쳐도."

웃음을 잔뜩 머금은 시류가 독사같이 끼어들었다.

"밖에서 시체 다섯 구가 비에 젖고 있어. 황제의 군대에 속한 자들을 다섯이나 살해한 거야! 광산의 작업을 방해하고! 그러므로 네놈들은 틀림없이 첩자에다가 건달이고 반란군이야. 이곳에서는 군법이 작용하지. 군법 상 너희는 바로 사형이야."

곰 문장의 대장이 큰 소리로 말했다.

개구리눈이 낄낄거리더니 색색의 옷을 입은 산적들이 붙잡고 있던 앵글로메에게 다가가 재빠른 손동작으로 가슴을 움켜잡고는 꽉 비틀었다.

"어때, 금발?"

빽빽거리는 목소리는 얼굴보다 더 개구리 같았다. 밤꾀꼬리라는 산적 두목의 별명은 상당한 유머가 가미된 별명이었다. 만약 정체를 숨기기 위해 붙인 별명이라면 굉장히 효과적인 별명이었다.

"이렇게 다시 만났네! 어때, 좋아?"

또다시 개구리인지 밤꾀꼬리인지 하는 남자가 앵글로메의 가슴을 비틀며 빽빽거리는 목소리로 말을 걸자 앵글로메는 고통스러운 듯 신음을 흘렸다.

"이 창녀야, 훔쳐간 진주와 보석은 어디 있지?"

"외눈박이 풀코가 가져갔어! 외눈박이한테 가서 달라고 해!"

앵글로메는 겁먹지 않은 척 고함을 질렀으나 성공적이지는 않았다.

밤꾀꼬리가 빽빽거리며 눈을 더 크게 뜨자 진짜 개구리 같았다. 당장이라도 혀를 날름거리며 파리를 잡아먹을 것 같았다. 그가 앵글로메의 가슴을 더 세게 비틀자 앵글로메는 휘청거리며 더 크게 비명을 질렀다. 게롤트는 극도의 분노가 치밀어 올라 눈앞이 붉게 흐려지는 것 같았다. 그 안개 속에서 앵글로메가 또 한 번 시리처럼 보였다.

"데려가라. 마당으로 끌고 가."

곰 문장의 대장이 참을성을 잃고 명령했다. 그러자 밤꾀꼬리의 광산 보호를 위한 자율 부대의 일원인 산적 하나가 불안한 듯 말했다.

"저건 위쳐잖아요. 성깔이 있다고요! 어떻게 맨손으로 데려가요? 우리에게 마법이라도 걸면, 아니면 다른⋯⋯."

"걱정할 것 없어. 위쳐의 아뮬렛 없이는 마법을 부릴 수 없으니까, 그 아뮬렛이 여기 있다고. 걱정 말고 데려가."

여전히 웃음을 띤 시류가 자신의 호주머니를 툭툭 두드렸다.

마당에는 검은 망토를 두른 무장한 닐프가드군들과 색색의 옷을 걸친 밤꾀꼬리 무리들이 더 기다리고 있었다. 광부들도 모여 있었다. 어디에나 모여드는 아이들과 개들도 있었다.

밤꾀꼬리는 갑자기 자제력을 잃은 듯했다. 마치 광기에 사로잡힌 듯 빽빽 소리를 지르며 앵글로메를 주먹으로 계속 때리더니 앵글로메가 바닥에 쓰러지자 발로 걷어찼다. 게롤트는 산적들의 손에서 몸부림을 치다가 무언가 딱딱한 것으로 목덜미를 맞았다.

밤꾀꼬리가 쓰러진 앵글로메 위를 빽빽거리며 미친 두꺼비처럼 뛰어다녔다.

"리에드브룬에서 너를 꼬챙이에 꿰어 죽였다고 했는데, 이 꼬마 매춘부야! 이미 넌 꼬챙이에 꿰어 죽을 운명이었어! 결국 꼬챙이에서 죽을 거다! 너희, 나무막대를 가져와서 날카롭게 갈라고, 빨리!"

"스트라겐 씨, 시간도 많이 걸리는 잔인한 방법으로 굳이 처형해야 할 이유를 모르겠군요. 전쟁 포로는 보통 교수형에 처하는……."

곰 문장의 대장이 얼굴을 찡그리며 투덜거렸지만 밤꾀꼬리가 노려보자 말끝을 흐렸다.

"조용히 하시오, 대장. 당신에게 잔소리를 듣기엔 내가 주는 돈이 너무 많지. 난 앵글로메에게 끔찍한 죽음을 약속했으니 반드시 지킬 거요. 당신이 원한다면, 저 두 명은 목을 매달아 좋아. 저들은 상관없으니까."

밤꾀꼬리가 빽빽거리자 시류가 끼어들었다.

"하지만 난 상관이 있지. 둘 다 상관이 있어, 특히 위쳐 저놈은. 어차피 여자애를 꼬챙이로 꿰는 데는 시간이 좀 걸릴 테니, 그 시간을 내가 좀 이용하지."

시류는 게롤트에게 다가가 고양이 같은 눈으로 게롤트를 노려보며 말했다.

"너도 알아야 해, 돌연변이. 내가 네 친구 코드링거를 도리안에서 해치웠지. 그건 내 스승, 내가 몇 년 전부터 모시고 있는 빌게포츠 님의 명령으로 한 거야. 하지만 내가 좋아서 한 일이었어. 늙은 사기꾼 코드링거는 감히 빌게포츠 님의 일을 캐내는 중이었지. 난 그자의 창자를 칼로 도려냈어. 그리고 구역질 나는 괴물 펜은 서류 더미와 함께 산 채로 태웠지. 그냥 찔러 죽일 수도 있었지만, 시간과 노력을 조금 더 들여서 비명을 지르고 우는 걸 들었어. 얼마나 비명을 지르고 꽥꽥거리던지, 마치 돼지가 죽는 것 같았지. 그 비명에 인간다운 구석은 전혀 없었어."

하프엘프 시류는 게롤트의 반응 같은 건 상관없다는 듯 말을 이었다.

"왜 내가 이 얘기를 다 해주는지 알아? 너도 그냥 찌르거나 다른 이들에게 찔려 죽이라고 시킬 수도 있겠지. 하지만 난 시간과 노력을 조금 들일 거야. 그래서 네놈이 어떻게 비명을 지르는지 듣고 싶어. 죽음은 다 똑같다고? 이제 곧, 다 똑같지 않다는 걸 알게 될 거다. 거기, 타르 좀 달궈와. 쇠사슬도 가져오고."

그 순간 무언가가 바라크의 모서리에 부딪쳐 큰 소리로 불길을 일으키며 폭발했다. 두 번째로 날아온 병에는 석유가 들어 있었는데(게롤트는 냄새로 알 수 있었다), 달구고 있던 타르 위로 떨어졌고 세 번째로 날아온 병은 그 옆에 있던 말들 옆에서 터졌다. 굉음이 터지고 불꽃이 일자 말들은 미친 듯이 흥분했다. 불길이 일었고, 불 속에서는 온몸에 불이 붙은 개 한 마리가 비명을 지르며 튀어나왔다. 밤꾀꼬리의 산적 중 하나가 팔을 쭉 뻗은 채로 등에 화살을 맞고 진흙탕으로 쓰러졌다.

"자유 스토키 만세!"

언덕 꼭대기, 비계와 다리 위로 회색 눈가리개를 하고 털모자를 쓴 사람들의 모습이 어른거렸다. 사람들, 말들, 그리고 광산의 바라크를 향해 불타는 폭탄들이 연속적으로 쏟아져 내렸다. 마치 폭탄들을 서로 연결해놓은 것처럼 연기와 불이 연달아 날아들었다. 그중 두 개는 톱밥과 잔가지로 가득한 공방에 떨어졌다.

"자유 스토키 만세! 닐프가드 침입자들에게 죽음을!"

화살과 석궁이 휙휙 소리를 내며 날아다녔다.

검은 망토를 두른 닐프가드 군인 하나가 말 아래로 쓰러졌고, 밤꾀꼬리 산적 떼 중 하나가 목에 화살을 맞고 쓰러졌으며, 이마가 좁은 호위병 중 하나는 석궁을 맞고 쓰러졌다. 끔찍한 비명을 지르며 곰 문장의 대장 역시 쓰러졌다. 화살은 가슴뼈 아래, 보호대 밑에 꽂혔다. 그 사실을 아는 사람은 아무도 없었지만, 그 화살은 바로 닐프가드군의 군수품에서 빼돌려진 황제군의 표준 화살을 약간 손질해서 다르게 만든 것이었다. 넓은 양날의 화살촉은 돌아가며 효과적으로 꽂히도록 군데군데 톱으로 갈려 있었다.

화살촉은 곰 문장을 한 대장의 창자에서 멋지게 회전했다.

"독재자 에미르는 물러가라! 자유 스토키 만세!"

밤꾀꼬리는 빽빽거리며 화살이 스쳐간 팔을 부여잡고 있었다. 아이 한 명이 잘못 겨냥한 자유 스토키 대원의 화살에 관통당해 붉은 진흙 속에서 뒹굴고 있었다. 게롤트를 붙들고 있던 사람들 중 한 명도 쓰러졌다. 앵글로메를 붙들고 있던 산적들 중 한 명 역시 고꾸라졌다. 앵글로메는 몸부림을 치며 자신을 붙들고 있던 산적에게서 벗어나 신발 굽에서 단검을 꺼내 크게 휘둘렀다. 너무 흥분한 나머지 밤꾀꼬리의 목은 놓쳤지만 이빨까지 뺨 전체를 긋는 데 성공했다. 밤꾀꼬리는 조금 전보다 더 심하게 빽빽거렸고 눈은 당장이라도 튀어나올 것 같았다. 밤꾀꼬리의 무릎이 푹 꺾이고 얼굴을 감싼 손 사이로 피가 흘러내렸다. 앵글로메는 마귀에게 사로잡힌 듯 괴성을 지르며 시작한 것을 끝내고자 달려들었지만, 성공하지는 못했다. 앵글로메와 밤꾀꼬리 사이에서 또 다른 폭탄이 불꽃과 매캐한 연기를 뿜으며 폭발했기 때문이었다.

주위는 이미 화재로 인하여 대혼란에 빠져 있었다. 말들은 미친 듯이 울부짖으며 발을 굴렀다. 산적들과 닐프가드군들은 고함을 질렀고, 광부들은 겁이 나서 갈팡질팡하고 있었다. 어떤 이들은 도망가고, 어떤 이들은 불타고 있는 건물의 불을 끄려고 애썼다.

게롤트는 곰 문장의 대장이 떨어뜨린 시힐을 집어 든 참이었다. 그물 갑옷을 입은 키가 큰 여자 군인이 앵글로메와 밤꾀꼬리 사이에 끼어들려는 것을 보고 이마를 짧게 베었다. 단검을 들고 달려드는 검은 닐프가드군의 허벅지를 베었다. 곧이어 길에 있던 걸리적거리는 놈은 목을 베었.

화상을 입고 눈이 멀었는지 미쳐 날뛰는 말이 아이 한 명을 넘어뜨린 채 짓밟고 있었다.

"말을 잡아! 말을 잡아!"

카히르가 바로 옆에 서서 칼을 휘두르며 두 명을 위한 공간을 만들고 있었다. 하지만 게롤트는 그의 말을 듣지도, 돌아보지도 않았다. 또 한 명의 닐프가드군을 해치워버리고는 시류를 찾았다.

앵글로메는 무릎을 꿇고 세 걸음 떨어진 곳에서 석궁을 들고 자신을 쏘려고 하는 자율 부대 산적의 배에 화살을 박아 넣고 있었다. 그러고는 옆으로 지나가는 말의발판에 매달렸다.

"말을 잡아, 게롤트! 도망쳐야 해!" 카히르가 소리쳤다.

게롤트는 또 다른 닐프가드군 하나를 목에서부터 허벅지까지 길게 베어 해치웠다. 그는 머리를 휙 쳐들어 눈썹에 튄 피를 떨어냈다. 시류! 이 개자식이 어디로 갔지!

칼을 휘두르자 비명 소리가 들려왔고, 얼굴에 흩뿌려지는 따뜻한 핏방울이 느껴졌다.

"살려주세요!"

검은 제복을 입은 소년이 진흙탕 속에서 무릎을 꿇고 비명을 질렀다. 게롤트는 망설였다.

"정신 차려! 정신 차리라고! 미친 거 아니야?"

카히르가 게롤트의 어깨를 잡고 세차게 흔들며 소리쳤다.

그때 앵글로메가 말에 올라탄 채, 다른 말의 고삐를 잡고 전속력으로 달려오고 있었다. 뒤로는 두 명의 닐프가드 기사가 쫓아오고 있었다. 그중 한 명은 '자유 스토키' 대원의 화살을 맞고 쓰러졌다. 두 번째 기사는 카히르가 칼로 쳐서 안장에서 떨어뜨렸다.

게롤트는 안장 위에 올라탔다. 그때 화재의 불빛 아래, 겁에 질린 닐프가드 군인들을 모으고 있는 시류가 보였다. 하프엘프 옆에는 밤꾀꼬리가 빽빽거리며 욕설을 퍼붓고 있었는데, 피투성이 얼굴이 마치 사람을 잡아먹는 트롤처럼 보였다.

게롤트는 분노의 함성과 함께 말을 돌려 칼을 휘두르며 달려갔다.

그 순간 카히르가 비명을 지르며 욕설을 내뱉고는 안장에서 흔들렸다. 머리에서 흘러내린 피가 카히르의 눈과 얼굴을 뒤덮고 있었다.

"게롤트! 도와줘!"

시류는 닐프가드군과 산적들을 모아 석궁을 쏘라고 명령하며 소리를 지르고 있었다. 게롤트는 말 엉덩이를 칼등으로 세게 치며 이러다 자신이 죽는다 해도 아무 상관없다고 생각했다. 시류는 죽어야만 했다. 다른 건 이제 아무래도 상관없다. 아무 의미도 없다. 카히르도, 앵글로메도…….

"게롤트! 카히르를 도와줘요!"

앵글로메의 비명이 들려왔고, 그제야 게롤트는 정신을 차렸다. 그리고 부끄러움을 느꼈다.

게롤트는 말에서 내려 카히르를 붙들고 자신에게 기대도록 했다. 카히르는 소매로 눈을 닦았지만 피가 그 위로 질척하게 흘러내렸다.

"아무것도 아니야, 그냥 스친 것뿐…… 말에 올라, 위쳐…… 빨리, 앵글로메를 따라가…… 난 내가 알아서 따라갈 테니까. 어서, 전속력으로!"

카히르의 목소리는 떨리고 있었다.

산 아래에서 큰 함성이 들려오더니 창과 쇠 지렛대, 도끼로 무장한 무리가 달려오고 있었다. '리알토' 광산의 동료들을 도우려고 '행운의 구멍', '협동 광산' 등 주위 광산의 광부들이 몰려들고 있는 것이었다.

게롤트는 발뒤꿈치로 말을 걷어찼다. 그리고 사력을 다해 전속력으로 달렸다.

일행은 말 목덜미에 바싹 붙어 뒤도 돌아보지 않고 달렸다. 가장 좋은 말이 걸린 것은 앵글로메였다. 산적들이 타고 있던 작지만 탄탄한 승마용 말이었다. 게롤트의 말은 검은 갈기와 꼬리를 가진 밤색 말이었는데, 이미 헐떡이며 머리를 꼿꼿이 드는 것조차 힘들어하고 있었다. 카히르의 말은 군용 말이라 좀 더 힘이 세고 잘 견디는 편이었지만, 기수인 카히르가 안장 위에서 불안정하게 흔들렸고 허벅지로 간신히 버티며 말의 갈기와 목에 피를 뿌리고 있었다.

하지만 일행은 계속 달렸다.

맨 앞에서 달리던 앵글로메가 길이 꺾인 곳에서 일행을 기다렸다. 길은 바위 사이 아래로 이어져 있었다. 앵글로메는 얼굴에서 먼지를 닦아내며 말했다.

"추격대가…… 우리를 쫓아올 거예요, 절대 포기하지 않고…… 우리가 어느 방향으로 도망치는지 광부들이 봤어요. 길로 계속 가서는 안 돼요. 숲으로, 길이 없는 곳으로 들어가야 해요. 추격대가 혼란하게……."

"아니, 길로 가야 해. 산스레투르로 가는 가장 빠르고 가장 단순한 길로……."

게롤트가 불안한 마음으로 말의 폐에서 나는 소리를 들으며 반대했다.

"왜요?"

"지금은 이야기할 시간이 없어. 달려! 말에게서 마지막 힘까지 다 뽑아내야……."

그들은 전속력으로 달렸다. 게롤트의 갈색 말은 헐떡이고 있었다.

게롤트의 말은 더 이상 달리지 못했다. 나무토막처럼 뻣뻣해진 다리로 간신히 걷다가 지쳐 헐떡거리며 그르릉 소리와 함께 콧김을 뿜고 있었다. 그러더니 결국은 옆으로 쓰러진 채 굳은 발을 구르며 게롤트를 바라보았다. 지친 눈에는 원망이 담겨 있었다.

카히르의 말은 상태가 조금 나았지만, 대신 카히르의 상태가 좋지 못했다. 안장에서 떨어졌다가 다시 일어났지만, 먹은 것도 없는데 엎드린 채로 마구 토를 했다.

게롤트와 앵글로메가 피 묻은 카히르의 머리를 만지려고 하자 비명을 질렀다.

"젠장, 머리가 엉망이 됐잖아." 앵글로메가 중얼거렸다.

카히르의 관자놀이와 이마 위의 살갗이 머리카락과 함께 머리뼈에서 분리되어 있었다. 피가 굳기 시작하지 않았더라면, 귀까지 떨어져 나갈 지경이었다. 끔찍한 모습이었다.

"어떻게 된 거야?"

"누군가 손도끼를 들고 달려들었어요. 더 황당한 건, 그게 닐프가드군이나 밤꾀꼬리 부하가 아닌 광산의 광부 중 하나라는 거예요……."

"누가 덤벼들었는지 관계없이 다행인 건, 공격자의 솜씨가 좋지 않았다는 거지. 머리를 완전히 쪼갤 수도 있었는데 머리 껍데기만 벗겨졌으니까. 하지만 머리뼈 역시 상당한 충격을 받았어. 뇌가 분명 그 충격을 느끼고 있을 거야. 카히르는 안장 위에서 못 버텨. 저 말이 계속 갈 수 있다고 해도."

게롤트는 속옷의 소매를 찢어 카히르의 머리를 단단히 감싸며 말했다.

"그럼 이제 어쩌죠? 위처 삼촌 말은 쓰러졌고, 카히르 말도 이제 힘이 없고, 내 말도…… 뒤에서 추격대가 바짝 쫓아오고 있을 거예요. 여기 이렇게 있을 수는 없어요."

"우린 여기 있어야 해, 나와 카히르는. 그리고 카히르의 말도. 넌 계속 달려. 조심하고. 네 말은 강하니까 더 달려도 버틸 수 있을 거야. 만약 말이 지친다 해도…… 앵글로메, 산스레투르 계곡 어딘가에서 레지스와 밀바, 단델라이온이 우릴 기다리고 있어. 그들은 아무것도 모르고 있고, 시류의 손아귀에 붙잡힐 수도 있어. 네가 그들을 찾아내서 경고해주고, 넷이 힘을 모아서 투생으로 가. 거기까지는 쫓아가지 않을 거야. 내 생각엔."

"그럼 위쳐 삼촌과 카히르는요? 당신들은 어떻게 되는데요? 밤꾀꼬리도 바보는 아니라서 반쯤 죽은 말을 보면 이 근처를 샅샅이 뒤질 거예요! 위쳐 삼촌도 카히르도 멀리는 못 가요!"

앵글로메가 입술을 꽉 물었다.

"시류는 우리가 흩어진 줄 모르고 네 뒤를 쫓아갈 거야."

"그렇게 생각해요?"

"확실해. 어서 가."

"밀바 이모가 나 혼자 온 걸 보면 뭐라고 하겠어요?"

"이야기를 해줘. 밀바 말고, 레기스에게. 레기스가 어떻게 해야 할지 알 거야. 그러는 동안 우리는…… 만약 카히르의 상처가 조금 더 아물면 우리 도 투생 방향으로 갈게. 거기서 서로 찾기로 하자. 자, 지체하지 말고. 애야, 어서 말에 올라서 달려. 가까이 쫓아올 틈조차 주지 말고. 눈에 보일 때까지 쫓아오도록 놔두면 안 돼."

"번데기 앞에서 주름 잡는 거예요? 무사해야 해요! 또 만나요!"

"또 만나자, 앵글로메."

길에서 그리 멀리 이동하지 못했다. 게롤트는 추격대를 살펴보지 않을 수 없었다. 사실 추격대를 두려워하지도 않았다. 시간 낭비 없이 추격대는 곧장 앵글로메를 쫓아가리라는 것을 알았기 때문이었다.

짐작은 틀리지 않았다.

15분이 채 되지 않아 능선으로 달려 들어온 추격대는 역시나 쓰러진 말 을 보고 멈춰 서서 고함을 지르며 서로 싸우다가 길가의 덤불을 찔러보더니, 다시금 길을 따라 추적을 시작했다. 분명 도망치는 셋 중 두 명이 말 한 마리에 같이 올라탔으니 지체하지만 않으면 금방 따라잡을 수 있다고 생각하는 것 같았다. 게롤트는 추격대의 말 몇 마리 역시 상태가 좋지 않은 것을 알아챘다.

추격대의 구성원을 보니 닐프가드 기마대의 검은 망토를 입은 군인들은 얼마 되지 않았고, 색색의 옷을 입은 밤꾀꼬리 일당이 주를 이루고 있었다. 게롤트는 밤꾀꼬리도 추격대 중에 있는지, 아니면 남아서 상처 난 얼굴을 치료하고 있는지 알 수가 없었다.

멀어져가는 추격대의 말발굽 소리가 조용해지자 게롤트는 숨어 있던 고사리 덤불에서 나와 몸이 굳은 채 신음하고 있는 카히르를 일으켜 세워 부축했다.

"이 말은 당분간 못 탈 것 같군. 걸을 수 있겠나?"

카히르는 무슨 말인가를 했는데, 갈 수 있다는 것 같기도 했고, 없다는 것 같기도 했다. 어쩌면 다른 말인지도 몰랐다. 하지만 게롤트의 의도대로 카히르의 다리가 멈추지 않고 움직였다.

둘은 계곡의 시냇가에 다다랐다. 시냇가로 내려오는 가파른 길에서 카히르는 몇 번이나 중심을 잃고 쓰러졌다. 간신히 물가로 기어가 물을 마시고, 찢어진 헝겊으로 동여맨 머리 위로 얼음처럼 차가운 물을 쏟아부었다. 게롤트는 서두르지 않고 자신도 깊은 숨을 내쉬며 기력을 회복하려고 애썼다.

게롤트는 시냇가 상류쪽으로 카히르를 부축하고 말을 끌며, 넘어져 있는 나무둥치와 돌무더기에 부딪히며 물속을 걸었다. 조금 지나자 카히르는 따라오지 못했다. 다리가 더는 말을 듣지 않는 듯하더니 결국은 전혀 움직이지 못했고, 어쩔 수 없이 게롤트가 질질 끌고 갈 수밖에 없었다. 하지만 물속 장애물과 폭포를 뚫고 이렇게 계속 갈 수는 없었다. 게롤트는 툴툴거리다가 카히르를 등에 업었다. 말까지 끌고 가야 해서 더더욱 힘들었다. 계곡을 빠져나오자마자 게롤트는 완전히 녹초가 되어 젖은 풀밭 위에 쓰러져 그대로 뻗고 말았다. 옆에서는 카히르가 신음하며 뒤척였다. 게롤트는 꽤 오랫동안 누워 있었다. 무릎이 또다시 욱신거렸다.

그렇게 시간이 얼마쯤 흘렀을까. 카히르가 정신을 차리더니 놀랍게도 욕을 하며 머리를 감싼 채 자리에서 일어났다. 둘은 함께 걸었다. 카히르는 처음엔 열심히 걷다가 점점 속도가 느려졌다. 그러더니 또다시 쓰러졌다.

게롤트는 카히르를 다시 등에 업고 툴툴거리며 돌바닥 위를 조심하면서 걸음을 옮겼다. 무릎의 통증은 온몸으로 퍼졌고 눈앞에서 검은 벌들이 빛을 번쩍이며 날고 있는 것 같았다.

카히르가 게롤트의 등에 업힌 채 신음하며 중얼거렸다.

"한 달 전만 해도…… 당신이 날 등에 업고 가리라고 누가 생각이나……."

"조용히 해, 닐프가드 놈아. 네가 말을 하면 더 무겁다고……."

가까스로 바위벽에 다다랐을 때는 날이 이미 어두워져 있었다. 게롤트는 굴을 찾지도 않았고, 발견하지도 못했다. 완전히 힘이 빠진 채로 굴의 입구처럼 보이는 아무 구멍 앞에 쓰러지고 말았던 것이다.

굴속 바닥에는 사람의 해골과 갈비뼈, 골반뼈를 비롯한 다른 뼈들이 흩어져 있었다. 하지만 더 중요한 것은, 마른 나뭇가지도 있었다는 것이다.

카히르는 열이 나고 가쁜 숨을 몰아쉬며 식은땀을 흘리고 몸을 떨었다. 노끈과 휘어진 바늘로 떨어진 머리의 살갗을 꿰매는 수술을 제정신으로 남자답게 이겨냈지만, 고비는 그 이후 밤중에 찾아왔다. 게롤트는 위험을 무릅쓰고 굴 안에 불을 피웠다. 밖에서는 어차피 비가 내리고 있고 회오리바람이 몰아치고 있어서 누군가 근처를 돌아다니다 불빛을 볼 것 같지는 않았다. 카히르는 몸을 따뜻하게 해야만 했다.

카히르는 밤새도록 열이 났다. 몸을 떨고 신음하며 헛소리를 했다. 게롤트는 불을 지키며 한숨도 자지 못했다. 무릎의 통증은 점점 더 아파왔다.

젊고 강인한 육체의 소유자인 카히르는 아침 무렵 상태를 회복했다. 하지만 창백하고 땀에 젖은 채로 몸에서는 아직 열이 나고 있었다. 이가 딱딱 맞부딪쳐서 아직은 말하기도 힘든 상태였지만, 무슨 말을 하는지는 알 수 있었다. 무엇보다도 제정신이었다. 머리가 아프다고 불평하긴 했지만, 도끼에 맞아 머리뼈에서 살가죽이 벗겨진 사람으로서는 당연한 현상이었다.

게롤트는 불안하게 쪽잠을 자다가 바위에서 흘러내리는 빗물을 자작나무 껍질로 대충 만든 그릇에 모았다. 카히르도 게롤트도 목마름에 지쳐 있었다.

"게롤트?"

"왜?"

카히르는 굴에서 주운 넓적다리뼈로 장작불의 나무를 정돈하고 있었다.

"광산에서 그들과 싸웠을 때…… 난 겁을 먹었어. 알고 있소?"

"알아."

"무섭더군. 당신이 분노에 휩싸여 그 시류라는 하프엘프를 죽일까봐……
죽이면 아무 정보도 얻지 못하니까."

카히르는 평온한 목소리로 말했다.

게롤트는 헛기침을 했다. 젊은 닐프가드인이 점점 더 마음에 들었다. 용감할 뿐 아니라 머리도 좋았다.

"앵글로메를 보낸 건 잘한 일이오. 여자아이들에겐 너무 가혹한…… 앵글로메도 마찬가지고. 우리 둘이 해결하도록 해보자고. 우리가 추격대 뒤를 쫓아가는 거지. 하지만 광기 어린 분노에 사로잡혀서 숨통을 끊으러 가는 게 아니오. 전에 복수에 대해 말했을 때…… 게롤트, 복수에도 어떤 방법이 있어야 하잖소. 그 하프엘프를 잡아서…… 시리가 어디 있는지 말하도록 만들어야 해."

카히르가 여전히 이를 떨며 말했다.

"시리는 죽었어."

"아니, 시리가 죽었다는 걸 난 믿지 않소. 당신도 믿지 않잖아, 솔직히 말해봐."

"믿고 싶지 않은 거겠지."

굴 밖에서는 바람이 휘몰아치고 빗소리가 들려왔다. 동굴 안은 아늑했다.

"게롤트?"

"왜?"

"시리는 살아 있어. 난 또 꿈을 꾸었소. 추분 날에 무언가 끔찍한 일이 일어난 건 분명해. 그래, 의심의 여지없이, 나도 그걸 느끼고 보았으니까. 하지만 시리는 살아 있소, 확실히. 서둘러야 해. 복수와 살인을 하는 게 아니라, 시리에게 가야 한다고."

"알았어, 알았어, 카히르. 네 말이 맞아."

"당신은? 이제 시리 꿈은 안 꾸는 거요?"

"나도 꿔. 하지만 야루가 강을 넘어온 후부터 아주 드물어. 그리고 꿈에서 깨면 전혀 기억나지 않아. 뭔가 내 안에서 끝나버린 것 같아, 카히르. 뭔가 타버린 것처럼. 내 안에서 끊어진 것처럼……."

게롤트가 씁쓸하게 말했다.

"괜찮소, 게롤트. 내가 두 사람 몫의 꿈을 꾸면 되니까."

새벽에 둘은 길을 나섰다. 비가 그치고 잿빛으로 뒤덮인 하늘 사이로 태양이 틈을 찾고 있는 것 같았다.

둘은 카히르가 타고 왔던 닐프가드의 군용 말 위에 올라타 천천히 달렸다.

말은 돌길 위를 터벅터벅 걷다가 투생으로 흐르는 산스레투르 강변에서 조금 속도를 더했다. 게롤트는 길을 알고 있었다. 이곳에 와본 적 있었다, 아주 오래전에. 그때 이후로 많은 것이 변했다. 하지만 계곡과 산스레투르 강은 변하지 않았다. 아멜 산맥과 그 위로 오벨리스크처럼 솟아 있는 악마의 산 역시 변하지 않았다. 어떤 것들은 조금도 변하지 않는다.

"군인은 명령에 질문하지 않소. 명령을 분석하지도 않고, 생각하지도 않고, 그 의미를 설명해주길 기다리지도 않아. 그게 바로 군인에게 맨 처음 가르치는 거요. 그러니 내가 수행해야 할 명령에 대해 단 1초도 생각해보지 않았다는 걸 짐작할 수 있을 거요. 도대체 왜 하필 내가 그 신트라의 공주인지 여왕인지를 데려와야 하는가, 같은 질문 따위는 머리에 떠오르지도 않았어. 명령은 명령이니까. 물론 나는 화가 났지. 진짜 군대와 진짜 기사들과 싸워 명성을 얻고 싶었으니까. 하지만 우리나라에서는 정보국에서 일하는 것 역시 명예롭게 여겨지지. 하지만 뭔가 좀 더 힘든 과업이 주어졌더라면,

그러니까 중요한 포로라든지…… 하지만 여자아이를?”

카히르가 헝겊으로 동여맨 머리 부분을 만지며 말했다.

게롤트는 장작불에 송어 뼈를 던졌다. 저녁이 되기 전에 산스레투르 강으로 흐르는 시내에서 배불리 먹을 만큼 물고기를 잡았던 것이다. 송어는 알을 낳으려고 강을 거슬러 오고 있던 터라 잡기 쉬웠다.

카히르의 이야기를 듣는 게롤트의 마음속에서 깊은 분노의 감정과 궁금증이 싸우고 있었다.

“결론적으로 말해서 우연이었소. 진짜 우연이었지. 나중에 알게 됐지만, 우리는 신트라의 궁정에 첩자를 심어놓고 있었소. 궁의 시중이었지. 우리가 도시를 점령하고 성을 포위하려고 했을 때, 바로 그 첩자가 빠져나와 공주를 곧 도시 밖으로 피신시킬 거라고 알려준 거요. 그래서 내 부대와 비슷한 무리들이 몇 개 구성되었고, 우연히 우리 부대가 시리를 피신시키고 있던 자들을 만난 거요.”

카히르는 모닥불을 바라보며 말을 이었다.

“거리에서 추격이 시작되었소. 이미 불타고 있는 지역이었지. 그곳은 지옥이나 다름없었어. 불의 비명과 불의 벽 외에는 아무것도 들리지 않았고 보이지 않았지. 말들은 불길 속으로 들어가려고 하지 않았고, 사람들 또한 말을 재촉하지 않았소. 내 부하들은 네 명이었는데, 대놓고 명령을 거부하면서 내가 정신이 나갔다고, 사지로 부대를 몰고 간다고 소리를 지르기 시작했소. 통솔이 안 될 지경이었지.

하지만 우리는 추격을 계속해 불타는 교회 안에서 그들을 잡았소. 갑자기 눈앞에 그들이 나타난 거요. 다섯 명의 신트라 기사들. 그리고 내가 여자아이를 해쳐서는 안 된다고 명령하기도 전에 죽고 죽이는 싸움이 시작되었소. 공주를 안장에 앉히고 달리던 신트라 기사가 맨 처음 쓰러졌고 곧장 바닥으로 떨어졌지. 내 부하들 중 하나가 시리를 끌어올려 말 위에 태웠지만 멀리 가지는 못했어. 신트라인들 중 하나가 등을 찔렀거든. 그 칼이 시리의 머리 바로 옆에서 1인치도 채 떨어지지 않은 곳에 박히는 걸 난 봤소. 시리는 진흙탕으로 떨어졌지. 공포에 질려 정신이 없는 상태였소. 이미 숨이 끊어진 닐프가드 기사 옆으로 기어가려고…… 마치 새끼 고양이가 죽은 어미 고양이 옆에 붙어 있으려는 것처럼……."

카히르는 말을 멈췄다. 마른 침을 삼키는 소리가 들렸다.

"시리는 그 기사가 신트라 기사가 아니라 닐프가드 기사라는 것도 몰랐소. 끔찍한 적군이라는 사실을 전혀 알지 못했지. 우리는 둘만 남았소. 나와 시리, 근처에는 온통 시체와 불뿐이었지. 시리는 웅덩이 속에서 기고 있었는데 물과 피가 한꺼번에 증발하고 있었소. 집은 무너지고 불꽃과 연기 속에서는 아무것도 보이지 않더군. 말은 그쪽으로 가려고 하지도 않았어. 나는 시리에게 내 쪽으로 오라고 그 난리 속에서 목청껏 불렀소. 나를 보고 내 목소리를 들었지만, 반응하지 않았지. 말은 움직이려고 하지 않았고, 시리는 내 말을 듣지 않았어. 난 말에서 내려야만 했지. 시리를 한 손으로 들어 올릴 수 없었고, 다른 한 손은 나를 밟아 죽일 듯 날뛰는 말의 고삐를 잡고 있어야 했으니까. 간신히 안아 올렸을 때 시리는 비명을 지르기 시작했소. 그러더니 몸을 쭉 뻗고 기절하더군. 나는 피와 물, 온갖 분비물로 범벅이 된 웅덩이에 젖어버린 시리를 외투로 감쌌소. 그리고 우린 달렸지. 불을 뚫고."

카히르는 모닥불을 물끄러미 바라보며 말을 이었다.

"도대체 어떻게 그곳에서 무사히 나올 수 있었는지, 나도 잘 모르겠소. 하지만 불바다 사이로 틈이 보이고, 우리는 강가로 나올 수 있었지. 마침 도망치는 북부인들이 모여 있던 바로 그 장소로. 나는 장교의 투구를 일단 벗어던졌소. 날개가 타서 떨어졌어도, 투구를 보면 누군지 알았을 테니까. 군복의 다른 부분들은 어찌나 불에 그슬렸던지 알아볼 수 없었지. 하지만 시리가 그때 정신이 들었더라면, 비명을 질렀더라면, 나는 바로 칼질 세례를 받았겠지. 운이 좋았어. 그들과 함께 2스타야니아쯤 함께 가다가 뒤처져서 시체들이 떠다니는 강변 덤불에 숨었소."

카히르는 아무 말 없이 헛기침을 하며 헝겊으로 동여맨 곳을 만졌다. 그러고는 얼굴을 붉혔다. 아니면 그저 모닥불의 불빛이 비친 것이었을까?

"시리는 끔찍하게 더러워진 상태였소. 나는 시리의 옷을 벗겨야만 했지…… 저항하지도, 비명을 지르지도 않았어. 그저 숨을 몰아쉬며 눈을 감고 있었지. 내가 씻겨주거나 먼지를 떨어내려고 손을 댈 때마다 몸이 긴장해서 굳어버리더군. 맞아, 시리를 안심시킬 만한 어떤 말이라도 했어야…… 하지만 갑자기 당신네 말로 뭐라고 말해야 할지 알 수가 없었소. 우리 어머니의 말, 내가 어릴 때부터 쓰던 말이었는데 입이 떨어지지 않더군. 말로는 안심시킬 수 없어서, 나는 최대한 부드러운 손길로 안심시키려고 했소. 하지만 시리는 점점 더 굳어지더니 비명을 질렀어, 마치 작은 새처럼……."

"시리의 악몽 속에서 반복적으로 나타났던 장면이지."

게롤트가 나직이 속삭였다.

"알고 있소, 나도 마찬가지였으니까."

"그래서 어떻게 되었나?"

"잠이 들었지. 나도 잠이 들었고. 둘 다 너무 지쳤던 거요. 잠에서 깼을 때 시리는 내 옆에 없었소. 아무리 찾아봐도 보이지 않았지. 다른 건 기억도 나지 않아. 나를 발견한 자들은 내가 미친 듯이, 늑대처럼 울부짖으며 주위를 뛰어다녔다고 했소. 그래서 나를 묶어야만 했다고 하더군. 내가 정신을 차리자 정보국 사람들이 나를 데려갔소. 바티에 드 리도의 부하들이었지. 시릴라 때문이었소. 어디 있는지, 어디로 도망쳤는지, 어떤 식으로 날 따돌렸는지, 내가 왜 도망치게 놔두었는지 묻더군. 그리고 처음부터 또다시, 어디 있는지, 어디로 도망쳤는지…… 나는 화가 나서 매처럼 어린 여자아이나 사냥하는 황제에 대해 뭐라고 소리를 질렀소. 바로 그 말 때문에 난 1년도 넘게 성채에 갇혀 있었지. 그러다가 필요에 의해 사면된 거요. 공용어를 할 줄 알고, 시리의 인상착의를 아는 사람이 필요해진 것이지. 황제는 내가 타네드로 가길 원했소. 그리고 이번에는 황제인 자신을 실망시키지 말기를, 반드시 시리를 데려오길 바랐지."

카히르는 잠시 말을 멈추었다.

"에미르 황제는 나에게 기회를 주었소. 거절할 수도 있었지. 기회를 받아들이지 않으면 되는 거였어. 물론 그랬다가는 평생 황제의 미움을 받으며 잊혔겠지만 적당히 용서만 받고 거절할 수도 있었소. 하지만 나는 거절하지 않았지. 왜냐하면 게롤트…… 나는 시리를 잊을 수 없었으니까. 난 당신에게 거짓말을 할 생각이 없어. 나는 계속해서 시리를 꿈속에서 보았소. 내 꿈속의 시리는 내가 옷을 벗기고 강가에서 씻어준 비쩍 마른 어린애가 아니었어. 내가 꿈에서 보았던 시리는…… 그리고 반복적으로 내 꿈에 나오는 시리는 아름답고, 의식을 가진, 유혹적인 여인의 모습이었지. 사타구니에 붉은 장미꽃 문신을 한 것까지 다 보이더군."

"그게 무슨 소리야?"

"나도 몰라…… 하지만 그랬었고, 지금도 그래. 시리는 그때도 지금도 계속해서 꿈에 나와. 그래서 나는 타네드에 자원했던 것이고, 당신들 무리에 가담했던 거요. 난…… 난 시리를 다시…… 다시 한 번 만나고 싶소. 시리의 머리카락을 다시 만지고, 눈을 바라보고…… 시리가 보고 싶어. 당신이 원한다면 날 죽여도 좋아. 하지만 이제 더 이상 아닌 척은 하지 않겠어. 내 생각에…… 나는…… 나는 시리를 사랑해. 제발, 비웃지 말고.”

“비웃을 생각은 전혀 없어.”

“그래서 당신들과 함께 가는 거요, 이제 알겠소?”

“네 자신을 위해서 시리를 원하는 건가, 아니면 황제를 위한 건가?”

“나는 현실주의자요. 시리는 날 좋아하지 않잖아. 하지만 황제의 부인으로 최소한 가까이에서 볼 수는 있겠지.”

카히르가 들릴 듯 말 듯 속삭이자 게롤트가 거칠게 숨을 내쉬며 말했다.

“현실주의자로서, 일단은 시리를 찾아내고 구하는 게 먼저라는 걸 알아야 할 텐데. 네 꿈이 거짓이 아니고, 시리가 정말 아직 살아 있다면 말이지.”

“그건 확실해. 하지만 시리를 찾아내면? 그때는 어떻게 해야 하지?”

“그건 그때 가서 보자고, 카히르.”

“날 속이려고 하지 마시오. 솔직하게 말해줘. 내가 시리를 데려가도록 그냥 놔둘 건 아니잖소.”

게롤트는 대답하지 않았고, 카히르는 다시 묻지 않았다.

“그때까지는 친구로 지낼 수 있는 건가?”

카히르가 침착한 목소리로 물었다.

“그래, 카히르. 그때 일에 대해서는 다시 한 번 사과하지. 도대체 내가 왜 그랬는지 모르겠군. 솔직히 말하면 널 배신자나 이중인격이라고 의심한 적은 한 번도 없었어.”

"난 배신자가 아니오. 당신을 절대로 배신하지 않아, 게롤트."

두 사람은 물살이 세고 넓은 산스레투르 강이 흐르며 파낸 깊은 협곡을 달렸다. 동쪽으로, 투생 공국의 국경을 향해 달렸다. 악마의 산 고르곤이 바로 눈앞에 솟아 있었다. 이제 산의 꼭대기를 보려면 고개를 쳐들어야만 했다.

하지만 굳이 고개를 쳐들지는 않았다.

처음엔 어디선가 연기 냄새가 나더니 잠시 후에는 모닥불이 보였고, 그 모닥불 위로는 꼬치에 펜 송어를 굽는 그릴이 보였다. 모닥불 옆에는 사람 하나가 앉아 있었다.

얼마 전만 해도 누군가가 게롤트에게 멀지 않은 미래에 위쳐가 뱀파이어를 보고 엄청나게 반가워하며 기뻐할 거라고 말해주었다면, 사정없이 비웃으며 머저리 취급을 했을 것이다.

"오호."

뱀파이어 에미엘 레지스 로헬렉 테르지에프—고트프로이는 그릴을 바로 잡으며 차분한 음성으로 말했다.

"반가운 얼굴이 도착했군요."

〈하권에서 계속〉